北京电影学院剧作专业辅导教材

青年编剧优秀剧本选 1

孟 中 主编

中国传媒大学出版社
·北京·

图书在版编目(CIP)数据

青年编剧优秀剧本选 1 / 孟中主编. -- 北京：中国传媒大学出版社，2023.6（2023.9 重印）
ISBN 978-7-5657-3413-7

Ⅰ. ①青…　Ⅱ. ①孟…　Ⅲ. ①剧本—作品综合集—中国—当代　Ⅳ. ①I230

中国国家版本馆 CIP 数据核字(2023)第 041833 号

青年编剧优秀剧本选 1
QINGNIAN BIANJU YOUXIU JUBENXUAN 1

主　　编	孟　中		
责任编辑	裴向敏		
封面设计	闰江文化		
责任印制	李志鹏		
出版发行	中国传媒大学出版社		
社　　址	北京市朝阳区定福庄东街 1 号	**邮　　编**	100024
电　　话	86-10-65450528　65450532	**传　　真**	65779405
网　　址	http://cucp.cuc.edu.cn		
经　　销	全国新华书店		
印　　刷	唐山玺诚印务有限公司		
开　　本	787mm×1092mm　1/16		
印　　张	20.5		
字　　数	436 千字		
版　　次	2023 年 6 月第 1 版		
印　　次	2023 年 9 月第 2 次印刷		
书　　号	ISBN 978-7-5657-3413-7/I · 3413	**定　　价**	78.00 元

本社法律顾问：北京嘉润律师事务所　郭建平

序

剧本写作是北京电影学院剧作专业的必修课，无论本科还是研究生，在毕业的时候都要完成一部完整的长片剧本。因此，电影剧本既是北京电影学院文学系的课堂教学内容，代表着青年学子的学习成果，也代表着中国电影剧作的未来。

在北京电影学院，剧本写作教学极为严格，它不仅教授学生写作剧本的技巧，还教育学生成为一个对社会有用的栋梁之材。日本著名剧作家新藤兼人提出，剧作专业学生第一步要上的课程是人间观察。学生通过人间观察来了解社会、关注生活，从而培养他们的慈悲之心。文学系的剧本写作课程也是如此，它带领学生进行空间观察、人物观察、事件观察，从而让学生利用社会实践的机会，寻找选题，进行研究，写出社会实践报告。在这个过程之中，学生的身份逐步转变为作者，对生活和社会开始进行深入、有力的思考。

“扶持青年优秀电影剧作计划”是国家新闻出版广电总局电影局（现国家电影局）自 2008 年起委托北京电影学院等北京高等院校实施的，旨在奖励优秀剧本，扶持青年编剧人才。

“扶持青年优秀电影剧作计划”在北京电影学院成为学生竞相参与的剧本创作活动，每年发布的获奖作品产生了良好的社会反响。剧本征集主要面向北京电影学院全体在校生，包括专科生、本科生、硕士研究生、博士研究生及以上正式注册接受各类再教育培训的中国学生。

每年“扶持青年优秀电影剧作计划”的征稿达到 300 部左右，其中符合征稿要求的有 250 部左右，题材涉及家庭、体育、青春、成长、科幻、武侠、探案等多个领域，风格多样，兼备艺术价值与商业价值。

文学系全体教师都参与了参选作品的初评工作，匿名选出 40 部入围作品。最终由中宣部电影剧本中心工作人员与北京电影学院领导以及黄丹、王瑞、贺红英、李伟、童雷、潘若简、曹保平、薛晓路、孟中等专家评委分别主持不同年度的终评工作。

每年的终评会从入围作品中评出10部优秀作品，授予其“扶持青年优秀电影剧作计划”奖。这些获奖作品中，《小雨靴》已被孵化拍摄成《旺扎的雨靴》，且入围第68届柏林国际电影节新生代竞赛单元、获第12届FIRST青年电影展剧情长片提名、第42届香港国际电影节火鸟大奖、第8届北京国际电影节注目未来国际展映单元最受注目编剧、第29届上海电影评论学会奖年度华语电影十佳。《海街少年》被云南电影制片厂立项拍摄，《岛》在青年电影制片厂立项，《桃花笑杀人》被投拍成一部奇幻网络电影等，其他的获奖剧本也受到了社会的广泛关注。

文学系不懈努力将青年编剧的优秀剧本分批出版，一方面将其作为“剧本写作”课程的辅导教材，另一方面也是北京电影学院教学成果的展示。此外，出版也是教学成果转化为社会生产力的重要渠道。

北京电影学院文学系主任 黄丹

2022年8月

目 录
CONTENTS

岛

◇ 林丽文

人物小传

秀　雅：女，17 岁，短发，像男生一样的女孩。有游泳天赋，会和母亲做一样的海鲜面。从来不愿意在家待着，家里的小饭馆明明需要人帮忙，她却在别人的店里打工。她和母亲英美关系糟糕，一直想努力打工赚钱还上家里的欠债，好结束自己因内疚而产生的痛苦。

英　美：女，41 岁，丈夫因出轨和其离婚，留下没有还完债的小饭馆。离婚后，英美独自经营小饭馆，她的海鲜面做得很好。每个月英美都要还很多债，为了维持小饭馆的生意，她和当地导游承建保持着不正当关系。在丈夫离开自己之后，英美希望女儿能一直留在自己身边。她虽然想和女儿沟通，但因认为女儿讨厌自己现在的样子，所以一直没能真正地与其交流。

承　建：男，38 岁，导游，一直生活在岛上的小混混，十分熟悉岛上的情况，主要靠着做导游时吃的回扣生活。

道　辉：男，市游泳队的教练。他发现了秀雅的游泳天赋。

外　婆：秀雅用方言称其为阿婆。为了贴补女儿，70 多岁依然在赶海挣钱，是秀雅和英美可以倾诉感情、获得安慰的对象。

故事梗概

鹿儿岛是个附属于獐岛的小岛，岛上只有 1,000 多人，岛上居民依靠旅游和传统的捕捞业为生，出岛需要坐 15 分钟的渡船。

每天中午是鹿儿岛最热闹的时候，来獐岛旅游后的游客都会顺路来鹿儿岛一日游，晚上再乘鹿儿岛上唯一的交通工具渡船离开。上午游客会陆陆续续地来，中午游览过后他们又会像潮水一样离开,只留下岛上居民。

秀雅和母亲英美以及外婆都生活在鹿儿岛上。秀雅七岁时,父母离婚,父亲跟另一个女人一起逃离了鹿儿岛,给英美留下一大笔债和整夜的寂寞。英美继续经营着小饭馆。离了婚的英美对生活失去希望,性格大变,自暴自弃。英美靠着和当地导游承建保持不正当关系来维持小饭馆的生意。

已经上高二的秀雅像个假小子,剪最短的头发,穿男生的衣服。秀雅有游泳天赋,喜欢泡在水里,只有和外婆在一起的时候她才会露出孩子天真的一面。

秀雅唯一的目标就是打工挣钱,每天想尽各种办法旷课逃学,从早到晚不停歇地打工,而这些钱秀雅会全都攒下来,在每个月要还债的时候甩给英美。

但这样努力为英美还债的秀雅让所有人都感到奇怪。因为秀雅很少和英美说话,在家中,秀雅懒散,即使小饭馆的生意再忙碌,她也不会帮一根手指头的忙。

英美想让女儿留在家里帮忙,因为付给外请服务员的工资也不少。然而即使英美说会付给秀雅和打工时一样的工资,秀雅也不愿意在家里待着。秀雅和英美为此发生争执。秀雅依旧每天出门打工,英美认为女儿看不惯自己的生活状态。

秀雅因为出色的游泳天赋被教练发现,想要赚奖金的秀雅打算跟教练去训练。然而,英美像疯了一样阻止她。英美认为自己只剩下秀雅,想让她永远留在身边,害怕秀雅会像丈夫一样离开自己。秀雅和英美大吵,秀雅故意告诉英美自己就是想要离开她才想离开这个岛的,因为如果像她一样在岛上这样生活一辈子真是让人绝望。英美听后非常伤心。

英美受伤地在屋顶上抽了一晚上的烟。第二天秀雅还是离开了。

在码头附近,秀雅看见英美来找自己,于是藏在角落里等她离开。秀雅回忆起父亲走的时候,英美也曾经带自己在那个地方看着父亲乘船离开。秀雅看着母亲,十分伤感。

秀雅走后,英美找母亲倾诉,她希望能让秀雅不再讨厌自己、留在自己身边,为此英美决定改变生活。

英美添了辆小货车,又开始找合适的代理公司扩大生意。秀雅训练后回家,看见了英美的变化。秀雅装作不在意的样子,但是内心十分开心。秀雅随口问了英美是否要去体育馆看自己的晋级赛,英美心里感到温暖。英美看了秀雅的晋级赛,晋级赛上秀雅为了拿到市里参赛的名额(奖金高)隐瞒了自己受伤的情况。

英美加入代理的第二周后没有人再来补货,她发现自己被骗了,却找不到任何人可以帮自己,英美绝望了。秀雅回家后看到英美的样子,决定带着英美找到这个公司把钱要回来。路上,当秀雅遇到问题时,一直以来依靠着别人的英美终于有了一个母亲该有的样子,她保护着秀雅。经过一番周折,英美和秀雅终于找到了跑路公司老板的家,却发现老板早已不见了,只留下带着孩子的前妻。因为看到和自己当年类似的状况,英美决定放弃追回钱,和女儿回家。

因为腿伤被教练发现,秀雅被禁止参加市里的比赛。为了奖金,秀雅恳求教练让自己参赛，但获得教练准许的秀雅在比赛中失利。秀雅终于告诉教练自己如此执着地想要钱想帮家里还债的原因，秀雅认为是自己造成了父母离婚，是自己破坏了整个家庭，毁掉了母亲的人生，是她当年将玩伴的母亲带到家里当服务员才导致父亲出轨离婚的。

多年来秀雅一直无法原谅自己，她带着沉重的负罪感想尽办法还债，而母亲的堕落更让秀雅不想面对。秀雅希望尽早还完债，结束生活对母亲的折磨，也结束生活对自己的折磨。

偷偷来看秀雅的英美听到了秀雅向教练的倾诉后，和秀雅开始坦诚交流。

半年后，英美在装修一新的店内继续卖海鲜面，秀雅在餐厅帮忙。虽然债依然没有还完，但是两个人的生活似乎充满希望。

1. 鹿儿岛码头 傍晚 外

码头上熙熙攘攘、人声鼎沸，导游们带着各种口音，组织着挤在码头上的人群。

秀雅深吸一口气，钻进水里。水面上浮起一连串的气泡。秀雅眯着眼睛在水里仰头看岸上，岸上的人变了形状。秀雅饶有兴趣地观察着。

夕阳的余晖照在海面上，海面颜色渐深，两辆一大一小的渡轮驶出鹿儿岛，往不远处能看见小山尖的地方驶去，渡轮发出汽笛声。

近处码头的水被打起泡沫成了螺旋状，之后又消失，水面恢复平静。码头渡口处人渐渐变少。

秀雅从水里冒出头，看着码头上的工人骑着自行车说方言道别。秀雅在海水里一浮一沉，静静地看着太阳全都沉下去，岸上灰色水泥地上的阴影越来越深。

秀雅熟练地在坝上一撑，爬上岸，身上的衣服已经湿透了，秀雅抖了抖短发骑上自行车。

秀雅沿着盘旋向上的海边土路吃力地往上骑，小岛一片寂静。秀雅顺着盘山路往下看，坡下大片的绿地上隔不远就聚集着几间平房。秀雅单手握着车把骑着自行车，另一只手反手从书包里抓出一件男士 T 恤。

身后海浪拍打着海岸线最东头的黑礁石，海浪退去，露出礁石上有些退漆的红字：鹿儿岛。

2. 秀雅家门口 夜 外

秀雅一个漂亮的拐弯，停在一间灰白相间的平房前面，平房上面的霓虹灯拼出来的“英美小渔村”几个字笔画断断续续，只能勉强认得出。前面的空地上，鱼鳞和内脏血的印记还在。缺角的塑料凳子被堆在角落，海带还有鱼虾都被随便地铺在湿漉漉的地上。

秀雅满不在乎地把自行车扔在院子里，拧干校服，随手把衣服搭在院子里的晾衣竿上，校服旁边红色的蕾丝内衣随着风晃来晃去，秀雅看了一眼，转身进屋。

3. 秀雅家小饭馆前厅 夜 内

头顶的长灯管没了灯罩,一闪一闪的。秀雅透过磨砂的玻璃门,看见几个轮廓模糊的人坐在前厅的小圆桌前。秀雅拉开玻璃门,屋内人的声音变得更大。

有着青龙文身的男人四处翻找,拉开收银台下的抽屉,抽屉里全是些零钱。“青龙文身”把钱拨来拨去,把零钱都装进兜里。

“青龙文身”(懊恼地嘟囔):净剩些小钱了。

用过的粘着饭粒的餐巾纸粘在地上。水印和霉点在拉开的抽屉里清晰可见。秀雅经过“青龙文身”旁,看也不看,穿过前厅,拉开卧室门。“青龙文身”看着秀雅进屋。

英美穿着红色吊带裙,烫着大卷发,靠在一边抽烟,满不在乎地看着“青龙文身”翻翻找找。

4. 秀雅卧室 夜 内

秀雅在卧室换衣服,外面“青龙文身”和英美在对话。卧室的桌椅上、墙上、地上都是看不清样式的红红绿绿的衣服。墙角有着大片黑色的水印。

英美:就这些,早晚都是给,我有的话肯定给你了。

“青龙文身”:你不是挺能挣的吗?

英美:这破地儿哪有人来啊。

“青龙文身”:你又不靠这饭店。

“青龙文身”把烟拿出来叼在嘴上,手里拿着打火机,猥琐地打量着英美的红色吊带裙。

秀雅放慢动作,仔细听着外面的声音。秀雅从卧室里的晾衣绳上拿下毛巾疯狂地擦头发。秀雅拉开抽屉拿出一沓整理整齐的钱,换了另一件男士T恤拉开卧室门出来。

秀雅把钱甩给英美,顺便把毛巾晾在校服旁边,然后又回到卧室。秀雅听见了英美在外屋数钱的声音。

英美:给。

“青龙文身”:真是好,你的命,有人帮你还上。那我能说什么呢?

“青龙文身”站起来拍拍衣服,招呼小弟们准备离开。

5. 码头 清晨 外

晨雾里,码头黑漆漆的基本看不见人影,海上隐约漂浮着好多橘黄色的小亮点。岸上的小货车在突突突地响。秀雅拿着筐子穿着潜水的衣服夹在一行老太太组成的队列里。

小货车上,穿着皮围裙的男人麻利地接过一个老太太的筐子,筛一筛水扔到大磅秤上,喊出个数字再喊出个价钱,之后“皮围裙”从口袋里掏出点儿钱塞到老太太手里,把筐子里鱼虾贝壳之类的东西一撇甩到车上,被甩出来的鱼虾在车上扑腾着。

男人一边接过下一个人的筐子,一边随便应付着拿了钱的老太太的抱怨。

男人:现在都是这个价,我也没辙。

秀雅踮起脚看着前面缓慢前进的队伍,艰难地把自己的筐子往上抬了抬。

6. 水产批发市场 清晨 外

还没有亮起来的天空下,拍卖人站在卡车上面点着下面的人数,地上一个一个白色塑料盆里网着新鲜的海鲜,海鲜沿着网兜努力往外爬。

周围乱七八糟停着各种各样的小货车。批发商们头上戴着写着不同数字的帽子,围在地上的海鲜旁边,里里外外站了一圈,他们抱着胳膊,偶尔跟旁边的人耳语几句,观察着地上白色塑料盆里海鲜的状态。

秀雅骑着小摩托急急忙忙接过门口的人发过来的帽子,挤进人群找个地方站下,时不时踮起脚插着空张望地上的海鲜。

拍卖人:来了,左边开始,按顺序。

每个批发商从左到右依次用撑开的衣服挡住自己的手,在衣服里熟练地比画着几个数字。秀雅比完数字,等着拍卖人宣布。拍卖人念出三个数,头上戴着这个数字的帽子的人把地上白色塑料盆里的海鲜装到小货车上。

太阳升了起来,周围的小货车已经很少了。地上满是搬运海鲜时留下的水。戴着口罩的清洁人员拿着大笤帚把带着腥味的水扫进下水道。

秀雅喘了口气,把脚下的两个白色塑料盆摞在一起,拖到摩托车旁边。她将一个盆绑在车座后面,另一个盆挂在车把旁边。

秀雅看着旁边的小货车,转了转车把,点着了摩托车。

7. 秀雅家英美卧室 日 内

闹钟响起,一只雪白的胳膊从被子里伸出来,探了探,把闹钟按掉。闹钟上显示的时间已经是上午十点。英美从被子里钻出来,眼睛上还有没卸干净的廉价眼线,英美穿着短裙睡衣,里面的春色一览无余。

卧室内乱七八糟,英美坐在椅子上仔细又缓慢地穿着衣服,从内衣到连裤袜到裙子再到外套。

英美捡起地上散乱的男人衣服,扔到还在睡觉的男人身上。还在睡觉的男人是承建,他闭着眼睛拿开身上的衣服,不耐烦地翻了个身。

英美穿戴整齐走出卧室。

8. 秀雅家前厅 日 内

前厅的餐厅内,墙上满是乱七八糟的涂鸦文字,墙的四角还有黑色的水印。地上满是散乱的餐盘,水池里层层叠叠放着剩有菜汤的碗。英美往前迈了几步踢到了饮料篮子,英美把篮子往旁边踢了踢。

英美拿起桌子上放着的水瓶,对着瓶子咕咚咕咚喝起来,水顺着脖子流下来,英美用手背擦了擦。

9. 英美房顶 日 内

英美坐在屋顶上,点上烟,俯瞰着整个岛。整个岛极为安静,没什么人影。英美在屋顶坐着发呆。秀雅看见门口的水泥地上留有两个白色塑料盆,里面的海鲜已经没了动静,淌出来的水一直顺着坡流下去。

10. 秀雅学校教室 日 内

老师在上面用浓重的方言讲课,秀雅在下面故意大声讲话。老师在上面瞥了秀雅一眼,秀雅偷偷露出笑容。

老师背过身写板书,秀雅大声地咳嗽一声。

老师:如果我把这个角设成 π 加那个锐(方言),那么这个角是?

秀雅(学着老师的方言):π 加那个锐。

全班同学哄笑。

老师(把粉笔一摔):出去!给我出去!我刚才一直在看你你不知道啊,你不想学,别人还想学呢,别在这儿一块臭肉坏了一锅汤。

秀雅偷偷笑着去走廊外面伸直胳膊站着。

11. 秀雅学校走廊 日 内

秀雅举着双手站在走廊里,微微低下头看着教室里的钟表。秀雅盯着一直在动的秒针,又回头看着走廊外面晴朗的天空。

秀雅放下胳膊,趁着老师不注意,对着教室里的同学打手势,比画着书包的样子。教室里的同学趁老师不注意悄悄地把书包传给秀雅。秀雅做了一个"嘘"的手势,背上书包溜了出去。

秀雅大步流星地走出校门。

12. 码头前削面店 日 内

秀雅跑得气喘吁吁,冲进店内。

秀雅(把帽子往收银台子上一扔):来了!

老板穿着亮皮夹克歪戴着嘻哈帽子准备出去。

老板:又旷课了?

秀雅:今天不是,老师病了。

老板:唉,你学校也不去,以后能干什么?

秀雅:放心,老板!就算不去上课我也会算数,我也认识字,不会算错账的。

秀雅一边说一边麻利地整理桌子,把零钱放进收银台的机器里。

老板:哎哟哎哟,用这嘴多招揽点顾客多好,仔细点干!

秀雅麻利地围上围裙。

13. 老板车里 日 内

老板出了店,一步一回头地坐进驾驶室,透过车玻璃看着秀雅麻利勤快地收拾。

老板:还真是能干,怪不得。

老板打着火发动汽车。

14. 秀雅家前厅 日 内

承建坐在塑料凳子上，熟悉地从抽屉里拿出开瓶器，给每个人面前的冰镇汽水都打开盖子。小饭馆内坐满了人，每个圆桌子前都添了凳子，挤满了戴着旅行社帽子的人。

游客：导游，下午还去哪儿啊？也没逛什么啊上午！

急着说话的承建被一口汽水呛到。

承建：不行，来不及了，五点就准时发船，晚了可回不去了，被困在这儿的话，得明天早上才能走。

游客：那晚上看不了夜景了？

承建：看什么夜景，这地儿就白天有看头，晚上漆黑一片，什么都没有。

游客们纷纷交流着，承建起身去后厨。

15. 秀雅家后厨 日 内

承建：好了吗？快点快点，简单弄一下得了，赶不上晚上的船了。

英美左手右手各一个炒勺，同时颠勺。炒勺里伴着青红椒的海鲜随着英美的动作飞起来又落下。英美撂下炒勺，熟练地把摆在前面的各种调料，按顺序按分量扔进锅里。

英美（对着门外大喊）：秀雅，你来找找碗，还有新碗吗？

英美弯腰打开所有的橱柜门找碗。手忙脚乱的英美拧开水龙头，把水池里堆着的没有洗完的碗拿了出来。

锅里的汤沸出来，顶开锅盖。英美放下碗跑过去打开盖子。

英美：秀雅啊，你把水池里的碗洗一下，快点。秀雅，秀雅！

秀雅没有动，英美骂骂咧咧地继续干活。

16. 秀雅卧室 日 内

秀雅躺在地上睡觉，外面清晰地传来英美的声音。秀雅翻了个身，继续闭上眼睛，安心地躺着。门外，英美端着托盘把海鲜面一碗碗摆在游客面前。秀雅听见英美热络地招呼顾客的声音。

17. 秀雅家餐厅门前 日 外

英美站在饭店门前，看着游客们陆续上了小巴车，英美满脸堆笑。

英美：下次再来啊，我给你们做好吃的。

承建站在英美的身后，偷偷捏了捏英美的屁股。

承建：怎么样，没让你少挣吧。

英美撒娇一样拍了承建一下。

英美：去去去，你没拿好处啊，得了便宜还卖乖。赶紧走。

承建：那等着你晚上给我分成啊。走了啊。

承建上了小巴车。英美抱着胳膊站在门前，看着承建拿着麦克风跟游客们说着什么，麦克风里传出的杂音有些刺耳。

18. 秀雅家前厅 日 内

秀雅睡眼惺忪,站在前厅打着哈欠,手里拿着用来装餐具的大盆。她透过磨砂玻璃门看外面。

英美开门,看见秀雅坐在台阶上。前厅内,洒着菜汤的桌子上,堆满了用过的卫生纸、餐盘,地上还有掉的饭粒和筷子。

英美:快点,收拾一下。刚才厨房里快忙死了,你也不过来,真是。

秀雅(拎着盆站起来,面无表情):睡觉呢,没听见。

英美:你要是能帮忙的话能省一个服务员的钱呢。在家在外面都一样地干,怎么非愿意给别人家干呢?

秀雅懒塌塌极不情愿地收拾着桌子上的残迹,把用过的碗连同剩饭扔进塑料大盆。

英美在一旁点上烟,盘着腿坐在椅子上,露出半条大腿。英美拿出小账本在上面比画着。

秀雅瞥了一眼英美。

秀雅(嘲笑的口气):你也算钱?

秀雅把装满餐具的塑料大盆扔到厨房,穿上夹克出门。

英美(没抬头):喂,碗也得洗了吧?

秀雅没说话。

英美听见秀雅出门的声音后,换了个舒服的姿势,拿起电话来。

19. 海边 日 外

秀雅(跑向海边):阿婆!

秀雅跳进海里,游向海面上一个橘黄色的浮漂。

20. 海滩上 日 外

秀雅和阿婆靠坐在礁石上。海浪打在两个人的脚前面,又退了回去。

阿婆剥开刚捡来的海胆,递给秀雅。

阿婆:吃这个边上黄色的,好吃。

秀雅接过海胆吃着。

秀雅:阿婆,你说,我以后干什么好呢?

阿婆(用方言连珠炮一样):干什么?干什么都行,得去外面,去大公司里,不管干什么都好,一辈子待在这个岛上就这样,到老了还得这么活着。只能吃苦,哪还有到我这个年纪还来干这个受这个罪的啊,真是的。你爸爸倒是走得好,欠了一堆债留给你妈,他是死是活也不知道。

秀雅:出去总是好的。

阿婆:是啊,像你妈,就被绑在这里,哪儿也去不了了。

秀雅沉默,阿婆叹了口气。

阿婆:我得等到你结婚了才能死。

秀雅:得等到结婚生孩子。

阿婆(笑):我怕没福气活到那一天。

秀雅看着码头的方向,看着晚上驶出鹿儿岛的最后一班渡轮。

21. 秀雅家前厅 夜 内

秀雅拉开门,承建刚好从英美卧室里出来,整理着腰带。英美跟着出来。秀雅看也不看径直走进屋里。

英美送走承建后来敲秀雅的房门。

英美:你去哪儿了?

秀雅没回答。

英美:问你你去哪儿了? 怎么什么也不说?

秀雅:不知道。

英美:吃了吗? 要吃面吗?

秀雅(开门):我自己弄。

英美看着秀雅进厨房,看着秀雅手里与自己一模一样的拿刀子的方式。英美和秀雅按着一样的流程一样一样地切菜,切海鲜,煮面。

秀雅和英美围着汤锅对坐着。英美看着秀雅狼吞虎咽地吃着,欲言又止。

秀雅(抬起头):怎么?

英美:那个……我听说你又去别的店打工了? 在家里干吧,别去外面打工了吧! 在家里有什么不好的,我也给你发工资,发跟外边一样多的钱,怎么样?

秀雅端起碗喝汤,用碗把脸挡住,之后重重地放下碗。

秀雅:不用了。

英美(迫切地):为什么不在家里? 哪有人这样! 家里明明需要人不来干,我还得去外面找个帮忙的,给出去的钱也不少,不比你拿回来的少……

秀雅(站起来):我吃完了。

英美看着秀雅进屋拉上门。

英美:哎,我没说完呢。

英美叹了一口气,继续抽烟。

英美:真是够奇怪的,看不明白!

22. 码头前削面店 日 内

秀雅把桌子椅子挪到外面的凉棚下,又把特大号的遮阳伞插进桌子里。喇叭被绑在凉棚杆上,发出吱吱啦啦不连续的叫卖声。秀雅拍了两下,喇叭恢复正常。

秀雅拿出半人高的水桶接满水,坐在炉子上,在离水桶一米远的地方开始削面,面准确地落到桶里。

秀雅招呼着外面经过的旅游团。

秀雅:海鲜刀削面,很鲜的,进来尝尝,里面也凉快,有空调。

23. 秀雅家后厨 日 内

英美拿出桶灌满水,和秀雅进行着完全一样的程序,切海鲜煮汤之后削面。两人都把海鲜切成同样的滚刀花。

英美的电话响了。

英美(接电话):喂?

24. 秀雅家前厅 日 内

英美边接电话边套上外套往店外走。

英美:是吗? 又去了? 我……她没跟我说,我也不知道啊,好好好,我这就去找找。

25. 鹿儿岛街道 日 外

英美坐在承建的摩托车后面,经过鹿儿岛超市,摩托车停下,英美急急忙忙站起来跑向店里。

店里的老板正在码货。

英美:看见秀雅了吗?

老板:没啊。

英美(急忙折回去,补了一句):看见的话告诉我一声。

老板(自言自语):怎么了这是? 今天倒找起来了。

英美在各个小商店门口下车,急匆匆地跑进去,又急匆匆地跑出来。

26. 码头前削面店 日 内

秀雅在门口端着托盘,里面摞着十来个面碗。秀雅把面碗放到塑料桶里,又一边一只手飞快地擦着桌子,一边回头听着对面桌子的顾客点菜。风风火火,忙得不亦乐乎。

英美盯着在饭店里飞奔的秀雅,快步走过去。

秀雅(抬头):里面还有座位。

秀雅看见是英美,脸上的笑容消失了,拿着托盘转身进门。

英美(跟着秀雅进门):学校来电话说你一周都没去了,再不去要被退学了。为什么不去学校又来外面打工?

秀雅:那正好,不用耽误我的时间了。

英美:不是说了钱不用你……

秀雅(打断英美):管好你自己吧。

英美(顿了一下):你过来,我有话跟你说。

27. 码头前削面店 日 外

英美和秀雅对坐着。两人怒目而视。

英美:你想怎样?

秀雅:还钱啊。

英美(打断秀雅):那个债跟你有什么关系? 那不是你的事,是我的事,我会看着办。

秀雅:还钱? 上个月的钱你还了多少? 剩下的钱是谁的?

英美:什么?

秀雅:我不是在帮你,反正我会,一定会还完这个钱的。还完之后我们就没什么关系了。你想怎么过跟我没关系,我想怎样你也别管,都自己看着办吧。你也是,我也是。

英美(被噎得说不出话来):那么,学校呢?

秀雅站起来,踢开凳子。

秀雅(不耐烦地):我会去的! 我自己看着吧! 你走吧!

英美坐在桌子前。秀雅已经开始满脸堆笑地对客人鞠躬。

秀雅:您慢走,欢迎下次再来。

英美离开店。

28. 秀雅家餐厅 夜 内

秀雅滑开拉门,英美正坐在前厅喝酒,秀雅装作没看见。

英美:过来坐。

秀雅坐在英美对面,低头不看英美。

英美:你一直都没去学校吧? 嗯,也是,不然每个月还钱的时候哪能来那么多钱。学校的事情先不说,可是要打工的话就应该在店里干啊,在家里什么都不干,在别人店里就拼命挣钱……我要是找个帮忙的,要付的工资比你打工挣的都多……为什么? 一样都是干,我也给你钱,给你一样多的钱。怎么就不在家里干? 为什么就这么不愿意在家里?

秀雅:没什么为什么,就不想在这儿。

英美:我知道,我知道你是为什么。你不想看见我是吧,不想看到我这个样子吧,对吧?

英美越说情绪越激动,秀雅厌烦地转过头。

英美:你是不是特别恨我? 你真的不用帮我还债,跟你没有关系啊!

秀雅:你想多了,我不是担心你,我就是要还钱。还完钱我们不再见也可以。

秀雅说完出门,留下巨大的关门声。英美坐在桌子前,脸埋在手里,呜咽起来。

29. 海边 夜 外

海边一片漆黑,整个岛都寂静得可怕,没有任何声音,也没有什么光线,远处的海岛有很多亮光。

秀雅踩着海水扑腾起一片水花,往海水深处走。

秀雅愤怒地一头扎进海里,很多水花溅起,她在微弱的月光下游泳。

30. 鹿儿岛游泳馆门口 日 内

秀雅吹着口哨站在游泳馆前面,看了看门锁,发现门锁着。秀雅推了推上着锁的玻璃门,门上扑扑簌簌掉下来很多灰尘。秀雅用手在灰尘盖住的玻璃上擦了一下。贴在玻璃上看了看,里面是废弃很久的游泳馆。

秀雅看了一眼自己的手指,沾满灰尘。秀雅蹲在游泳馆门前四处张望。

一个戴着草帽的人气喘吁吁地跑过来。秀雅站起来一看,原来是村主任。

秀雅：什么啊，村主任，让我来这儿干吗？什么都没有。

村主任：别提了，码头那新进了货，忙着卸下来，都忙死了！今天有个什么游泳队要封闭训练，来咱们这儿。

秀雅：来这儿？训练？

村主任（敷衍地）：对啊，是啊，说咱们这儿安静，没人打扰。是，是稍微有点乱，但是都是新的，没用过的。

秀雅：所以呢？

村主任：所以你给打扫打扫，灌上水。

秀雅：我一个人？

村主任（压低声音）：再找一个人你就得和他分钱。

秀雅（扭过村主任肩膀）：你走吧，交给我了。

村主任哭笑不得。

村主任踩着小碎步就又往码头的方向赶。秀雅抬头看着游泳馆，皱着眉头叹了口气。

31. 鹿儿岛游泳馆 日 内

秀雅扫地，擦地，用小刷子刷地，最后又用水管喷了一遍。秀雅往游泳池里注满水。秀雅跳进游泳池，双手捧起一捧水，闻了闻。

外面出现汽车的声音，秀雅向外面张望着。秀雅拿着钥匙走向看台。

32. 鹿儿岛游泳馆门口 日 外

小巴车停在门口。小巴车的车身上印着“××游泳队”。道辉打开车门，环顾着四周，又张望着游泳馆的大楼。

道辉：这是……是这儿？

道辉下车，环顾四周，露出迷茫的表情。

道辉（打电话）：我现在在楼前面，灰色的楼……是这个？啊，好！

道辉挂了电话，看了一眼楼，叹了口气，跑上车拍了拍手。车里那些大概十六七岁的游泳队队员都醒来了。

道辉（对游泳队队员）：下来。

33. 鹿儿岛游泳馆 日 内

队员们在水里排着队列一圈一圈练习着自由泳，在泳道尽头翻一个跟头再游回来，整个游泳馆内只有整齐的水花声。道辉在上面盯着每一个人看。

道辉（声音低沉）：腿打起来，别偷懒。自己数着。

队员陆续上岸。道辉叉着腰站着，20 个左右的队员背着手站在他前面。

道辉：去洗一下，换衣服再回来，快！

队员们懒散地走向更衣室。

道辉（跟在队员后面）：跑着去！

躺在观众席椅子上睡着了的秀雅突然醒过来。秀雅看着空无一人的游泳馆,关上灯,只剩棚顶上的一个小灯,她准备打扫。

游泳池的水颜色变深,水面上只有一点灯光投射下来的光圈。秀雅坐在泳池边上把水撩到身上。秀雅一跃跃进泳池里,流畅地游着。道辉折回来捡扔在泳池边上的哨子和计分板。

道辉(看着暗了的灯光低声嘟囔):没电了?

水声有节奏地哗哗响着,道辉抬起头,看见秀雅穿着T恤在暗影中游泳。

道辉看着秀雅从黑暗处游到光晕中。道辉走到泳池边上蹲下来仔细看。道辉瞪大眼睛。

秀雅游到泳池尽头停下来,把住池边,把头浮上来,眼前突然出现道辉的脸。

秀雅(吓了一跳,呛了一口水):什么啊?干吗啊?!

道辉(仔细地看着秀雅的脸):你,你自己游的?

秀雅(一脸疑惑):啊!

34. 鹿儿岛游泳馆门口 夜 外

秀雅出了游泳馆的门走向自行车,解开锁,跨上自行车。

道辉(跟在秀雅身后):这样,你再考虑考虑,也和你家里人再商量一下,这也是个不错的出路,而且这个运动不会对身体造成很大的伤害,运动队里可以负责吃住,你也可以回家,每月也有补助,如果比赛拿名次还有奖金……

秀雅听到奖金,突然停住,回头看着道辉。

35. 秀雅家门口 夜 内

屋子里满是麻将的声音以及男女混杂的笑声。秀雅站在门口磨蹭着不进去。道辉疑惑地看着秀雅,做出一个为什么不进去的表情。

秀雅:其实,她不管。

道辉看着秀雅,秀雅拉开门。

36. 秀雅家前厅 夜 内

秀雅打开门,没有直接进去,而是站在门口。屋内烟雾缭绕,英美和另三个人坐在吃饭的小圆桌旁打麻将。

英美(对牌友):等会儿,该我了,没走呢!

英美抬头,看见秀雅站在门外。

英美:回来了,怎么不进来?

英美拿下嘴上的烟站起来。

道辉(进来,环视了一下四周):您是她家长?

英美:嗯,怎么了?

道辉:关于您女儿的事情想跟您商量一下。

英美:哦……

道辉看了一下一起打牌的牌友。

英美：啊……明天打，明天再打。

牌友有些扫兴地起身。

37. 秀雅家前厅 夜 内

四方桌子两边，英美和道辉对坐着，只能看见秀雅的背。

道辉：……所以这个情况可以说基本条件还是不错的，训练一下应该是可以出成绩的。她比较有天赋，所以看你们做家长的想法……

英美（不拘小节地大笑起来）：什么天赋！我们这儿靠海，哪有不会游泳的，都游得好，我们去赶海，你应该不知道，是分等级的，上军、中军、下军。她是排最后的。

道辉：那就算是同意了吧？

英美：哎呀，这有什么需要同意的，还把牌友打发走了。不过也好，我今天牌不好，你要不要吃碗面？我们家的面特别好吃，我做的面简直是一绝，吃了绝对不想走。

道辉（站起来）：不用了，我先走了。

道辉站起来往滑门那里走。

道辉（对秀雅）：明早八点，别迟到。在獐岛的码头有车，去队里。

英美（突然拉住道辉）：去哪儿？县城里吗？

道辉：嗯，对，明天我带着我的队员回去，正好她一起跟着队伍走。

英美直愣愣地看着道辉。

英美（坚决地）：不行，不行，不能去！

道辉：什么？

英美：在这里行，去别的地方不行。

道辉（一副不解的表情）：刚才……不是……

秀雅（站起来，直视英美）：为什么？为什么不能去？

道辉观察着态势，拉开滑门出去了。

英美：你就那么想出去，你就是想出去对吧！想摆脱这个地方，不想再见到我对吧！你想走很久了吧？不行！不能去！

英美（口气立刻又变成哀求）：你不能去，你要是也走了，就只有我一个人了，你不能走。

秀雅：对，我想走，我不想在这个地方再待下去了，就因为不想看见你才想走的！满意了吧？看见你这样在岛上生活一辈子真是让人绝望。

英美愣住。英美和秀雅怒目而视。

秀雅：就算你不同意我也要走。

英美：你走吧，我让你走，我看你怎么走！

英美眼睛四下搜索着，她找了一把锤子，狠狠地砸了几下门上钉木条的钉子。

秀雅不屑地看着英美。

38. 秀雅家屋顶 夜 外

英美爬上楼坐在屋顶上,点燃了烟,她抽着烟陷入回忆。英美抬头看着夜空的星星,星星由清楚变得渐渐模糊。英美流下眼泪。

天色渐渐发白。英美下楼,把滑门上的钉木条的钉子撬开,木条的一边脱落下来,来回摇摆。

39. 秀雅家秀雅卧室 夜 内

秀雅在卧室里收拾行李,秀雅哭着把衣服一件一件地使劲塞进包里,又一件件拿出来。

秀雅站起来拿出夹在橱柜边上的照片。照片是秀雅小时候的三人全家福,照片上秀雅扎着辫子,英美看起来温柔贤惠。

秀雅的眼泪滴到照片上。

40. 秀雅家门前 日 外

秀雅背着包,走到门前。昨晚争吵时推倒的椅子乱七八糟地躺在地上。秀雅看了看英美的卧室,扶起地上的凳子。

秀雅看着被钉在门上的木条和钉子,拉开门。英美的房门紧闭,没有任何动静。秀雅转过头注视着家里的房子,转头离开。

41. 鹿儿岛码头 日 外

秀雅在船上靠着栏杆站着,看着早上的码头。

捕捞船刚刚靠过来,船上的人随着浪来回摇摆,他们把刚捕捞回来的装着海鲜的塑料筐一个传一个,传运到秀雅乘坐的渡轮上。

秀雅从角落里看见英美在往渡轮的方向张望。秀雅立刻转过身子,藏在柱子后面。秀雅看着船上的玻璃上映出英美探头四处寻找的样子。

船开了,秀雅在车上玻璃的反光中看着英美的轮廓渐渐变小。秀雅回忆起小的时候,眼睛湿润了。

42. 鹿儿岛码头 日 外(闪回)

同样的场景,英美拉着年纪不大的秀雅,在同样的位置看着即将离开的船,船上是秀雅的父亲,秀雅看着船开走后英美坐在地上大哭。

43. 阿婆家 日 内

阿婆平躺着,英美给阿婆在脸上针灸。地上摆着酒精瓶子,阿婆脸上扎着一排针,英美用酒精把针擦了擦,扎在阿婆的脸上。

英美:最近嘴歪得厉害。你不用去那么深的地方。

阿婆:哎哟,你说得容易,不去深的地方赶的东西怎么能值钱?

英美:不能太贪心的,像我以前那样嘴歪得太厉害了。

阿婆:你看见秀雅走了?

英美从嗓子里挤出一声“嗯”。

阿婆：走吧，走了好。

英美：我现在真的是一个人了，每天都在怕会有一天变成这样，我一个人留在这个岛上，但还是躲不过去……都想走，孩子他爸也是，秀雅也是，都不想在这岛待着，也不想在我身边待着……我想着对秀雅，别的我不管她，只要她能待在这个岛上不离开我就行……不过，看起来即使这样，现在也实现不了了。

英美叹了口气，阿婆情绪激动地突然坐起来。

阿婆：就你这样，半死不活，活着也不活出个样子来，让人怎么，哎呀……秀雅看你这个样当然不想看见你了，你自己不知道吗？

英美：所以呢？

阿婆：所以想想办法，活得像点样子啊！

阿婆脸上的针掉下来，英美捡起来。

英美：哎呀，你躺着吧，都掉了。我倒是想了想，有个什么代理？我看好多人都做这个。

阿婆：什么东西？

英美：好像挺挣钱的，那个码头旁边的店前几个月没什么人，后来找了个代理挂上他的牌子，每天都有人给送货，还是带着牌子打包好了的货，现在连旁边度假村的生意都被顶掉了。

阿婆：能还上债吗？

英美：我不是一直在还吗？

阿婆瞪了英美一眼，转过头。

英美：别动，扎错了。

阿婆：秀雅早晚也是要走，待在这个地方有什么意思，一辈子像过一天一样，早上下海晚上下海，难道 80 岁还要像我一样在这儿受苦，像你一样一辈子都在还债？

英美不作声。

44. 县城游泳馆 日 内

游泳馆内道辉的声音不大但短促有力。道辉站在水池边上看着水里的队员。

道辉：注意节奏，不要抢，头抬太高了，调整高度。

道辉蹲下，眼睛盯着黄色泳帽。

水声继续响。

道辉（加重语气）：再说一遍，头，太高了，低一点！

黄色泳帽依然和别人节奏不一样。

道辉（吹哨）：停！

所有人停下，把脸从水里抬起来，擦了擦满脸的水，大口喘气，抬起水镜。

道辉盯着黄色泳帽。水镜抬起来，原来是秀雅。

道辉（对秀雅）：我在说你，不知道吗？头高了，影响速度。

道辉把哨子放在嘴边准备继续开始。

秀雅：我这样游更快。

道辉：什么？

道辉眯起眼睛看着秀雅。

道辉：你要试吗？

秀雅和道辉对视。

秀雅和一个队员并列站在泳池周围。其他队员围在泳池周围，抱着胳膊饶有兴趣地看着。

道辉吹响哨子，秀雅和队员站上准备台。道辉再次吹哨，秀雅和队员同时下水。秀雅的起伏很大，明显比旁边的队员动作幅度大很多，稍稍落后。但是秀雅越来越快，渐渐赶超了旁边的队员。

秀雅先触到壁，抬起头立刻看了下旁边，旁边的队员还没有触壁。

秀雅看着道辉。道辉脸色不好，没有说话，拿着计时表径直离开。

秀雅努力掩饰着上扬的嘴角，其他队员纷纷和秀雅击掌表示问候。

45. 县城游泳馆更衣室 日 内

洗完澡的队员鱼贯而出，秀雅把腿架在凳子上，左右旋转，仔细观察着自己的腿。

经过的队员：不吃饭？怎么了，腿？

秀雅立刻放下自己的腿。

秀雅：哦，去。这就去……

46. 鹿儿岛汽车维修场 日 内

英美围着一辆已经不新的小货车转了半天，蹲下来按了按轮胎。

英美：轮胎也是新的？

修车老板从另一辆汽车底下钻出来。

修车老板（不耐烦地）：放心吧，这个破车我有什么好蒙你的，说是新换的就是新换的。壳是旧了点，别的没问题。老板拍了拍车帮。你出的价格能买这个也不容易了，你去别处打听打听，没有这样的车了，早就报废了。

英美依然有些不安地看着。

47. 鹿儿岛海鲜批发市场 凌晨 外

英美穿着高跟鞋和裙子在批发市场里格外显眼。英美试图把五六个塑料盆一起拖到自己的货车旁边，地上湿滑，塑料盆不听使唤地乱滑。

英美把塑料盆一个一个地搬到小货车上，其他的批发商都用异样的眼光看着英美。

48. 秀雅家英美卧室 日 内

承建一只手垫在脑袋后面闭着眼睛躺在秀雅的卧室里。英美在给承建清理耳朵。

英美：那个叫什么来着？花点钱就有人把所有的货都给我供上，挺挣钱的那个，你有认识的吗？

承建：你找代理？那得选得好，光看别人挣钱了，你连投的钱都没有，想什么呢！

英美：也得试试吧，你帮我问问吧。得挣钱呀。

承建（睁开眼睛）：干吗？突然想挣钱了？

英美（放下挖耳勺）：没什么，就是突然觉得得还上债，像样一点活着了。可能……秀雅就是因为我这样才讨厌我的。没有钱，也没有希望，什么都没有……

英美叹了一口气。

英美：不知道这样秀雅会不会回来。

承建翻了个身，侧对着英美躺着。

承建：突然犯什么病呢！知道了，等着帮你问。

英美"啪"的一声打在承建胳膊上。

英美：别动！吓我一跳。

英美吹走挖耳勺上面的脏东西。

49. 岛上迪亚公司咨询摊位 日 内

橘黄色的太阳伞上写着"迪亚公司"四个大字。英美坐在摊位旁的塑料凳上认真地看文件。对面的女孩穿着制服拿着一摞文件对着英美滔滔不绝。

女孩：您看看，上面就是我刚才跟您说过的那些，还有一些您自己需要注意的条款。要是没有疑问就在这上面签个字。

英美翻了翻文件，若有所思。

英美（紧张地）：我，我再问一下，这个能多赚吧？

女孩：如果配上比较好的服务和比较得力的宣传，基本上可以保证稳赚不亏的。

英美：哦，是吗？

女孩：我们进的货都在县城的仓库里，统一打上了我们的牌子，每天保证送货。你要是不放心可以一起去仓库看一次。我们其实比其他公司赚得还要多，但是您的投入相对少，风险也就更小。您现在就加入的话是属于比较早的，收益相对来说也会更多一点。

英美咬着嘴唇默默地点头，嘴里念念有词地计算着。

50. 秀雅家店面 日 外

货车停在英美的店外，英美看着从车上搬下来的箱子。英美指挥着工人把箱子放在店里。店里的滑门被卸掉放在旁边。

英美：这边这边，放这儿。

厨房和屋里塞满了统一颜色的纸箱子。

英美打开纸箱子，里面整齐地码着印有统一标识的饮料以及食品原料。英美满心欢喜。

英美：这个都是？这个货的量是一天的吗？

工人：我们不管这个，给我们货我们就送。

英美：哦哦哦！

工人准备离开。

工人：都搬好了。

英美：啊，对，可以了。

工人们没有要离开的意思。英美从兜里掏出小费。

英美：这个，辛苦了，买点水喝吧。

工人接过钱。

51. 秀雅家 夜 内

秀雅的自行车拐了个弯停在英美的小货车旁。秀雅跳下自行车，围着小货车绕了两圈。她摸了摸车，嘴角露出笑容，接着又收起笑容打开门，瞥见英美在小圆桌前一边点着计算器，一边读着一摞文件。

秀雅咳嗽一声，英美抬头。

英美：哦，回来了。

秀雅：哦，外面谁的破车停在那儿？

英美：车破吗？

秀雅点头。

英美：我新买的，早上进的货多，没个车不方便。这样进的货多卖得也多，能从中午一直卖到晚上，海鲜面本来就有名，一天不间断，能吸引更多的人来。

秀雅：买个车就能挣那么多，那岛上得变成什么样啊？岛上那么多人都有车，也没见他们怎样。

英美：我是说在有车的基础上，如果买来更丰富的食材，海鲜面更好吃也说不定。

秀雅进屋。英美低头继续研究满桌子的材料。

秀雅再次从屋内出来，在前厅周围乱晃。

英美：怎么？

秀雅：哦？哦，没有。你还不睡？

英美：我在看这个，代理……

秀雅：代理？什么代理？

英美：就是……

秀雅：你不问我训练怎样吗？

英美：哦，对，怎么样？

秀雅：我，最快的。

秀雅：你要不要看我的晋级赛？

英美抬头看秀雅。

秀雅：你不是不信我游得快吗？来看就知道了。

英美点头。英美看着秀雅进屋，露出笑容。

52. 渡船上 日 外

秀雅和英美在渡船上,英美在秀雅的斜后方。英美从后面一直看着秀雅。秀雅也通过玻璃门观察着英美。

53. 体育馆看台上 日 内

英美穿着有些暴露的裙子坐在看台上,周围坐着家长,热络地谈论着比赛积分的问题。

家长一:如果今天比得好,他们的差距就不会太大。

家长二:对,有希望,就是上个月那个积分不太好,所以才落到第五名了。

家长一:那差一点点,看看今天的发挥了。

家长三:是前三能参加比赛是吧?

家长一:对,可是三四五积分都很近。

英美坐得离他们有些距离。英美听着其他家长的对话,视线不安地向四周搜索着。其他家长看着英美有些怪异的装束。英美尴尬地脱掉外套盖住腿。

54. 县城游泳馆 日 内

秀雅急急忙忙插进队列里站好。道辉探头盯着秀雅缠着纱布的腿。

道辉:你腿怎么了?

秀雅:哦……有点酸。

道辉:拿下来。能游起来吗?

秀雅:没关系,不影响。

道辉看了秀雅一眼,继续对全体队员说。

道辉:不说了,知道规矩对吧? 前三名。比完自己去看计分板,不用来找我。没什么要问的了吧?

秀雅(举手):只有参加市里的比赛才有奖金吗? 今天的比赛没有奖金吗?

其他队员听着捂嘴偷笑。

道辉:好笑吗?

其他队员立刻严肃起来。

道辉:队内比赛没有奖金,但是队内比赛赢了才能参加市里的比赛。

秀雅(小声地):知道了。

道辉:准备!

队员们脱掉外套戴好帽子排在泳道前面。看台上家长们都站了起来,英美也跟着站起来四处张望。

道辉吹哨。

所有队员都站上准备台蓄势待发。

五圈之后,秀雅一直排在第三的位置上。秀雅发出吃力的喘息声,呼吸的时候吐出水发出挣扎的声音。秀雅缠着纱布的膝盖不是很听使唤。

英美紧张地咬住嘴唇,视线固定在秀雅的身上。

秀雅(对自己):快,快点!

秀雅越来越快,道辉看着手里的计时器,观察着秀雅的速度。秀雅和第二名、第三名相继触线。

秀雅兴奋。

道辉(看着计时器自言自语):这么不按照套路出牌,这么快!

前排家长有的惋惜有的兴奋,他们积极地交流着,英美悄无声息地离开观看台。

55. 县城游泳馆洗澡间 日 内

秀雅撕开膝盖上包着的纱布,揭下里面的膏药。膝盖的颜色青红交织,上面还有一片密密麻麻的红点。秀雅低下头仔细观察,按了按膝盖,疼得龇牙咧嘴。秀雅打开水龙头,让冷水冲着膝盖。

秀雅:什么啊,怎么这么疼!

外面传来队员的声音。秀雅立刻站起来,装作在洗澡。

队员:那个是你妈妈吗?好像在门口等你。

秀雅:哦,应该……哦,对。我一会儿去。

队员:比赛加油。

秀雅腼腆地点头。

56. 县城游泳馆门口 日 外

英美和秀雅站在游泳馆门口阶梯上,一高一低。

英美:我看了,你游的。

秀雅:嗯。

两人沉默。

英美:你不回去?

秀雅:你回吧,我明天回去。

英美:嗯。

英美(环视一周):确实不一样,和岛上。要是以前,可能我也不愿意待在岛上。(英美看向秀雅继续说)要是你游得好,就不会回来了吧?不知道该不该希望你游得好。

秀雅:你先回去吧,店里没有人。

秀雅看着英美离开。

57. 县城游泳馆 夜 内

秀雅站在已经没有灯光的游泳馆内,一个人看着计分板发呆。

积分榜的名单上第一名的位置是秀雅,新粘上的名字贴没有粘牢,“雅”字有一半脱落下来。

58. 县城游泳馆洗澡间 夜 内

洗澡间充满了热气,雾气中,秀雅洗完澡在擦身上。镜子里只能看见秀雅的轮廓。

秀雅随手用手擦了擦镜子,镜子中映出秀雅的脸。秀雅对着镜子梳了梳头,头发变长了,秀雅拿着梳子把头发分开。她把头发梳到后面,扎起一个小辫子,对着镜子左照右照。

59. 秀雅家 日 内

英美在家里来回踱步,不时焦急地看向外面。

英美(打电话):我今天没接到送货,什么时候来送货?……啊……138 这个电话,好好好……

英美拨打电话,电话一直占线。英美充满疑惑,再次打电话,依然占线。

英美拿着外套,立刻出门。

60. 岛上迪亚办公室门口 日 外

英美跑去迪亚公司,公司的牌子照旧挂着。英美扒着办公室的玻璃窗往里面看。里面一片安静,东西都在原位。

英美敲门,没人应答。英美急得满身是汗,英美拿出手机给承建打电话,一边奋力地拧开门。

承建:喂,等会儿等会儿,忙着呢!

英美:喂,喂,哎……

英美焦急地环顾四周,绕了办公室一圈。拿着扫把沿街慢慢扫地的清洁工从远处过来。

英美(跑过去):问一下,这个地方的人呢?

清洁工:不知道,不在了?

英美:不在了?什么时候走了?

清洁工:东西都收拾走了,扔这么多空箱子在这儿呢!

英美无奈地蹲下,焦虑不安地不停拨打电话。天色渐渐变暗。

61. 秀雅家前厅 夜 内

秀雅在做海鲜面,和英美做海鲜面的流程一样,有条不紊地切着。外面门响,秀雅从厨房里出来。

英美脸色惨白走路踉跄,满身酒气。秀雅使劲嗅了嗅。

秀雅(脸色变暗):你,去哪儿了?为什么这么晚?

秀雅(略微生气,一脸轻蔑):又找人喝酒了?

英美打开房门,在地上躺下。秀雅跟着进入卧室。

62. 英美卧室 夜 内

秀雅站着看躺在地上的英美。

秀雅:你又去找承建了,对吧?

英美:被骗了。

秀雅:什么?

英美:他们跑了,拿钱跑了,代理商。

英美闭上眼睛,眼泪从眼窝里滚出来。英美翻过身慢慢睡着,嘴里一直嘟嘟囔囔都是抱怨的话。

秀雅愣愣地看着英美。

秀雅帮英美盖上被子,关灯离开。

63. 英美卧室 清晨 内

英美痛苦地睁开眼,看见自己的胳膊正被拽着。

英美:哎呀,干吗啊?

秀雅:起来! 我们去找那家。

英美:什么?

英美挣脱秀雅。

秀雅:骗子,去找他。

英美:都跑了,要去哪儿找啊?

秀雅:那也要找! 你想怎样? 下辈子也在这里还债? 不管是不是你的事情,你只会接受,所以才会这样,才会被欺负。如果当时我爸走的时候你就把还债的事情扔给他,我们现在会过这样的生活吗?

英美爬起来,瞪着秀雅,无话反驳。两人相互看着。

64. 小货车上 清晨 外

英美开着车,秀雅坐在旁边。英美转头看着秀雅。

秀雅:干吗?

英美:我们找到人后说什么?

秀雅:没什么啊,你不用管,我来解决。

英美放心地点点头。

65. 岛上迪亚办公室门口 日 外

英美停车,秀雅看见办公室门口停着辆大货车,一群光着膀子的工人正把废纸壳踩扁捆成捆扔到车上。一个剃着板寸穿着黑背心的人正在指挥着他们。

秀雅冲过去,推了黑背心一个趔趄。

秀雅:这里的人呢?

黑背心(转过头皱着眉头打量着秀雅):你是干吗的?

秀雅:你认识这儿的老板吧,他在哪儿? 你有电话吧? 给我。

黑背心:你是谁啊? 凭什么?

黑背心踩扁了一个纸壳,冲着秀雅脚下扔过去。英美跑过来挡在秀雅前面,踩住纸壳。

英美:你认识他吧? 你肯定有他电话吧? 不然他不会把这个店给你。他骗了我的钱跑了,我找他,也不想报警,让他把钱退给我就行!

黑背心继续指挥着工人。

英美拉着秀雅一直站在旁边。

黑背心(转过头):电话换了,你去县里看看,那里还有家店,不过他也急着要走。你去试试看吧,别的我也没什么办法。

英美说了声“谢谢”,拉着秀雅离开。

66. 县城迪亚办公室门口 日 外

秀雅一直在踢办公室的卷帘大门,对面商铺传来骂骂咧咧的声音。

一个大叔披着衣服来开门:大早上的干吗呢?

大叔拉开卷门。

大叔:干吗呢? 敲什么敲?

秀雅:我们着急找这个人,这个人拿了钱……

英美(打断秀雅):你肯定知道他去哪儿了吧? 拿了钱跑了,不然我们找不到他也要报警。

大叔:他卷了你钱跑了又不是我,你冲我凶什么凶! 我哪里知道他去哪儿了! 他要跑路难不成还提前跟我说一声啊。嘁!

大叔披上衣服转身拉上卷门。英美继续执着地敲打着卷门。

大叔(又拉开卷门):喂,他老婆好像住在里面的那条商店街,好像在那儿开了个小五金店,之前他说过一嘴。别的我还真的没听说过。别说是我说的。

英美(鞠躬感谢):谢谢了!

英美拉着秀雅走。

英美:走,过去! 上车!

67. 商业街 日 外

街上还没什么人。秀雅跟在英美后面,英美一个店一个店地确认。

英美(拍了拍秀雅):那儿!

秀雅和英美跑过去。

英美敲着铁门,里面静悄悄的,她不停地敲门,又扒着窗户往里面看,里面落满灰尘。

英美:走吧,没有人。

秀雅愤恨地踢了门一脚,英美拉着秀雅失落地离开。

身后,门声响了。

秀雅跑过去。里面一个蓬头垢面的女人露出脸来。

女人:你找谁啊?

秀雅:是迪亚公司做代理的?

英美没理秀雅的问话,费力地打开门缝,直接冲进去。

英美:就是这个。(英美指着照片上的男的)这个人在哪儿? 你丈夫吧?

女人:我不知道。他不在了。

英美:在哪儿?

女人:我真的不知道。

英美:怎么可能?不是你丈夫吗?骗走了我三万块钱。我不报警,你把钱还给我就行。那个钱对我来说很重要,没有那个钱我们家就完了。

女人(停顿了一会儿):那个钱不在我这儿,他跟别人跑了有一阵了,我们离婚了,这个钱不在我这儿。你在我这儿随便看吧,什么都没有。

英美环顾房间内,黑暗杂乱,床上鼓出的地方有个小孩睡得正香。

三个人僵在房间中,同时看着孩子。

68. 小货车上 傍晚 外

英美拖着秀雅把她塞到车上。

秀雅:干什么?干吗不要钱?来不就是拿钱的吗?

英美把门从外面扣上按住把手。秀雅在里面试图打开。

英美(口气不容置疑):上车,回去!

秀雅不解。

英美在开车。

秀雅:为什么不要钱?说啊!

英美(开着车,淡淡地):也没什么,我们当时好像也是这样。

秀雅看着英美,两人没有说话。

英美向前开着,前面是没有尽头的路。夕阳在两人身后落下,两侧是被夕阳染得金黄的高粱地。

69. 秀雅家前厅 夜 内

英美端出海鲜面。秀雅摆好筷子。

英美:来吧,吃吧。

秀雅盛出两碗面摆在自己和英美面前。

秀雅大口吃着,英美坐着看着秀雅吃。

秀雅:你怎么不吃?

英美:哦,我还不饿,等会儿再吃。今天耽误你训练了吧?跟我找了一天。

秀雅:没有啊,我不练也行。照样快。

英美:今天谢谢……陪我去。

秀雅继续吃面条。

秀雅:好像没什么用,钱也没要回来。

英美:反正也是要还钱,多还一点而已,还好没投多少钱。

秀雅:过了明天就都好了,我会都还上的。奖金够咱们还剩下那部分钱了,你不用再想了。

英美:不用你还!我不是说了吗?从你上小学开始吧,我就记得你去打工,虽然你拿回来钱可以应付要债的,可是每次拿你给的钱,我都觉得有一种说不出来的感觉。

秀雅:到时候,我们就可以不为还钱而生活了,这么多年一直为还钱而活。这种生活很快就要结束了。我心里也会轻松一下了。

英美:……不知道,应该感觉不错吧……

英美、秀雅沉默不语。

70. 市游泳馆 日 内

游泳馆很大,阶梯看台一直顶到最高处,围着的一圈都是观众。看台上坐满了人,他们手里拿着横幅、脸上喷着彩绘,喊出整齐的口号。

周围响着欢快的音乐。吉祥物兴奋地用夸张的动作跟大家打招呼,和大家一起自拍。

广播(画外音):没有检录的运动员请去检录处检录。我们的比赛将在10点开始,按顺序进行男、女子组100米、200米、400米、800米的预赛,每小组的前两名进入决赛……

秀雅在检录处排队等着检录。

秀雅转着身子在看台上眯着眼睛搜索着。后面的队员拍了拍秀雅,示意让她跟上队伍。秀雅跟上队伍,她的膝盖依然绑着运动胶带。

准备席上,秀雅一直摸着膝盖。她拍打自己身上的肌肉,让自己振作起来。

观众席上各种欢呼声、加油声此起彼伏。

广播(画外音,机械的声音一直在被循环播放):请观众们在裁判员发出信号之后保持场馆安静,以保证运动员能正常听见发令枪声。

秀雅(对自己):加油! 坚持一下就能拿到钱了。

英美在看台上看着秀雅双手合十。

发令枪响,所有运动员跃入水中。秀雅入水后滑行了很久,露出水面时,她的身位在最前面。

秀雅游了一会儿之后,逐渐落后,左腿的水花特别小。道辉看着秀雅,眯起眼睛仔细观察。道辉从教练席下来,艰难地穿过拥挤的人群。

道辉:让一让,让一让。

秀雅后半程越来越使不上力气。到边之后,秀雅立刻看计时板。最边上泳道的人发出兴奋的欢呼声。

秀雅回头看大屏幕逐渐显示出来的名字,她看见自己的名次是第三名。英美踮起脚尖努力地看着大屏幕上的名次。

秀雅随着队列往外场走。英美顺着楼梯往下走,周围的人被挤得不满地抱怨着。

71. 市游泳馆选手准备室 日 内

秀雅和所有的选手一起等在大屏幕前,准备看最终的复赛名单。大屏幕上按着成绩顺序一行一行出来名字。秀雅搜索到了自己的名字,长舒了一口气。

道辉从后面抓着秀雅的胳膊把她拽出来。

道辉(劈头盖脸地问):你腿怎么了?不是拉伤吗?你没揭掉胶带?

秀雅下意识地弯腰挡住膝盖,道辉一把撕下胶带。膝盖红一块青一块的,看上去触目惊心。

道辉有些震惊。

道辉(坚决地):不行,不能比赛!

道辉拿着扯下来的胶带转头就走。

秀雅拽住道辉的胳膊。

秀雅:不行,我得比赛!

道辉:你这样的膝盖走都不能走,还能比赛?你自己看你自己看!不能比!

秀雅(直视着道辉的眼睛):我一定要比赛,我要赢,我需要那个钱。

道辉(皱着眉头):钱?!为什么?我不懂,为了钱比赛?

秀雅(看着道辉,流下眼泪):让我比赛吧,我一定能赢,我真的需要那个钱,很需要。会改变以后所有的生活。

道辉(看着流泪的秀雅,一头雾水):什么?什么事?

秀雅:让我比赛吧,比完赛再告诉您。

道辉看着秀雅的眼睛,一直看了很久。

道辉慢慢拿出兜里的运动胶带,蹲下给秀雅的膝盖缠上。

道辉:等会儿游的时候,上身用力,往前不要往上,控制动作的幅度。如果左腿打不起来,两条腿的幅度不要差距太大,这样速度更难起来。

72. 市游泳馆泳池 日 内

决赛现场,秀雅咬着牙忍着膝盖的痛。道辉和英美都皱着眉头焦虑地在旁边看着。

秀雅跃入水中,排在第一位。道辉握紧拳头。英美闭上了眼睛。泳池里秀雅费力地划水。

秀雅周围的声音都消失了,她能听见自己的呼吸声,能看见手撩开水之后离她越来越近的终点。

泳池内,其他泳道的选手已经接近终点,只有秀雅还在中间艰难地游泳。观众席上一片议论声。秀雅在原地打着转。

秀雅把头埋进水里,依然能听见泳池边上别人欢呼的声音。

73. 市游泳馆泳池岸上 日 内

秀雅爬上泳池岸上,摘下水镜,脸上都是泪水。

秀雅对着英美大哭,英美抱住秀雅,不住地拍着她的背。

74. 市游泳馆记者采访间 日 内

道辉和秀雅坐在凳子上,外面灯光渐渐变暗。角落里媒体还在打着灯采访一些运动员。

秀雅换上了衣服,表情呆滞地坐在椅子上。

道辉：说说吧，到底为了什么？

秀雅没说话。

秀雅：我还在小学的时候我爸就和我妈离婚了。我爸带着钱走了，留下个替别人签的担保，那个人还不上钱也跑了，所以我妈就得一个人还担保款。

道辉看着秀雅点点头。

秀雅：是我的原因，是我的错。

道辉：什么是你的错？

秀雅：小学的时候，我家就一直开着这个饭馆。有个小男孩和我玩得很好，我天天去他家玩。他妈妈没工作，而我们家生意正在变好，有些忙不过来，想找一个服务员，我就让他妈妈去我们家工作，这样我就能和他一起玩了，结果他妈妈和我爸爸好上了。我爸爸就跟他妈妈跑了，离开了我们那个岛。要债的每个月都来，所以我妈妈就要想所有的办法还钱。我们家就一直在还钱，从来没有过过没被钱追着的日子。

道辉：嗯，所以……

秀雅：是因为我，我们家才变成这样的，因为我，我妈妈才这么过的，所以我得还债。

秀雅抬起头看着道辉。

秀雅：所以，知道了吗？我就是这个原因想要钱。一天没还完钱，我就一天心里不安，我每天都在提醒自己，我就是那个把家变成现在这样的人。我不敢看见她，总是在提醒自己，所以我都出去挣钱，真的不想见到她。

秀雅抬头，看见英美在面前。

英美：你觉得我不知道吗？我一直都知道啊。我一次都没有，从来都没有这么想过……

秀雅和英美对视良久，两人眼睛都逐渐模糊。

75. 秀雅家后厨 日 内

（6个月后）

秀雅穿着运动服，围着围裙在切海鲜，两侧的头发掉下来，秀雅利索地把头发扎起来。店内变得干净又整洁，所有的颜色都变成了明亮的颜色。

秀雅刚清理好一桌，正端着托盘，里面装满了需要清洗的碗。外面传来开门声，进来一批游客。

秀雅：欢迎光临，随便坐，看看吃点什么？我们的海鲜面是招牌，很好吃。

秀雅指着印在墙上的菜单热情洋溢地介绍。

游客：都来碗面吧？大家都是吧？

秀雅（对着后厨里的英美大喊）：三碗！

后厨英美答应了一声。

英美脸上带着笑意，在熟练地做菜，炒勺里的菜颜色鲜艳，飞到空中划出弧线又落回锅里。

76. 秀雅家屋顶上 日 外

英美坐在屋顶上俯瞰着整个小岛，小岛还是那样安静。英美看着秀雅正沿着小路骑着自行车。英美抬头看远方，远处海水湛蓝，更远处的山绿得发亮。

（完）

女性心灵的栖息地

——《岛》剧本评析

孟 中

这是一部让人读起来心痛的电影剧本，很难想象这部剧本出自一名本科四年级女生之手。剧本一方面有着女性电影的特征，另一方面又充满了稚气和纯真。这部剧本打动了许多导演，也曾在青年电影制片厂立项，但至今没有碰到一名能够驾驭它的女性导演。

故事以男孩造型的 17 岁女生秀雅为主要人物，以秀雅与母亲的冲突为主线，讲述了秀雅拼命打工挣钱帮母亲还债的故事，呈现了母女两人以不同的方式完成自我救赎的经历。

剧本通过祖孙三代表现了女性面对艰难生活的顽强与坚韧，她们相互依存，不向命运低头；而反观剧本中的男性，他们背弃了女性，是女性苦难的制造者，也就是传统意义上的坏男人，而唯一一个能够帮助秀雅的教练，也是苍白无力的。从另一个意义上讲，影片塑造了一个利欲熏心的男权社会，而女性在这个社会中如同孤岛。

剧本在主要人物秀雅的塑造上，巧妙地使用了“情结”的技巧，使得秀雅成为复杂人物，强化了其主人公地位。在父母冲突上，秀雅引狼入室直接导致父亲出轨，这使得秀雅形成过失情结，也导致母女之间产生间隙。影片在这时候将母女身份做出调整，突出她们共同的身份属性：女性。秀雅与英美的冲突和英美与外婆的对话，呈现出她们的女性角色，而不仅是母女身份。因此，人物的塑造使得影片女性主义味道浓郁，有着东方女性审美的特征，也导致许多导演认为这部电影剧本日韩风明显，甚至有导演想将此片拍成一部日韩风格的电影，这是后话。

剧本中秀雅的动作将青春期少女的可爱完全展现了出来。她喜爱水，在她的意识里，水既是符号，代表生命、情感、自由，又暗含着她的世界观，岛上的游客如同过客，潮水般涌来又潮水般退去，留在岛上的不变的是孤独的女人。以至于影片后半部，秀雅也决定离开岛去参加比赛，名义上是替母亲还债，实际上潜意识里也是想逃离这个岛。影片的高潮部分不是秀雅比赛失败，而是她终于打开心扉，倾诉出将她压抑得喘不过气来的过失情结，最终与母亲完成心灵的和解，留在了岛上。在情感的高潮部分，秀雅的清纯令读者心痛。

剧本在风格上非常朴实，如同影片内容一样，白白的沙滩、微风轻拂的海浪，有着极强的治愈感。它用顺时空平铺直叙的手法，将一个清纯少女的故事娓娓道来。

剧本采用了“五段式”结构。开始用了4场戏交代时间、地点、人物，在第4场结尾搭建外部冲突，交代了秀雅帮母亲英美还债的主情节线，影片的基本情节都是围绕着主情节线而设置的。从第5—69场是全片的发展段落，一波三折，完成了秀雅终于决定靠游泳比赛为母亲还债的情节安排。第70—73场是全片外部动作的高潮阶段。后面第74—76场是结尾。

除了外部动作以外，剧本从第34场开始搭建秀雅与游泳教练道辉的纠葛，表面上搭建的是人物之间的纠葛，实际上搭建的是秀雅和游泳之间的情感纠葛，形成了情感线。伴随着外部情节的发展，内部情感与之相呼应，形成此起彼伏的节奏，最终在第74场达到情感高潮，秀雅终于倾诉出过失情结的秘密，从而与母亲达成和解，完成了内心的自我救赎。

有些学者认为剧本中道辉的性格过于绵，情感不够浓烈，实际上就整片气质而言，本片不适合描写浓烈的情爱故事。道辉这个人物极像《末路狂花》中的警察哈尔，虽然他想救路易斯和塞尔玛，但是其性格的薄弱使得这个人物是无力的，也是编剧为了设置男权群像而为之的。

《岛》虽然没有强烈的商业性，但是其完整的剧作内容，治愈式的风格，突出了女性主义影片的特点，更像是构建了一方女性心灵的栖息地。

桃花笑杀人

◇ 母紫馨

人物小传

李　靖：雍州人，因修建隋长城失手杀了隋官，逃亡至江都城，身无分文，走投无路，遇到了公子杨玄，成为杨玄手下的一名杀手。又因刺杀铸剑师、抢夺鸦九剑的任务失败，李靖被捕入狱。五年后，隋朝颁改令法，李靖被判死刑，公子杨玄用李代桃僵的方法救他出狱，从此李靖改名李镜。他希望金盆洗手，重新开始普通人的生活。他虽然告别了江湖身份，却因放不下江湖道义、恩怨情仇的束缚，又一步步重新走上杀人的道路，也走入了公子杨玄的陷阱。

杨　玄：司空杨素之子，隋炀帝的护剑使，一心想拯救大厦将倾的隋朝，对抗权势滔天的宇文大人。一方面，杨玄欣赏李靖的才能，另一方面也利用了李靖的义气。杨玄有鸿鹄之愿，却无英雄之气，在争夺宝剑失败后，为了脱身将所有的罪名都嫁祸给李靖。

红　拂：江都人，平康坊的歌舞伎。十二岁时就被隋炀帝选中登龙舟，但她不甘屈服，在家人的保护下决定逃走。家人均被李靖误杀，她也没能改写沦为官伎的命运。杨玄找到红拂，将她训练成一位游走于市井声色场所的密探，并安排她接近李靖，以促成她和李靖的合作。最终李靖成为杨玄的弃子，红拂看透杨玄为人，也预想到自己作为棋子的未来命运，于是做出了不一样的选择。

公孙白：江都城的城寨债主，做的是黑帮生意，靠着走私江都宫的金银珠宝和为商贾贵胄打造兵器而富甲一方。性格亦阴亦阳，嗜血嗜杀，难以捉摸。

小　甲：杨玄下属，忠心耿耿的小吃货，聪明伶俐，办事靠谱，为了救杨玄而死于城寨一役中。

小　乙：杨玄下属，懦弱胆小的小赌徒，因为年龄小，经不住诱惑也经不住恐吓，被公孙白利用。

老裁缝：李靖的好友，曾和李靖一起修过长城，李靖对他有一饭之恩，所以两人一直互相扶持。李靖出狱之时,老裁缝已经先一步过起了普通人生活,虽然贫苦但是安稳,当李靖需要他时,他立刻展现出与平日里颓唐无用截然不同的一面。

故事梗概

即将被执刑的死囚李靖被秘密地送出了牢狱,帮助他的人就是公子杨玄。原来,李靖从前是公子杨玄手下的杀手,因为执行任务失败而被捕。在狱中五年,他始终秉持着江湖道义,没有说出公子的名字。获得新生的李靖化名李镜,决心告别杀手身份,开始过普通人的平静生活。

为了得到一份营生,李镜登门拜访江都城最有钱的帮派首领公孙白,却意外地卷入了一起刺杀公孙白、抢夺鸦九剑的纷争。李镜出于本能解救了被伏击的公孙白,并得到了公孙白的赏识,没想到公孙白却残忍地了结了四名杀手。我不杀伯仁,伯仁却因我而死,这让李镜拒绝成为公孙白麾下的杀手,只是得到了一份铁匠的工作。

然而,此时公子杨玄却处于水深火热之中。隋炀帝失势,宇文化及权倾朝野,身为杨家人的公子凭借单薄的力量,筹谋着寻回鸦九剑、瓦解宇文父子江都宫变的计划。四名杀手的死引起了杨玄的注意,为了追查公孙白和鸦九剑的关系,杨玄锁定了公孙白与人交易的兴化坊。机缘巧合间,李镜似乎也在命运的安排下,来到了兴化坊。凭借其老到的江湖经验,李镜敏锐地察觉到了公孙白的埋伏。危险来临,他来不及思考,为了还杨玄一份救命之恩,他再度出手……

本已决心再不合作的两人因此重逢,杨玄邀李镜一同吃栖灵寺的斋饭,看平康坊的歌舞,登高眺望江都城春日的胜景。在此机会下,杨玄向李镜讲述了自己心中对于家国的宏愿,并邀请李镜加入。但是李镜因为对当年误杀他人之事无法释怀,再度拒绝了杨玄。

可巧的是,李镜在平康坊邂逅了歌女红拂,而红拂就是李镜当年误杀行动中,唯一活下来的小女孩——小女孩恐惧的目光深深地刻在了李镜心中,以至于他决心金盆洗手。李镜到此才知道,自己的错误不仅导致了红拂家破人亡,还令她沦落风尘。好在红拂似乎并没有认出他,还抱着对英雄的仰慕之情爱上了他。

终于,李镜为了弥补当年的错误,决定帮助红拂脱身风尘,重获自由。他主动找上公子杨玄,并同意为他再做一笔杀人的生意。这次公子没有让他杀人,只是要他保护自己走一趟公孙白的地下城寨。地下城寨是江都城最危险的地方,这里不仅高手如林,还机关重重。这一役腥风血雨,李镜和杨玄遭遇埋伏,一路刀刃舔血,受伤惨重,总算杀出了一条生路。李镜终于完成了他的任务,杨玄也寻得了他梦寐以求的鸦九剑。

夜幕之下,黎明未至,李镜带着红拂踏上了前往长安的路,可是遭遇了来自公子杨玄的伏击。原来,当公子杨玄终获鸦九剑的时候,才发现自己落入了宇文大人借助公孙白设下的一个圈套，为了自保，杨玄将所有的罪名都推向了李镜。愤怒的李镜大开杀戒，带着红拂逃出了江都城。本以为一切都会就此结束，可是在最后关头，红拂剑指李镜。他这才明白过来，从红拂的出现，到他会去兴化坊的种种巧合，其实都是公子杨玄设计的。

在主人与仇人、过去与未来之间，红拂做出了一个令人意外的选择……

1. 狱牢 夜 内

狱卒甲：这是明天执行死刑的名单。

狱卒乙接过，打开，名单的最后一列是“李靖”的名字。

狱卒乙收起名单，点了点头，端着饭菜穿过牢狱，走向了最深处的一个房间。

狱卒乙：最后一顿饭，吃完了明天上路。

说着，狱卒乙将简陋的饭菜递给房间里的男人。

（特写）一双深邃的眼睛，一道长长的刀疤。

男人瞥过那些饭菜，没有动，只是端起了一碗水一饮而尽。

突然之间，一股奇异的感觉涌了上来，男人瞪大了眼睛，片刻后猝然倒地。

狱卒乙：怎么回事？

狱卒进来稍做检查，试探男人的鼻息，回头冲狱卒甲摇了摇头。

狱卒甲：总有些怕上刑场的孬人，交给我吧！

狱卒甲一副习以为常的表情，挥挥手，男人被抬了出去。

2. 暗室 日 内

石墙铁壁铸就的暗室内，只有一束阳光从缝隙里刺进来。

一盆水浇在男人身上，男人猛然惊醒，急促地呼吸着空气。

男人回过头，看到刚才那狱卒甲站在身后，他退了一步，后面还坐着一位穿白衣的贵公子。

男人：是你？

杨玄：江都城最厉害的杀手也会怕死？

男人不语，还未从刚才的恐惧中定下神来。

杨玄（笑）：看来我替你做了个对的决定。

杨玄给狱卒甲使了个眼色，狱卒甲带人把崭新的衣物、口檀、剃刀等东西一一送了进来，开始帮男人刮胡子。

男人看到这些久未见过的生活物件，才渐渐相信自己真的活过来了。

男人：为什么帮我？

杨玄：你因为帮我杀人才会进来，说出我你未必是死刑，但你没有。我们是朋友，我不想看你去死。

男人：我只是拿人钱财，替人消灾，我们不是朋友。

杨玄沉默了，只是将一个小卷轴推给男人。

杨玄：这是你的新名字。

男人此时已经刮好了胡子，换好了衣服，杨玄让人送上了他的刀。

男人抚摸着他的老朋友，终于心神宁静下来。

3. 江都城 日 外

画坊里的歌伎卷起帘子，在窗阁边弹着曲子，唱着歌，歌声袅袅。

歌伎（唱，画外音）：折花逢驿使，寄予陇头人。江南无所有，聊赠一枝春。

镜头从画坊里摇下，可以一眼看到江都城满目胜景，街市上卖布的、卖烧饼的、逛街的人熙熙攘攘。

男人走出狱牢大门，以一种陌生而向往的目光，看着城市里久违的情景。他轻轻展开杨玄给的卷轴，上面写着"李镜"两个字。

杨玄（画外音）：出去以后什么打算？

李镜（画外音）：重新开始。

李镜抬头，一缕阳光照在脸上，刺得他睁不开眼。

出片名：桃花笑杀人。

4. 青石巷 黄昏 外

太阳渐渐西沉，暮色吞没红日。

一条小船渐渐驶进一片竹林，四下悄无人烟。

李镜跳下船，摸索着已有些陌生的路，终于在竹林掩映的巷子深处，看到一间小屋，屋前的竹竿上晾着各种颜色的布匹。

鸟叫声传来，李镜抬头，看见一只鸟笼在石屋檐下摇摇晃晃。

李镜会心一笑，他终于找到了。

5. 青石巷裁缝铺 黄昏 内

一个老裁缝正在整理刚做出来的衣服，将汗衫、冠帽、布靴一一奉给一个麻脸男人。

麻脸男人已经等得不耐烦了，拿起布靴打量。

麻脸男人：我说要烟青色，不是要靛青色，这让我如何穿？

老裁缝：这就是烟青色，您瞧，在太阳下面，翠绿翠绿的，用的是上好的缎。

麻脸男人：死佬儿，我说是靛青色，就是靛青色。

老裁缝：……是，是。

麻脸男人：既是这样，衣服我拿走了，钱，就这些。

说着，男人随手撂下一堆细碎的铜钱，理直气壮地走开了。

可以看到，不远处的小牌子上，写着"成衣二两"。

麻脸男人刚要走，一个高大的身影挡在了门口，留给他一个阴狠的眼神。

麻脸男人被这眼神吓得一个哆嗦，加快了离去的步伐。

高大身影走进来的时候，老裁缝正将那些碎铜钱收进柜子，瞥见又有人进来。

裁缝头也不抬：客，做什么款式？

李镜：陌头、布帻、大袖衫一套。

听到李镜的声音，老裁缝顿了一下，抬起头，以一种不敢相信的目光看着他。

李镜（笑）：不请我喝杯茶吗？

老裁缝（回过神来）：哦哦，对……

说着，老裁缝走进后屋，一会儿端出来一碗茶水，倒在李镜面前，茶水几近无色，只沉着几片已经发黄的茶叶。

老裁缝：什么时候回来的？

李镜：今天。（瞥见茶水，又看看四周）生意不好做吗？

老裁缝：如今乱世，钱都攥在贵族和帮派手里，咱们离了老本行，想老老实实做点小本生意，能经营就不错了，更何况我还有……

老裁缝话还没有说完，一串孩童的笑声从屋外传来。

李镜循声望去，只见屋外的院子里，一个五岁上下的小女孩，扎着高高的双髻，眉间还点着一抹朱砂，天真可爱，刚折了一枝蜡梅，在夕阳下跑来跑去。

李镜：是你的孩子？

老裁缝：嗯，今年已经五岁了。

李镜看着这画面，一时动容。

老裁缝看着李镜有些激动，心绪难平。

老裁缝：现在你回来了，以后都会好起来了。

李镜顿了片刻。

李镜：我不打算再干以前的生意了。

老裁缝（开玩笑地）：金盆洗手？

李镜（认真地）：对，我退休了。

老裁缝也渐渐意识到李镜话里的认真。

老裁缝：你这话当真？

李镜看着手里的茶水，陷入了回忆。

（第6—7场为李镜闪回）

6. 茶室 夜 内（闪回）

杨玄将一杯茶放下。

杨玄：那名铸剑师我们已经找到了，明天午时，他会从江都出发去长安。探子说他身边有四名高手，难以近身，你应该有办法对付他们。

说着，杨玄将一张地图，推到李镜面前，上面有一个弯道被标了出来。

杨玄：务必在路上拿到他手里的东西。

7. 郊外驿道 日 外（闪回）

地图上的场景被置换成现实，山林、溪水、小路，如地图所绘。

李镜头戴笠帽，在郊野的一个摊铺静静埋伏。

李镜：老板，一碗文思豆腐羹。

汤碗上来，李镜端碗正要喝，突然抬眼瞥见一辆马车缓缓行过，李镜暗暗握住了手里的刀。

他放下铜板，起身正要离开，店家老翁突然拦住了他的去路。

店家老翁：您这铜板……

店家老翁的话还没说完，李镜已经侧身躲避，同时抽刀送去——店家老翁被笔直地钉在了柱子上，手里还有一对没发射出去的飞镖。

紧接着，周围的另几位客人——一白发老妪、一虬髯大汉、一纤瘦妇人也从桌子下、豆腐缸中、衣服里取出兵器。

大汉举双锤向李镜劈头砸来，李镜微微后仰，仅凭一脚蹬地，就避开了落下的双锤，然后他转至大汉后方，刚要还手，老妪和妇人分别用铁鞭和花枪同时夹击李镜。

眼看腹背受敌，千钧一发之际，李镜借木桌格挡脱身，刹那间老妪和妇人互相被对方的兵器击中。

李镜想甩掉他们，去追赶渐行渐远的马车，但大汉并不放弃，拼命缠住李镜，两人便在马车上翻飞攻守，最终李镜游龙一般从车底窜出，一刀刺穿了大汉的腹部。

大汉摔落于马车下。

李镜挥刀直劈马车里的人，可是就在这一瞬间，布帘随风扬起，里面坐着的根本不是什么铸剑师，而是一个满眼惊恐的女孩——少女眉间有颗桃花形状的花钿。

（李镜闪回结束）

8. 青石巷裁缝铺 昏 内

老裁缝：那女孩是什么人？

李镜：出逃的官伎。

老裁缝：那四个高手呢？

李镜：不过是几个练过功夫的老百姓，大概是她的家人吧。

老裁缝听到这里也是一阵唏嘘。

李镜：我不仅放走了铸剑师，还错杀了良人。

老裁缝：所以他们抓了你？

李镜沉默。

老裁缝：这是你唯一一次失手，谁都会有失手……

李镜：我不是因为这个！在牢里这五年，我从没有想过那铸剑师去了哪里，宝剑又落到了何处，但我无数次想起那个女孩的眼神……

老裁缝看着眼前的李镜，感觉有些陌生。

老裁缝：这五年你变了不少。退休之后怎么办？

李镜看着窗外，他对未来也有些迷茫。

李镜：找份普通人的营生吧，只要不杀人，做什么都好。

9. 广陵酒楼外 夜 外

杨玄从轿子上走下来，换上了一身白色的衣服，虽然衣服颜色素净，但细微处的花纹可见其郑重。

门前随从小甲已经在等候——小甲，就是那个扮作狱卒的人。

杨玄：东西都准备好了吗？

小甲上前，拿出一个精致的盒子，打开，里面是一对夜明玉璧。

小甲：这可是您从高句丽带来的宝贝，真舍得送给宇文大人做寿啊？

杨玄：现如今，宇文大人一人之下万人之上，吃穿用度都堪比宫里，若不是稀奇的玩意儿，我又何必拿出来丢人现眼？

小甲：可是咱们和宇文大人素无往来，您是姓杨的人，这天下姓杨又不姓宇文，我们何必这样讨好？

杨玄：多嘴。不良门既然归了鹰扬府，也就今时不同往日了。

10. 鹰扬府 夜 内

杨玄带着小甲走进府邸，府邸从前廊处便站着一排挎着刀、穿着羽甲的人，如同兵马俑一样表情肃穆，纹丝不动。

而走进深处，大堂上完全是另一番情景，处处都是玩“叶子戏”的人，出牌时人们大喊着“万贯、索子、文钱”，叫嚷声此起彼伏。

这一内一外，一动一静，形成一种诡异的气氛。

小甲：这个宇文大人竟然公然设赌过寿？

杨玄：林尚书、雍州牧、清河郡公，个个都是赌徒，还好没带小乙来。

说话间，杨玄看到远处的宇文大人正坐在一张大桌前，与人掷叶子戏比大小。

杨玄(走过去)：大人。

宇文大人不予理睬，继续玩着手里的叶子。

杨玄：我来给您贺寿的，一点心意，不成敬意。

宇文大人轻轻扫了他一眼，依然没有说话，杨玄和小甲被生生地晾在了一边，反而是荷官停下了手上的动作。

宇文大人顿了一下，偏头去看杨玄手里的东西。

宇文大人：是什么东西啊？

杨玄：高句丽的夜明玉璧。

宇文大人：甚好，甚好，就当作此局的筹码好了。

在场的人哄堂大笑，杨玄顿感颜面扫地。

宇文大人(催促)：看什么？开呀！

荷官继续摇骰子，刚要开盘，突然隔壁传来了一阵吵嚷声。

小乙：是我赢了！我赢了！

众人齐齐投去目光,原来是不远处的一桌发生了争执,人群当中与人发生口角的正是小乙。

小乙:鹰扬府有什么了不起!输了可以不给钱啊?

鹰扬府侍卫:我说你出老千。

小乙(懵了):我没有出老千!

鹰扬府侍卫:我亲眼看到你出老千,喂,你们也看到了吧?

小乙:你血口喷人!

小乙气急败坏地就要上去打人,拳头刚举起来,就被杨玄一把按住。

小乙:老大,我没……

没容得小乙开口,杨玄一巴掌就甩了过去。

杨玄:谁让你来这里胡闹的!跟我回去!

鹰扬府侍卫:怎么?出了老千想这么容易就走?

宇文闻声走了过来,看了一眼小乙,又看了一眼杨玄。

宇文:你的人?

杨玄默认。

宇文(轻蔑地白了一眼):成事不足,败事有余。东西找不到,人也管不好。

杨玄(连忙行礼):大人,未寻得宝剑,是下官的过错,小的已派人去追。

宇文:不必。

杨玄愕然。宇文走到杨玄身边,附耳悄声说道。

宇文:宫里丢了东西,陛下派你去追,竟这么久没有追回,从今以后,此事你不必管了。

杨玄(低声争取):大人,宫中的宝物被盗,宝剑也下落不明,此事近些时日已有线索,下官……

宇文不管,向手下使了个眼色,两个鹰扬府的侍卫立刻要把小乙拖下去处置。

小乙:大人救我!大人救我!

杨玄见状,内心挣扎。

杨玄(眼看小乙被压在桌上,长刀朝他的脑袋砍去):下官遵命!

宇文大人一抬手,那两个侍卫即刻住手。

宇文:罢了,姑且小小惩罚一下就好,若有下次,小命不保。

杨玄:多谢大人!

话音刚落,杨玄松了口气,却听小乙的一声尖叫划破酒楼上空,那长刀还是落了下去,小乙被截断了一根手指头。

11. 街道 夜 外

杨玄愤怒地将小乙捶倒在地。

杨玄:我让你赌!让你赌!让你赌!

小乙：我没出老千！

杨玄：我知道！

杨玄最后补了一拳，但这一拳从小乙的脸边擦过，只是落在了后面的墙壁上。

杨玄：行了，别哭了。

小甲：早就跟你说了小心，咱们在陛下手底下，到鹰扬府办事，要小心再小心。

片刻，杨玄冷静下来，从衣服上撕下一块布，给小乙包扎。

杨玄：受委屈的又岂止你一个？忍忍吧！

小乙（抹着眼泪）：您总说忍，什么时候才是个头？

杨玄紧咬着牙关。

（闪回）

隋炀帝的迷楼行宫内，杨玄站在阶下，隋炀帝坐在帘内，只能看到一个隐约的身影。

隋炀帝：宇文父子权倾朝野，那嵌着玉玺碎片的宝剑又不知所终，大厦将倾，朕已无力把你留在身边。但今日，朕密封你为护剑使，唯有寻得宝剑，方能还我杨家天下。

杨玄不语，只是抬头看着天上的滚滚乌云。

杨玄：要变天了。

话音刚落，一道惊雷闪过。

（闪回结束）

12. 地下城寨 日 外

镜头从地面向下推移，可以看到这是一座地下的土寨，雨水透过露天的顶棚灌入，有遮挡的地方，束着黑色头巾的黄衣人三五聚集，有的聚众赌博，有的装箱磨刀，好不热闹。

远处瓦楼上有隐隐的琴声混着雨水声飘下来。

帮众甲：那人是谁啊？

帮众乙：来找咱们主子帮忙的呗！都在那儿杵了半个时辰了。

帮众甲乙一边封箱运货一边说着，顺着他们的目光看去——只见一块儿没有遮挡的空地上，李镜正站在雨中，暴雨浇了他满身。

13. 地下城寨瓦楼 日 内

瓦楼上，一个蓄着一绺小胡子的中年男人抚定琴弦，然后轻轻按动琴箱的机关，琴箱登时翻了过来，琴底部的木板分成两片。

男人轻轻打开木板，只见里面藏了一把已经生锈的宝剑。

这时有人从外面走来，男人连忙合上木板，起身将琴收起。

脚步声在门外停住。

公孙白：丁乞吗？

丁乞：是。

丁乞从门外走了进来。公孙白拿起剪刀修剪花枝。

公孙白：从宫里来的那批货都清点完了吗？

丁乞：凡是金器皆铸成黄金，银器皆铸成白银，其余珍珠宝石数万，都已转手没入黑市。

公孙白：千万别留下尾巴。

说着，公孙白剪去一截有枯萎之势的花枝。

丁乞：是。

公孙白：外面那人还没走啊？

丁乞：是，看来今日见不到您是不会走的。

公孙白：讨厌！

丁乞：您莫动怒，玉楼春新酿的葡萄酒已经送来了，您看是不是现在……

公孙白一听，整个人都开心起来，放下剪刀。

公孙白：不早说！

14. 地下城寨 日 外

公孙白带着两个小弟，快步经过楼下，从李镜身边走过时，他停了片刻，又退回到李镜跟前，带着一种审视的目光打量着他。

公孙白：我们是不是在哪里见过？

李镜也看着公孙白的眼睛。

（闪回）

夜晚的平康坊里躺着几个刚刚被了结的人，他们都束着黑色的头巾。

李镜擦掉了刀尖上的血，将刀收入鞘中，然后转身混入人群中离去。

公孙白带人前来查看，正好与李镜擦肩而过。

（闪回结束）

李镜：小人半月前刚从雍州来，您大概是认错了。

公孙白：雍州？雍州杜康你可尝过？

公孙白目光紧逼李镜，似乎眨眼之间便会看穿他说的是真是假。

李镜：雍州并无杜康，最有名的要数西凤，味道不及西域玉楼春。

公孙白这才稍稍宽心，大笑起来。

公孙白：你这人虽然讨厌，竟是懂酒的人，一起走吧！

15. 地下城寨小酒馆 日 内

李镜跟随公孙白进入了一家城寨地界的小酒馆，一进门就有一对胡人打扮的男女等候着，店家似与公孙白十分相熟。

公孙白：今天你们胡老板没亲自来。

胡人男：他去西边进货了，没能得空儿。

公孙白入座，店家便关上了门，这个动作立刻引起了李镜的注意，他敏锐地看了看店家，又看了看这对男女，还注意到柜台处的店小二。店小二与李镜目光相对时，眼神中飘出一瞬间的怯懦心虚，似乎是被李镜震慑住了。

店家（及时喊住店小二）：愣着干吗！去上菜吧！

店小二这才回过神来，赶紧躲进了后厨。

店家：还是老几样儿，大煮干丝、高邮鸭蛋、红烧狮子头，都是最适合下酒的。

公孙白：好，开酒吧！你既是雍州来的，也可品评品评。

胡人男和店家交换了一个眼神，拿出一个皮囊酒袋，将晶莹的葡萄酒倒入玛瑙杯中。

随着葡萄酒倾入酒杯，李镜的视线透过葡萄酒，紧盯着胡人男背后的胡人女和店家的小动作。

公孙白端起杯子便要喝，李镜也低头端起酒杯，却在葡萄酒的映照下，看到身后的店小二从后厨举刀砍来。

就在一瞬间，李镜臂膀一挥，把杯中的酒直泼到店家和胡人男女身上，同时一脚将长椅踢向身后的店小二。

店家和胡人男女已经抽出兵器，却因为突然袭来的酒水本能地一避，错过了攻击的时机，等反应过来，已被李镜抢了上风。

李镜不用兵刃，赤手空拳钳住胡人男手里的兵器，反手将他胳膊扭断，同时借力跳起，一脚踹在了店家的胸前。

店家退后了几步，正撞上胡人女，店小二还想反击，已被李镜用椅子抵在墙边，动弹不得。

公孙白后知后觉，抡起刀砍来，李镜欲拦住，却不敌公孙白下手快，顷刻间，店小二、胡人男女都已经毙命。

公孙白还要向店家落刀，这下被李镜拦住。

公孙白：为什么？

店家：为你手里的东西。

公孙白冷笑一声，丢下一个轻蔑的笑容，放下刀作势要罢手，李镜也退后了两步，可是公孙白手起刀落，直接插进了店家心脏。

店家（挣扎着）：只要它在你手里一天，就会有无穷无尽的人，来取你的性命。

说完这句，店家便咽了气。

公孙白：你叫什么？

李镜：李镜。

公孙白：我们真的没见过？

李镜不语。

公孙白：这么好的功夫，以后留在我身边做事吧。

李镜：我不想杀人，讨口饭吃就好。

公孙白：讨口饭吃？兴化赌场、广陵钱庄、平康歌坊，你想去哪里？

李镜：都好。

公孙白（扫兴）：可惜了，这么好的功夫，却是个胸无大志的人。城寨东头的磨铁匠前两天死了，你就顶上他吧！

公孙白拂袖而去，李镜作揖送别，看着死在自己面前的四人，暗暗握紧了拳头。

16. 运河岸边 黄昏 外

雨已经停了，地面上湿漉漉的一片。

李镜在河边用水洗了洗手，也洗了洗自己袖口上沾染的一小片血迹，然后起身走到一个摊铺前。

李镜：老板，一碗文思豆腐羹。

老板：好嘞。

李镜端起汤碗正要喝，突然河边桥上的一幕，让他定住了眼神。

远远看过去，一个少女正提着一盏桃花灯笼，从桥上走过。

几个玩闹的娃娃跑过，其中一个不小心撞上了少女，他手里刚争抢过来的烧饼被碰掉。

娃娃心疼地拾起烧饼，快要哭出来，少女摸摸娃娃的头表示安抚，然后掏出几枚铜钱给他。

这场景宛如一幅画卷，李镜一时看痴了。

老板：客，一碗五文钱。

李镜的思绪被摊铺老板的声音打断，他放下钱，快速起身离开了。

17. 街市 黄昏 外

李镜跟上那少女，少女在胭脂摊前停留，他便远远地等候，少女在卖布摊前停留，李镜便再次停下脚步，少女不经意地一回头，李镜生怕被发现，赶紧侧身躲了起来。

可是等他再探头去看时，少女已经远去，几乎淹没在人群中。

李镜快步追赶上去，转至一个僻静的竹林小巷，少女却再无踪迹了。

李镜一时怅然，却听身后传来一个曼妙的声音。

少女：你在找我？

李镜回头，看见那少女提着灯笼朝自己走来——她眉间有颗桃花形状的花钿。

李镜：不……不是。

少女：我们见过？

李镜（掩饰）：不曾见过。

少女：那为什么跟着我？

少女：走近了两步，盯着李镜询问，眼神里带着七分笑意、三分天真，把李镜瞧得反而有些无所适从。

李镜：我……我瞧你手上的灯笼……很是好看。

少女看看手里的灯笼——上面画着点点桃花。

少女：官家府上可有姐姐妹妹？

李镜：不曾有。

少女:那可有妻子女儿?

李镜:独身一人,都不曾有。

少女(微微皱眉):奇怪,竟然有男人喜欢桃花灯笼?

少女说着自己捂嘴笑了起来,这笑声仿佛在笑李镜拙劣的借口,李镜一时不好意思起来。

少女:不过可惜,这灯笼我已经许了他人,不能送给你了。

李镜(连忙摆手):不打紧不打紧,适才多有冒犯。

少女:不打紧不打紧。

少女学着李镜的样子摆了摆手,笑着转身离开了,刚走两步,突然又想起了什么,回过身来。

少女:兴化坊!

李镜:啊?

少女(笑意盈盈地):那有许多卖灯笼的,你去那儿看看吧!

少女说完真的走了,李镜意味深长地看着女孩的背影,半晌。

18. 运河岸边 日 外

清晨,潮气退去,天气晴好。

一个老妇人端着一盆新鲜的绿叶菜,来到水边清洗,一抬头,看到不远处来了一艘小船。

老妇人起初没当回事,正起身要走时,定睛一瞧,却看到四个人齐齐整整地躺在船上——那是四具尸体!

老妇人吓得手一软,绿叶菜撒了一地。

19. 运河桥边 日 外

小甲快步走到桥边,杨玄正坐在一个茶棚里,观察着那四具被捞起的尸体。

杨玄:什么时候发现的?

小甲:今天早晨。方圆五里地都问过了,没人见过和他们接触的人。

杨玄翻了翻四具尸体身上的衣服,发现外面是干的,里面却是濡湿的,略做思考。

杨玄:去北岸查一查。

小甲:北岸?北岸离这里有大半个城的距离,而且,(小声地)北岸是城寨的地界。

杨玄:尸体是早晨被发现的,但是衣物外层被风干,内层是濡湿的,没有一点被体温捂干的迹象,可见人早在雨停之前就死了。

说着,杨玄用手指沾了沾茶水,在桌面上画出了一条蜿蜒的曲线,又在曲线上画了一个圈。

杨玄:运河上游在北,下游在南,按照水流速度和时间推断,抛尸的位置在这里。

杨玄指了指曲线上那个圈,那是江都城地图上城寨的位置。

20. 一组蒙太奇

运河北岸,小甲拿着死者的画像询问过路人。

城寨门口,小甲盯上了两个黑巾黄衣人,一个是驼背的大个儿,一个是面白如纸的精细虫。

赌场里,精细虫对面坐着小乙,小乙故意和精细虫押了不同的注,开盘——精细虫输了个叮当响。

夜色街头,精细虫走在路上,突然身后传来一声铜钱落地的脆响,精细虫一回头,却只见铜钱不见人影。精细虫四下打量,见没有人,便走上前捡起钱,没想到刚捡起一个,又落下一个,就这样,精细虫一路将钱捡进自己的口袋。正得意时,落下的不再是铜钱,而是一根绳索。精细虫惊讶地抬起头,可还没来得及看清,就被绳索勒住了脖子,被拽进了一条幽深的巷弄。

21. 酒楼 夜 内

小甲快步走进酒楼,在二楼靠窗的桌前坐下,坐他对面等候的是杨玄。

小甲气喘吁吁地猛喝了一杯茶,一脸邀功的表情。

小甲:今天我要吃狮子头啊!

杨玄也早就准备好了,小甲那边刚说完,小二就把菜端上来了。

小甲:运河南岸发现的那四具尸体的来历有眉目了。

说着,小甲朝楼下使了个眼色——只见那个戴着黑色头巾的佝偻大个儿从街市走进酒楼。

小甲:大个儿驼背那个叫胡徕,小乙还抓了一个白得像娘们儿似的,外号精细虫,有人说下雨那天,看到这两个人在城寨门口和那两个胡人碰过面。

杨玄一边听一边喝着茶,目光锁定楼下那个佝偻大个儿。

杨玄:抓的那个人说了些什么?

小甲:只说和胡人有些生意上的往来,无非是卖卖蜜瓜葡萄酒之类的,都是些西域的特产。可是大人,我不明白,事发的地方本不是咱们的辖区,我们何必插这个手?

杨玄:你可还记得那四个是什么人?

小甲:当然,一个老头,一个少年,两个胡人……

杨玄:对,胡人。数月前我们追查宫里的那批东西,珠宝流入的就是胡人的黑市。江都城的胡人并不多,城寨更不是胡人流动的区域。

小甲(认可地点点头):你怀疑城寨在和胡人做生意啊?这也没什么,城寨的生意遍天下,听说连很多王公贵胄的兵器都是出自城寨……

小甲说着,但很快又意识到什么不对,吓得狮子头都掉了。

小甲(压低声音):你还在查丢的那些东西?可是宇文大人不是不许咱们继续查宫里被窃一事了吗?

杨玄不回答,换了个问题。

杨玄:那个被抓的人有没有透露城寨下属的柜坊在哪里?

小甲:兴化坊!

杨玄不再说什么,起身便走。

小甲:老大!那……那我这狮子头?

22. 铁匠铺 日 内

李镜将“营业”的牌子挂在铺面门口,在磨刀石上洒下一瓢水,用手帕擦干手上的汗,准备开始一天的工作。

一封信被举到了他面前,李镜伸头去看,只见一个小孩正站在铺面下面,个子还没有磨刀的石台高。

小孩:西市的张屠户让我把这个给你。

李镜接过信封,打开,先倒出来的是几个铜钱,接着还有一封信:六寸铁铸屠刀两把,今日未时送至西市油坊,过时不候。

李镜:未时?

23. 街道 日 外

李镜背着一个麻布袋,腿脚轻快地穿过街市,险些撞上迎面而来的马车,他以轻功迅速躲过,人烟稀少的巷子,他便飞檐走壁加快脚程……

24. 西市油坊 日 内

漏刻上的水尺轻轻浮起——显示未时刚到。

李镜气喘吁吁,准时赶到,将包裹着屠刀的布袋摊开,递到柜台前。

柜台前的伙计正在念念有词地算账,看到面前忽然出现的屠刀,吓了一跳。

伙计:你……你想干什么?

李镜:您订的两把六寸屠刀,未时送到,时间刚刚好。

伙计(纳闷地):没听说订了屠刀啊?

李镜认真地拿出信件佐证,伙计接过看了看。

伙计:许是掌柜下的单,你放那儿就好了。

李镜微笑着点点头,将屠刀放在了伙计指示的地方。

李镜:告辞。

说完李镜转身离去。

伙计(喃喃自语):不是刚买了屠刀吗……

25. 兴化坊门前街道 日 外

包子铺前几个客人正在谈论着江都城里的八卦。

路人甲:……这四具尸体来路古怪。

路人乙:不良门正在查这件事呢,过几日就该有结果了吧。

路人甲:我看悬,据说这事和城寨有关,谁敢动城寨的人啊……

李镜路过,听在耳中,可他并不在意,这会儿他肚子叫了,看到包子铺前“十文三个”

的字样，他摸了摸自己口袋里的铜钱，犹豫了一下。

抬起头，他不经意间看到了“兴化坊”的牌匾，里面一条长长的巷弄两边，挂满了各种各样彩色的花灯。

包子铺老头：买包子吗，您？

李镜（捏紧了铜钱）：哦不……不买了。

包子铺老头：不买您别挡着我卖啊！

李镜笑笑赔礼，走开了。

26. 兴化坊 日 内

李镜走进挂满花灯的巷子，一路寻寻觅觅，终于在铺面门口的展示画上，看到了那少女所拿的那种桃花灯笼。

李镜会心一笑，走了进去。可是坊内空无一人。

李镜：请问可有人在吗？

半晌，一个书生模样的男人从柜台下面直起身来。

店主：何事？

李镜：我想买花灯，门口画上的那种桃花灯笼……

店主（打断）：今日不营业！

李镜（有些不解）：可是……

店主：扎花灯的师傅不在，您先请回吧！

李镜：既然是这样，打扰了！

李镜行礼离去。

27. 兴化坊外街道 日 外

李镜刚走出坊门，便看到杨玄带人迎面走来。

两人远远地看到了对方，目光交汇，杨玄微微颔首，李镜也以眼神回应，然后便彼此擦肩而过。

李镜看到杨玄带人朝坊内走去，他本并未多想，可是一瞬间意识到有什么不对劲。

（快速插入画面：兴化坊门口挂着“正在营业”的牌子。）

店主（画外音）：今日不营业！

坊内有扎到了一半的纸灯笼。

店主（画外音）：扎花灯的师傅不在。

店面空无一人，一些工具散落在地上，天窗处有黑色的影子。

路人甲（画外音）：……这四具尸体来路古怪。

路人乙（画外音）：不良门正在查这件事呢……

想到这里，李镜顿住了脚步。

28. 兴化坊 日 内

杨玄走进兴化坊，如刚才李镜进来的时候一样，坊内空无一人，只是更加凌乱不堪，店主躺在柜台旁，心脏上插着一把六寸屠刀。

杨玄连忙去查看，但他已经咽下了最后一口气。

杨玄（叹了一口气）：来晚了一步，去里面看看。

杨玄挥挥手，小甲等下属应声散入坊内。

兴化坊是江都城最大的杂货铺，里面有各种各样的货物，布匹绸缎、胭脂水粉、笔墨纸砚、灯笼烛台等，分布在坊内各处。一个下属走进一个堆满灯笼的通道，用佩刀拨开灯笼，可是在他拨开的瞬间，一枚尖钉从灯笼后面射过来，直直地插入他的咽喉。

下属随即倒地，这声响立刻吸引了众人的注意，大家纷纷戒备，但还是晚了一步，机关一触即发。

墙壁暗处隐藏的尖钉暴雨一般向他们袭来，杨玄挥剑格挡，但还是有几个下属被击中倒地；紧接着，一面巨大的柜子朝他们倾倒过来，危机之中，一个下属推了杨玄一把，自己却被压在了柜子下面；趁乱，还未离开的几个人杀了出来，招招凶狠欲取他们性命。

杨玄欲闪躲，却被对方发射的尖钉钉住了披风，以至于动作稍缓，对方的长剑已经落了下来。

剑光闪过的瞬间，一个身影飞过，那杀手已经被一脚踹开。杨玄看到李镜折返回来，仿佛看到了救星一般。

李镜赤手空拳，随手抄起还未完成的灯笼抵挡对方的刀剑——灯笼被劈成几瓣，李镜便借其中的竹条当武器，在对方刀剑袭来的瞬间，利用竹条的柔软和弹力以柔克刚，抽其破绽之处。

一时间没有杀手能够近身，可杨玄的人还是寡不敌众。李镜借这个空当，拉杨玄躲入坊内的仓库。

两人躲在一个货架后面，但杀手仍穷追不舍，很快便闯入仓库，他们捅破装有面粉的麻袋，进行地毯式搜索。

李镜从旁边一只已经破损的灯笼里面拿出烛芯，塞到杨玄手里，杨玄看了李镜一眼，便立刻会意。

杀手脚步声越来越近，眼看就要走到他们躲藏的货架前，突然李镜杀了出来，这回他什么武器都没有用，只是一脚踹起一个麻袋，麻袋向黄衣人飞来。

杀手自是本能地用刀剑劈砍飞来的麻袋。霎时间，麻袋四分五裂，里面的面粉纷纷扬扬撒落下来。与此同时，杨玄点燃烛芯，朝杀手扔过来——

只听一声轰鸣，仓库发出爆炸的声响。

下一秒，李镜和杨玄已经越窗逃离。

29. 兴化坊后窗下 日 外

李镜和杨玄摔在窗户下面，两个人满脸血污、浑身狼狈，几乎爬都爬不起来，远远地对望了一眼，因为刚刚逃过一劫，相视一笑。

30. 地下城寨瓦楼 夜 内

伴随着瓦片落地的破碎声，那些花全都被打翻在地，和泥土混作一团。

公孙白暴跳如雷，对着一个下属迎头暴打。

公孙白：让他跑了！让他跑了！

下属已经快被揍成猪头，红着脸，肿着眼睛，一声不敢吭。

公孙白：除了你之外，一个都没回来，那你滚回来干什么？

丁乞：倒是还有一个被捉回来的。

公孙白：嗯？

丁乞：是……精细虫。

公孙白一惊。

下一秒，精细虫已经跪在公孙白面前，外套头巾已经被扒了下来，只剩一件内衫，一身泥污，狼狈不已。

公孙白凑上去想瞧瞧他，但很快捂着鼻子，嫌弃地后退了几步。

精细虫：……老大，我被关在马粪棚里整整七天，我什么都没说，什么都没说！

丁乞：什么都没说？那不良门的是如何找到兴化坊的？

精细虫无言以对，只能一直磕头求饶。

公孙白：若不是胡徕发现有人跟踪，早早地来报信，这会儿恐怕我已经被冲进瓦寨的人捉走了。该死，真该死！

精细虫：是……是何人？

公孙白：何人？你说是何人？

精细虫：小的不知啊！

丁乞：老大问的是扒你衣服的是何人？

精细虫（使劲儿思索）：一个个子小小、胡子尖尖的人，对了，脸很白！

公孙白摸了摸自己的尖胡子，又看了看铜镜里自己的脸，忍不住翻了个白眼。

丁乞：蠢货，你说的这人满大街都是！

精细虫（突然又想到什么）：哦对了，他喜欢赌钱，赌运很厉害，我们是在赌场认识的！

公孙白和丁乞听到这话，互相交换了一个眼神。

31. 扬州石板桥 日 外

（李镜梦境）

在烟雨蒙蒙的扬州三月，女孩撑着一把伞从石板桥上走过，渐渐朝李镜走来。她越来越近，越来越近，注视着李镜的眼睛——她的眉间有颗桃花形状的花钿。

32. 铁匠铺 日 内

李镜从昏迷中惊醒。

此刻他躺在简陋的榻上，脸上还挂着未愈合的伤痕。

朝他走来的不是少女，而是老裁缝。

老裁缝:不是说好不杀人、不打架了吗?

老裁缝抱怨着,也知道李镜自然有他的原因,不会给出什么解释,便递给他一碗水,无奈地摇摇头去了外间。

老裁缝:其实你不用说,我也知道怎么回事。一碰到那个人准没好事,从前就是因为他你才坐牢的,要是他再找你看我不……

话还没说完,一道阴影遮住了老裁缝头顶的阳光。

老裁缝抬头一看,立刻不言语了,因为站在他面前的正是他口中的那个人——杨玄。

老裁缝(没好气地):又来干什么啊?

杨玄:我找李镜。

33. 栖灵寺竹林 日 外

寺里的绿竹娇翠欲滴,彼此掩映,阳光从竹叶的缝隙里洒进来,景色宛如画卷。

李镜和杨玄对坐在竹林下的一张石桌前,僧人把木桶里的斋饭盛给两人。

杨玄:栖灵寺的斋饭远近闻名,尝尝。

杨玄把第一碗推到李镜面前,李镜看着那斋饭,露出了一瞬间的迟疑。

杨玄:怎么?

李镜:没什么,只是没想到你说请我吃饭是来这里。

杨玄:这五年里,每每觉得心神不定的时候,我都会来这里清静清静。

李镜:外面世道那么乱,正是群雄逐鹿、扶摇直上的好机会,大人也会想要躲清静吗?

杨玄:你想金盆洗手,退隐江湖,我又何尝不想功成身退,归园田居?

李镜:对你来说,功成才能身退,我们不一样。

杨玄:既然不一样,那为什么救我?

李镜一时不说话了,猛扒了几口饭,把碗底刮了个干净。

李镜(正色):你帮过我,没有你,我已经死在牢里了,所以我不会见死不救。

杨玄:可也是因为我你才会蹲了这五年牢房,你不恨我?

李镜沉吟了片刻。

李镜:这是最后一次,如果以后再有这种事,我不会再出手。

说完,李镜将碗搁在桌上,起身准备离开。杨玄叫住了他。

杨玄:那你可知道逐鹿是为了什么?

李镜停下脚步,杨玄走上前,给李镜指了指四面墙壁上的石刻壁画——只见墙壁上有七幅不同的壁画,最后一幅画着一只沉睡的狮子,它的下半身已经被蚕食,可头颅还很完整,虽然沉睡但威严仍在。

杨玄:佛陀弟子阿难曾做七梦,第七梦梦见狮子王死于地上,然而一切禽兽都见而怖畏,不敢妄动,最后狮身却被虫蚕食。就如大隋,内统宋齐梁陈,外征高昌、新罗、高句丽,万国来朝,这样的国家,若想从外瓦解是不可能的,可如今却被几只蚍蜉从内撼动了根基……

李镜：你想做周公？

杨玄：不错。

李镜（叹了一口气）：但我们都是蝼蚁，我想认命。

李镜说得很冷静，仿佛杨玄的话丝毫没惊起他内心的波澜。但杨玄仍有不甘，上前拽住他的衣袖——

杨玄：你跟我来！

34. 栖灵寺塔顶 日 外

杨玄拉着李镜一口气登上了栖灵寺的最顶层。

两人站在风口处，初春的冷风仍劲，放眼望去，整个江都的美景都尽收眼底，远处有巍峨华丽的江都宫，近处有隋炀帝新建的迷楼，大运河穿梭在柳浪繁花中。

杨玄：你可曾在春分时节，登高看看这城市的风景？

李镜不语。

杨玄：你瞧那里，卖桑蚕布的女孩，每到下雨天，别人总是提前收摊，她却把布匹都晾出来，因为走镖的小伙子是她的心上人儿，路过时便会热心地停下帮忙，她可以换得和心上人说一两句闲话；平康坊里跑堂的矮脚小厮，有人给他半吊赏钱，他从不乱用，总是偷偷买来河鱼去喂观音寺边的小猫；城门下的那家文思豆腐羹店是整个江都城生意最好的一家，他家的豆腐总是比别家的筋道，他存了一笔钱准备给小女儿讨个好人家；东市的虬髯刀客是个驯马的好手，别人不敢靠近的野马他却能驯服，他的毕生梦想是在安邑坊置个产业，娶妻生子，彻底扎根在这座城市……但他们也不知道，走镖的小伙子明天还会不会来，观音寺边的小猫还在不在，甚至不知道这座城市又会发生怎样的变化。我不想这个国家亡，是因不想再看到他们经历战乱、饥荒、流离失所和对明天未知的恐慌……

李镜看着杨玄所指的风景，心中震撼，久久伫立。

杨玄：现在你愿意交我这个朋友了吗？

李镜犹豫不答。

杨玄（突然开怀）：我相信总有一天我们会成为朋友的。

35. 平康坊厢房 日 内

平康坊的舞台上，杨玄拍打着大鼓，节奏非常快，旁边的胡琴、笛箫追赶着他的节奏。杨玄一脸陶醉，享受着这风花雪月。

而台下，李镜坐在席位上，看着杨玄和乐姬之间的狂欢，却是一脸的不适应。

随着鼓声结束，音乐也戛然而止，杨玄坐回到李镜面前，捧起酒杯。

杨玄：一个人坐这儿喝酒不觉得无聊吗？

李镜：独酌甚好。

杨玄盯着李镜看了半晌，笑着皱了皱眉头。

杨玄：你好像哪里变了。

李镜：哪里？

杨玄：血腥味变淡了，人味儿也变少了。

李镜认真地低头闻了闻自己身上。

杨玄：记得我刚认识你的时候，你刚从雍州来江都，满脸血和泥，你说你是从修长城的死人堆里爬出来的，打劫，放火，杀人……只要有钱什么都干。那时候多恣意快活！

李镜：可是现在我明白，钱不是最重要的，杀人也不能解决所有的问题。

杨玄（想了想）：这话……你只对了一半。

李镜：是吗？

杨玄举起酒杯和李镜碰了一下。

杨玄：杀人的确不能解决所有的问题，却是解决大部分问题的最简单的方法。而钱嘛，虽然不是最重要的，却能让你在这炼狱里有做梦的机会。你看……

说着，杨玄从袖中掏出一锭黄金，放进旁边的碧玉壶里，端给旁边的乐姬，乐姬笑笑，立刻会意。

乐姬：大人，请稍等。

36. 平康坊大堂 日 内

大堂的花板上，红拂的牌子被挂了上来。

紧接着，一阵仙乐响起。

37. 平康坊厢房 日 内

高台上，古琴、笛箫、琵琶齐鸣。

在千呼万唤中，红拂踩着大鼓从台中央跃出。

就在这一瞬间，李镜愣住了，眼前这个人就是常常出现在他梦里的少女。

她身着红衣，手拿双剑起舞，歌声袅袅，余音绕梁。

红拂（唱）：折花逢驿使，寄予陇头人。江南无所有，聊赠一枝春。

伴着歌声，红拂翩翩起舞，却陡然将剑刺向李镜。

一瞬间，所有人都大惊失色，红拂却在剑光闪烁的瞬间收剑，拈一枝桃花送到李镜面前。

杨玄开怀大笑，李镜却笑不出来，表情已经极不自然。

杨玄招招手，唤红拂到身边坐下来。

杨玄：小红，看来你的嗓子好了。

杨玄看向李镜，却见李镜正看着红拂，眼神也不腾挪，直感受到杨玄的目光，这才回过神来。

红拂微微颔首，向李镜展颜微笑。

红拂：这位就是大人常提到的，很厉害的那个恩人？

李镜没来得及回答，杨玄爽快回应。

杨玄：就是他。

红拂（好奇地）：那究竟是哪里很厉害呢？

李镜有点不知怎么回应,表情中竟然带着一丝羞赧。

这些都被杨玄看在眼中。

杨玄:好奇的话就去问问他吧!

红拂:初春时节,运河两岸风景极好,两位可愿一同游船?

38. 花船上 夜 内

一叶小舟在湖上缓缓漂行。

船舱里的桌上摆着几碟小菜,李镜和红拂相对而坐。

李镜:应大人之邀,今日打扰了。

红拂:我也是应大人之邀,不算打扰。

李镜:那么就算是……巧了。

红拂:是啊,巧了。

"巧了"这两个字,红拂说得缓慢而有意味,李镜心头一震。

红拂:我是说,巧了,没想到在这里会再遇上你。

李镜缓缓抬起头,看到了红拂眉眼间的桃花钿。

(闪回)

李镜挥刀直劈马车里的人,可是就这一瞬间,布帘随风扬起,里面坐着的是一个满眼惊恐的女孩。

(闪回结束)

李镜声音变得喑哑,有点不敢对上红拂的眼睛。

李镜:我也没想到……

红拂(莞尔):所以你可买到那桃花纹样的灯笼了?

李镜这才会意红拂所说的不过是上一次的相见,一颗心又落回了肚子。

李镜:还没能买到。

红拂(蹙眉):那不妙得很,听说兴化坊几天前刚发生了命案,又接着仓库爆炸,恐怕上元节前也不会营业了。

李镜:不碍事,反正我也从没什么过节的习惯。

此时红拂新添了一泡茶,推到李镜面前,借这个机会偷偷看着李镜。

红拂:听你的口音不像是本地人。

李镜:雍州人。

红拂:雍州?那离长安很近吧!

李镜(点点头):是,很近。

红拂:我听说长安城是世界上最繁华的城市,却从没去过,不知什么样子。

李镜:长安确实很繁华,也很荒芜。

李镜思绪飘远……

(闪回)

年轻一点的李镜赤膊扛着砖头，行走在还未成形的城墙前，抬起头，便能看到灼灼烈日曝晒着大地，而他身后是无数瘦骨嶙峋、饥寒交迫的人……

（闪回结束）

李镜：……是一座很伟大的城市。

红拂：既然这样，为什么还要迁都？

李镜：不是长安不好，而是回不去了。

红拂（若有所思地点点头）：那你为什么来江都？也是因为长安回不去了吗？

李镜：为了混口饭吃，不过将来也许能回去的，我很想念那里。

红拂：常在坊里听客人聊天，说长安出了一位李将军，如果有机会，我也想去长安看看。

红拂说着，走到船舱门前，略带憧憬地望向外面。

红拂：我不喜欢江都。

李镜：江都不好吗？有花有水，有鱼米有美酒，还有……

红拂（打断）：可我偏不喜欢！（顿了顿）这座城市对我来说，就像一个牢房……

李镜端着茶杯的手忽然顿在空中，他紧紧地攥住，一言不发，努力控制自己不露痕迹。

红拂看着外面的天空。

红拂：我相信总有一天，我会离开这儿的。

天空又卷起乌云，下起了淅沥沥的微雨，而这时，船也渐渐靠岸了。

李镜：船靠岸了，我该走了。

李镜说着，便欲起身，红拂整顿情绪，在他擦肩要离开的时候，突然叫住他。

红拂：你说从没过过节，不如今年上元节一起吧？

李镜怎么也没想到红拂会发出这样的邀请，身体顿时定在原地，半信半疑地回头，看到红拂正一脸期待地看着自己，眼睛亮亮的。

红拂：酉时运河桥头，我有演出。

李镜：我想，我可能没时间，铺子里还有生意。

红拂：不过我会等你的！

红拂说着，拿起船舱边的一把油纸伞，递给李镜。

红拂：开春雨水多，记得带伞。

李镜：多谢！

李镜接过伞，头也不回地上了岸，快步离开了，直到跑进大雨里，他才想起伞还没有撑开。

他偷偷地回头，烟雨蒙蒙中，小船已经再次漂远。

39. 兴化坊 夜 内

坊内一片狼藉，还留着上次打斗之后的痕迹，几个下属正在检查现场。

杨玄:有什么发现?

小甲:一共死了十二个人,一人是柜坊老板,六人是兴化坊的差役,还有五人,身份不明。有些账本被销毁了,只剩下一些残页,看不出内容。

杨玄:那城寨的账本呢?

杨玄巡视了一圈,从小甲手里接过一摞账本。

小甲:都在这里了,您看——

杨玄打开,可是上面写的都是葡萄、哈密瓜、丝绸等,并无什么奇特之处。

杨玄:宫里丢的是珍珠玉石,又不是葡萄、哈密瓜,我看这个做什么?

小甲:大隋律法,在黑市做生意是要抄家的!

杨玄(无奈地):城寨若是怕这个,早就被连根拔除了。

杨玄眉头微皱,把那些账本又扔给了小甲。

杨玄:公孙白的柜房在哪儿?

小甲指向前方,杨玄随着所指方向走进一间巨大的库房。

库房内,高大的格子铺按照等级一列列整齐陈设着,像是一个巨大的棋盘,而走进棋盘中央,两列柜子纷纷向一旁移动,内层的台阶显露出来。

顺着台阶向上,可以看到一面巨大的墙壁,上面是密密麻麻的抽屉。

小甲:江都城不少商贾贵胄的货物都记在这里,只是……只是没有证据,咱们开不得。

杨玄抬头凝视着写有“公孙白”名字的格子,颇为无奈,但他想了想,突然觉得有什么不对,从小甲怀里又拿回了账本,重新翻开——他注意到,账本上的卖方是精细虫,买方叫胡尔巴音,但“卖”字隐约有从“买”字改过来的痕迹,他用手遮挡住“卖”字的上头,重新审视下面的账目。

杨玄(喃喃地):从来都是西域向大隋贩卖水果丝绸,哪有买入的道理……

小甲:有新发现?

杨玄(眼前一亮):去找一个叫胡尔巴音的人!

一时间,小甲带领众人展开搜索,翻找账目、索引,无数抽屉被一一打开。

刻漏移动,时间悄然流转,日色稍稍变换。

某下属:找到了!

杨玄带小甲等人随声音寻去,回到了最低等级的区域。

小甲:都是贫民区和黑市商人的寄存……

杨玄不管,走到胡尔巴音的抽屉前,拉开抽屉——只见里面空空如也,上前细看,却有端倪。

杨玄轻轻靠近,闻到了一股奇异的味道。

杨玄:是……紫檀木香的味道。

小甲:紫檀木?

杨玄向小甲讨来照明用的烛火，点亮，果然在黑乎乎的抽屉底部，发现了几块檀木碎片。

杨玄拿起檀木碎片细细端详，上面刻着一些浮雕花纹，看起来像是妆奁盒子的一角。

40. 不良门 日 内

杨玄仍举着这块檀木碎片，若有所思。

小甲提着一个食盒跑了进来。

小甲：您怎么还在盯着这块木头看啊？

杨玄：好像在哪里见过。

小甲：得了吧！这看起来像是女人用的东西，您又没有女人，哪见过这物件？我看您是饿花了眼，快吃饭吧！

说着，小甲把食盒放下，把里面的包子拿出来。

小甲：我一早就去广陵驿排队了，刚出锅的，还热乎着呢！

杨玄：你就知道吃！

小甲：那当然，人生在世最快乐的事不就是吃吃喝喝了嘛。

杨玄：最近怎么不见小乙？

小甲：我也好几天没见到他了，兴许是那天打架受了伤，躲起来将养了。

杨玄：伤着哪里了？

小甲：就是胳膊被戳了一刀，不碍事的。

杨玄：那柜子上有金创散，你去拿给他。

小甲：您真是疼他，金创散都舍得给他用，狮子头却不舍得请我吃！

杨玄拿他没办法，把食盒转到他面前。

杨玄：狮子头没有，这包子都给你了！

就在食盒转向小甲的同时，杨玄无意中扫到食盒右下角雕着的一只金丝鸟，忽然眼前一亮。

杨玄：这食盒哪来的？

小甲捏着包子吃得正开心，不知道杨玄在说什么，低头看了一眼。

小甲：平康坊的小红姑娘送的啊！之前她嗓子倒了，您托我给她送药，她回送了一盒蜜糕，您说不吃，我就自个儿给偷吃了……

小甲有点不好意思地笑着，杨玄却因为小甲这话想起了什么。

（闪回）

夜晚的平康坊内，红拂身姿窈窕地从台上走下来，坐到杨玄身边。

杨玄从怀里拿出一个玉钗戴在红拂的发髻上。

红拂却摘下来，从梳妆台前拿了一个妆奁，把玉钗放了进去。

杨玄：怎么不戴上？

红拂：您有没有听说过最近的一个故事？陛下乘龙舟下江都，邀了上百个江都女儿登船选美，最后却只选了一个名叫吴绛仙的人。她不施粉黛，不着华服，甚至不挽发髻，因为她已经爱上了隔壁家的玉工，所以一心想着落选。可没想到，在所有的女子里，陛下却一眼看中了她，还要为她建江都宫。可是她说，女为悦己者容，她只为所爱之人戴玉。后来，陛下为了带她回宫，派人杀了那个玉工，她也从此立誓封玉于椟……

杨玄：所以你讲这个故事是想告诉我，我不是你想要为之戴玉的人？

红拂（捂嘴扑哧一笑）：我们江都的女儿都佩服吴绛仙的坚贞，所以都效仿她封玉于椟。

杨玄：后来这个吴绛仙怎么了呢？

红拂：陛下根本不懂她的决心，还以为她爱收藏首饰盒子，找遍了能工巧匠打造各种各样别致的妆奁，还特意从天竺引进了带有香气的紫檀木，刻上绛草图样，却也没能讨她一笑……

（闪回结束）

杨玄看着檀木碎片，喃喃念叨着。

杨玄：绛草图样……

杨玄将碎片放在一张宣纸上，提笔在那片看不真切的花纹旁填充了几笔，形成了一棵绛草的图案。

小甲：大人，这是什么草？

杨玄（眼前一亮）：宫里来的草！我知道了！

杨玄转身拿出那些从兴化坊取来的账本。

杨玄：看来要去上门拜会拜会这位公孙寨主了。

小甲：您要去城寨？不行不行，公孙白和整个江都的官场、富商都有勾结，手眼通天，您要找他得有个理由啊！

杨玄：勾结胡商，算不算是理由？

小甲：城寨若是怕这个，早就被连根拔起了嘛！

杨玄：那私贩宫中珠宝，算不算理由？

小甲（似懂非懂地）：可是……可是那天他派人埋伏在兴化坊，要杀人灭口，我们算是逃过一劫，这次再去城寨，不是羊入虎口吗？还能活着回来？

杨玄：没事，我们在城寨有朋友。

小甲：您是说……李镜？可他不是说再也不参与这种事了吗？

杨玄：我相信，他会来主动找我的。

41. 江都城 夜 外

夜色降临，华灯次第亮起，整个江都城被灯笼点亮。

礼官：上元安康！

伴随着铜锣敲响，灯市、花车、昆仑奴的舞蹈、歌伎的演唱和熙攘的人群，共同交汇成欢乐的海洋。

42. 运河桥头 夜 外

桥头置起了一辆巨大的花车，乐手们已经就位，齐齐奏响一曲仙乐。

红拂伫立在桥头，望着远处，正在等待。

侍女（上前）：姑娘，就快酉时了。

红拂：再等等吧！

43. 铁匠铺 夜 内

李镜坐在铁匠铺门前，看着远处正在点花灯的小孩，他们点着灯笼，喜笑颜开。

一位老者路过铺子门口，看到李镜一个人坐在那里。

老者：壮士，早早休息吧，今天不会有人来找你磨刀啦！

李镜：多谢老伯，上元安康。

两个小孩子提着灯笼攀比。

小男孩：把你的灯笼借我瞧瞧？

小女孩：才不给呢！

小男孩：我拿我的老虎灯笼和你换好吗？

小女孩：不行，这灯笼我已经许了他人，不能送给你了。

说着，小女孩提着灯笼跑了，小男孩在后面追。

李镜本来带着笑意看着这两人，听到小女孩这话他突然就不笑了。

（闪回）

少女：不过可惜，这灯笼我已经许了他人，不能送给你了。

少女说着，自己捂嘴笑了起来。

（闪回结束）

李镜略带心事地看着那把被他挂在房檐上晾着的纸伞。

（闪回）

红拂：你说从没过过节，不如今年上元节一起吧？

李镜半信半疑地回头，看到红拂正一脸期待地看着自己，眼睛亮亮的。

红拂：我会等你的！

（闪回结束）

李镜取下纸伞，收起，抱在手里，暗自纠结着。

44. 运河桥头 夜 外

红拂看着远处的人群，仍然没有发现李镜的身影，她的眼神逐渐黯淡下来。

此时，远处围在花车前的人们等得不耐烦了，催促起来。

侍女：姑娘，该去游行了。

红拂狠狠心，转头，登上了花车。

45. 一组蒙太奇

红拂身披彩衣，乘着花车，在江都城街头游行。

李镜快步穿过热闹的街市，奔向运河桥头，可一路上频频被人群阻挠。

46. 运河桥头 夜 外

等李镜赶到桥头的时候，观看花车的人群已经散去了，更不见红拂的踪影，只有一些放水灯的人正在河边徘徊。

李镜忍不住拉住一个放水灯的姑娘。

李镜：有没有见到今日在这里唱歌的人？

他焦急起来的样子有点凶，把姑娘吓了一跳，她手一松，手里的水灯掉落下来。但李镜眼疾手快地在水灯落地之前接住了，重新将它举到姑娘面前。

姑娘看傻了眼，一时惊得说不出话来。

姑娘：已……已经唱完了，被大官人……接走了。

李镜眼中的急切转为失神。

47. 平康坊 夜 内

李镜匆匆赶来，可是踏上楼梯的时候，他又放慢了脚步，步子有些沉重地走上楼梯。将要拐进阁楼的时候，他还是下意识地整理了一番自己的衣衫。

48. 平康坊厢阁 夜 内

李镜来到厢阁门口，驻足了半天，举起手却没勇气叩响房门。

一位侍女路过，看到了李镜这副样子。

侍女：客，您请回吧，姑娘今天已经休息了。

说着，侍女微笑着退下。李镜举在半空的手臂垂了下来。

他转身要走，这时门却从里面打开了，但只是开了一道小缝。

李镜听闻动静，回过头来，看到红拂躲在门内，只是露出半张脸，她的表情看起来有些失落。

李镜：我……我今天……

红拂：你来这儿做什么？

李镜：我看到今日街上，满街放花灯的，所以……

说着，李镜从怀里拿出一个桃花形的花灯。

李镜：送给你的。

红拂：放灯的时间已经过了。

李镜：不，还有一个时辰，如果你愿意的话……

红拂（轻轻摇头）：不行。

李镜试探性地看了一眼红拂的房内，没再说什么，转身要走，神色黯然。

红拂：如果我说行的话，你会怎么样？

李镜止步。

红拂：你会进来吗？

李镜紧皱眉头。

红拂：你会带我走吗？

李镜眉头皱得更深，双拳渐渐握紧，内心在做剧烈的挣扎。

红拂：会为我……杀人吗？

红拂话音未落，李镜转身撞开了门，一把拥抱住红拂。

两人四目相对，片刻后，红拂疯狂亲吻李镜。

窗外丝竹袅袅，帐内缠绵悱恻。

49. 不良门 日 外

江都城又下起了绵绵的细雨。

杨玄穿过不良门的府邸，经过长廊、庭院、前厅，一路快步走到门口，打开大门——只见李镜正抱着刀，站在不良门外。

杨玄看着李镜，会心一笑。

50. 不良门 日 内

细雨浸染着绿色的新芽，茶水从茶壶口倾泻而下，杯中是碧绿色的茶汤。

李镜和杨玄两人对坐，杨玄给李镜递了一杯茶。

杨玄：我早知道你会来的。

李镜：我需要你帮我一个忙。

杨玄：你尽管说。

李镜：条件，条件是什么？

杨玄：你想好了？

李镜：既然来了，当然是想好了。

杨玄：那么无论是什么样的条件？

李镜：你尽管说。

杨玄听到这话，确认李镜心意已定，放声大笑。

李镜（竖起一根手指）：还是老规矩，只一个人头。

杨玄：好，老规矩。

李镜：这次杀的是什么人？

杨玄：这次不杀人，救人。

李镜不禁有些意外。

李镜：什么人？

杨玄：我。

李镜：好。

杨玄：不过，你可愿为我杀人？

李镜（怔住）：为了救人就要杀更多的人，你坏了规矩。

杨玄：所以你要我帮的忙是什么？

李镜缄默着，说出口也就意味着他接受了这笔坏了规矩的生意。

半晌后，他终于还是开口。

李镜：一个人。

51. 一组蒙太奇

杨玄（画外音贯穿）：正月二十八，我会去城寨见公孙白。城寨构造诡异，城防森严，我的人曾三次都没能进得去，我需要你帮忙。到时候我会带人兵分两路，小甲随我进寨，小乙守在外面，如果情况不对，我会释放响箭做信号，到时候你接应他们……

不良人向城寨的守卫递上拜帖。

杨玄带人对着一面城寨地图分析，小甲和小乙两人站在旁边听候。

李镜摘掉了“今日营业”的牌子，霍霍地磨着自己那把已经生锈的长刀。

老裁缝借送布匹的名义进入城寨，悄悄注视着四下里的布防情况。

红拂倚着平康坊的窗格，眺望着远方等待……

52. 城寨入口 夜 外

杨玄和小甲来到了城寨门口，小乙等人已经埋伏在不远处。

小甲和小乙对了个眼色，接着杨玄便带着小甲，在黄衣黑巾人的带领下，朝城寨里走去。

53. 城寨豆腐摊 夜 外

李镜坐在一家摊前，正喝着一碗文思豆腐羹。

杨玄和小甲走过，许多城寨的村民都投去目光，唯独李镜目不斜视，只是将手掌放在了手边的刀上。

54. 城寨瓦楼 夜 外

杨玄带人经过一个卖瓷器的店面，突然，一个陶瓷瓶从高处摔下，正好砸在杨玄面前，碎开。

这一声响瞬间令所有人草木皆兵，小甲本能地护住杨玄，准备拔剑，但是杨玄很快制止了他。

杨玄警觉地环顾四周，反而露出笑容。

杨玄：不良帅杨玄，来拜会公孙寨主。

公孙白从瓦楼窗户处探出头来，脸上挂着笑眯眯的表情，却让人不寒而栗。

公孙白：请。

55. 城寨瓦楼 夜 内

瓦楼内，公孙白已经带人坐在主座，等候着走进来的杨玄。

杨玄向公孙白行礼。

杨玄：叨扰公孙寨主了，早闻您大名，今日才有缘得见。

公孙白：我一向做的是不太亮堂的营生，怕和你们当官的打交道，大人今日到来，让我还有些不安呢。

公孙白发出阴森森的笑声。

杨玄：自然，您生意做得大，整个北市都靠您将养，谁不敬您三分？原本咱们是两不相扰的，今日登门也是情非得已。

公孙白（面不改色）：哦？大人是突然对做生意感兴趣了，想找我合作？

杨玄：在下才浅，生来是个穷酸的命，不敢和您讨论生意经，只是本职工作上有件事不得不问。

公孙白：可是我这不亮堂的地方，养的不亮堂的人，犯了什么不亮堂的事？

杨玄：年前，宫里有百斤宝物丢失，皆是陛下的心爱之物，而这其中还有一柄鸦九剑。众所周知，那鸦九剑上嵌着传国玉璧的碎片，得之便得天下，是皇权正统的象征，若有人偷之，便是欺君、篡权、谋反！

杨玄说得一字比一字厉害，公孙白故作惊恐状。

公孙白：大人来了我这儿，肯定不是为了讲这个故事给我听，莫不是觉得此事和我有关？

杨玄：若非有证据，自然是不敢轻易叨扰。

说着，小甲将两本账簿和檀木碎片递给杨玄。

杨玄：几日前，这个叫胡尔巴音的手下死在了运河上，我们查了这个人的生前，是个在江都做生意的西域小贩，与胡人黑市、城寨都有生意往来。好笑的是，他在胡人市场经手的都是黄金珠宝，在您这边卖的却是葡萄、哈密瓜。

说着，杨玄指了指账本上的字样。

公孙白：城寨的生意里，刀枪剑戟、绫罗绸缎、黄金珠宝、稻米青菜，样样都有，这本没什么稀奇。不瞒您说，我偏爱这西域的水果美酒，这也是远近皆知的事情，大人若肯赏脸，不妨一起尝尝？

杨玄：美酒倒是不必，但这葡萄、哈密瓜我却十分好奇。

说着，杨玄又拿起那块檀木碎片给公孙白看。

杨玄：寨主生意做得这么大，肯定见多识广，可认得这个玩意儿？

公孙白：一片碎木屑而已。

杨玄：您看错了，这碎木虽然看着平平无奇，却有着阵阵清香，这种木料在江都并不常见，据我所知，是天竺来的紫檀木。而这绛草花纹，更是宫里御用的图案，您可知我在哪里得到的这碎木屑？

公孙白：大人与各个官家常有往来，得到此物也并不奇怪。

杨玄：是在城寨与胡尔巴音的交易箱里发现的……

公孙白表情微变，但很快又恢复了笑容。

公孙白：既是如此，我便叫个人来，当面给大人一个交代。

56. 城寨豆腐摊 夜 外

此时李镜已经喝完了那碗豆腐羹，老裁缝拿着布匹坐在了李镜旁边。

老裁缝：老板，一碗文思豆腐羹！

老板：好嘞，您又来送布呢？

老裁缝：是，开春了，大家都添置了新衣裳嘛。

老板：怪不得我瞧您最近来得勤。

老裁缝笑了笑，伸手整理自己的布匹，不小心把一块夹在布里的软尺掉在了地上。

老裁缝作势去捡，李镜也俯身去帮忙，两人在低头的瞬间短暂地接触。

老裁缝：瓦楼的出入口全都有人看守，谁也进不去。

李镜：入口呢？

老裁缝：半炷香后，东南口轮班倒是有个空子。

57. 城寨瓦楼 夜 内

精细虫被带到公孙白面前。

杨玄看着精细虫，悄声问着小甲。

杨玄：可是这个人？

小甲点点头。

精细虫：我没做过啊，寨主！

公孙白将账本摔到精细虫脸上。

公孙白：没有？与胡人贩卖珠宝黄金，是我做的吗？我们城寨一向和官道井水不犯河水，我都不敢坏的规矩，你竟然敢背着我做！现在杨大人亲自上门，向我要人，你告诉我该怎么办?!

精细虫已经吓得伏在地上，哆哆嗦嗦，头都不敢抬起来。

杨玄走到精细虫面前，审视着。

杨玄：正月初十，兴化坊爆炸案，你在何处？

精细虫：在……

精细虫低着头答不上来。

杨玄还要再问，突然一抹鲜血直接溅了过来——公孙白已经一剑了结了精细虫的小命。

公孙白：此人勾结胡人，贩卖宫中器物，我已将此人了结。

杨玄听公孙白轻轻松松就把自己撇得一干二净，沉默不语，半天才又开口。

杨玄：但是据我所知，城寨以衣服颜色分等级，这位伙计穿的衣服是姜黄色，应属下卫，那日我在兴化坊内遭遇刺杀，对手用的是柳叶刀，应是中部所练的刀法，请问这位伙计身为区区下卫，是如何调动七名中部的？

公孙白：使用柳叶刀者众多，刺杀之事与我城寨无关！

杨玄：那为何刺杀当日独独丢失了您与胡尔巴音交易的珍珠二百斗、黄金百两？

公孙白脸上有些挂不住了。

公孙白：那么你想怎么样？

杨玄：对不住了，我要搜城。

公孙白：等一等！大人，若我没有记错，此事已不归您负责了吧？

杨玄瞬间表情变了。

公孙白：您一定好奇，此事是您和宇文大人的秘密，我是如何得知的？

公孙白不再说了，挥一挥手，瓦楼下许多埋伏好的黑巾人瞬间涌动。

杨玄这才意识到自己掉进了一个官商勾结的旋涡。

小甲见状，刚要发射响箭，一支箭直接射来，弹开了小甲还没发出的响箭。

杨玄再回头，发现已经埋伏好的弓箭手正齐齐将箭对准自己。

几秒钟后，杨玄侧身便跑。

58. 城寨豆腐摊 夜 外

城寨里一下乱了起来，黄衣者戒严，百姓则纷纷收摊回家，躲了起来。

唯独李镜镇定自若，提起刀，逆着人群走向瓦楼的方向。

59. 城寨瓦楼 夜 内

密密麻麻的箭从瓦楼里射出来。

杨玄仰面从瓦楼上坠了下来，趺伏在地上，一动不动。

只见公孙白的副手丁乞，手中拿着两柄板斧，从瓦楼上一跃而下，朝躺倒的杨玄劈来。就在马上要被砍到的瞬间，摔得几乎不能动弹的杨玄向旁边一滚，避开了丁乞的板斧。杨玄爬起来撒腿就跑。

60. 城寨 夜 外

李镜提刀穿过城寨，一路上重要的关口都有黄衣人把守。

李镜警觉地用余光关注着把守的人。

这时，一个黄衣人上前拦住了他。

黄衣人：什么事？这里不能进。

李镜：找寨主有事，哦，帖子在身上。

黄衣人说着便伸手去李镜身上搜摸，就在认真寻找的时候，李镜以迅雷不及掩耳之势，抽刀划过了黄衣人的脖子。

一时间，旁边的黄衣人都拿起武器戒备，李镜提刀快速穿过了眼前的几人。眨眼之间，黄衣人都不动了，有的人被割了喉，有的人被切了腹，几秒后，纷纷倒地。

李镜横着沾染了血的长刀严阵以待，一时间，黄衣人都不敢近身。

61. 城寨巷弄 夜 外

杨玄快步逃跑，后面是以丁乞为首的人在追。

杨玄眼看腹背受敌，无奈之下从高处跳下，却一脚踏中了一摊水，脚下一滑，轱辘辘地滚了一段。但是趁着这个动势，他巧妙地躲到了一个拐角处。

身后的黄衣人再冲出来，杨玄快速掷出几个飞镖截断了他们的来路。

丁乞见一时无法近身，便悄悄跃至屋顶，借轻功移到杨玄的头顶。

就在丁乞的板斧又一次要落到杨玄脑袋上时，一把刀不知从何处掷了过来，直接穿过了丁乞的心脏。

丁乞当即满身鲜血地倒在了杨玄的面前。

杨玄惊魂甫定,朝长刀飞来的方向看去——李镜正朝他走来。

62. 城寨东南入口 夜 外

一只毛驴身上驮着老裁缝那几匹布,慢悠悠地走到城门入口。

守卫入口的黄衣人听到几声毛驴的脖铃响起,便四处查看,然而只看到一只毛驴,却不见人影。

黄衣守卫四处张望,突然一个人影在他身后出现,他来不及转身看到那人的身影,便被一把刀封了喉。

黄衣守卫倒下,可以看到他身后是驼着背的老裁缝,此刻他的眼神不再是沧桑颓废,而是冒着一股杀气。

老裁缝迅速解决了入口处的几个黄衣守卫,悄悄打开了入口通道的大门。

可是门外却空无一人,没有不良人在等待。

63. 城寨入口 夜 外

小乙蹲在入口处闲散地等待,手里还捧着一个烟袋,态度十分怠慢。

不良人甲:副官,已经到时辰了,大人还没出来。

小乙:你听到响箭了吗?

不良人甲摇了摇头。

小乙(抬高声音):你们听到了吗?

所有不良人都沉默着,没有一个人听见。

(闪回)

小乙赢得盆满钵满,正在兴头上,赌桌对面,精细虫又出现了,朝着他露出一个诡异的笑容。

小乙被拖进一个马厩里,狼狈不已,但等他出来的时候,又恢复了原来的面貌。

(闪回结束)

小乙嘬一口烟袋:那就继续等!

64. 城寨巷弄 夜 外

李镜从丁乞身上缓缓拔出了刀,挡在受伤的杨玄面前。

不断有黄衣人上前,都被李镜拦住。李镜砍断一黄衣人的手臂,用刀挑起他掉落在地上的剑,扔给杨玄。两人一人执刀,一人执剑,一边抵御不断围剿过来的人,一边向身后的窄巷里退避。

窄巷里有几根晾衣绳,上面挂满了衣服。李镜和杨玄退到衣服后面,衣服挡住了黄衣人的视线,他们都无法确定彼此的位置。

然而此时,在高处有弓弩手悄悄瞄准了杨玄。

屏息片刻后,弓弩手发射,但是打偏了,引起了杨玄的注意。

杨玄立刻发射了几枚飞镖射向高处的弓弩手。

这一阵响动,让巷外的人迅速判断出了杨玄的位置。黄衣人再度涌了上来。就在厮杀过程中,杨玄背部受敌却没有察觉,突然一个戴着黑头巾的黄衣人冲了上来,帮杨玄挡了一刀。

杨玄惊愕回头,这才发现是混在黄衣人中逃出来的小甲。但此时他替杨玄受了几刀后,浑身是血,虚弱倒地。

杨玄:小甲! 小甲!

小甲(笑):大人,您教我的,浑水摸鱼这一招,很有用。

杨玄眼泪夺眶而出。

小甲:等我立功了,记得请我吃狮子头。

说罢,小甲用最后的力气,扑到不远处一户小铺子门前挂的鞭炮处,手执鞭炮,点燃,驱赶得黄衣人不敢近身。

杨玄和李镜痛心地看着小甲在鞭炮声中倒下,狠狠心,趁乱逃离。

65. 城寨入口 夜 外

鞭炮声引起了不良门的人注意,大家不顾小乙的命令冲入了城寨。

66. 城寨瓦楼 日 内

李镜和杨玄一人拿刀,一人拿剑,冲到了瓦楼下。

不一会儿,四面八方赶过来的黄衣人把他们团团围住。

见势不妙,李镜扬刀掀起旁边一个巨大的火炉,将涌上来的黄衣人挡住。

杨玄获得了一个空当,踩着火炉借力跳上了瓦楼。

一个黄衣人挣脱锁链扑上来,李镜挥刀便砍下了这人的手臂。

又一个黄衣人背后偷袭,李镜头也不回,把刀向后一个回旋,这人的脸上便立刻鲜血喷射,落下了一道长长的伤口。

火光灼灼,李镜挥舞着长刀,黄衣人大多不敢近身。

李镜也一步步后退,走上了瓦楼。

但这时,瓦楼处一个人突然朝前掷出一段绳索,李镜的脚被绳索缠住,一时无法动弹,栽倒在地。

很快,埋伏在暗处的黄衣人现身,通过绳索将李镜牢牢扼制住。

另一边,杨玄在瓦楼中寻找着公孙白的身影,但此时瓦楼里似乎已经空无一人。

杨玄走入内室,此处鲜花盛开,但突然几根丝线在他面前闪过,最后勾住了一个巨大的香炉。香炉上的机关瞬间启动,朝房间各处发射出几缕丝线,丝线锋利如刃,闪着寒光,根根都能取人性命。

杨玄立即躲避,并用剑格挡,但还是被丝线擦破了几处。

花房的纱幔后面,公孙白的身影出现,影影绰绰,看不真切。

已经负伤的杨玄竭力锁定目标,向公孙白掷去几支飞镖,但还是让他跑了。

公孙白身影如鬼魅，杨玄脚步蹒跚地在后面追赶，所到之处鲜血洒了一地。

李镜这边，黄衣人死死拽着绳索，几乎要把他四分五裂。

李镜脸憋得通红，承受着极大的痛苦，以一己之力与众多黄衣人抗衡。就在绳索的拉力几乎到了极致时，李镜力量爆发，赤手空拳将绳索截断。

李镜此时已经杀红了眼，徒手便能将黄衣人脖子扭断。

他向瓦楼深处走去。

杨玄在迷宫一般的瓦楼里渐渐迷失，到处都有公孙白的脚步声，但就是找不到他。

突然，一根丝线从暗处飞了过来，杨玄瞬间手腕、脚腕均被刮伤。

公孙白终于现身了，一脸诡笑地朝杨玄走来。

杨玄受伤倒地，拿剑指着慢慢靠近的公孙白，但他因为手腕部受伤，连剑都拿不稳。

公孙白扬起手臂，袖中的丝线将杨玄紧紧勒住，他逐渐不能呼吸——

这时，一个人影在他头顶闪过，公孙白仰头去看，只见李镜从房顶倒挂而下，长刀直击公孙白的颅顶。

公孙白扬起袖子，但兵器还没来得及出手，那柄长刀就已经落下。

公孙白瞬间倒地死去。

杨玄这才从窒息中缓解过来，看到满脸是血的李镜，随后，两人同时身体瘫软，倒在地上。

67. 城寨 夜 外

此时，不良门的人闯进城寨了，他们大摇大摆地进来抓人。

68. 城寨瓦楼高处 夜 外

天边月色依稀，晨光初现。

李镜放下手中的刀，和杨玄并肩站在瓦楼的天台上。

杨玄：多谢。

李镜：过几天，我打算离开江都了。

杨玄：去哪里？

李镜：去长安吧。

杨玄（点点头）：带她一起走吧！

两人眺望着远处的风景，这一幕，就像他们在栖灵寺塔上远瞰的时候一样。

69. 不良门暗室 夜 内

小乙被绑在椅子上，身体躺在地上，已经被折磨得不成人样。

杨玄用力掐着他脖子。

杨玄：为什么背叛我？

小乙：横竖都是死，我宁愿自己活，对你来说不也是一样吗？

杨玄仿佛被戳中了心事一般，定定地看着他。

小乙突然用全部的力气扑向杨玄，杨玄本能地抽出剑，小乙直接撞在了剑刃上。

小乙：大人，螳螂捕蝉，黄雀在后，当你和我面对一样的情形时，你也会和我一样做的。

杨玄怔怔地看着小乙倒在自己面前。

70. 不良门 夜 内

杨玄面前放着一个剑盒，他虔诚而兴奋地打开，里面就是藏在公孙白琴盒里的那把生了锈的宝剑。

杨玄拿在手中，仔细地观赏，但当他目光落在剑柄上时，笑容突然僵住了。

这时，门外传来下属走动的声音。

下属（画外音）：大人，宇文大人传话，请您过去一趟。

71. 司空府茶室 夜 内

茶室内有香炉，有繁花，有烟熏，这样的场景和公孙白的瓦楼有一点相像。

杨玄等候在空荡荡的房间里，有一些不安。

宇文大人信步走了进来。

杨玄：拜见大人，不知今日召小官前来，是为何事？

宇文大人：听说你带人去了城寨，还杀了那个公孙白，可有这么一回事？

杨玄：确有此事，只因那公孙白与一杀人命案有关联。

杨玄强装着淡定。宇文大人抬头审视着他，这让杨玄更加紧张。

宇文大人：但我听坊间传闻，说公孙白得了宝贝，不知杨大人此去，到底是为了追凶，还是为了寻宝呢？

宇文大人的话让杨玄十分意外，但他不敢轻易回应什么。

宇文大人：莫非，杨大人不满老夫的安排，想要私下寻得那宝剑，孝敬他人？

杨玄（声音颤抖）：小的，不敢……

宇文大人静静地看着他，半天，突然开怀大笑。

宇文大人：既然不敢，不妨跟你分享一个好消息。

宇文大人挥了挥手，一个内侍将一个剑盒呈了上来，打开，是一柄寒光灼灼的鸦九剑，上面同样嵌着一块玉璧，只是那玉璧明显更加璀璨。

杨玄当即瞠目结舌。

宇文大人：前些日子，有位朋友帮我寻了它来，你可知这位朋友是谁？

杨玄：大人之交，小官不得……不得而知。

宇文大人没说话，只是目光看向身旁的那个近侍，杨玄这才发现此人十分面熟，正是城寨的人，登时大骇。

宇文大人：这位公孙寨主，与我是旧相识了，他寻得宝剑献给了我，是忠良之人，何故说他是杀人凶手，竟还将他就地处决了呢？

杨玄一时无言以对。

宇文大人：还是说，杨大人另有隐秘？

杨玄长跪,心绪起伏不定,不知怎样回应,半晌之后,他狠狠心终于做了一个决定。

杨玄:大人明鉴！确有隐秘！

宇文大人:哦？

杨玄:只因那公孙白,窝藏凶犯,不肯交出,这才交火！

宇文大人:窝藏凶犯？是何凶犯？

杨玄:五年前张家案的凶手,李镜。

72. 运河 晨 外

清晨,天刚蒙蒙亮,河面上薄雾笼罩。

一只小船在河上缓缓漂荡。

73. 渡口 晨 外

渡口处,已有一些码头工人在运货,撑船的艄公准备起航,一些早点铺子撑起了门面,洒水扫地的老翁缓缓清理路面。

李镜和红拂骑着两匹马,在晨雾中缓缓而来。

李镜仍是一身粗布麻衣,但红拂不再穿着红色的纱衣,而是和李镜一样,一身粗布衣服,看起来就像普通人家的女孩儿。

李镜:饿了吗？

红拂:一点点。

李镜看了一眼周围,目光落在一个烧饼铺子上。

李镜:我去买些烧饼和米汤,带在路上喝。

红拂笑着点了点头。

一会儿,李镜揣着刚出炉的烧饼递到红拂手里。

李镜:趁热吃吧,一会儿就上船了。

红拂从李镜手里接过烧饼,抬头看着李镜,像有什么话要说,目光迟疑了片刻。

李镜疑惑,红拂只笑了笑。

红拂:上船再吃吧。

李镜点点头,两人在码头上一家歇脚的铺子前坐下,等着发船。

铺子里还有一些便装打扮的人,李镜警觉地注意到这些人的眼神。

李镜喝了一碗水,悄悄观察着他们,同时握紧了自己的刀。

片刻的安静后,李镜突然握起刀,拉着红拂翻身上马,快步逃离。

果然,那些铺子里的便衣人立刻追了上去。

74. 江都城街道 晨 外

李镜抱着红拂同乘一匹马,快速地奔驰在江都城的街道上。

巷子里、茶楼上、早市中,到处都有埋伏的人,搭着弓箭准备捉拿他们。

李镜用自己的身体包围着红拂,掩护她,挥刀挡开那些飞来的箭。

红拂:他们是什么人？

李镜不回答,策马加快了速度。

有几个人骑着马朝他们追了过来,越来越近,越来越近,手里还持着长枪。

李镜在长枪刺过来的时候,微微侧身躲开,同时一把握住长枪,夺了过来,从马上一跃而起,回身将追逐的人挑了起来,将其随长枪一同掷了出去。

此人向后摔去,将几名追来的人马都一同带倒了。

李镜趁机快步追上马匹,甩开了追逐的人,和红拂一起逃走。

75. 运河岸 日 外

追逐的人还没赶来,李镜和红拂在运河岸边下马,老裁缝已经备好了船等待着接应他们。

老裁缝:怎么没从水路来?

李镜:情况有些变化,你且送到这里就好。

老裁缝:怎么了? 他出尔反尔?

李镜看了一眼红拂。

李镜:把北上的路线告诉我。

老裁缝拿出一张地图铺开来。

老裁缝:从这里由运河北上,瓜洲渡口上岸,那里会有我的一个大胡子朋友叫作虬髯客,他会帮你们换马,带你们去长安。

李镜看着老裁缝,两人眼神中有千言万语。

李镜:保重。

老裁缝:以后还会回江都吗?

李镜:但愿还能留着这条命,再会。

说着,李镜狠狠心转身,挽着红拂的手上了船。

小船缓缓远行,老裁缝在岸上久久地伫立,目送他们离去。

76. 船上 日 内

红拂和李镜在船上相对而坐,红拂小口地吃着烧饼。

红拂:去了长安有什么打算?

李镜:远的还没想好,现在,想去登高看看。

红拂:登高?

李镜:是,想去看看长安是不是也有雨中等待情郎的卖布女孩,是不是也有偷偷在寺庙喂猫的矮脚小厮,为了嫁女儿筹钱的豆腐老爹,还有驯马的虬髯客,去看看他们想要的生活,在那座城市是不是都实现了。

红拂听着李镜的话低头细细地思索着。

李镜:你呢? 你有什么打算?

红拂:在最热闹的街上,开一家铺子,卖卖胭脂水粉、首饰珠宝。不过我没什么做生意的头脑,从我十二岁的时候,学的就只有唱歌、跳舞和……

李镜:什么?

红拂看着船舱外的两岸,岸上开满了桃花。

红拂:你看,岸上的桃花都开了。我十二岁那年,陛下第一次下江南,我被选为官伎,要送上龙舟。我宁死不肯,父亲便要送我离开江都城,去长安。那天,我的父亲、母亲、外公、外婆,都在护我离开的路上,惨遭杀害。那天的桃花开得就像现在……

李镜看着外面的桃花,脑海中不断闪现那天的片段。

红拂:好在,今天我终于离开这里了。

说着,红拂要去拿水袋,可是发现水袋空了。

红拂:水没有了。

李镜:我去舀一些来。

说着,李镜拿着水袋去船舱外舀水,他注意到自己的手上因为刚才的激战,沾染了一些血,赶紧用河水洗净。

李镜看着远处的桃花,稍稍平复了自己的心情。

李镜起身掀开帘子走进船舱,可是还未来得及反应,一柄剑直直地刺进了他的胸膛。

握剑的人就是红拂。

李镜怔怔地看着红拂,不肯相信眼前发生的这一幕。

77. 不良门 日 外

红拂提着一个方盒,走回江都。

(闪回)

一个时辰前,船舱里。

李镜:你一早就认得我?

红拂:是,我忘不了你的眼睛。

李镜:在第一次见你的时候?

红拂:不,在那之前。

(闪回)

五年前,郊外栈道。

红拂坐在轿子里,突然布帘随风扬起,一个面目阴冷的男人挥刀闯了进来。

他眼神冷酷锐利,比手中的刀锋更让人不寒而栗。

(闪回)

一个月前,江都城街道。

画坊里的歌伎卷起帘子,在窗阁边弹着曲子唱着歌,歌声袅袅。

杨玄邀红拂坐在画坊里,远远看着出狱的李镜穿过街市。

(闪回)

半个月前,江都城小巷。

红拂转身离开了,刚走两步,突然又像想起了什么,回过身来。

少女:兴化坊！那儿有许多卖灯笼的,你去那儿看看吧！

(闪回)

半个月前,铁匠铺旁边。

红拂把一封信交给一个小孩,用一根糖葫芦诱他去办件事。

小孩接过糖葫芦,认真地点了点头。

(闪回)

十天前,上元节。

红拂与李镜在房间内相拥在一起,红拂暗暗攥着袖中的匕首,但终究忍住了。

(闪回)

一天前,平康坊。

杨玄把一份契约和一把剑交给红拂。

杨玄:你想做的那件事,到时候了,只有你能完成。

(闪回结束)

所有片段在红拂脑海中一一闪过,红拂走进了不良门。

78. 不良门 日 内

红拂来到杨玄面前,这时候她的表情里已经没有了先前的乖巧妩媚,取而代之的是一个女杀手的冷静和不动声色。

红拂将方盒放到杨玄面前。

红拂:我带他回来了。

杨玄走到方盒前,却不忍打开,一脸哀恸的表情,半晌才平复过来。

杨玄终于颤巍巍地伸手打开了,打开的瞬间,里面却是空的。

杨玄讶异不已,就在这一瞬间,红拂的剑刺向了杨玄。

杨玄惊讶地抬头看着红拂。

杨玄:为什么?

79. 船上 夜 外

李镜:为什么?

(屏幕缓缓由黑转亮)

夜色里,一叶小舟缓缓地漂流在河上。

红拂和李镜两人坐在船头,看着天上的星星点点,红拂没有回答这个问题。

红拂:到了长安,一起去登高看看吧。

李镜有些惊愕地看着红拂,半天才缓缓一笑。

红拂:对了,你还没问过我的名字。

李镜挑眉看了看红拂。

红拂:我本名叫作张初尘。你呢?

李镜:李靖,日靖四方的靖。

80. 字幕

公元618年，宇文化及在江都发动兵变，以鸦九剑宣誓正统，自立为帝，隋炀帝身死国灭。一个月后，隋恭帝禅位李渊，一个崭新的国家——唐正式建立，定都长安。

（完）

《桃花笑杀人》创作问答

张铂雷

红拂女的故事最早见于唐人传奇《虬髯客传》（收录于《太平广记》卷一百九十三），后被多次改写。陈继儒曾评价明代嘉靖张凤翼的《红拂记》：“《西厢》风流、《琵琶》离优，大概都作儿女子态耳。红拂以立谈而物色，英雄半局而坐定江山，奇肠落落，雄气勃勃……”万历凌濛初将《虬髯客传》改编为杂剧《北红拂》，该剧在当时的火热程度被记载于《万历野获编》中；明末，冯梦龙再根据前人剧本改编了杂剧《女丈夫》；金庸也曾在《侠客行》中附言称《虬髯客传》为“中国武侠小说的鼻祖”，以两千字笔墨写尽豪杰佳丽、帝王公卿、家国情仇，所包括的叙事元素为现代武侠小说开拓了道路。

传奇不受制于史实，虚构空间很大。《虬髯客传》在以往的多次改编中杂糅和嫁接过不少其他故事和桥段，张凤翼写《红拂记》时就曾将孟棨《本事诗》中乐昌公主破镜重圆的故事糅杂进来，冯梦龙改编时又削去了乐昌公主和徐德言夫妻的离合故事，几版大多保留了红拂女智慧识人、主控命运的特质。

剧本《桃花笑杀人》同样从这个广为流传的故事原型中汲取了元素，编剧选择从很多方面将原型进行拆解、颠覆，阅读中不免让人产生好奇和疑问。单向“评论”难免偏颇，所以我想以问答的形式和编剧母紫馨一起来探讨关于这个剧本的创作问题。

Q：写这个故事的契机是什么？

A：想写武侠故事，要追溯到初中的时候。那几年正是我最热爱路边文学的时期，学校门口书摊上的金庸、古龙的书，八块钱一本，泛黄的劣质纸张有一股发霉的味道，每隔两页就有一大段印刷错误。那些伴着臭味的乱码，陪我度过了整个初中三年，被老师没收的书大概办公室的抽屉都快塞不下了……总之，写武侠故事是一件幸事。

不过，做选题之初，我有过很长时间的犹豫，因为近些年好的武侠片实在很少，以前许多被称为佳作的电影，似乎也不太能符合现代观众的口味和审美了，我也很担心，我是否能够完成好，或者说，这是否是一次自嗨的创作。那个时候，我的导师曹老师说：要写自己擅长和喜欢的东西，不要今天去尝试这个，明天去尝试那个，那你永远不可能在某一个类型下做出比别人好的东西。这句话直到现在对我依然影响深刻，可以说当时让我直接定下了写武侠故事的决心。

落笔过程中确实如预想的那样，碰到了不少问题——传统武侠片和经典小说所带来的影响是难以摆脱的，如何能够突破以前的武侠片写出新东西，应该算是我写剧本过程中面临的最大问题。不过，这些问题在我同步写论文、研究武侠片创新之路的过程中，我渐渐找到了答案。大概是这样一种颇为曲折复杂的心路历程，让我最终决定写一个"告别江湖"的故事，也希望从类型、人物、视听等多元的维度呈现不一样的武侠片。

Q：李靖、杨玄感、红拂女等，你都用了历史记载和古代传奇中出现过的人物名称（杨玄感改为杨玄），但李靖、红拂女、杨玄感的身份、前史和命运在你的剧本中，与在《虬髯客传》及其他版本的改编故事中大相径庭。写作之初，有没有考虑过时代架空或变更人名？

A：在我最开始做毕业选题时就比较明确地将故事背景设定在了隋末唐初。在普遍认知中，中国的武学流派是自宋代始，但我觉得隋末唐初，绿林土匪纵横，刺客高手潜行，文人可以舞剑，歌伎可以杀人，是一个非常具有江湖气而且真正高手在民间的时代，只是以往的武侠片对这部分的着墨比较少。所以我很想通过我的剧本，去描绘一个我所想象的那个时代、那个江湖世界。

我也想把历史和武侠这两种类型（也可以说是两种元素吧）做个结合，用历史的厚重感去承载武侠的浪漫，也通过武侠的传奇性去折射历史缝隙里的一些留白，就像看《龙门飞甲》会联想到背后的"红丸案"，看《绣春刀》会关注到"萨尔浒战役"。可能每个电影里的"江湖观"是不一样的，在我的观念里，"江湖"和"侠客"是和历史、时代不可分的，所以写这个故事可以说出发点上就是基于一定的历史背景去构架，而"隋炀帝下江南""江都兵变""和氏璧"，这些本身就是很有神秘色彩、我也很喜欢的历史故事。

不过在最初的构想里，并没有以历史上的李靖、红拂、杨玄感这些角色作为原型，而是原创了几个人物，但是在后来写作的过程中，我发现找到历史原型，更能帮助我去感受这些人物，也能更好地去做一个历史背景的联结。李靖也好，红拂也好，他们本身就是在隋唐更迭之际，发生了立场转变的人，"身份的自我认同""入世和出世"，这正是我写这个故事最初想表达的，所以最后我决定以他们为人物原型。

Q：金庸评《虬髯客传》时，也提到这种以真实历史为背景却又不完全依照历史的写法。你选定这个题材后，如何平衡"虚"与"实"？

A：我个人是不避讳读者将故事与真实历史进行对比联想的（在不违背历史人物和历史背景的前提下）。武侠类型虽然是我的创作初心，但如果将这个故事定义为历史题材的谍战片或者黑帮片，我也觉得没问题。如果这个故事不具有"实"感，或者说无法让观众联想到真正的历史背景的话，那其实是违背了我的初心的。去和历史做结合，目的就是追求一种“现实感”，而不是“浪漫的”“虚无的”。

但它毕竟不是一个历史纪实片，整个故事还是原创的、虚构的，而且“红拂女”的故事本身就来源于唐代传奇小说，并非历史记载，一定程度上有很大的发挥空间。

可以这么说，它是一个基于真实背景的虚构故事，我希望可以通过它填补我所设想的历史留白，也能让看的人通过它窥到历史缝隙里的点点滴滴。不过，所谓的“真实”也只是史书想要告诉我们的，所以我觉得这个“虚”和“实”之间，其实没有一个非常清晰的界限。

Q：“长揖雄谈态自殊，美人巨眼识穷途。尸居余气杨公幕，岂得羁縻女丈夫？”这首《五美吟·红拂》是《红楼梦》中黛玉惜“古史中有才色的女子”的寄慨之作，感叹红拂女的智慧胆识。想到《虬髯客传》，大部分人和林黛玉一样会很容易地把目光放到红拂女身上，而你做了不同的选择。在剧本的构思过程中，有没有考虑过让红拂成为第一主角？最后选择李靖作为视点人物，是类型和悬念等要素权衡的结果，还是一早就确定的？

A：一早就定了李靖是这个故事的主角，我必须承认，这一点受到我从小看的武侠小说和武侠片的影响，非常惯性地设定了一个男性主角。但是我潜意识里认为，在这个故事当中发挥绝对作用的人中要有一位女性，这好像是一种本能，在后来改编《雪山飞狐》的时候，我也是把苗若兰提到了和胡斐相当的重要地位。所以，是惯性决定了李靖成为第一主角，是本能决定红拂成为扭转局面的关键性人物。

剧本初稿写完以后，有好多看过的人问了这个问题：为什么红拂不是第一主角？其实在写作过程中，我完全没有为此纠结过，因为我不想让大家一上来就把目光聚焦在她身上，相反，这个一直被忽略、一直做杀人工具的女人，她在觉醒的时候所起到的作用，对男人、对朝局、对历史，是出其不意的。就好像创作的人开始也忽略了这个女人，这似乎也体现了某种历史和创作的真相。

作为女性，我肯定是偏爱红拂这个角色的，所以结尾处给了她巨大的“高光”，但是我觉得李靖身上的转变，才更符合我想表达的主题——从“出世”到“被迫入世”，再到“拯救”和“被拯救”，他身上所承载的复杂性一定是要高于红拂的。所以红拂是一个化“被动为主动”的决绝者，一个理想角色，但李靖的挣扎和犹豫，才更为真实。

Q：明代陆续有人改编《虬髯客传》，这故事在那个年代特别火，大概因为映照了当时青年士子们“失林飞鸟无投处”的心境，李靖和红拂“逆天改命”，在那个年代极大地迎合了日常很丧的受众，对他们来说算励志故事吧。而你在改编中，把两个人的身份改成了杀手，身处迷局，命运被人操控。这种改编当然跟你所探讨的主题有关，改编中，人设上是否借鉴了其他的“原型”？（例如同样出自唐传奇的聂隐娘。）

A：前面也提到，最开始写这个故事并没有把历史上的李靖、红拂这些角色作为原型。最开始设定的主角就是一个杀手，叫作陈阿刀，最后剧本中主角，是把原来对陈阿刀的设定和历史上的李靖形象，做了一个融合。另外，我在写这个剧本的同时，也在写我的毕业论文，论文中很大一部分内容就是对当代武侠片类型杂糅的研究，所以我当时很明确这是一个复合类型的剧本，有意要做成“黑帮武侠”，所以给主角设定了杀手的身份。如果要说借鉴的话，当时在和朋友聊起这个故事的时候，他推荐了我去看《情枭的黎明》，里面阿尔·帕西诺所演的毒贩对李靖这个角色的设定有一定影响。

Q：现在的结局是不是可以理解为，红拂虽然刺伤李靖却没有取其性命？我们通过密集的闪回补齐了红拂视角下的“真相”，我想问一下，她预想到自己作为“弃子”的命运后转而刺杀杨玄，这个转变动机在剧本中是如何体现的？

A：嗯，可以这么认为。这一剑刺出，是她对于“过去”的交代，毕竟她身上还肩负着仇恨；但是没有刺中要害，是她对于“未来”的考量，因为她意识到，过去的悲剧不是李靖一个人造成的，而是有朝代、地位、处境等很复杂的原因，只有扭转这些，才能彻底改变，所以可以理解为，她最后的选择，完成的不是对李靖的复仇，而是对当局者乃至整个隋朝的复仇。

另一种，也可以理解为她在“仇恨”和“未来”之间，做出了一个更功利的选择。以前看武侠小说，比如《白发魔女传》《午夜兰花》，一些女性顶尖高手往往为了爱啊恨啊就舍弃一切，有时候我就在想，真的是这样吗？事实上，女性有些时候是无比理智的，当你刺下去这一剑，你能得到的只是复仇的快感，当你放下这一剑，你可以得到一切，那会怎么选择呢？所以，另一种理解可能是，她在刺出这一剑的瞬间，做出了选择。她选择后者。

我觉得这两种仁者见仁、智者见智吧，的确是一个很复杂且多元的心理。因为红拂并非视点人物，所以没有很大的空间去刻画清楚她的内心转变，这可能确实是值得再改进的地方。

Q：红拂身上还嫁接了殿脚女吴绛仙的经历，她违抗皇权引来灭门之灾，又不得不屈服于权力沦为歌伎。这部分和主题很契合。我的问题是，当年红拂登龙舟，不甘屈服，在家人保护下逃脱，家人却意外死于李靖的“误杀”。为什么设计的是“误杀”？从李靖的角度，这个偶然性很好理解，因为自己“杀错人”，日后面临赎罪。但“误杀”是不是会在一定程度上削弱主题？

A：这个问题是不是说，“误杀”会在一定程度上弱化李靖的原罪，以及红拂复仇的动力？嗯，可能在我的构想里，“误杀”这个词不够准确，应该说李靖他以前为钱杀人，后来发生了觉醒，而杀红拂那一次，就是他“觉醒”的转折点。所以在此之前，他是一个漠视生命的人，对他来说，所有生命都一样，都可以拿来换钱，可能也不存在什么“误杀”。他后来想要金盆洗手，做个好人，甚至有了感情有了喜欢的人，却要为自己以前的“漠视生命”付出代价，我想表达的大概就是这样一种“欲望”和“结果”的错位。

Q：此前你提到希望武侠这个曾经辉煌一时的本土类型能够推陈出新，我阅读这个剧本的直观感受是旧和新并存。除了武侠，可以看到黑帮、谍战等元素，人设上甚至能看到一点“黑色电影”的影子，没什么违和感。对你来说，除了类型、人设和视听，“新”还体现在什么地方？

A：这个故事虽然取材于“红拂夜奔”，但是这并不是一个爱情故事，而是在讲朝代更选中至关重要的一夜——在这一夜之前是隋，在这一夜之后是唐，一个伟大的王朝覆灭了，一个更伟大的王朝诞生了。而夹在历史巨变中的人物，是被历史淘汰，还是主动去改写命运，是“进”还是“退”，这个才是我基于这段素材想要表达的。

前面讲到一些“武侠”和“历史”的结合，但其实在此之前，很多作品也都是这样做的，我倒没有觉得这是一个创新之处。相反，虽然有历史背景作为依托，但这绝对不是一个有宏大叙事的剧本，包括传统武侠片经常提及的“侠之大者，为国为民”“舍生取义”“惩恶扬善”等，这些都是我极力规避的元素。我想写的是一些有软肋，有私心，但又符合人性本质的小人物，比如李靖的懦弱、红拂的功利、杨玄的虚伪，其实他们都不是传统意义上的“侠客”，可以说这是一个“无侠”的武侠片。

我试图找到历史与现实的缝合点，虽然对于某段历史、某个人物、某个典故进行了个人解读，但更多的是想解决现代人的问题——比如对于身份的焦虑，对于理想的懈怠，对于情感的胆怯，对于小我的过分追求，对于责任的自我逃避。可以看到待退休颓废大叔被逼上梁山，“中二青年”玩火自焚，“城市病”深度患者为北漂放弃七年复仇大计……他们不为传统江湖所推崇，却有现代人的鲜活面目。

这算是我对于武侠片推陈出新的一次小小探索，但也不可避免地保留了许多传统武侠片的影子。就像故事中的主人公，想要抛弃旧江湖，却无法真正割舍，想要创造新世界，却步履艰难，至于最后没有真正的告别——他做到了，我还要继续努力。

鲜花盛开在火车上

◇徐　丹

人物小传

余　露：出场时17岁，在东北她的身材略显娇小。安静时她显得文静无辜，骨子里却是大胆热情的，不甘心像父母一样中规中矩地吃苦清贫一辈子。17岁时，偏科严重，成绩差但爱读书，尤其喜欢狄更斯。因为不是"好学生"，总喜欢把自己装成"大姐大"的样子，却有一种反差的可爱。随着年龄的增长，她越来越懂得争取自己想要的，希望通过努力甚至投机取巧，能够在起伏的命运中把握自己的人生，却总在关键时刻对他人抱有不切实际的幻想。

宫　舜：18岁，余露上学时喜欢的男生，相貌清隽，话不多，甚至有一点温文尔雅的出尘气质，这很有欺骗性，其实他为人做事实际且有投机心理。

江昌直：40岁左右，余露在绿皮火车上当乘务员时期，他是负责路风检查的处长，外表儒雅而有领导做派，私下风趣健谈。跟妻子常年分居并有一个儿子。跟余露的爸爸一样做得一手好菜。

刘宇成：24岁，余露任高铁列车长时期，追求余露的"小鲜肉"。单亲家庭长大，高大帅气的暖男，能说会道，跟女同事关系都不错。

余露妈：控制欲很强，执拗要面子。祖籍山东，思想保守。做了一辈子的普通列车员，比谁都懂其中的辛苦，但一边抱怨，一边对自己比上不足比下有余的生活颇为满意，希望余露平顺安稳。初期坚持让余露上铁路工作，她和余露所有矛盾的根源也在于此。

余露爸：性格软弱。在工厂是办公室职员，没有一技之长。下岗几年后，以贩卖小杂物为生，能做一手好菜。在余露17岁时，不堪忍受余露妈妈的讽刺，决心去南方闯荡，渐渐音讯全无。

木　何：铁路系统领导的女儿，暗恋宫舜，常找余露麻烦。

大　帅：开始跟木何是一伙的，后来成为余露的朋友。

冬　梅：余露学生时期的朋友，后跟余露成为一个段上的乘务员。

李可可：20 岁出头，余露段上的乘务员，刘宇成的新女友。

余多多：余露的女儿，7 岁。

故事梗概

一

20 世纪 90 年代末，东北靠山某小城。

余露当列车乘务员的妈妈和平庸的"坐办公室"的爸爸据说是在火车上认识的，爸爸不是本地人，本想南下找机会，却在列车返程的时候，跟着妈妈一起回来了。之后，余露妈妈在火车上生下了她。

17 岁时，已经下岗几年的余露爸爸在妈妈的抱怨下，决心南下寻找机会。当了一辈子列车员的妈妈决定让成绩不好的余露从普通高中转学到铁路职业技术学校，希望余露能得到一个铁饭碗。

余露看着妈妈一边抱怨列车乘务员生活辛苦；一边又在外人羡慕她在铁路上上班的时候，得意又自矜地笑，她对此感到厌恶。加之青春期，余露初明男女之事，她听说列车乘务员因常年不着家，私生活混乱，又恰好听见邻居们的风言风语，便认定了是妈妈故意赶走爸爸的，母女关系降到冰点。

被迫同意转学的余露成了铁路职业技术学校的"坏学生"。一次，她上课跟几个同学在教室后面打扑克，被老师训斥。老师称，今年可能有两个进宣传部办公室的干部编制名额。余露表面装作对此毫不关心，但还是心动了。

好学生宫舜跟余露关系暧昧，铁路高干的女儿木何暗恋宫舜。课间宫舜给余露送早点，木何的跟班看不过去，开黄腔调侃二人，余露装着"大姐大"的样子帮宫舜解围，却遭到更多人的捉弄。

回家后，余露又一次因为不想当列车乘务员而跟妈妈发生争执，余露愤而摔门离家。路过自动安全套售卖机，她偷偷买了一个看了一眼。晚上，余露回家后还是扔下喜欢的书，拿起了学习资料。

第二天，木何一伙人又开余露、宫舜二人的玩笑。余露装作自己关于两性问题什么都懂的样子发了飙，男生们认㞞了。宫舜听说余露趁着妈妈一出车三天不在家，经常夜不归宿，心里无法接受。宫舜在放学后质问余露为什么懂那些男人的事，又为什么会夜不归宿，冲动之下，二人发生了关系。

而后，宫舜得知余露还是处女，手足无措，反而是余露安慰他。余露第一次夜不归宿了，她跟宫舜打了一晚上游戏。

实习时，余露因为发表了一篇歌颂铁路精神的文章被领导点名表扬，余露一时非常风光，学校传言余露将拿到进宣传部办公室的名额。余露想跟宫舜分享喜悦，却发现宫舜总是表现得很疏离，跟木何却越走越近。

原来，宫舜并不是铁路子弟，他知道自己不可能获得进宣传部办公室的名额。于是宫舜在木何父亲的帮助下顶替了余露，得到了那个名额，并跟木何在一起了。而余露无法相信，固执地等宫舜给一个说法，却因此错过了分配时间，没有得到任何工作。散伙饭上，余露终于跟宫舜分道扬镳。

在冬天，余露的妈妈想尽了办法求情，让余露当上了绿皮火车的乘务员。

余露第一次当乘务员，跟着绿皮车出车，在夜色中她写下小说《远大前程》中的句子，盯着窗外流下了眼泪。

二

四年后，余露在阳城去往南方的某长途绿皮车上做乘务员，管硬座车厢。

此时，余露虽然工作辛苦却也如鱼得水，靠往来带货赚了不少钱。爸爸已经多年没有消息，余露一心想换个暖和向阳的房子，妈妈因常年劳累虽有关节炎，却守着电话不愿意搬家。

这天，余露正在打扫车厢，冬天的火车洗手间，污物被冻成了黄褐色的冰，余露需要用开水把冰浇开再用铁铲把冰铲碎。好不容易打扫完，却得知路风检查组突袭检查，直奔宿营车厢去了。接受检查时，余露装可怜，称爸爸在南方不习惯气候，这一箱是给爸爸带的东西，加上箱子上盖着毛衣，余露总算护住了自己的一箱货，躲过了检查。处长江昌直也放过了她。

抽烟的时候，余露想给江昌直一个红包，江昌直却捏了捏余露的手，给余露留了电话号码。

余露再次遇到宫舜，得知宫舜已经失业并离婚了，他声称自己对余露念念不忘，想再续前缘。余露冷静地拒绝了他，只答应宫舜会帮他往来捎带一些东西，宫舜也坦然接受。

再一次跟车出务时，余露被身着便装、因私外出的江昌直发现带货。江昌直一笑了之，只是告诉余露自己一个人在软卧车厢，邀请余露休息的时候来陪自己下棋。余露忐忑地找到江昌直，两个人喝了一夜的酒，江昌直给余露讲天南海北的趣事，又跟余露聊烧菜技巧，当他看到余露的笔记本，背出《远大前程》中的句子时，余露对江昌直难以自持地心动了。列车到站后，余露看见了江昌直的儿子。

冬梅告诉余露她想要辞职，称自己已经当乘务员五年了，却连上海外滩都没去过，人生过得太不值得，余露如醍醐灌顶。

余露去买了棋，化了妆，主动给江昌直打了电话。在返程的车上，余露跟江昌直发生了第一次，却不小心被人偷窥到。

余露终于买了新房，说服妈妈搬到了新家，妈妈还是把旧电话带了过来。

此时，车组里渐渐有了余露和江昌直两个人有不正当关系的传言。一席交谈后，余露妈妈让余露小心人言，余露终于明白妈妈当年的“风流韵事”不过是子虚乌有，不过是妈妈为了给余露办工作，请领导多吃了两顿饭，最后也没达到目的。余露让妈妈放宽心，称自己现在喜欢这个工作了，能赚钱买房，也算是因祸得福。

母女二人算是和解了，而后余露妈妈以为余露交了有本事的男朋友，暗示余露帮衬一下小姨家的表妹，余露并不想给江昌直添麻烦，一口回绝，却再一次与妈妈发生争执。

余露再见江昌直的时候，满心欢喜，江昌直却对余露有些疏离。原来，江昌直和分居的妻子并没有办离婚手续，这些传闻影响了江昌直的仕途，江昌直想跟余露暂时减少联系。

冬梅并没有辞职，她怕自己再也找不到更好的工作了。而余露在车上扫厕所的时候狂吐不止，她发现自己怀孕了。余露告诉江昌直，自己可以打胎，但是不想再扫厕所了。

三

多年后，余露成为高铁列车长，也是一个单亲妈妈，有一个刚上小学的女儿。

余露手下的年轻男乘务员，非常有女人缘的“小鲜肉”刘宇成对她展开热烈的追求，余露没有明确拒绝但是态度冷淡。

车上，一名男乘客在铁路上霸占女乘客的座位，刘宇成口不择言说他是无赖，并试图把男乘客拽起来。男乘客打了刘宇成一个巴掌，刘宇成愤怒之下也还手把他推倒在地，余露出面调解了此事。刘宇成向余露道歉并试图解释，情急之下气氛暧昧，刘宇成亲吻余露，余露有些心动。

余露的女儿第一天上学就非常委屈，因为别的小朋友都是爸爸妈妈接送上学。晚上，余露给女儿讲了公主从恶龙洞穴拯救了王子，却被王子嫌弃粗鄙，于是公主摆脱王子，大步迈向新生活的故事。

余露妈提出，余露要不赶紧找人结婚，要不就换一个能陪孩子的工作。余露终于情绪崩溃，质问母亲早知如此，当初又为什么非让自己做乘务员。

而后，余露还是选择了主动跟刘宇成约会，两个人发生了关系，余露摸着刘宇成的脑袋试探着说自己想结婚。没想到刘宇成真到余露家向余露求婚，余露不知刘宇成是否真心，二人经过协商之后闪婚，刘宇成在余露家同母女三人生活在一起，过上了彼此经济独立、互不干涉，“搭伙过日子”的生活。

“男座霸”的事件火了，刘宇成的打人行为更是饱受非议，同车组的李可可频频安慰。余露表面训斥刘宇成，却还是私下偏袒了他。

刘宇成让余露帮堂妹安排工作，余露听说堂妹学习还可以，建议她复读。

余露突然收到爸爸的消息，爸爸这些年在南方有了新的家庭，但最近破产颇为落魄，想回来生活，并来看望余露。此时刘宇成提出要跟余露借钱给他爸爸盖房子，余露一口回绝，痛骂刘宇成那个从来没有承担过责任的父亲。

刘宇成觉得余露太过冷血，出门离家，余露在妈妈的要求下出门找他。余露没找到人，却莫名回到了工厂大院，从木何口中得知宫舜因犯罪被枪毙了。余露在外游荡了一整天。

余露发现刘宇成跟李可可暗通款曲，愤然离开。刘宇成对余露没有挽留，而是跟李可可双双辞职了。余露对刘宇成的背叛早有心理准备，并不十分痛苦，但他们还带动了其他人辞职，这让她惶恐不安，诧异于年轻人对这份工作无所谓的态度。余露试图挽留辞职的几人，最终无果。

新年，车上来了几个年轻的乘务员，余露仍旧尽职尽责地工作，笑容真挚。余露在火车上接生了一个新年宝宝，她眼中含光，好像看见了过去的自己，在铺满鲜花的火车上出生，发出咯咯的笑声。

1. 火车上 清晨 外

一片烟雾弥漫中，火车呜呜叫着穿过树林和河流，伴随着“哐哧哐哧”的声音，车轮滚滚向前，一声婴儿的啼哭突然响起。

火车上，看不清环境的角落里，一个穿着列车乘务员制服的女人抱着新生的婴儿，阳光透过车窗打在婴儿脸上，给小而软的绒毛镀上了一层金色的柔光。

她一手抱着婴儿，一手拿着一朵鲜花，用鲜艳柔嫩的花瓣逗弄着婴儿。

相机的“咔嚓”声一响，婴儿脸定格成一张照片。

余露（内心独白，带有一点东北口音）：据说，我妈和我爸是在火车上认识的，然后我爸就被我妈带回了家。而我妈又是在火车上把我生下来的。她当了一辈子的列车乘务员，在生我的时候，第一次看见车窗外的玫瑰花都开了。我其实不信，我从来没见过我们那儿有长在地里的玫瑰。

2. 一组镜头定格成一张张照片

天真无邪的婴儿露出笑容。

童年时期，余露在工厂里爬烟筒，一直爬到烟筒顶上。

绿皮火车上没有人，只有余露和穿着列车乘务员制服的母亲。

爸爸在办公室里读报纸，余露从后面搂住爸爸的脖子。

和同学们春游。

一家三口在公园中玩。

一个小孩在一个工厂大院中渐渐长大。

余露（内心独白）：我觉得这是她想偷懒，给我起名叫余玫瑰或者叫余小花。好在我爸终于反对了她一次，我就叫了余露。我一直认为我不会再跟火车有什么关系，直到我17岁。

3. 厨房 日 内

前面那张合影就挂在厨房兼客厅的墙上,其他几张照片就挂在旁边。

厨房看摆设是20世纪90年代末的风格。厨房不算小,除了煤气灶台,还摆着一张圆餐桌,干净朴素。桌子上的茶杯、水壶都蒙着防止落灰的碎花台布。

余露的妈妈在做饭,余露帮忙洗着雪里蕻(一种腌菜)。

余露把洗好的菜放到妈妈身边,转身拿出装腐乳的小罐子,用筷子夹了一圈,没夹到,往碟子里倒了点汤汁。

余露妈(递给余露零钱):叫你爸回来吃饭。

4. 锅炉厂大院 傍晚 外

余露骑着自行车,穿过一片萧索的工厂厂区,正是下班的时间,有一些大门还是关着的,旁边"小卖部"的红字招牌缺了一部分,变成了"小买部"。一些工人从厂区出来,神情都有些暗淡。

余露(高兴地招了招手):爸!

爸爸跟照片上比,面容有些沧桑,裤角沾满灰尘,皮鞋也磨出了白边儿。

5. 小路上 傍晚 外

街道两边都是小摊贩,他们很多都穿着工厂的制服,因为人多也显得很热闹。没有生意的摊贩脸上没什么表情,木然地整理自己的货物。

余露跟着爸爸一起推着自行车往家走,影子拉得很长。

余露爸爸的自行车后座上拿粗绳子绑着一只空盆,还有一个自制的木头展示板,钉子都露了出来。旁边的塑料袋里隐约能看见零星的小货物——头花、发卡、鞋垫、松紧带。

父女俩路过小摊,小摊贩们笑着跟老余打招呼。

摊贩甲:来了?

摊贩乙:今天买点啥不? 老余?

父女俩看见卖酱菜的,旁边还摆着几个装腐乳、臭豆腐的坛子,余露把钱递给老板。

老板是个中年女人,身上也穿着工厂的蓝色工装,她看见从工厂里走出来的工人,藏住羡慕的神情,先去招呼对方。

酱菜婶:你要点啥不?

工人看了一眼,什么也没买,离开了。酱菜婶把腐乳装好递给余露。

吆喝声,自行车铃声,还有不知道什么发出的叮当声……夕阳晃得余露睁不开眼。

6. 余露家 夜 内

余露和爸爸回到家,余露妈将一盆咸鸭蛋放到门口,然后接过爸爸手里的空盆、杂物袋,还有一个奶粉桶改成的零钱罐。

罐子里发出稀疏的清脆声响,余露妈妈连看也没看,放到了旁边。余露爸露出羞愧的神情。

余露用余光扫了一眼咸鸭蛋,而后目不斜视地往屋里走。

7. 厨房 夜 内

一家三口围坐在桌子前吃饭,桌子上只有一道炖菜,腌菜颜色深绿,让人看了没什么食欲,三个人都不说话,爸爸把汤汁倒进碗里,伴着饭,吸溜着吃得很大声。

余露吃得很快却很少,她先放下了筷子,起身要回卧室。

余露妈:你跟二伟联系了吗?

余露爸低头扒着碗里的饭,声音含混:嗯,二伟说广州那边情况挺好,外商在那边盖厂呢。

余露妈:那工资还能高不少,你总不能靠着卖点杂物,一天块八毛地过日子。你到底什么想法?

余露爸没有吱声,余露妈一直盯着他。

余露爸(看见了,叹息一声):嗯,我想好了,后天就走。

余露愣了片刻,走到玄关,从盆里拿了一颗咸鸭蛋过来,切开递给爸爸。余露看见旁边矮几上,一只空行李箱已经摆在上面。

余露妈:露露也转学吧,转到我们单位的铁路职业技术学校,我打过招呼了。毕业就包分配,好歹是铁饭碗。

余露:我不想转学。

余露妈:你成绩好也行,也就语文分儿还能看。以现在的情况,你能进铁路就是最好的出路,全市也就这儿还包分配,别人想去还没门路呢。

余露一直不吱声,猛地起身回到自己卧室。

余露爸(小声地):要不,让她再读两天试试,万一能考上大学呢?

余露妈(筷子往桌子上一拍,大声地):别给我学老的,看不起这个看不起那个的,没个一技之长还心比天高,最后什么都抓不住才彻底抓瞎。

余露爸(小心翼翼地息事宁人):她会去的。

8. 余露卧室 夜 内

外面收拾碗筷的叮叮哐哐声很响。随后电视声响起来,开始是军事节目的声音,很快变换成了电视剧里男女的对白声。

余露翻了两页书,实在看不下去,盯着墙上的裂缝发呆,恍惚中,裂缝中有浓烟冒出。

火车汽笛的声音响起。

◆ 出片名:鲜花盛开在火车上

9. 学校教室 日 内

老师在上课,黑板上写着“编组站货车的集结模式”,余露和几个同学在后面打扑克。

最后一排桌子和倒数第二排的桌子被推到了一起,校服乱铺了一地,后两排的几个同学就坐在地板上,躲在桌子后面,憋着笑打扑克。

老师在教室里踱来踱去，习惯性地走到教室中间的位置就停下返回，每当他突破习惯稍微往后走一点，就有同学憋不住发出古怪的笑声。

余露几个躲在后两排的桌子底下，连动也不敢动。

气氛实在古怪，老师忍不住问：怎么了？

班上前排几个同学憋不住笑，却也不吭声。

木何：老师，他们在后面打扑克呢！

老师快步走向后两排，看到了打扑克的余露一伙人。

老师“啪”一下子把手里的书扔了过去，正砸在余露脑袋上，余露猛地站起来，头狠狠地磕在了桌子上，把桌子也顶了起来。

冬梅（还蹲在余露脚底下，压低了声音）：丢人丢大发了！

余露不好意思地白了她一眼。

全班学生哄堂大笑。

老师（大吼）：你们几个，都给我站起来！

几个人动作磨磨蹭蹭，扭扭捏捏。

老师：你们几个，别以为能包分配就万事大吉。你是能进车务段还是工务段，是坐办公室还是当乘务员天天扫厕所，待遇是天壤之别。

老师指着余露和那几个捣蛋的学生：你俩！还有你们！都给我出去！

10. 学校走廊 日 内

余露和几个同学在教室外面罚站，男生都举着个凳子，余露和冬梅举着一本书。

老师手里拿着教鞭，在同学们身上点来点去。

老师：你们自己愿意去荒郊野外修铁轨，不要影响其他同学上课。你们不努力，以后只能做最辛苦的铁路工人。人家呢，都是一个班的同学，以后人家就可以坐在办公室里喝茶水看报纸。

几个男生开始做鬼脸，老师举着教鞭往男生腿上抽。

老师：余露你也是，成绩也还行，长得也不错，总跟这些浑小子往一块凑个什么劲！

下课铃响，老师走了，他的脚步是有些奇怪的内八字，班里的同学也涌了出来。

余露对着老师的后背撇了撇嘴。

旁边的男生笑着推搡了余露一下，冲老师做鬼脸，学老师拎着教鞭内八字走路的样子，余露哈哈大笑。

宫舜出来看见，轻咳了一声，一本正经的样子。

宫舜：余露，你来。

余露脸瞬时红了，低着头跟宫舜走进了教室。

11. 学校教室 日 内

余露跟着宫舜走到他的座位旁，宫舜给余露递了个面包，一瓶牛奶，还有一沓笔记本。

宫舜：你妈今天又不在家吧？

余露皱着眉头不太愿意提：跟车出务了呗。

宫舜：那你怎么还不知道努力。

冬梅（笑呵呵地抢走了宫舜的面包）：宫舜你可别逗了，这事儿跟咱们努力不努力压根儿没关系。

另外一个男生挥着手指头分析：好的工作优先给铁路干部子弟，然后是跟领导有关系的其他铁路子弟，之后是有资历的普通铁路工人子弟，就像余露这样的……像你我这种，能进学校就是烧高香了，就往后排着吧，青海、内蒙古，看你喜欢高原草原还是林海雪原了。

余露：别这么说，我也沾不上我妈啥光，她要是有本事自己早离开客务段了。

旁边的男生笑了：你可别这么说，谁不知道你妈最近跟张处长走得近。几个男生窃窃私语，似乎在对余露指指点点。

宫舜皱着眉头把笔记本塞进了余露手里。

宫舜：据说今年学校有两个编制名额，过几天实习表现得好就可能有机会，你抓紧准备准备。

木何：哼，看看这郎情妾意的。

男生甲给木何买了果汁放在桌子上，捏着嗓子扭着身子假装女声。

男生甲：舜舜，舜舜，为了能够跟你一起永不分离，我一定好好复习。

大帅（琼瑶腔）：露露，露露，为了我，就算是为了我，你也要洁身自好，奋发进取。

男生甲：舜舜，我的整个人整颗心都是你的，你还不明白吗？咱们“在天愿作比翼鸟，在地愿为连理枝”。

大帅：露露，那我们今晚东边小树林里……

宫舜的脸红到了耳根，重重地把书桌一推，冲出教室。

余露：你们有病吧！无聊不！

大帅：噢，害羞了，露露好羞涩。

男生甲：人家还没做好心理准备嘛……

余露：赶紧给我滚。

大帅（哈哈大笑）：你懂什么意思吗？

余露（脸一红，还努力装腔作势）：不就那么点事儿嘛，我告诉你们，你们这套在老娘这儿不好使，赶紧滚！

大帅：噢，那你挺明白的呗？还知道怎么滚？

男生甲：你你你……死鬼，你说什么呢，人家要是有了怎么办。

听着的同学们笑得直捶桌子，余露一脸蒙，没弄明白他们的笑点在哪儿。

大帅：还嫩着呢，就别光想着护自己家老爷们儿。

12. 学校门口 日 外

铃声响起,同学们推车往外走。

余露刚出校门,宫舜快跑两步追了上来。两个人一起推着车慢慢步行的身影渐渐远去。

13. 锅炉厂大院 傍晚 外

两个人推着车来到工厂的门口,宫舜转头看着厂区高耸的红砖烟筒,余露也顺着宫舜的目光盯着烟筒。有一群飞鸟不知道被什么东西惊起,转了两圈儿,又纷纷落回了烟筒上。

只有一只,绕着烟筒打着转儿飞,迟迟不落。

14. 大烟筒下 日 外

余露和宫舜两个人来到大烟筒底下,仰着脖子往上瞧,余露有些跃跃欲试。

余露爬到台阶上,顺着脚手架试着往上爬了两下。

余露:我小的时候特别爱爬这个烟筒,爬到那顶上去过。(见宫舜没有什么反应)你没听说过吗?这事可是厂里出了名的,一个女孩爬到烟筒上去了,他们谁也不敢上去取我,叫了消防车才把我给整下来。我家还有照片呢。

宫舜摸着脚手架摇了摇头:走吧,这个现在不一定稳当。

余露抬头看了看,拽了拽烟筒上的铁脚手架,似乎是有些晃悠,余露泄了气。两个人默无声息地推车离开。

15. 余露家 傍晚 内

余露拎着书包回家,玄关的衣架上挂着妈妈的列车员乘务员制服。

厨房里有炒菜的声音,余露闷声回到卧室。

妈妈(在门外喊):你还知道回来,比我到家还晚。

余露不吭声,放下书包翻看宫舜给的笔记。

妈妈"咚咚"敲了三声房门。

余露深吸一口气,起身到厨房。

桌子上已经摆好了饭菜。母女二人安静地吃饭,能听到筷子夹菜的声音。二人始终没有目光交流。

余露妈:老师来电话了,说你上课打扑克,让我明天去学校一趟。你到底想怎么样?

余露不吭声。

余露妈:一会儿你给你爸打个电话。

余露:听说你最近在领导面前露脸了?

余露妈:你听谁说的,什么乱七八糟的。

余露放下筷子,慢慢挪到电话旁边,拿起听筒,拨了一串号码。

余露妈(收拾着碗筷,装作不经意地):顺便问问他什么时候能回来。

余露瞪了余露妈一眼，嗤笑一声，把听筒重重按在电话机上，起身穿上衣服摔门而去。

余露妈看着电话，愣在原地。

16. 街道 傍晚 外

余露百无聊赖地在街上踢着一个饮料瓶子，街上行人很少，暮春的花瓣打着旋儿落了一地，扫街的人一直扫，却也扫不干净。

余露的脚步渐渐地跟扫街的声音形成了某种和谐的频率。

饮料瓶子滚到一根电线杆子底下，余露抬头看见了一个卖安全套的自助贩卖机。

余露像个小偷似的四下张望，看周围没有人，偷偷掏出一枚硬币投了进去。

撕开来，软软的，有弹力，透明的，弄得手上黏糊糊的。好像有人来了，余露把安全套赶紧扔进垃圾桶。

17. 余露家 夜 内

余露回家，小厅里没人。

余露悄悄回到自己卧室，打开宫舜给的笔记看，翻了两页烦躁地扔到一边。换了一本，手里快速地翻着，没人看得清上面的字是什么。

余露正趴到门边上，偷偷听着门外面的动静，蹑手蹑脚地掀开床垫，床板底下都是一些书，余露拿了最上面的一本。

余露在台灯下默默地读。

18. 学校门口 日 外

余露正骑着自行车，听见宫舜喊她的名字。

余露停下，把宫舜递给她的酸奶接过来。周围的同学蹬着车或者小跑着往校门口涌，只有余露和宫舜二人推着车，两个人的背影越晃越近。

19. 学校教室 日 内

很多同学已经到教室了，余露跟宫舜前后脚走进来，木何开始假装咳嗽，随后，平时跟木何关系好的同学的咳嗽声连成一片。

大帅：呦呦，我们什么都懂的露露同学来了。

余露（也不看大帅）：有完没完！

大帅见木何等几个女生等着瞧好戏的样子，更加阴阳怪气起来。

大帅：宫舜，余露今天还能来上学，你也不行啊。

宫舜一言不发，闷闷不乐地到自己的座位上坐下。余露看了宫舜一眼，随后装着“大姐大”的样子晃着膀子走到大帅座位前，把大帅的文具盒重重拍到桌子上，又把书一本一本地往大帅身上扔。

余露：你对这些事儿这么感兴趣，是有生理缺陷吧？想女人想得变态了？用不用老娘教你几招？自己回家想去，别在这儿丢人现眼。都跟你们说了，这一套对我不好使。老娘什么没见过，安全套也就长那样，你见过吗你？你能吓唬到谁？再没完没了，看老娘不废了你。

有男生吹了个口哨。

大帅臊得慌,笑着给自己找台阶。

大帅:还真发飙了,这娘们儿可真虎。

木何:果然是家学渊源。

余露瞪向木何:你什么意思?

木何:当妈的天天出车在外接触汉子的时间多,做了什么也神不知鬼不觉,还可以给女儿创造夜不归宿的机会,什么都懂就不奇怪了。

这话惹得其他同学窃窃地笑,宫舜表情晦暗。

余露正想要张口反驳,上课铃响了,老师进来,同学们飞奔回自己的座位,教室里瞬间安静下来。

余露趴在桌子上随意涂鸦,一张纸条传过来。

余露打开,纸条上写着:放学等我。

余露抬头看了宫舜一眼,宫舜装作一本正经听课的样子,但余光还是偷偷往余露这边瞟。

余露(在教室里,看着黑板大声说):好啊!

老师回头,同学们一脸莫名其妙地看着余露,不知道她在说什么,余露看着黑板,嘴角憋着偷笑。

宫舜的耳根红了。

20. 街道 日 外

余露和宫舜两个人慢悠悠地走,两辆自行车夹在两个人中间,宫舜始终领先半个车身的距离。

余露(笑着喊):宫舜。

宫舜一言不发。

余露(踢着脚下的叶子喊):宫舜。

宫舜一言不发。

余露(不笑了,看着车轱辘喊):宫舜!

宫舜一言不发。

两个人走到一个十字路口,余露(使劲踢了一下眼前的小石头,提高了音量喊):宫舜!

宫舜停下脚步等她,还是没回头。

余露:咱俩接下来不顺路了,你再不说话我回家了。

宫舜凶巴巴地瞪了余露一眼,赌气似的加快脚步走了左边的路,余露一跺脚,还是跟了上去。

21. 宫舜家 日 内

余露跟着宫舜到他家。他家跟余露家的户型几乎都一样，家里没人，房间安静且空旷，干净到了极致，像是没人住过似的。

余露（坐上沙发）：你爸妈还没回来？

宫舜（里里外外地收拾东西，但也没什么可收拾的，他给余露倒了杯水）：嗯，你爸呢？

余露（顿了一下，喝了口水）：没消息，也不知道在南方好不好。（过了一会儿）你找我过来什么事？

宫舜又走来走去地去浇花，一直不停地找事情做。

宫舜：你心里清楚。

余露看宫舜在眼前晃来晃去的很难受，起来拦住他。

余露：我真不明白。

宫舜：你经常夜不归宿？

余露：我没有啊。

宫舜：那你是怎么知道那些的？

余露：哪些？

宫舜（狠狠瞪着余露）：你说呢？

余露恍然大悟，笑了，却也有点脸红。

余露：哦，你说那个什么。我自己……好奇嘛，买来玩的。

宫舜（眼眶都红了）：你自己买来玩的？你自己是怎么玩的？嗯？

余露：我就是在路边……

余露话没说完被宫舜一只手抓住了脑袋，他的表情看着凶，手上却没使多大劲儿，末了宫舜把自己的嘴凑了上去……

天已经冷了，宫舜家客厅和阳台中间的玻璃门上已经结了霜，透过这层玻璃，隐约地看见宫舜离余露越来越近，他把她推倒了。

沙发布上的红色刺目，余露身上套着件宫舜的男生大T恤，两个人盯着沙发布上的红色污迹发愣。

宫舜：对不起，我没想到……

余露一把扯下沙发布扔进洗衣机。

22. 宫舜家 夜 内

宫舜和余露坐在一起打游戏。

23. 一组蒙太奇

老师（画外音）：这次学校给大家争取到了实习的机会，可以提前接触到铁路系统的各个部门，有切实的体会，毕业分配工作的时候，也能知道力气该往何处使。分到好的实习部门不要高兴得太早，你不一定能留下来；分的部门不好也不要气馁。

余露和同学们在铁路系统的各个岗位上——

大帅在模拟驾驶室认真地看着各种仪表。

大帅在一个小城的小火车站,他爬上高高的电线杆去修电网。

木何在办公室看着别人操作电脑,一脸新奇。

宫舜在车站,盯着信号灯给列车驾驶员举旗子。

余露跟冬梅一组,在货运仓库负责安检。

汽笛一声响,烟雾缭绕。

24. 火车站站台 日 外

列车停靠在站台上,后面的货运车厢旁,余露和冬梅跟着一个大姐上车下车地给货物安检、登记。

大姐(指挥着搬运工人):都往这边放。

余露干得汗流浃背,工装被蹭得很脏,几乎变成了黑色。不远处,列车乘务员身穿制服,排着队鱼贯走向前面的客运车厢。

余露看到一大堆货物被推车送过来,工人们一箱一箱地往车上搬,那些箱子实在太多,遮天蔽日,看不到头。

25. 食堂 日 内

余露跟冬梅一起打饭,要找地方坐的时候,看见宫舜,正要过去跟宫舜坐在一起,发现他旁边的那个人是木何。

两个人都是干干净净的,余露看了看自己袖子上的灰。

冬梅看到旁边有一个空位,抓着余露往旁边走。

冬梅(擦了一把汗):赶快吃吧,下午还有活要干呢。

余露坐下,抬头再一看,宫舜已经不在了。

26. 火车站站台 日 外

余露和冬梅在帮忙安检,大姐手里的安检仪器突然不响了。

大姐(转身出去):这破东西怎么又坏了。你们两个,把这些查一下。

冬梅(见大姐出去了,偷偷跟余露说):余露,你听说了吗?这次咱们来实习的,据说能给几个办公室的名额。

余露兴味索然,手里的活不停。

余露:那也轮不到咱们。

冬梅:这次不一样,除了像木何那种给大小姐的名额,还有两个是宣传部额外给的名额,听说是要看大家实习期间的表现。

余露:就咱们天天检查这些个,干得好干得坏谁也看不出来。你没看这儿的工作先锋?都是连续3,000天无差错。3,000天是多长时间你知道吗?8年,8年是啥概念?8年后没准儿你都能带着你儿子去看北京奥运会了,这人家才发现,哦,原来你工作做得不错。你指望实习这么两个月,就显示出你的优秀来?

冬梅:奥运会的事儿还没信儿呢。不是,我哪儿来的儿子啊……

余露和冬梅一边拖着箱子,一边检查,箱子在地上磕了一下,发出轻微的碎裂声。

余露:这什么呀? 这么沉。

冬梅:那几箱不都抽检过了嘛,是啤酒。

箱子里有液体渗了出来,沾了余露一手。

冬梅(小声):嘘!

余露(点了点头):我去洗个手。

余露闻着自己手上的味道,嫌弃地走了出去。

27. 洗手间外 日 内

余露闻着手上残留的液体的味道。

余露:这东西的味道怎么不像酒啊。

余露瞥见货运站安全管理条例上面画的违禁品,其中有剧毒化学品一项,她愣了半天,不远处巡逻的警犬正嗅着往余露这处来。

余露恍然大悟,拔腿就往仓库跑,与此同时,警犬狂吠,追着余露一路跑来。

28. 火车站站台 日 外

货运车厢旁边的站台上,余露气喘吁吁地指着那一箱东西给巡警和大姐看,几个人把箱子拆开。

警犬冲着箱子狂吠不止。

29. 学校教室 日 内

老师:同学们在这次实习中,表现得都很好,特别要提出表扬的是余露同学,在平凡的岗位上工作认真负责,做出了不平凡的贡献。作为还在实习期的同学,她得到了局里领导的嘉奖。

木何"嗤"的一声,一脸不屑,其他同学鼓起了掌。

教室铃声响起。

30. 学校走廊 日 内

老师在走廊里走着,余露追上了老师。

余露:老师!

老师停下,疑惑地看着余露。

余露(递上一沓稿纸):我这次成为标兵,有点心得体会,您不是说要一篇文章吗? 我写好了,您看看。

老师(看了看余露递上来的稿纸,高兴地笑):好啊,校长还说要推荐给报社的刘编辑发表,没想到你这么快就写出来了。这次可能有一个名额,搞宣传的,就喜欢你这种文笔好的。

余露(惊喜地):谢谢老师!

31. 回家路上 日 外

小路边的树木已是郁郁葱葱,一派初夏景象。

余露嘴里哼着欢快的歌，把自行车骑得飞快，屁股都离开了椅子。路过之前跟宫舜走过的那个岔路口，本来是打算向右往自己家的方向走，她迟疑一下，掉头往左朝着宫舜家的方向去了。

32. 宫舜家门口 傍晚 外

余露在宫舜家门口做了几个深呼吸，整理了一下自己的头发。

想了想，她又转身到旁边摩托车的后视镜前面，把绑着马尾的头发散开，整理了一下衣服领子，手指顺着理头发的动作，摸了摸自己的锁骨，情不自禁地笑了。

余露回到宫舜家门口，敲门。

开门的是一位中年女人。

余露（一呆）：阿姨，我是宫舜的同学，宫舜在吗？

阿姨：宫舜不在，有什么事吗？

余露笑着摇了摇头，有些失落。

33. 学校门口 日 外

余露穿了一身干干净净的蓝色裙子，一早在学校门口的路上等人。

有路过的男生吹口哨，余露装作没听见，期盼地看着远处。

宫舜终于来了。

余露（迎上去）：宫舜，咱们两个是不是要谈一谈？

宫舜：有什么事下课再说吧。

宫舜没有等余露，径直进了学校。

34. 学校教室 日 内

老师走进来，拿着一张纸，同学们有些紧张有些期待地看着他。

老师：接下来点名字的同学出来一下。于莉、李浩、崔明明……

几个人陆续走出教室，门外有一个穿铁路制服的人等在那里，把他们带走了。

下课铃声响起，余露正要起身却被同桌挡在里面，等同桌让开，再一看宫舜已经走了。

余露追出去，喊了两声“宫舜”，却看见楼梯拐角处，宫舜跟木何一起并肩而去。等余露再追上去，两个人连影子都看不见了。

冬梅（跟过来）：余露，据说他跟木何的父亲见过面了。

余露：你又哪里听来的不着四六的假消息？

冬梅（有些担忧地）：真的。已经开始分配了，你妈不是跟领导走得很近吗？她那边有没有什么办法？

余露：反正，我是不会当一辈子乘务员的。

35. 余露家 夜 内

余露家里，灯全是关着的。余露打开灯，玄关衣架上，余露妈的制服不在。

余露进屋倒水喝，发现桌子上摆了两条烟，旁边有一张字条。

余露打开字条看了一眼，转身进屋，很快又出来，犹豫了一下，把烟装进书包里。

36. 学校教室 日 内

报纸上面刊登着余露写的文章，照片上的余露戴着大红花，披着绶带，笑着挽着旁边领导模样的人的手臂。

冬梅把报纸递给余露，教室中的人已经少了一些。

冬梅：厉害呀你，果然是宣传干事的料。

大帅：也没什么好得意的。木何、繁星他们现在都到岗了，宣传部要是真确定要你，你早就不在这儿了。

冬梅：不能让你妈想想办法？

余露摸了摸书包里的两条烟。

37. 老师办公室 日 内

余露拎着书包走进老师办公室，一只手一直伸在书包里。

老师：来了啊，坐。

余露（把烟掏出来递给老师）：我妈让我把这个给您。

老师没有接，意味深长地看着余露。

老师：你拿回去吧。

余露的手固执地伸在老师面前，没有要把烟拿回去的意思。老师起身，绕过余露离开办公室，只留下一声叹息。

38. 余露家 夜 内

余露家厨房里，余露妈妈看到圆桌上摆着烟，对面余露碗里的饭一口未动过，她起身端着碗去敲余露卧室的门。

余露妈：露露。

里面没有任何回应。

余露妈妈推门进来，对着装睡的余露。

余露妈：我一天累死累活的，回来不想看你的脸色。你也别倔了，当乘务员有什么不好？这也是命。

余露（把脑袋伸了出来，怒目瞪着妈妈）：你今天晚上干什么去了？不是休班吗？

余露妈：我跟同事吃了个饭。

余露：什么同事？

余露妈（脸色沉了一下）：我又不欠你的，你这是什么态度？

余露（呵呵冷笑）：好，你不欠我的，我爸呢？

余露妈：跟你爸有什么关系？

余露：为了乱七八糟的人，就把我爸撵走？别最后赔了夫人又折兵，什么也捞不到。

余露妈（眼圈瞬间红了）：谁把你爸撵走了？你爸电话也不来一个，这能怪我吗？

余露（用被子把头一蒙）：我要睡了。

余露妈出去回到厨房，放下饭碗，露出了疲惫的神情。她皱着眉头，把腿搭在对面的椅子上，按摩着自己的小腿。

39. 学校教室 日 内

【蒙太奇叠画】

教室里的同学渐渐变少，教室逐渐变得空旷，最后，一个老师和同学的影子都没有了。

余露一个人走进教室，手拂过教室里的桌椅板凳，发出一声轻笑。

大帅（跟进教室）：他们都走了，是不是只有咱俩没有分配出去工作？

余露抬眼看着他，没有出声。

大帅：我是因为要去南方闯荡了，你又是为了什么？瞧不上列车乘务员？非要当干事？

余露抬头看着大帅，无辜的眼睛里露出凶巴巴的眼神，眼眶湿漉漉的。

大帅（有些不敢看她）：别在这儿看了，晚上喝个痛快。

40. 烧烤大排档 夜 内

烧烤小店的桌椅都十分简陋，墙壁上有烟熏过的黑色痕迹。老板在旁边烤串，不时有烟气冒出，呛得人大声咳嗽，这声音与劝酒的笑闹声响成一片。

大帅：来来来，咱们同学今天的散伙饭，所有人都必须喝啊！冬瓜你干啥呢？你跟谁装鹌鹑呢？

冬瓜把酒杯里的酒喝光，大帅又看向余露。

大帅：露露，露露杯咋空了呢，赶紧给露露满上啊！露露，咱俩得干一个。

余露把酒一饮而尽，她看见那边宫舜坐在木何身边，还给木何递了一根肉串。

长条烧烤桌的另一边有人说：咱们还得恭喜宫舜，以后就是宣传部门的领导干部了。

同学乙：就是，宫干事到时多给咱们宣传宣传，咱们也能多拿两百块钱奖金。

同学们大笑。

木何笑得一脸骄傲，笑着笑着就一脸甜蜜地靠在了宫舜肩膀上。宫舜没什么表情，却还是跟敬酒的同学碰了一下杯。

大帅：余露，余露，你想啥呢？我说你啥意思，要养金鱼啊？杯里咋还剩这老些酒？

余露抢过大帅手里的酒瓶子，一下子站了起来，吼得声嘶力竭。

余露：我发现你这个人就是不长记性，老娘什么时候怕过你？啊？老娘怕过你吗？咱俩对瓶整，看谁先喝完，你要输了叫我三声姑奶奶。

大帅（摸不清楚状况）：小姑奶奶别急啊，是我怕你，还不行吗？

周围热热闹闹喝酒吹牛的同学都安静下来，纷纷看向站在中间刚发过飙的余露。余露拎着酒瓶子环顾四周，同学们的眼神似同情，似不屑。余露生生别着头，不敢看向宫舜的方向。

冬梅（拽了拽余露的袖子）：你想喝酒就坐下喝吧。

宫舜：我跟你喝。

余露听见宫舜的声音，整个人都僵了，呼吸渐渐紊乱，握着酒瓶子的手微微颤了起来，依然没看他。

冬梅：宫舜，你别得了便宜还卖乖，吃你的软饭去，这儿没你事儿。

余露转身，双眼红红的，眨也不眨地盯着宫舜，半晌，仰头就把整瓶啤酒往嘴里灌。酒喝得太急，酒水顺着嘴角往下流，她呛了一口，眼泪流了下来，顺着下颌流过了脖子。

那边宫舜也拎过一瓶啤酒，不管木何在一旁拦着，站起来跟着把整瓶酒往嘴里灌。

余露喝完一整瓶啤酒，把酒瓶子“哐”一下砸到地上，摔了个稀碎。余露转身离开。

宫舜这边酒还没喝完，一口气没倒过来喷了半口酒，眼睁睁看着余露潇洒地走进夜色中。

41. 锅炉厂大院 日 外

气温渐凉，余露坐在某个厂房的台阶上，渐渐有些冷，双手搓了搓肩膀，却依然坐着发呆。隐约听到了说笑声，断断续续的：咱们段上新来的那个，长得不错啊！小张是不是看上他了……

余露赶紧推着车，躲到墙后面，伸出头往外看，这些人她都不认识。

余露推车回家。

42. 余露家 日 内

余露走到电话旁边，拨了一串号码。

电话那边一直是忙音，没有接通。余露挂断电话，失魂落魄地去厨房炒菜。

余露妈回来了，穿着铁路上的大棉制服。

余露妈：我跟领导打过招呼了，你明天去上班吧。

余露把菜摆到桌子上，点了点头。

43. 绿皮火车硬座车厢 夜 内

夜色已深，硬座车旅客不算多。有人占个三人座，把衣服卷成枕头睡得正酣，更多的人是随便倚着找个舒服的姿势打个盹儿。

余露穿着列车乘务员的制服，从车厢头走到车厢尾，然后坐了下来，余露盯着车窗外发愣。

余露回过神来，从裤子口袋里掏出了一个袖珍的小本子和笔，打开一页随手涂抹。

一滴泪从余露的脸上滑落。

余露（内心独白）：可能是因为已经做好了心理准备，我第一次跟车出务时心里出奇地平静。我记得我当时在本子上写了什么。

路越赶越远，再要回去也来不及了，于是我只得继续往前赶。

雾在一片肃穆中消散净尽，那花花世界就在我的眼前。

黑　场

第一幕完

（几年后）

44. 余露家 日 内

余露家看起来跟几年前没有太大的变化，但明显多了新的大电视和冰箱。桌子上摆着进口水果和巧克力。家里的墙上，只剩下母女两个人的照片。

此时余露看起来已经成熟许多，烫了个卷发，穿着列车乘务员制服，手里拿着两捆百元钞票和一张存折。

余露：妈。

余露妈腿脚有些不利索，一瘸一拐地出来。

余露把钱和存折放到桌子上，自顾自地收拾着简单的行李。

余露：桌子上的钱你先帮我存上。（看见妈妈走路的样子）你的腿还没好点？

余露妈：风湿关节炎，哪那么容易好。你也小心点，别一到南方就脱毛裤，这都容易落下病。

余露（不置可否）：还是咱家不朝阳，等换了明厅的房子，保证你能好一半。

余露妈：你要想让我气死，你就买房搬家。

余露不理睬妈妈的反抗，火急火燎地收拾好东西，出了家门。

45. 火车站外 日 外

火车站外的背街，余露左顾右盼地等人，一个人把一个箱子递给余露，余露打开箱子看了看，递给男人一厚沓钱，吃力地拖着箱子离开。

46. 火车上 日 内

余露拖着大箱子，来到宿营车厢，偷偷摸摸地把箱子塞到自己的铺位底下。

47. 车站月台 日 外

余露服务的普快列车还未进站，外面就已经挤满了人。焦急等待的人们盯着列车进站，不等停靠就拼命往前涌，个个穿着臃肿且大包小裹，看装扮是要去南方打工的农村人。

一伙人背着不太干净的被褥卷儿，网兜里还拎着洗脸盆和拖鞋；还有提着菜筐的、扛着农具的，以及拿着花布带子把孩子绑在背上背着的。

余露走到门口，脚底下还坐着一位乘客，眯着眼打着瞌睡。

余露大喊着维持秩序。

余露：都排好队！检票上车！检票上车！你！票呢？

余露尽力拦着乘客检票，被乘客挤来挤去直打趔趄。

一个人挑着两只桶,一只桶里装满茶叶蛋,一只桶里装着煮熟的玉米,腰上别着个小商贩惯用的腰包,被余露拦了下来。

余露:不能上车卖东西啊。

小商贩:我买票了。

余露:那也不行,我们有规定。

小商贩:这不是8车吗?

余露:这是6车。

小商贩也不纠缠,往8车的方向跑去。

48. 车厢内 日 内

车厢里很挤,地上也坐了不少人,余露挨个查票,一名西装革履的乘客没票。

余露:你票呢?

西装男:我现在补,同志,能不能补到座票?

余露:站票都没有,还座票。

西装男:卧铺也行,软卧也行,不行我加点儿钱。

余露:先把无座票补了,卧铺晚上10点以后再说,不一定能有。

西装男:成成,那我到时候找您?

余露:我换班儿了,找我对班。

西装男:找谁?那她叫什么?

乘客甲:乘务员同志,你看那边开水是不是没有了?

余露(毫不客气地):等检完票。

乘客乙:诶,乘务员,厕所什么时候能开啊,我要憋不住了。

余露:厕所进站就关了,一会儿检完票就开开。

列车长这时过来了。

列车长(训斥地):余露,你一会儿打扫一下车厢,还有厕所,都啥样了你没看见?

余露"嗯"了一声,继续把剩下几个没查完的票查完,再往洗手间的方向走。

西装男挤到了列车长身边,伸出手跟列车长握了握。

西装男:列车长同志,您好!咱们能补到座票吗?实在不行,加点钱,有软卧也行。

列车长:一会儿过来找我吧。

49. 厕所 日 内

余露打开厕所门,蹲坑已经结了浓黄色的冰,混着一摊污物,冻得结实。

余露拿了角落里的铁锹,用力凿了几下,冰坨子只掉下来一小块碎冰碴儿。

余露出来,有男人在门口等着。

50. 乘务员休息室 日 内

余露进来,拿走了放在地上的暖壶。

51. 车厢连接处 日 内

余露拎着暖壶接开水,开水炉的指示灯都灭了,余露打开下面的操控箱,调试了一下,看还是没有效果,对着一个方向用力敲了两下。

“烧水”的红色指示灯亮了,余露静默等待。

“保温”的绿色指示灯亮了,余露把暖壶灌满水。

52. 厕所门口 日 内

厕所的指示牌显示红色“有人”,余露举着暖壶,听见里面有男人小便的声音,有些不耐烦地敲了敲门。门开了,一个男人走出来。

余露走进去,把门关上。

余露把水壶里的开水浇到冰坨子上,冒起了白雾,发出了冰块炸开碎裂的声响。余露拿着铁锹铲地……

一会儿,余露出来了,暖壶被余露斜拎在手里。余露又去开水炉处打了一壶开水,再去厕所。

余露拧着眉头把结了冰的污物冲干净。

余露对这个过程有些厌恶。

53. 车厢 日 内

余露打扫完厕所,拎着个扫帚扫地。地上报纸屑、瓜子皮、塑料袋……渐渐扫了一大堆,余露一直不停地跟地上坐着的乘客喊话,没什么耐心。

余露:让一让,站起来一下。

有人叫卖:茶叶蛋、玉米、热乎的茶叶蛋。

余露一看,正是刚才她拦着没让上车的那个小商贩。

有人光着脚,忙穿上鞋子,叫住小商贩:来两个茶叶蛋!

54. 车厢连接处 日 内

余露到车厢连接处抽烟,没找到打火机,男同事来了。

余露:那个卖茶叶蛋的,你放上来的?

男同事(把打火机递给余露):嗯,到晚饭点儿,他还卖烧鸡。你可别告发我。

余露:咱们各凭本事,各走各的道儿,我告发你干吗?

55. 车厢 夜 内

很多人都开始吃晚饭,余露挨个行李架整理行李。

冬梅:我来了。

余露:咋这么早?你等我把登记表给你,有几个下站就下的。

冬梅:还表呢,路风检查组的上车了!

余露:来检查啥的?

冬梅:你说大晚上的能干啥?火急火燎地,直接奔着宿营车厢去的!没准是盯上谁了。

余露(一惊):真的!

冬梅:骗你干啥,赶紧的啊!

余露穿过人群一路小跑着往宿营车厢方向去。

56. 宿营车厢 夜 内

余露来到宿营车厢,宿营车厢的工作人员都在旁边站着,连大气都不敢喘。

几个领导正在挨个铺位检查,每到一个隔断都会掀开帘子看一眼,有可疑的东西就拖出来。

某干事从 6 号下铺底下,拖出来两个大纸箱子,接着向同去的领导请示。

某干事:江处长?

江昌直点了点头。

某干事拿把小剪刀,把纸箱子上面封着的胶带划开,打开箱子。里面装着满满的东西,都是人参、鹿茸、鹿鞭。

江昌直:谁的?

列车长:小秋的,小秋的。郭儿,你去把小秋叫过来!江处长,我们车一直都是段上的先进。这种事绝对是个例。

江昌直领着某干事接着往前走,走到 9 号铺,某干事掀开帘子正要蹲下查看,余露"诶"的一声叫了出来。

余露快步走过去,蹲下把一个纸箱子拽了出来。

江处长要掀开余露的东西,余露重重地按住江处长的手,堆了一脸笑。

江处长抬头看她。

余露:江处长,我这儿一箱东西是我妈给我爸带的。我爸在佛山打工呢,吃得不习惯。我妈给我爸织了毛衣,我给您拆开看看。

余露拆开箱子,最上面是一个布袋子,里装着毛衣。

江处长(笑了,起身往旁边走):倒是有孝心,那你好好收起来吧。

余露(讨好地笑):诶,成。我知道这也是违反规定,下次不敢了。

此时某组长掀开 11 号和 12 号铺中间的帘子,中铺上有个人,被子蒙着脸,脸朝里侧装睡。

某组长:这是谁?

列车长不吱声,江昌直打了个手势,一行人都去了某组长的位置。

江昌直:这边怎么回事?

某组长:这儿有个乘客。诶,别装了,起来吧。

江昌直:起来吧,我们是检查铁路服务人员,好好配合我们工作就没你什么事,再装睡我叫乘警了啊。

西装男:我花了钱的!

江昌直:谁让你睡这儿的?

西装男：忘了，没看清脸。

此时，小秋被小郭带来了。

列车长（大声地）：小秋你太让我失望了！我跟你们强调纪律强调得少吗？现在领导多重视纠正不良风气，你怎么还能顶风作案?！以车谋私，你这些东西！得多少钱？

小秋看这么多领导都在，自己两箱子的货被摊开堆在地上，腿一软，一个趔趄，呜呜呜地哭了起来。

57. 车厢连接处 夜 内

余露走到车厢连接处，看到江昌直正在吸烟，还听见了小秋的哭声。

小秋：我自己连1,000块都赚不到的，您网开一面，不能给我算重大路风事件啊……我是为了我姥姥的医药费，我真有特殊情况。

某组长：1,000块还少？我一个月工资才多少钱？你一个月至少能跑五趟……还没算你返程的。

余露（掏出烟，走到江昌直跟前）：领导，能不能借个火？

江昌直看着余露，把打火机点着，凑到余露面前，余露叼着烟，凑上江昌直的手，吸了两口，把自己的烟点燃。

余露的姿态流露出些许风情，深深吸了两口烟。

江昌直：你是来感谢我的？

余露一愣，片刻露出笑容，伸手从口袋里掏出一盒烟，递给江昌直。

江昌直叼着烟，把烟盒打开。里面的烟只有一半，空着的地方叠着几张百元大钞。

江昌直（摇头笑了）：准备充足啊，看样子是个惯犯。

江昌直从兜里掏出笔，在烟盒上写了一串电话号码，把烟盒还给余露。

江昌直走了，余露看看烟盒上的电话号码，又望向窗外，有些呆住了。

火车穿过城市的街道，周遭的建筑迅速倒退，只有车轮滚滚向前。

58. 宿营车厢 夜 内

火车马上进站了，江昌直一行人把两箱东西和小秋带下了车。

小郭：完了，也不等车回来再下处分，小秋这是直接要送回阳城去了。恐怕得开除了吧？

某乘务员：我怀疑咱们有内鬼。

列车长（瞪了余露一眼）：某些人，都给我安分一点。有多大脑袋戴多大帽子，有多大肚子吃多大的馍。掂量掂量自己斤两再在背后搞小动作，别搬起石头砸自己的脚。

小郭（悄悄问余露）：不是你吧？

余露：怎么可能！

某乘务员：散了吧，还能睡6个小时，又该换班了。

乘务员们纷纷上铺休息，只有余露虽然也躺下了，但还一直睁着眼睛。

旁边的男同事：诶，我刚听了一个笑话，你们想不想听？

女同事甲(调笑):又来了,这真是睡前必备节目。

女同事乙:你的笑话就没有干净的。

其他男同事(跟着起哄):来一个,她们就是嘴上说不要。

男同事:以前,有一个男的,跟自己媳妇新婚之夜,无论怎么使力气,媳妇就是不说话。他就急了,问你能不能吱个声?媳妇那叫一个羞涩,扭扭捏捏就是不吭声……

余露烦躁地起身,爬下铺,走向车厢连接处。

59. 车厢连接处 夜 内

余露点着烟,听见里面爆发出大笑。

还有女人的声音:你媳妇是不是办事的时候就这个口音叫?

又是一阵笑声,余露深深地吸了一口烟。

余露(打电话):峰哥,这次的东西我带出去可能不太方便,你能不能进站取一趟?就6车硬座车厢,买张站台票假装来接人就成。

60. 宿营车厢 夜 内

宿营车厢里渐渐安静下来,余露探身走进,四下观察,看见同事们已经睡下,呼吸声渐渐均匀。

余露看了看时间,蹑手蹑脚地把自己的那个大箱子搬出来,睡在下铺的同事翻了个身,脸朝外,吓得余露半天没敢动。憋了好一会儿,听到对方渐渐响起鼾声,才把箱子拖出来。她从自己的行李里,掏出透明胶带。抬着箱子往车尾方向走去。

61. 车厢连接处 夜 内

余露将门关上,四下无人,余露把箱子里的毛衣拿出来,能看清里面是包装精美的高档人参,余露用透明胶带把箱子封好,拿牙咬断,又把毛衣盖在箱子上挡着,抱起箱子接着往车尾走。

62. 列车上 夜 内

余露一路往车尾走去。

负责软卧车厢的乘务员在乘务员休息室看杂志,负责硬卧车厢的乘务员就坐在靠着窗户的翻板凳上,闭着眼睛休息,余露经过的时候小心翼翼。

箱子很沉,余露走一小段儿就要把箱子放下,揉一揉手腕。

有乘务员看见了余露,问了一句:干吗去?

余露回:给冬梅送东西。

对方扯了个笑容,就昏昏沉沉地又闭上了眼睛。

63. 硬座车厢 夜 内

余露抱着箱子来到硬座车厢,一片刺眼的光,白得让余露眯了眯眼。

有乘客打了地铺,行李架上也没有位置,余露把箱子贴着门放在地上,又抱了起来。看到一个学生模样的小伙子在看书,她走过去。

余露:您好,这位乘客,您在哪站下?

小伙子：终点啊。

余露把箱子塞到小伙子的座位底下。

余露：那我把东西放这儿，你帮我看一下。我到站来拿。

余露穿过车厢，往宿营车厢走。

64. 宿营车厢 夜 内

余露回到宿营车厢，列车长身上披着衣服，站在地上等着，目光灼灼。

列车长：你干吗去了？

余露：上厕所。

列车长：这么长时间？

余露：抽了根烟。

列车长：给我小心点吧。

余露去自己的铺位上躺下，火车的声音“哐当哐当哐当”地响，余露闭眼睡下。

65. 硬卧车厢 日 内

很多乘客陆续从行李架上往下拿行李。

广播（画外音）：亲爱的乘客，您好！随着列车的飞驰，您将到达本次列车的终点站，感谢您的乘坐，期待您下次再会。

余露来到放箱子的座位前面，那个小伙子已经走到下车口去了，蹲下一看，箱子还在。

66. 车厢连接处 日 内

余露给火车开车门，乘客们依次下车。

峰哥（挤上车，问余露）：哪儿呢？

余露：18 号座下面。

67. 硬座车厢 日 内

乘客基本上都下车了，冬梅在打扫车厢，车厢里一片狼藉，塑料袋、瓜子皮、鸡蛋壳……

余露进来拿起抹布擦桌子。

冬梅：怎么觉得这趟跑得这么累呢，才到这边就跟要返程了似的，还得两天才能回阳城沾上我的床。对了，听说宫舜也下岗了。

余露没说话。

冬梅（打量着余露的表情，试探着继续）：他跟木何离婚了，要不这次厂区段裁员，也不至于轮得到他。

余露还是沉默地擦拭桌子上的污渍，擦得非常用力。

冬梅（转移话题）：对了，余露，听说你要买房子？

余露：嗯，我妈以前落下点职业病，我想给她换个朝阳面的房子。

冬梅：真羡慕你，到这个段上班，这就连家底都攒下了。

68. 余露家 日 内

一片灰尘扬起。余露妈在扫地，余露接过妈手里的扫帚。

余露：不是跟你说了嘛，你腿不好，等我扫。

余露妈（抢过扫帚）：你跟了三天半的车才下班，不好好歇着，在车上扫地没够？

余露（无奈地放下，抓起衣要往外走）：正好，我跟冬梅约好了去看房子。

余露妈：我说了，我不想搬。

余露（不留情面地）：我爸不会回来了。

余露妈：跟他没关系。

余露（强硬地）：没关系那就跟我一起离开这儿，对你身体好。

余露穿上外套出门。

69. 新楼盘 日 外

余露走在新规划的城区的路上，大型商场随处可见，高楼林立，跟锅炉厂大院呈现出不一样的面貌。

70. 样板房 日 内

余露跟着销售看房。

销售：你看这房子楼层不高，但是采光非常好，明厅和主屋都是朝阳的，南北通透。价格也合适，你没听说？以后房子都是要涨价的，何况这还是现房，还带精装修，这叫拎包直接入住。

余露（满意地点了点头）：多少钱？

销售（伸出两根手指头比了一个二的手势）：全下来也就 20 个多一点。（观察到余露犹豫的神色）不算贵了，现在不是还能跟银行贷点款嘛，利息也不高。您要是首付能有一半，一个月也就还 1,000 多块钱。

余露点了点头。

71. 锅炉厂大院 傍晚 外（几年前跟宫舜一起走过的路口）

工厂厂区更加败落，很多大门都落了锁。有的办公区上挂了“红星闪闪课外辅导”的牌子，但看上去灰蒙蒙的。之前的小卖部也还在，招牌上连“小”字都没有了，变成了“买部”。

余露走在路上，有些恍惚。

前面道路上一个坑，余露摔倒了，一双手把余露扶起来，是宫舜，他穿着干净，但是衣服已经旧了。

宫舜：小心点。

余露（几乎同时）：是你呀，好巧！

宫舜：不是巧。

宫舜：我送你回家吧。

余露：不用了。

宫舜不由分说,推着车慢慢地跟着余露走,两个人陷入尴尬的沉默。

72. 小路上 傍晚 外

余露和宫舜走在两个人当年上学时每天经过的小路上,余露看着远处的大烟筒出神。

宫舜:听说要拆了,进去看看吗?

余露点了点头。

73. 大烟筒下 傍晚 外

余露看着大烟筒,抚摸着锈迹斑斑的脚手架。

余露:好像是该拆了。(想起来什么,笑了)我跟没跟你说过,我小时候爬到这上面去过,那是我这辈子唯一一次出了名。

宫舜:嗯,以前咱们两个人在这儿,你跟我说过。

余露(笑着摇头):是吗?我都忘了。

宫舜:你想再试试?我扶着你。

余露试探性地脚踩在脚手架上,脚手架不稳,余露脚下一晃,自己站稳了身子。宫舜上来抱住她,又尴尬地放开。

余露(深吸一口气):你是不是找我有事?

宫舜:这几年,其实我挺后悔的,也挺想你的。

余露(冷冷地):要是没事,有什么需要我帮忙的再联系我。

余露转身离开,背影决然。

74. 列车车站 日 外

等着上车的乘客不是很多,余露给乘客检票,两位乘客抬着一个大东西上来,手里攥着一张站台票。

余露(拦下二人):跟谁一起上车的?

乘客:宫舜让我们来的,他说你知道的。

余露:嗯,那也不能从这儿上,行李车在那边,我打过招呼了。

两个人抬着东西往行李车的方向去。

75. 硬座车厢 日 内

火车发动,余露正在整理行李架,列车长过来。

列车长(找碴儿的):余露,你这窗框上有灰,给你扣分儿啊?

余露(抗拒地):知道了。

76. 餐车车厢 日 内

休班的乘务员在餐车吃饭。

冬梅:你又被扣分了?

余露:嗯。

冬梅:列车长为啥最近盯上你了?

余露:谁知道呢,她一直都瞧我不顺眼。

冬梅:你小心点儿,据说她后面硬着呢。小秋那事儿也没能把她怎么样。多忍着点儿。

余露:嗯。

77. 车厢连接处 日 内

余露出来掏出一根烟,把烟点着,看见江昌直穿着休闲装在餐车门口往里望。

余露:江处长!

江昌直(做了一个噤声手势):嘘!

余露:您这是……

江昌直:有点私事,坐你们车去广州一趟。

余露:怎么不进去呢?也不跟我们打声招呼。

江昌直:就是怕麻烦才在这儿等着,你们吃完了我再进去。

余露:这也就是大家跟您还不熟,才能这么轻松。

江昌直:怎么不给我打电话呢?

余露(笑容有些腼腆):不知道该说什么。

江昌直(好像觉得很有意思,笑了):不知道说什么?你要是不累的话,一会儿陪我下下棋?

78. 软卧车厢 日 内

车厢里没有其他人,余露跟江昌直坐下,江昌直把门关上。

余露:领导,您还随身带着棋?

江昌直(凑近余露坐):哦,我忘带了。要不你陪我喝点酒,我这儿有下酒菜。

余露和江昌直连喝了几杯,江昌直开始健谈起来。

江昌直(拿着一根卤鸭翅,递给余露):这个卤水鸭是这边的特色,跟咱们家那边吃法不一样。

余露:我妈都爱炖上土豆吃。

江昌直:是,咱们都喜欢炖的。如果要说吃鸡,广东人可能是独领风骚,但是鸭子,全国各地势均力敌。去四川,干锅辣鸭头辣得你冬天都能出汗。

余露:我不太能吃辣。

江昌直:那去南京,选新鲜的嫩鸭子,抹上盐和香料腌上 4 个小时,卤好的盐水低温慢煮,鲜嫩多汁。

余露:我要是也不爱吃呢?

江昌直:长沙酱板鸭,外酥里嫩,浓油赤酱。

余露:这个我喜欢。

江昌直(又递给余露一根卤鸭翅):不过现在什么都没有,只有这个。

余露接过鸭翅,吃了一口,喝了一大口酒。

江昌直:有机会带你去吃?

余露微不可察地点了下头，江昌直伸手把余露嘴角沾着的食物碎屑擦掉，余露慌张地起身一闪，身上的小本子掉了出来。江昌直捡起地上的本子，读起里面的句子来：

雾在一片肃穆中消散净尽，那花花世界就在我的眼前。

余露（伸手去抢）：你给我！

江昌直盯着余露的眼睛。

余露不敢看他，望向窗外。

透过车窗，外面春光明媚，渐渐亮得发白，草地上升腾起了云朵。

江昌直（内心独白）：爱上她是违背常理，是自寻烦恼……是注定要尝尽一切的沮丧和失望的，可我就是不能自拔。

79. 火车站 日 外

列车到站，余露指挥旅客下车，旅客走光了，余露看见一个小男孩扑到江昌直怀里，喊着爸爸。

江昌直高高兴兴地把小男孩抱起来，举到了肩上。

余露把火车车门的玻璃当作镜子照了照，对着拨弄了一下头发，还是温柔地笑了。

80. 余露家门口 日 外

余露从家门口出来，见到宫舜。

宫舜：余露，怎么不接电话？我还没谢谢你。

余露：都是同学，小事儿。

宫舜递给余露一个盒子，打开，里面是一条项链。余露看着很是喜欢，但还是递还给了宫舜。

余露：你这什么意思？

宫舜：百货商场买的，发票也都留着呢。你要实在不喜欢，可以退了，是个心意。

余露：真的不用，也帮不上你太多忙，最近查得严。

81. 火车上 日 内

车上一个旅客也没有，余露和冬梅正在认真地擦拭着车上的各个角落。

冬梅：路风检查、卫生检查、安全检查、客运检查，各种查查查……

余露：你家那口子还要查岗，真是不给你活路。

冬梅：谁让咱们长途客运段的名声不好呢，以后他就不查了，我要去后勤了。

余露：去后勤了？也挺好的，稳当。

冬梅：你说我来回跑的时候，总想着停下来，真要停下来了，我就想着，我也没能多出去转一转，尽管咱们一年得跑几十万公里。我记得咱们上学那时候学过，地球周长才……余露，地球周长多少公里来着？

余露：好像是五万多吧。

冬梅:是,地球周长才五万多公里,咱们一年跟车下来能绕地球将近十圈,可是我连上海都还没去过呢,外滩是啥样都没见过。平时没时间,好不容易休息了,就那三天,只想在家躺着,去哪儿都不够。真是亏得慌啊。

余露(看着窗外,愣了片刻):总会有机会的。

82. 车厢门口 日 内

余露抽着烟,拨通了江昌直的电话。

余露:是你?你要回阳城了?嗯,那行。

83. 火车站小卖部 日 内

小卖部里没有什么客人,大妈无聊地织着毛衣。

余露拿了一副象棋,递给大妈钱,像是怕被谁看见,藏进了衣袋里。

伸手碰碰衣服口袋,又露出微微羞涩的笑容。

84. 派班室 日 内

余露看周围没有人,对着镜子,整理了一下自己的内衣肩带。

85. 软卧车厢 夜 内

软卧车厢上铺还有别的客人,他们已经睡着了,打着呼噜。

余露和江昌直坐在下铺,面前摊着纸质的象棋棋盘,面面相觑。

余露:开始吧。

江昌直(拿出了一小瓶白酒):不再喝点儿?

余露接过来喝了一口,江昌直顺手接过去,对着瓶口喝。

余露:你就这一瓶啊?

江昌直:怕了?

余露(接过酒瓶,又喝了一口):我就没怕过谁。

江昌直:也不怕我?

余露:不怕。

江昌直接过酒瓶,顺便抓起余露的手。

熄灯了。

余露:熄灯了,我该走了。

江昌直凑近,抱住余露亲吻,余露推开。

余露(小声地):这儿不行。

江昌直一直抱着余露,余露越挣扎,他禁锢的力气越大,余露渐渐不敢动了。

余露:我该换班了,一会儿你来我们车厢看看。

86. 乘务员休息室 夜 内

余露刚刚进来,整理了一下,就看见江昌直在外面。余露开门,把江昌直拽了进来。

空间狭窄,江昌直挤进来,两个人就贴在了一起,彼此的呼吸喷到对方脸上。江昌直坐下,把余露抱在腿上,亲她。

余露赶紧把外衣脱了，挂在门后的挂钩上，严严实实地挡住了玻璃。

余露：你胆子可真大。

江昌直：没你胆子大。

江昌直吻住了余露，激情的喘息声响起。

87. 乘务员休息室门外 夜 内

休息室外，列车长路过，看乘务员休息室的玻璃被制服挡得严严实实。有些疑惑，还是摇了摇头，走了。

88. 乘务员休息室 夜 内

激情结束后，余露靠在江昌直的身上，手里还抱着他，江昌直不太舒服地挪了一下腿。

余露望向窗外，火车车头正经过一个转弯处。铁轨旁的红色信号灯的光打在墙壁上，在墙上映出了暗红色的玫瑰花影子，那些玫瑰花的影子渐渐变换着形状，跳起了舞，像是一幕动画。

余露伸手去抓了一把，当然什么也没有。

余露（画外音）：你记得地球赤道一周是多长吗？

江昌直（画外音）：好像是四万多公里。

余露（画外音）：是四万多公里吗？我怎么记得有五万多公里呢，那你说就我们这趟车，要真有那么长的轨道，绕赤道一圈要多长时间？

江昌直（画外音）：一年多也差不多了吧。

余露（画外音）：是吗？冬梅都来了五年了。

89. 余露新家 日 内

余露带着妈妈来到了新房子，宽敞明亮，装修简单温馨，妈妈环顾四周，还是露出了满意的表情。

余露：我就说，你来了就喜欢了。（余露给妈妈介绍）这客厅可两个卧室都朝南，就厨房和一个屋朝北，要多暖和有多暖和。你看人家都给装修好的，大厨房里面我还给你放了一个洗碗机，吸尘器也有。

门铃突然响了，余露去开门。

冬梅、大帅等（出现在家门口）：恭贺乔迁之喜。我们是来燎锅底儿的。

烟气蒸腾，曾经的同学围坐在客厅吃火锅。

大帅：余露，你想着把东西给我啊。

余露：给你放门口了。

大帅去门口，又是两个箱子，拆开来，是一件毛衣，大帅乐了。

大帅：就你这障眼法还没换呢？

大帅再把毛衣拿出来往下翻，里面是香烟。大帅拆开一条，分给大家。

大帅：今天余露做东，我请客，这可是好东西，咱这儿没卖的。

同学甲：诶，余露，宫舜跟我打听你呢。

大帅：余露没什么好跟他说的，让他过不下去了跟我干家具买卖去。

同学乙：真没想到，最后就你们这些能闯的混得不错。

大帅：咱不说这个，喝酒喝酒……当年余露还是个文艺青年呢，经常捧着本书诗啊词啊的，还看那些个，名都老长，咱念都念出不来的那些作者写的书。

冬梅：还当过你姑奶奶呢！

众人大笑。

90. 余露新家阳台 日 外

同学们在里面，说笑声不停，余露在阳台抽烟，冬梅出来了，余露递给她一根烟。

冬梅（犹豫了一下）：你跟江处长那事是真的吗？

余露猛地抬头，冬梅了然地叹了口气。

冬梅：那就是真的了，你……小心点儿，外面传得难听。他到底离没离呢？

余露：他说是离了。

冬梅：那就没什么可怕的了，先处着呗。

两个女孩对着天空，吞云吐雾。

91. 余露新家卧室 夜 内

余露对着镜子梳头，头发打了结，木梳梳不开，余露一用力，木梳断了一个齿，扎破了手。余露把手指放在嘴里吸了吸。给江昌直拨电话过去，江昌直并没有接。

余露妈（走进来）：露露，你也不小了，咱们行面上谁也不说，其实名声不太好……妈觉着，你也该定下来了。妈妈当年也吃过这个亏。

余露（接着梳头，并没有看向妈妈）：你……当年跟那个处长，怎么回事？

余露妈（诧异了一下，苦笑着坐了下来）：想给你办工作，请领导吃了两顿饭，外面就传得难听。结果还是没什么用，还是让你干了这个……

余露（盯着妈妈看了一会儿）：没事的，要不是这个工作，咱们俩也不能换房子，咱们这不是过得挺好的？

余露妈：说实话，你是不是交男朋友了？

余露（迟疑地）：算是吧。

余露妈：听说挺有本事的？

余露：还行，是个处长。

余露妈：找对象看人品是一方面，条件好也挺重要的，要是合适你得把握住。你老姨家洋洋明年也毕业了，到时候你有能力就帮衬一把，别咱们好了就忘了人家。

余露（不耐烦地打断）：妈……我跟他还不一定怎么回事呢。

余露妈（退让着离开）：那你自己决定吧。

余露把卧室门关上，再给江昌直打电话，江昌直还是没有接。

92. 列车上 日 内

江昌直带着领导来车上例行检查,列车长小心翼翼地陪同着。余露趁没有人注意,偷偷挠了挠江昌直的手背。

江昌直没有看余露,目不斜视地从她身边绕开了,伸手摸了摸车窗上的灰。

列车长:余露,这窗户怎么没擦干净? 扣两分。

余露看向江昌直,江昌直不置可否地离开。

同事甲(在后面窃窃私语):不是说余露跟他好了吗? 这也不像啊。

同事乙:这是障眼法。

余露就跟在这两个人的后面,表情有些委屈。

93. 车厢连接处 日 内

江昌直在抽烟,余露过来了。

余露:借个火儿?

江昌直(环顾左右):别闹,让别人看见不好。

余露:刚认识的时候还能跟你一起抽烟,现在倒不行了。(余露看着江昌直,眼神无辜)我想你了嘛。

江昌直:休息的时候去我家,给你做酱鸭。

余露高兴地点头,笑得很甜。

94. 厕所 日 内

余露拎着暖壶走进厕所。里面传出余露干呕的声音。

95. 余露新家 夜 内

余露拿着验孕棒盯着看,是怀孕了。余露爬上床,拿被子蒙住头,一动不动。

半晌,起来,拿出手机,给江昌直打电话。

江昌直:喂。

余露:我又想你了,想尽快见到你。

96. 江昌直家 夜 内

江昌直家里,事后,两个人盖着被子躺在床上,余露上身赤裸地趴在江昌直身上。

余露:我怀孕了。

江昌直:我跟她虽然分居,但现在还不是时候。

余露(试探地看着江昌直的脸):我知道你没离婚。

余露观察着江昌直的脸色,等了一段时间,江昌直没有反驳,余露失望地平躺到旁边,仰头看着天花板。

余露:我知道,我会去医院的。我只有一个条件。

江昌直:你说。

余露:我不想再扫厕所了。

江昌直(摸了摸余露的头发,亲了亲余露的额头):好。

97. 医院走廊 日 内

余露在B超室门口排队,周围大部分都是大着肚子的产妇,也有看起来年轻的小情侣。男孩在女孩身旁小心翼翼地讨好,给女孩端着热水杯。

98. 医院诊室 日 内

医生拿着一个B超检验报告单。

医生:余露?自己来的?

余露:嗯,有什么事跟我说就行。

医生:你可想清楚了,已经15周了,都开始长脚了,我的建议还是留着。

余露(内心独白):我看着那张报告单,从那个小小的胚芽中,清晰地看到了它的脸,我看不出来是男孩还是女孩,但我确定,它的眉眼都很像我。

99. 余露旧家 夜 内

旧家里还有一些东西没有搬走,余露开门,走进卧室,把一些书放到编织袋子里。翻到宫舜给她的笔记,看了两眼,扔到袋子里。

余露掀开自己床后的床板,从里面翻开几本书,最上面是当年看过的那本《远大前程》。

停电了,屋子里一片漆黑,余露点着打火机,到角落的盒子里,翻出一根蜡烛。

余露就着蜡烛翻了两页书,蜡油滴在书上,余露手忙脚乱地伸手去擦蜡油,火苗却把书页烧着了,夜色中红得晃眼。

余露看着火光中的书页,发起了呆。

一会儿,她才缓过神来,赶忙把书扔到地板上,踩了两脚。书的一半已经变成了黑色的灰。

火车汽笛声响起。

黑 场

第二幕完

(几年后)

100. 化妆间 日 内

镜子前,余露身着高铁制服,对着镜子整理衣领和帽子,涂上口红,自信地微笑,露出标准的八颗牙齿,戴上了列车长的袖标。

101. 派班室 日 内

余露面前齐齐整整地站着排好队的乘务员,前面的都是女生,最后一排有一个男生面容清隽,鹤立鸡群。

余露点名。(此时已经没有明显的东北口音,几乎是标准的普通话。)

余露:贾鑫。

——到！

余露：王佳。

——到！

余露：郭斯文。

——到！

余露：安妮。

——到！

余露：祝丽。

——到！

余露：郭丹。

——到！

余露：李可可。

——到！

余露：刘成宇。

——到！

余露：马上小长假就要到了，专项检查组随时都有可能上车。大家都打起精神来。好了，出务。

102. 高铁站 日 外

余露领着乘务员队列向火车走去，冬天的车站白茫茫一片。一行人的呼吸都变成了白色的雾气。

几个年轻女孩跺了跺脚，余露回身瞪了一眼。乘务员都恢复到笔挺的姿势，齐步往前走。

刘成宇追到前面来，递给余露一盒巧克力。

刘成宇：露姐，我看你最近总是胃疼，这个给你，饿了就先垫垫肚子。

安妮：你作为唯一的男生，只护列车长这么一枝花，太偏心了。

祝丽：也不说给我们都带一些，遮掩一下你的司马昭之心啊。

刘成宇：我是心疼露姐，姐姐们也得心疼我的工资啊。

余露（把巧克力给安妮）：给大家分一分吧，饿了可以都先垫一垫。记得规定。

众人：是，不能被乘客看见。

103. 一等座车厢 日 内

余露例行巡查，检查每一个行李架，帮乘客把大的行李箱放到车厢尾部的行李架上。

104. 二等座车厢 日 内

一位男乘客占了一位女乘客靠窗的座位，却在那儿一直闭着眼睛装睡。

女乘客：您好，麻烦您，您是坐这儿的吗？

男乘客：……

女乘客：不好意思，您是不是坐错了？

男乘客的眼珠转了转，还是没吭声。

女乘客：你别装了行吗？你是不是坐错位置了？

男乘客：前面不是有地方吗？

前面一排，中间的位置有一个空座，只是两边都是男人，左边那个男人是个大胖子。

女乘客：对不起，这是我的位置，麻烦您让一下。

男乘客又把眼睛闭上了，一动不动。

女乘客（大喊）：乘务员，麻烦过来一下，这是我的位置，他赖在这儿不肯走了。

刘宇成（过来）：这是怎么了？

女乘客：这是我的位置，我不知道他的座位在哪儿，麻烦您把他请走行吗？

刘宇成：这位乘客，麻烦您出示一下车票。

男乘客把车票掏出来，是前面的座位。

刘宇成：这位乘客，这不是您的座位，麻烦您回到自己的座位上去。

男乘客：我胃疼，我现在动不了了。

刘宇成：那您回到您自己的座位上好好休息。

男乘客闭上眼睛，就是不走。

女乘客：这事儿你们管不管，你们没有规定吗？以后我上车都可以随便乱坐了？

刘宇成：你这个人是无赖吗？成年人，别给脸不要？回到你自己的座位上行吗？

男乘客：你骂谁无赖呢？我都说了我胃疼，现在动不了，小姑娘年纪轻轻的将就将就不行吗？不懂得礼让病人？

刘宇成：我看你喊得挺有底气的，不像是病人。

刘宇成伸手试图把那位男乘客拽出来。

男乘客（发了狠，使劲儿掐了刘宇成胳膊一下，喊着）：你别碰我。

刘宇成更用力地拽，男乘客突然站起来，给了刘宇成一拳。

刘宇成也急了，把男乘客拽出来，拧住他的胳膊，按在了旁边的座椅靠背上。

周围的乘客窃窃私语，有好几个都举起了手机偷偷拍摄视频。

105. 一等座车厢 日 内

余露还在例行巡查，对讲机响了。

刘宇成：列车长，请来一下 7 号车厢。这儿有一位乘客有些状况。

106. 二等座车厢 日 内

余露过来，此时李可可推着个售卖水果零食的车，也在旁边看热闹。

余露：这儿怎么回事？

男乘客：我要投诉，你们这是什么服务态度，我胃疼，坐在这儿休息一会儿。你们的乘务员不但骂人，还出手打人。

刘宇成（吼）：是你先动的手！

男乘客(冷笑):你骂我无赖。

刘宇成(着急地解释):露姐,他坐的不是自己的座位,是这位女士的。怎么劝说他都不肯让,你说他这不是无赖……

余露(打断刘宇成):你别说了! 无论怎样,快跟乘客道歉。

刘宇成:我……

余露:快道歉!

刘宇成:对不起……

余露:这位先生,我们也跟您道歉了,但是这个座位确实不是您的,您如果胃疼,我们车上有胃药,您看您能不能……

男乘客又闭上了眼睛。

刘宇成(小声嘀咕):道歉也没用。

女乘客:我第一次见到这种素质的人。坐个车凭什么要受这种人的气。

旁边有看热闹的,有拿出手机拍视频的,乱作一团。

余露:这位女士,这样,这位先生可能是有特殊情况,我做主给您安排一个商务座,也是靠窗的位置,您看可以吗?

女乘客勉强点了点头。

107. 餐车车厢 日 内

所有的乘务员到齐,立正站着。余露表情非常严肃。几个乘务员都不太敢出声。

余露:刘宇成,这次不罚你记过了。写两千字检讨,明天交上来。

刘宇成:露姐,这错不在我。

余露:还不知道你错在哪儿了?

刘宇成:我……应该说话注意一点儿。

李可可(笑着调侃):他要是写得出两千字检讨,就不用干这个了。

余露:还有你,一千字,明天交。

李可可:跟我有什么关系。

余露:你不协助处理紧急状况,留着你是看热闹的?

余露拿着自己的饭盒到乘务员室去了。

108. 乘务员室 日 内

余露走进狭小的乘务员室,抓紧时间吃午餐,刘宇成过来,高大的影子遮住了余露吃饭的单薄身影。

刘宇成(笑眯眯地喊):余露。

余露(抬头看刘宇成):你还是叫我露姐吧,别在这儿跟我套近乎,没用。

刘宇成(笑着蹲下,视线跟余露齐平):是我的错,为了表达我道歉的诚意,晚上请你看电影吧?

余露摇头,望向刘宇成,一脸警惕,一粒饭粒沾到了余露头发上。

刘宇成目光赤裸而灼热,伸手缓缓把余露头发上的饭粒拿下来。手指又轻轻碰了碰余露的脸。空气中的气息瞬间暧昧起来。

刘宇成把余露的头发打散,握在手里,亲了亲余露的头发。

余露(脸红了,侧头躲开):你们年轻人去吧,现在的电影,看着累得慌。

刘宇成(也恢复了常态,微笑着):别把自己往老了说,长得跟我妹妹似的。

余露(边挽着头发边走,步子慌乱):别没大没小的。

刘宇成看着余露离开,耸了耸肩。

109. 高铁车厢 日 内

旅客陆陆续续地上车,一位老妇自己一个人,拎着一只不小的箱子。颤颤巍巍地试图把箱子抬上行李架,但是她做不到。

余露(上去,接过箱子):我来帮您放上去。

老太太点着头说谢谢,身后的一个男孩在跟站台上的女孩挥手告别,还噘起嘴亲了亲,没有看路,直接撞到余露身上。

余露眼看就要倒了,刘宇成伸手扶住了余露的腰,接过余露手中的箱子。

刘宇成:我来吧。

余露终于表现出羞涩,看刘宇成把箱子放到行李架上去。

车轮滚滚,驶向前方。

110. 余露新家 夜 内

一个女孩,大约刚上小学的年纪,眼眶还红红的,手里拿着个飞机模型,在客厅里跑来跑去。

余露妈妈在后面把地上的公主娃娃和毛绒玩具捡起来。

余露妈:余多多,不高兴了就要驴,把东西扔得到处都是,跟你妈小时候一个德行。

门开了,余多多高兴地奔到门口去。

余多多:妈妈回来了。

余露打开门进来,余多多一把抱住余露的大腿,被余露抱进怀里。

余露:多多,第一天上学,乖不乖?

余多多(委屈得都要哭了):别的小朋友都是妈妈送去上学。

余露:乖,妈妈不是要挣钱给你买新裙子嘛!

余多多:我再也不要新裙子了,我要妈妈送我上学。

余露眼眶湿了,把余多多放下,偷偷擦了一把。

111. 多多卧室 夜 内

余露抱着余多多在床上,给余多多讲故事。

伊丽莎白提起火龙的耳朵,尽可能地大声喊:“火龙,火龙!”

火龙真的累得完全无法动弹了。

伊丽莎白打开门进入洞穴，阿诺王子就在那儿。

他上上下下打量着她说："伊丽莎白，你真是一团糟！你浑身都是烟味，头发乱七八糟，还穿着一个又脏又破的纸袋，等你穿得像个公主再来吧！"

"阿诺，"伊丽莎白说，"我是来救你的，你看起来真像个王子，但你真的太差劲了。"

太阳升起来了，伊丽莎白头也不回地奔向未来。

余露：多多，喜欢这个故事吗？

余多多已经睡着了，靠在余露的怀里，睡容安稳。

112. 客厅 夜 内

余露悄悄地关上余多多屋的门，余露妈妈还在客厅。

余露妈：你这样也不是办法，就算有我帮你……你张姨给你介绍了一个，是个狱警。

余露：妈！都说了多少次了，我自己带着多多挺好。

余露妈：要不别干了，赶紧换一个工作。

余露（眼神骤然变冷，抬头看向余露妈，还是努力克制了一下）：你不是一直觉得列车乘务员挺好吗？

余露妈（自顾自地絮叨）：列车乘务员蛮稳定的，可是多多总看不见你也不行……孩子多可怜。

余露：我小时候不是也经常看不到你？你以前怎么不觉得我可怜，还逼着我干这行？

余露妈（有些委屈）：你怎么能这么说话呢……你之前不是说你还挺喜欢的？

余露（转身进入卧室）：我考虑一下。

余露妈妈看着余露的背影，眼眶湿润。

113. 余露卧室 夜 内

余露躺在床上，向左翻身，几秒之后，又向右翻身。

手机亮了，上面是刘宇成发来的信息：余露，晚安。

余露（回复）：去看电影吧。

114. 电影院 日 内

播放的是爱情片，影厅里年轻情侣居多，女孩子纷纷落泪。

余露在刘宇成身边睡着了，他们身边坐着一对小情侣，余露的脑袋总是靠向旁边的男生。刘宇成试着用手把余露的脑袋掰过来，靠到自己肩膀上，余露惊醒，撑着眼皮继续看。

余露：演到哪儿了？

刘宇成：你往这边靠靠，人家帅哥女朋友在旁边呢，瞪你好几眼了。

余露把头侧到刘宇成的方向，还是保持了一定的距离，合上了眼，刘宇成靠过来，让余露的头靠着他肩膀。

余露睁开眼睛,不过没有动。

115. 酒店房间 日 内

余露和刘宇成上半身没穿什么衣服,盖着被子。

两个人并排躺着,余露一只手弯曲垫着后脑,刘宇成往下缩了缩,钻到余露怀里,把余露的胳膊拽出来,让她搂着自己。

刘宇成:下次休息,我带你去个地方。

余露(往下钻了钻,趴到刘宇成身上):什么地方?

刘宇成:很小的时候,我妈就跟别人跑了。我爸娶了个后妈,把我扔到学校里就不管了,我不回家,他就当没我这个人。

余露有些怜惜地摸了摸刘宇成的脑袋,刘宇成又借势钻到余露的怀里。

刘宇成:我实在难受,就去山里住两天。下次休息,我带你去看看。

余露(有些不舒服,缩回胳膊,打断刘宇成):咱们以后还是别这样了吧,我还是想结婚的,我还有一个女儿。

刘宇成没有接话,像在思考。

116. 余露家 日 内

余露跟余露妈在家里晾着衣服,门铃响了。余露去开门,看到刘宇成拎着大包小包地站在门口,还有一个芭比娃娃的套装。

余露:你怎么来了?

刘宇成(笑得有些憨):我来看看你。

余露妈上下打量着刘宇成,笑着把刘宇成手里的礼物接了过来。余多多跑出来,警惕地望向这个陌生的闯入者。

刘宇成把芭比娃娃拆开,送给余多多,摸了摸余多多的脑袋。

余露妈把余多多带走。

117. 余露卧室 日 内

余露关上门,刘宇成掏出一枚戒指。

刘宇成:余露,我知道我什么也没有。我来就是想说,我是愿意娶你的。我就想有个家。

余露:我还有个女儿……

刘宇成:我有什么说什么,你觉得能行,咱俩就结婚。我没有能力帮你养女儿,也不想吃你的软饭。

余露:那你我以后赚钱各花各的,经济互不干涉。

刘宇成点了点头。

118. 餐厅 日 内

这是一家中档餐厅,用装饰的假花简单布置了一下,背景挂着两幅余露和刘宇成的大幅婚纱照。

余露穿着简单的婚纱，和刘宇成一起对大家举杯敬酒。

刘宇成的亲戚很少，大都脸色黝黑，农村人的样子。余露都是酒到杯干。

亲朋好友们热热闹闹地把余露和刘宇成送出门口，送上了喜车。余露妈妈把穿着小公主裙的余多多带到车门口。

余露笑着亲了余多多一口，把余多多也抱上喜车。

119. 余露卧室 夜 内

余露和刘宇成两个人分别在拆红包，而后收进各自的包里。

手机震动，余露一看，是一条视频的链接，标题是：男乘客占女乘客座位，被乘务员骂称无赖。

刘宇成凑过来看了一眼。

余露：没事的，有我呢。

刘宇成凑过来亲吻余露的耳朵，余露的喘息声渐粗。

床上，余露的哼哼声低沉且压抑。余多多突然敲门。

余多多：妈妈，你来看我给咪咪做的衣服。

余露妈（在门外的声音）：你妈累了，睡觉呢。姥姥带你去看大金鱼。

门外没了声音，刘宇成趴在余露身上不动了。

余露：对不起。

刘宇成：我那个表妹，你见过的，快毕业了，问你能不能照顾一下，也进铁路里。

余露：她不是学习挺好的吗？复读一年也许能考上，为什么非要进铁路呢？现在这年头，有很多别的好出路。

刘宇成转身，背对着余露躺下，合上了眼睛。

120. 多多卧室 夜 内

余露抱着多多躺在床上。

余多多：妈妈，你什么时候能带我出去玩呀？同学们都说要去旅游。

余露：上周妈妈不是带你去海洋馆看海豚和大鲨鱼了吗？

余多多：不要在这儿。

余露：那你想去哪儿？

余多多：多多想跟妈妈一样，去很多很多地方……

余多多声音渐低，闭眼睡着了。

121. 一组手机屏幕新闻画面

标题：男“座霸”火了；

标题：男子高铁霸占女乘客座位，警方已经立案调查；

标题：男子在高铁上做这事儿，没想到被乘客拍下来了；

标题：男座霸无赖，乘务员动手错了吗。

122. 派班室 日 内

李可可和几个女孩低头凑在一起,看手机上播放的“男”座霸的新闻。

刘宇成:你这个人是无赖吗？成年人,别给脸不要？回到你自己的座位上行吗？

男乘客:你骂谁无赖呢？我都说了我胃疼,现在动不了,小姑娘年纪轻轻的将就将就不行吗？不懂得礼让病人？

刘宇成:我看你喊得挺有底气的,不像是病人。

刘宇成脸色不善,呆坐在一边。

女孩甲:刘宇成,你火了。

女孩乙:刘宇成,你完了。哪怕我们都知道你事出有因,但是跟乘客动手这种事闹大了,露姐也护不住你的。

李可可(上前,扶住刘宇成的胳膊安慰):别想那么多了。

余露进来,咳了一声。刘宇成有些慌乱,拨开李可可的手,李可可噘了噘嘴。

余露:刘宇成,这次的事网上闹得挺厉害,上面暂时也没说什么,让我先全权处理。扣5分,罚一个月奖金。

刘宇成诧异地抬头看向余露。

123. 二等座车厢 日 内

火车里空荡荡的,还没有乘客上车,余露看着乘务员打扫卫生,手机铃声打破了单调的声音。余露接通手机。

手机(画外音):露露,我是爸爸……我回来了……我不知道这么说你会不会不高兴,我……想见见你。

余露(眼眶瞬间红了):你……打错了。

124. 餐车车厢 日 内

几个乘务员躲在餐车里窃窃私语。

乘务员甲:表面上好像是公事公办,还不是偏袒自己老公。

乘务员乙:要是我打乘客,早被开除了,才罚一个月的奖金。

余露走过来,几个乘务员互相使了一个眼色,闭上了嘴。

125. 城市 日 外

火车穿过了一个小城,也是高楼大厦林立。

有个建筑工地还在施工,尚未完工的建筑和旁边的塔吊,已经比旁边最高的楼还要高。

车轮滚滚向前。

126. 余露家 日 内

刘宇成买菜回家,有鱼有虾。

余露(接过来,笑了):今天怎么这么大方!

两个人坐在桌子前面择菜。

刘宇成:我想跟你借点钱,我爸想在老家盖房子。

余露(斩钉截铁):不行。

刘宇成:余露! 结婚到现在,你没帮过我任何事,我就张这么一次嘴,会还的。

余露(有些控制不住自己的情绪,一下子拔高了声音):你爸不是从来都不管你吗?现在想起来跟儿子要钱养小老婆了? 我不是不借你,我是觉得你不应该给他。

刘宇成无比失望地看着余露,关门出去。

余露妈带着余多多,举着气球就站在门口。

余露妈:这怎么走了? 快把人家给找回来啊!

余露妈拽着余露,把余露推出门。

127. 余露家门口 日 外

余露举目四望,没见到刘宇成的人影。余露拦了一辆出租车。

出租车司机:您去哪儿?

余露(有些恍惚):锅炉厂。

128. 锅炉厂大院 日 外

余露走在大院的道上,这一片的街区更破、更旧了。有些厂房已经被拆成破砖碎瓦,旁边变成了建筑工地,一些地方围着蓝绿色的围栏,施工的噪声远远地传过来。

"小卖部"三个字已经掉了下来,卖货的大婶坐在门口织毛衣,脚边趴着一只猫。

余露坐到了那个能看见大烟筒的台阶上。

那个大烟筒好像冒出了白烟,火车鸣笛的声音响起,非常悠远。

余露使劲睁眼,大烟筒矗立在那里,非常平静。

"余露",一个声音喊住她。

余露看见一个有些风韵的女人,认了半天,没看出来是谁。

木何:果然是你,不认识我了? 我是木何。

余露看着木何笑了。

余露:你怎么来这儿了?

木何:我来看看我前任婆婆,你怎么回来了? 也听说了?

余露(摸不着头脑地看着木何):什么?

【同第 13 场】大烟筒上,有一群飞鸟不知道被什么东西惊起,转了两圈儿,又纷纷落回了烟筒上。

只有一只,绕着烟筒打着转儿飞,迟迟不落。

木何(画外音):宫舜……卖假药,吃死了好几个。死刑,昨天执行了。

余露起身,游魂一样地走了。

129. 旧火车站月台 日 外

余露走在月台上,有些恍惚,跟一直以来精神抖擞的样子判若两人。

月台上停了一辆空的绿皮车,余露走过去,摸了摸绿皮车的车门。就好像摸着什么珍贵的东西。

一只手出现在余露手的上方,也按住了车门。

余露回头,看见了江昌直。

江昌直面容没有太大变化,气质颓丧了许多。

江昌直(笑得有些尴尬):我来办内退,看着好像是你,就跟过来了。

130. 老火车站咖啡厅

余露和江昌直面对面地坐着,余露低着头搅拌咖啡。

江昌直(看着周围的环境):我有一段时间没回来了。

余露:我也是。

江昌直:你怎么样? 结婚了吧?

余露笑了,若有所思地点了点头。

江昌直:我离婚了。

江昌直点了一根烟,又把烟盒递给余露,余露摇了摇头。

江昌直:戒了?

余露笑:早就戒了。

江昌直:看来你现在过得不错。

余露:还成吧,我还有些事,先走了。

余露留下钱,毫不留恋,转身离开咖啡厅。

131. 余露家 夜 内

余露晚上回家,门口没有男人的鞋,余露探身看了一圈。

余露妈迎了上来。

余露:他没回来?

余露妈(摇了摇头):你……也该让着点他,别跟我一样。

余露拖着疲惫的步子,回到自己卧室。

132. 街上 日 外

余露沿着街边走,看到旁边两个人影。女人挽着男人的手臂,穿得很少,使劲往男人身上靠。男人伸手搂住女人,搓了搓女人的肩膀,好像能帮女人暖和一点似的,笑容很温柔。

余露快步追上,终于看清两个人的脸。

男人是刘宇成,女人是李可可。

刘宇成也感觉到自己背后有人,停下来,看见了余露。四目相对,李可可挑衅似的用双手环住刘宇成的腰。

余露看着他们，笑了，转身就走。

刘宇成看着余露的背影，原地不动，有些失神，而后被李可可拽走了。

133. 余露家 夜 内

余露回到家中，脸上没有什么悲伤的表情。已经是夜里，客厅的电视开着，余露妈躺在沙发上睡着了。

余露把电视关上，给余露妈盖了一条毯子。

134. 多多卧室 夜 内

余露走进来，余多多还在玩着手里的玩偶，看到妈妈，马上露出甜甜的笑容。伸开双臂，让妈妈抱。

余露（笑着抱着余多多躺下，笑得跟平时一样温柔，亲了亲多多的额头）：多多快睡吧。

时间缓缓流过，余多多很快睡着了。

一轮硕大的圆月，像一个巨大的圆盘，落在余露的窗户外面，距离好像很近，余露眯起了眼睛。

135. 余露家 日 内

刘宇成进门，把自己的东西收进了好几个大箱子里，余露全程在旁边看着，有时还帮个忙。

刘宇成：你不恨我？

余露（摇了摇头）：其实也理解的，跟我就是搭伙过日子，确实没什么意思。

刘宇成：那我走了。

余露非常平静地笑着对刘宇成摆了摆手，就像跟老朋友道别。

136. 办公室 日 内

余露在领导办公室，低着头站在领导面前。

领导：这次让你过来，是有个情况想跟你说明一下。你们段上有四个人辞职了。

余露（不敢相信地问）：四个？除了刘宇成和李可可还有谁？

领导：祝丽和安妮。现在的年轻人，觉得铁路上的活太苦，在段上待不住，这都正常，别的段都走了好几个了。

余露（失了神，喃喃自语）：怎么能这样呢？

领导（看着余露的眼神颇为同情）：你的情况我也了解，别太难过了。回头我给你介绍个好的。

余露：怎么能这样呢，怎么能说辞职就辞职呢？

余露突然落下了大滴的眼泪，顺着脸颊一直一直往下流，怎么用手抹都抹不完。

余露（内心独白）：那天，我流了挺多眼泪。领导坚持认为我是因为离婚过度伤心，破例放了我一个礼拜假，其实我是真的想不通。很快，我就想通了，连余多多现在都会说这句话:这是我自己的选择。

137. 化妆间 日 内

镜子前,余露身着高铁制服,对着镜子整理衣领和帽子,涂上口红,自信地微笑,露出标准的八颗牙齿,戴上了列车长的袖标。

(跟第三幕第 1 场一样的画面)

138. 派班室 日 内

出务准备前,几个女生在派班室里小声议论着。余露进来,乘务员们整整齐齐地站起来,其中四个人都已经不在了。

余露点名。

余露:贾鑫。

——到!

余露:王佳。

——到!

余露:郭斯文。

——到!

余露:郭丹。

——到!

余露:陈凡。

——到!

余露:郭鑫鑫。

——到!

余露:郑茜。

——到!

余露:杨阳。

——到!

余露:今天是新年,专项检查组随时都有可能上车。大家都打起精神来。好了,出务。

余露一脸庄严肃穆地离开派班室。

139. 站台上 日 外

余露身姿笔直地走在前面,一队乘务员跟在她身后小声议论着,队形有些懒散,余露也没管。

乘务员甲:听说刘宇成和李可可辞职了?

乘务员乙:嗯,据说要一起去南方投奔李可可的叔叔。

乘务员比了个手势,"嘘"了一声,朝余露的方向使了一个眼色。几个人都不吭声了。

余露明明听见了,但她什么都没说,身姿依旧挺得笔直。

140. 二等座车厢 日 内

新年,车站上的乘客寥廖,很多人都穿着红色的大衣,戴着红色的围巾,手里提着年货。

一位孕妇,自己拎着年货,小心翼翼地上车。

余露把孕妇扶到座位上。

火车缓缓发动,车轮滚滚向前而去。

141. 车厢连接处 日 内

余露站在门边上,看着城市的建筑迅速后退,渐渐形成了幻影。

【一组画面跟着周遭的景色也在后退】

锅炉厂大院的烟筒;

跟宫舜走过的小路;

绿皮火车上的人群;

江昌直跟她讲过的那些地方——南京、重庆、广州;

和刘宇成逛过的那家电影院……

画面倒退的速度越来越快,眼睛几乎无法捕捉。

乘务员(画外音):列车长,列车长! 你快来,6 号车厢的这个孕妇好像快生了!

142. 6 号车厢 日 内

孕妇坐在外侧的座位上,疼得满脑门都是汗。双腿岔开坐着,座位上湿了一摊,羊水已经破了。孕妇一直"哎哟哎哟"地哼哼。

余露(画外音):你这是一胎还是二胎?

孕妇:二胎。

余露(画外声音):快,广播找医生。哪位能帮忙把产妇抬到前面残疾人洗手间?联系机务组,能不能在下个城市紧急停靠。

孕妇:哎哟,我不行了,哎哟……好像要出来了,怎么办啊?!

坐在旁边几个看起来蛮有力气的男子直接过来帮忙把人抬进残疾人洗手间,旁边有人拍照,还有大妈跟着忙活。

广播(画外音):女士们、先生们,现在广播通知,6 号车厢有一名旅客即将生产,如果哪位旅客是医务工作者,请您速到 6 号车厢多功能室协助救助,我们代表患者向您致以由衷的敬意!

143. 多功能室 日 内

几个女乘务员和医生围在产妇旁边,一群人围上去把产妇挡住,周围忙成一团。

有人递纸巾,有人接热水,有人把一把剪子插进冒着热气的开水里,然后拿酒精擦拭。有人拆开了一个新的小毯子递了上去。

"哇"的一声,响起了婴儿的哭声。

余露穿着列车长的制服,抱着新生的婴儿,目光无限温柔。

阳光透过车窗打在婴儿脸上,给小而软的绒毛镀上了一层金色的柔光。

余露的笑容灿若春花。

一滴血滴在地上,血的痕迹渐渐向外延伸,生长成鲜花的枝蔓,变成了真实的花瓣,铺满了整个车厢。余露望向车窗外面,车内的鲜花枝蜿蜒出去,车窗外的缤纷鲜花盛开,铺满了山野之间。

汽笛声响起,"哐当哐当"的声音由强渐弱。

(完)

《鲜花盛开在火车上》剧本评析

冯梦瑶

《鲜花盛开在火车上》讲述了一个关于女性命运、家庭和时代的故事,剧本中洋溢着丰沛的情感,诸多生活细节生动鲜活,人物情绪跌宕起伏,对母女两代女性处境的探讨富有深度,仿佛一首女声哀唱青春与宿命的挽歌。影像中作者选择了火车这一极富审美意趣的情感载体,影史中的火车从来不仅是实体的交通工具,也不仅是简易的空间背景,它目睹着人们的邂逅与离别,抑或它自身就是荏苒时光的节拍器。

该剧本中值得玩味之处颇丰,还是回到剧作层面加以简单讨论。这是一个比较典型的人物型叙事类型,故事讲述的时空内容横跨几十年,人物关系线索多元,关系发展大开大合,编剧不囿于平铺直叙、娓娓道来的传统方式,而是选择以三段式结构展开,各段落均能在有限篇幅内呈现有所侧重的主题情节,又彼此紧密关联,步步深化,彰显电影作者风格的同时又与叙事相契合。

第一幕,作者以17岁时候的女主角余露开篇,将人物境况娓娓道来,她成长在一个"母强父弱"的家庭环境里,甚至由于父亲南下而实际上处于一种父亲缺失的处境中,她与宫舜之间有着懵懂的爱情,青涩的少女情怀中却四处汹涌着暗流,直到宫舜占用了她参加工作的名额,生活的残酷与人心的现实像一记耳光重重落在余露脸上。而母女关系在这里作为叙事辅线,身为列车乘务员的母亲,既在观念上与余露冲突不断,又似乎冥冥之中暗示了余露的宿命,在此也构成了一组镜像关系,拓宽了叙事的情感维度。作者在人物塑造方面表现出很好的写作功力,将一个外表与世无争但内心并不甘于现状的少女形象勾勒得十分准确生动,并在该段落中将余露与宫舜双人关系的发展、余露与母亲关系恶化的内容进行铺设,迅速让观众对余露产生共情,并对其接下来的命运产生关切。

在第二幕中,青春一去不复返,余露在生活的泥淖中努力经营着自己,人物遭受了更深切的情感挫伤,复杂的欲望得以呈现,性格的魅力逐渐绽放。此时,失业后的宫舜与余露久别重逢,昔日曾自带高光的初恋情人,却沦为意识里卑微低贱之流,褪去光环的情感真相刺眼不堪。如果说情感在现实面前总是不堪一击,成熟许多的余露与第二个男人江昌直之间的关系就“理智”多了。初入职场的余露身为绿皮火车的一线乘务员,靠往来带货改善生活,当处长的江昌直在原则面前险中留情放过了她,心存感激的余露正为不知如何报答而动着心思,没想到却收到明确的暗示,希望她以身相许。起初,余露有所犹豫,但在老男人魅力的诱惑之下,她不断动摇着,直到她突然意识到与江昌直的关系有可能改变她的命运时,她主动对江昌直投怀送抱。一切看起来总算如愿顺遂起来,甚至她与母亲也实现了某种程度的和解。然而,当她满心欢喜且真心把江昌直当作靠山之时,却得知江昌直并非单身,且为了自己的仕途正有意疏远她。余露提出的同意堕胎的唯一要求是,不再干扫厕所的工作。至此,一个挣扎在命运中却不断被这种奋力挣扎反噬的小女人形象被深深地印刻在观众的心中,她的际遇如此荒诞,又如此令人唏嘘。究竟是做错了选择,还是从来就别无选择?

多年之后,余露似乎变了,她沉稳许多,淡然许多。身为高铁列车长,身为一个单身母亲,年轻时她最厌恶和鄙视的“安稳”,反倒成了她现在最在乎的东西。然而,命运再次与她开了一个玩笑。在叙事的第三幕,“小鲜肉”刘宇成闯入了余露的生活,热烈的挑逗都未使她心动,直到面对母亲的胁迫,在换掉安稳的工作与找人结婚之间,她选择了闪婚,组建家庭,而做这一切不过是为了维系内心与世俗意义上的稳定。余露与刘宇成三观上的诸多分歧,使他们只能过上一种“搭伙过日子”的生活,看似举案齐眉,彼此照应,却总有着一层无法突破的隔阂。而那颗曾经无限向往爱情,渴望被保护,却一再被男人伤害的心,终于被岁月磨砺得坚硬而迟钝。得知宫舜犯罪而死,面对刘宇成的背叛,余露均以一种洗尽铅华的泰然消解了情感上的悲哀与苦痛。此时的她也可以凭借拥有的不大的权力为自己谋利益了,虽然她不是完全有意要靠自己的权力为自己争取到什么东西。最终,车厢里诞生的那个孩子,在奋勇向前的时光列车里哇哇啼哭,生命轮转,生活仍然在继续,人们能够做的无非是在命运的激流中逐宕。

《鲜花盛开在火车上》的故事讲述完了,但对于余露情感深处的理解与体悟,仍旧萦绕在我们心头。女性情感的落寞、情绪的惘然、宿命的意味,往往容易成为触发编剧创作的关键点,但电影剧作或者说编故事,仅仅凭借这些抽象的议题概念是远远不够的。编剧徐丹同学调动了自己的诸多写作技巧,尤其踏踏实实地将以上抽象元素落实在具体的人物关系中,通过人物之间天然的冲突或戏剧性的冲突,完成主题层面深切而准确的表达。把故事讲述得意味深长,并不是指情节意义上有多么复杂,往往情感极端与头绪庞杂的故事,反而走不远。锚定主人公的性格特质,通过人物关系的展开不断强化圆熟主题,才能走上直抵人心的正确道路。祝福剧本《鲜花盛开在火车上》早日觅得懂它的电影合作者,期待在大银幕上看到余露的故事。

迟　到

◇ 张艺凡

人物小传

王小虎:北京胡同长大的男孩,学校老师看不顺眼的学生。他一直梦想去广州创业,却始终遭到家人反对,又没有勇气离家出走去广州。他在一次见义勇为中结识了徐佳佳,徐佳佳让王小虎找到了奋斗的动力。

王建国:王小虎父亲,某工厂政治部主任,对王小虎很严厉,父子之间冲突不断。

赵慧茹:王小虎母亲,普通家庭妇女,喜欢打麻将。

徐佳佳:北京师范大学学生,王小虎喜欢的女孩,家在离王小虎家不远的胡同里,她给了王小虎奋斗的动力,又伤害了他。

耳　朵:王小虎的好哥们儿,哥哥在广州,高中毕业后他跟哥哥一起去广州创业。

虾　米:王小虎同事,30 岁左右的浪荡青年,与商店老板一起贩卖违禁药品。

故事梗概

20 世纪 80 年代初期,改革开放使得大量新鲜事物涌入国门,新旧的碰撞、激进与保守的对抗,不少青年在这样的新新社会中迷失了自己,又在成长中渐渐看清了自己。

王小虎上高中时迷上了港台音乐,加入了学校的“匪帮”,整天穿着喇叭裤,戴着蛤蟆镜招摇过市,成为学校老师看不顺眼的学生。他一直梦想去广州创业,却始终遭到家人反对,他来到车站准备离家出走,却没勇气离开北京。出走的失败加剧了他与父亲的矛盾。高考前的一次意外,使他失去了升入大学的机会。阴差阳错,他进入了一家商店工作。同事虾米与商店老板一起贩卖违禁药品,而王小虎却始终被蒙在鼓里。商店的工作三天打鱼两天晒网,朋友的远走高飞、家里的冷气扑面,以及社会上的无限诱惑使王小虎不知所措。

偶然认识的徐佳佳让王小虎找到了奋斗的动力，他开始观察徐佳佳，给她写匿名情诗。徐佳佳也渐渐爱上了这个匿名诗人，却始终不知道他就是王小虎。王小虎也因此走上正轨，与家人的关系逐渐改善。然而，就在王小虎要跟徐佳佳表白的时候，徐佳佳消失了。日复一日，王小虎等待着，希望在等待中被悄悄磨灭。此时，王小虎的哥们儿“耳朵”的哥哥从南方归来，欲邀请王小虎一同去广州创业，虽然他因舍不得离开徐佳佳而百般犹豫，最终还是决定离开。就在离开的那晚，王小虎偶然发现了徐佳佳与一男子的私情。他失去了理智，暴怒之下痛打了男子，也因此错过了火车。当他再次踏上征程的时候，“故意伤人”和“兜售违禁药品”两项罪名使他的离去成为戴罪潜逃。当王小虎从昏迷中醒来，他已经被铐在了返京的火车上。最终警方查明商店的贩卖违禁药品案与王小虎无关，他因故意伤人罪被关押六个月。出狱后，他再次遇见徐佳佳，他告诉了徐佳佳他就是那个匿名诗人，当徐佳佳后悔挽留他的时候，他没有回头，毅然踏上了去广州的火车。

1. 火车上 日 内

汽笛一声长鸣后，火车行驶在轨道上。车厢内，一个卧铺上，王小虎紧闭双眼，躺在一个硬卧席位上，身体随着行驶的火车微微晃动着。他的手被手铐铐在旁边的铁架上。渐渐地，王小虎睁开眼睛，他微微转头，望着窗外，阳光照在他的脸上，格外刺眼，他眯起眼睛，却始终不肯闭上。

(一年前)

2. 北京城 日 内

北京的清早，车水马龙，自行车海是这个城市独特的风景。王小虎身穿喇叭裤，腰间别着收音机(放的是张行的《迟到》)，穿行在胡同里。胡同口，他摇头晃脑地跟着歌曲哼着曲调，路过早餐摊，他忽然退回来，拿起一根油条没付钱就走了。摊位老板马上追出来。

老板：小兔崽子，又是你。

王小虎(边走边喊)：找我爸拿！

王小虎招摇过市，穿越大街小巷，骑到北京五中门口，丝毫没有减速的意思，直接骑进去，门卫从传达室追出来。

门卫：进校园下车！哪个班的?!

王小虎毫不理会，继续骑行，路两边走着的都是同学。王小虎遇到女生就吹个口哨挑逗一下。这些女生，有的看他一眼，有的低头不回应。李其美跟朋友有说有笑地走在前面，丝毫没有察觉到王小虎的到来，王小虎从李其美身旁经过，顺势撩了一把她的裙子，然后骑开。李其美先是尖叫一声，然后暴怒。

李其美(大喊)：王小虎，你个臭流氓！

王小虎：李其美，大粗腿！

王小虎看着李其美做鬼脸，李其美气得说不出话来，王小虎刚一扭头，发现罗方正站在他面前，他猛一刹车，连人带车摔倒，自行车轱辘转个不停。收音机也掉了，《迟到》歌曲停止。王小虎看了一眼罗方正，马上站起来。

王小虎：罗，罗主任，好。

罗方正打量了一下王小虎的穿着，皱了一下眉头。

罗方正：校园里不要骑车。

说完他就走了。王小虎目送罗方正走远，粗略地查看了一下自行车，把它扶起来，打开收音机，《迟到》响起，他骑上自行车摇头晃脑地走了。

3. 教室 日 内

上课铃声响起，王小虎手里拿着喇叭裤，身上穿着运动裤，匆匆进入教室坐到座位上，他的座位在最后一排。老师还没有进来。耳朵从桌洞里抽出一个纸筒迅速转身递给王小虎，老师正好走进来。王小虎把纸筒拿到腿上，偷偷展开，是 1982 年世界杯"金靴奖"得主保罗·罗西的海报。王小虎表情激动，使劲捅前面耳朵的后背。

王小虎：哇！耳朵，你太牛了，哪来的？

耳朵（边看老师，边瞧他说）：我哥在广州做生意给我弄的，弄了三张，咱仨一人一张。

坐在耳朵旁边的男生（外号"三斤半"）回头，三个人相视一笑。王小虎悄悄把海报拿到桌子上，继续探着头跟耳朵说话，边说边看海报。

王小虎：我就说上学有个什么用，早跟你哥一样咱们都发了。

耳朵：我本来打算跟我哥走，我爸妈不让，说不务正业。

王小虎：什么不务正业啊，都什么年代了！哎哎，你让你哥带着我呗。

耳朵：得了吧，你忘了上次你要下海你爸那一顿暴揍了。

老师在黑板上写了一首诗，转过身，大家看完都笑了。王小虎还沉浸在跟耳朵的聊天中，没有发觉大家都在看着他笑。

老师：王小虎，王小虎！

王小虎吓了一跳，猛地把海报收进桌洞，茫然地站起来。黑板上，是王小虎写的诗歌。

老师：我让你们每人写一首诗，要有感而发，今天我就展示一位同学的，王小虎，你来自己念念吧。

王小虎刚想开口，觉得哪里不对，他走到讲台前，还用手整理了一下衣服领子。大家笑得更厉害了。他清清嗓子，稍稍侧身看着黑板。

王小虎：

《冬天》

作者：王小虎

啊，冬天啊，你就这样地来了。

树秃了，地白了，好吃的冰棒没有了。
啊，冬天啊，你就这样地，来了。
天冷了，人少了，邻居家的姐姐不出门了。
啊，冬天来了，我的棉袄在何方?

诗歌念完全班爆笑，王小虎转过来嬉皮笑脸地看了一下老师。

老师(没忍住也笑了起来)：回家重写。

4. 劳务市场 日 外

傍晚，王小虎骑着车，斜挎着包，来到劳务市场，包里插着卷成筒的海报。到了市场门口，停下车，路边有一个卖煎饼馃子的老大爷，王小虎走过去。

王小虎：一个，加个蛋。

王小虎咬着煎饼馃子，穿梭于各个摊位之间，摊位前人头攒动，他左瞅瞅右看看，遇到人多的就挤进去。远处，有一个招聘负责人站到了桌子上，人流移动过去，围在他底下，他举起一个大喇叭，开始讲话。

招聘负责人：有技术，会印染，一月百元不是梦。广州立恒厂，招聘印染工！

5. 王小虎家院里 日 内

傍晚，王小虎骑车进了四合院，嘴里哼着《迟到》。他用最快的速度锁车，直接进了房间。

王小虎：妈，晚饭吃了。

随即关上门。

6. 王小虎房间 日 内

王小虎展开海报，翻出胶条，把海报粘在墙上，墙上还有张行、刘文正和邓丽君的海报。他把保罗·罗西的海报贴在最中间，站在海报面前仔细端详，一会儿站远，一会儿站近。他忽然想到了什么，开始翻腾，从书桌最下面抽屉的一摞书下拿出一张比较旧的中国地图，展开。地图上，大连、上海、青岛，都被圈了起来，并且通往那里的铁路和公路都被描出来了。他拿出红笔，圈出了广州，并且画了一个大大的五角星，然后顺着北京开始找通往广州的铁路，用红笔画出来。画完之后，他左手举着地图，右手沿着铁路线往广州方向指。他表情喜悦，嘴里唱着：归来吧，归来哟！浪迹天涯的游子，归来吧，归来哟，别再四处漂泊。

7. 学校操场 日 外

全校同学都在操场上，男女结对跳交谊舞，背景曲是学校大喇叭放的《故乡的云》。大多数同学都十分扭捏，男生和女生手抓在一起都非常不自然，只有王小虎跳舞的时候特别投入，尤其是需要男女亲密接触的动作，王小虎都做得十分到位，眼里还露出挑逗神情。与他结对的女生一直皱着眉头，想挣脱，又一次次被他带着跳回来。王小虎熟练的舞步、大胆的动作吸引了很多人停下来围观，女生非常不好意思，王小虎却得意扬扬。

8. 教室外走廊 日 内

交谊舞结束,同学们都在往教室走,王小虎美滋滋的,他的舞伴低着头,快步超过他。路过他身边的男生,都会看他一眼,跟他熟悉的还会说几句酸话。

同学甲:虎哥,不错呀!

王小虎:过奖过奖。

同学乙:虎哥,过瘾吧!

王小虎:哪里,这话说哪儿去了!

然后王小虎晃里晃荡地进了教室,他的舞伴闷闷不乐地坐在座位上,周围有几个女生在安慰她,见王小虎进来,迅速散开。有很多男生假装发出咳嗽的声音,王小虎得意扬扬地双手展开,做出让大家停下的动作,嘴里还乐着。

王小虎:都低调,低调啊!

9. 教导主任办公室 日 内

罗方正坐在办公桌后,王小虎跟他的舞伴都站在桌前,女生眼圈红红的。

罗方正:学校让你们学交谊舞是为了丰富你们的课余生活,与时代接轨,不是让你要流氓!

王小虎:主任,我没耍流氓。

罗方正(拍了一下桌子):那你是不是摸她屁股了!

女生哭得更厉害了,王小虎鄙视地看了女生一眼。

王小虎:跳交谊舞哪有不摸屁股的,我都奇怪了,学校教大家跳舞,又不让人往对里跳,那不是形式主义——

罗方正:你闭嘴! 你还有理了! 你给我——

罗方正正要说,王小虎父亲王建国敲门,罗方正直接改变矛头,看着王建国,指着王小虎。

罗方正:你给我马上领走!

10. 彩儿胡同 日 内

傍晚,王建国推着自行车在前面走,王小虎在后面跟着,嘴里哼着小曲。

王建国:滚滚滚,滚远点! 少跟着我,我嫌丢人。

王小虎(低声嘟囔):有这么当爹的吗?

王建国:哼,那得看对待什么儿子。

王小虎:上梁不正下梁歪。

王建国把车一撂,车倒在地上,他冲王小虎过来,一把抓住王小虎衣领。

王建国:你说什么!

胡同邻居孙大妈听到吵闹声从院里出来,把车子扶起来,上前拉住王建国。

孙大妈:建国,有话好好说,别动手。小虎啊,你爸天天上班忙,怎么又惹你爸发火啊!

王小虎:您闭嘴吧,有您什么事啊!

王建国一听又上前,王小虎赶紧溜走。王建国一脸发愁,摇头叹气。

王建国:孙大娘,不好意思啊,这孩子,你说说!

孙大妈:别说了,别说了,小孩子,回去有话好好说啊,可别再动手。

11. 王小虎家 日 内

天色渐晚,王小虎和王建国推门进来,赵慧茹刚刚把晚饭端上桌。

赵慧茹:今儿够同步的啊!

两个人都没说话,都拉着个脸。

赵慧茹:怎么了这是,爷儿俩又闹什么了?

王建国:你问你流氓儿子吧!

王小虎:谁流氓了,啊?跳个舞就流氓,那你当年追我妈算不算要流氓啊?

王建国正在脱鞋,他拿着鞋就冲了上来,赵慧茹拦着。

赵慧茹:行了行了,你看哪家把流氓往自己家人身上拉的啊!先吃饭,有什么架吃饱了打。

三个人坐到饭桌前。

王小虎:妈,有个事说一下。不想上学了。

王建国停了一下夹菜的动作,没说话,继续吃。

王小虎:我想去广州打工,你们看我这样上学也是添乱,耳朵他哥去广州打工,现在都快成万元户了!

王建国(放下碗筷):你怎么不跟好的比啊,你怎么不比比人家考上北大的、清华的啊!

王小虎:北大清华也不够装下全国人民啊!

王建国(不屑的语气):你就是流氓,整天就知道学流氓!

说着拿起饭碗继续吃。

王小虎:人家怎么流氓了?!

王建国:不务正业!

赵慧茹:小虎啊,那单位不都得等着分配,能收你这18岁的?

王小虎:妈,你真是落伍了,人家现在都叫招聘。有能力,你就能拿钱。干好了第一年就能拿上千。

赵慧茹:是吗?(对王建国)哎,那真是可以啊,我觉得。

王建国:你懂什么啊!头发长见识短,那叫不务正业!

赵慧茹:老说教,这不是跟你商量呢!

窗外传来一个女人的声音。

女人:慧茹,三缺一啊,快来快来!

赵慧茹:哎,来了来了!

赵慧茹(解下围裙):你爷儿俩饭不够厨房自己盛啊！别打了啊！

说完匆匆忙忙离开。

王建国(看不惯赵慧茹爱打牌,一摔筷子):上梁不正下梁歪！

王建国离开。王小虎看了王建国一眼,继续吃饭。

12. 王小虎房间 夜 内

书桌上,摊着课本和笔记本,笔记潦草,本子的边边角角还有各种小画,有人头,有飞机、坦克,画得都十分逼真。王小虎并没有在学习,他手里拿着一个老式军用望远镜,用眼镜布擦拭着。然后他拿出地图展开,立在桌子上,拿着望远镜对着地图看,人站起来,不断往后退。

忽然,一阵敲窗户的声音打断了他,他打开窗户,是耳朵。

耳朵:我哥今晚住我家,带回来好多新鲜玩意儿,你看不看?

王小虎:都有什么啊?

耳朵:你去看看就知道了啊。

屋外,王小虎的母亲叫王小虎。

王小虎:好好,我等会儿过去看看啊。

说完关窗,收起望远镜和地图。

13. 王小虎家客厅 夜 内

王建国坐在沙发上,翻看一份《参考消息》。王小虎从房间走出来,坐到沙发上开始嗑瓜子。

王建国:也就吃积极。

王小虎嗤之以鼻,不理会。王小虎打开收音机,听歌曲,王建国合上报纸,忽然按死收音机。王小虎打开,王建国又按死。王小虎把瓜子扔到地上,不吃了,头转向一边。

王建国:吃就是吃,听这些乱七八糟的是什么玩意儿啊,不学无术。

王小虎:你根本就不该活在这个时代!

王建国:翅膀还没硬,就不盼着你老子好啊!

赵慧茹:行了行了,他不就听个歌曲嘛,用不着这么吵吵吧。

王建国:都是你惯的,你看看像个什么样子!

赵慧茹:王建国,你这是什么话,你不要整天拿你政治部主任的做派在家耍威风,这不是你办公室!

王建国:整天游手好闲,动不动打麻将,你看看现在有哪个女同志是你这样的。就你这样,他能学好吗!

王小虎:一天到晚,没完没了!

说完,换上运动鞋,摔门出去。

14. 耳朵家院里 夜 外

王小虎到耳朵家窗下,学了几声猫叫。耳朵打开窗户。

耳朵：我爸妈在，你从窗户进来。

王小虎翻身一跃进入耳朵房间。

15. 耳朵家 夜 内

耳朵的哥哥身着喇叭裤、花衬衣，脖子上戴着金项链，坐在屋里抽烟。王小虎进屋，耳朵给两个人做了介绍。王小虎一眼就看到了桌上的蛤蟆镜，他冲过去拿起来试戴，嘴里不停地发出“哇”的感叹，一扭头，他又看到了挂在旁边的一身西装，更加激动地去试手感。

耳朵哥哥（微微一笑）：怎么，喜欢？送你了！

王小虎：真的！太谢谢了！太牛了！

耳朵：嘘！小点声，我爸要知道你来了，肯定以为咱俩又瞎策划，又得矫情。

耳朵哥哥：这个在广州遍地都是啊，不如你俩跟我去闯闯，没几年，什么都有了。

王小虎：哼，我倒是想啊。

耳朵：我也想，唉。

王小虎把西装拿下来，穿到身上，在镜子前照来照去，美得不得了。

王小虎：是啊，还不如一跺脚跟咱哥去闯个天下呢！哥，你快给我讲讲广州的事……

窗外，知了在鸣叫，月亮高悬。

16. 王小虎家 夜 内

王小虎躺在床上，望着天花板，外面王建国和赵慧茹在争吵，王小虎捂着耳朵翻了几下，然后猛地从床上爬起来，从柜子上面拿出箱子，开始收拾，简单地装了几件衣服和自己存的所有零用钱，又从抽屉里拿出地图展开看了一下，然后折起来放到箱子最上面盖上箱子，打开窗户，先把箱子顺了出去，自己再跳出去。他回头看了一眼屋里，扫视一圈，然后关上窗户。

17. 火车站 日 外

北京站广场，王小虎面对大钟站着，手里握着一张火车票，仰望着“北京站”三个大字，箱子在他旁边。广场上，他的身影显得十分渺小，许久之后，他拿起箱子，朝与车站相反的方向走去。

18. 小酒馆 日 内

夕阳西下，王小虎一个人歪在小酒馆里，桌子上有几个空白酒瓶子，旁边放着他的箱子。他拿起筷子，敲着盘子，饭店老板正在听收音机，里面放的是《小小的我》，王小虎跟着唱起来，眼睛红了。

19. 王小虎家 夜 内

王小虎蹑手蹑脚地打开门，没开灯，悄悄地往自己房间走，忽然，沙发旁边的台灯打开，父亲坐在沙发上，沉着脸，抽着一根烟，旁边有个烟灰缸，里面有好几个烟屁股。他没有说话，继续抽烟。王小虎原地站住不动，不知所措。父亲把烟掐灭，忽然站起来冲进王小虎的屋子，疯狂地撕掉王小虎墙上的海报，扔到王小虎身上。咆哮着，怒吼着。

王建国：不学无术！离经叛道！敢离家出走，有种别回来啊！

说完，又拿出收音机，摔在地上。飞舞的纸片落地，王小虎什么都没说，他捡起地上的收音机和坏掉的部分，拿着箱子走进屋里，慢慢地关上门。

20. 王小虎房间 夜 内

王小虎凝视了一会儿放在地上的箱子，然后从兜里拿出一张“北京—广州”的火车票，从书桌里拿出一个盒子打开，把票放进去，里面已经有好几张没有检的“北京—广州”的火车票了。

21. 王小虎家房顶 日 外

艳阳高照，王小虎跷二郎腿躺在房顶上，旁边用胶带粘好的收音机放着《迟到》。忽然，有一些小石子飞到他身上，他坐起来，四处看，嘴里骂骂咧咧。

王小虎：谁——

他家院门口，三斤半和耳朵向他举起足球。王小虎摆摆手，看了下屋里，拿上收音机，爬到后墙跳了出去。

22. 胡同 日 外

三个人边提着球边走，忽然胡同拐角处传来声音，王小虎把球拿起来，三个人都保持安静，不约而同地凑过去。拐过弯，有两个男的挡住了一个身穿红裙子的女子，对女子动手动脚。女子极力反抗，但没有用处。

女子：你们要干什么？

耳朵和三斤半还在看，王小虎已经冲了过去，挡在女子前面。两个男人相互看了看，其中一个推了一下王小虎。

男人甲：小子，活腻了啊，挡你爷爷我的事儿！

男人乙做出打架姿态。这时，耳朵和三斤半也走上来，两个男的看了一下形势，然后瞥了女子一眼。

男人甲（指着女子）：算你走运。

说完离开。

女子：谢谢你们啊！

王小虎：没事，你没事吧？

女子笑着摇摇头，王小虎也不由自主地笑了一下。女子离开，耳朵和三斤半也离开，王小虎站在原地一动不动地回望女子。

23. 足球场 日 外

三个人弯着腰，贴着传达室的墙，溜进了学校。周末的学校空无一人，三个人跑到足球场，开始踢球。

忽然，王小虎看到学校栅栏外走过一个穿红裙子的女生，他的眼神跟了过去。耳朵一个大脚，他没有看到，球奔着楼冲去，砸坏了一面玻璃，王小虎吓了一跳，回过神来。

王小虎：你这火气也太大了吧。

耳朵:你看什么呢?传给你球呢!

王小虎:我以为看着咱们救的那姑娘了。这样,你们给我望风啊,我去拿球,周末还好,学校没人。

说着三个人凑到窗边,往里看了看,伸手把窗户锁打开。王小虎跳了进去,拿起球,刚要从窗户出去,门被钥匙打开了,罗方正站在门口。

24. 罗方正办公室 日 内

王小虎和王建国站在罗方正办公桌前。罗方正一脸严肃。

罗方正:王小虎已经不是第一次犯事了,这次竟然大胆到闯进老师办公室!还带着其他人。那俩念初犯已经记过处分了,至于王小虎,已经被记过三次,学校正在考虑更严肃的处理方式,你的家长有什么意见?

王建国:该怎么处理怎么处理,我无话可说。

王小虎狠狠地瞟了一眼王建国。

25. 教学楼下 日 外

王建国和王小虎从教学楼出来,王小虎手里搬着一些学校的东西。王建国走得很快。王小虎把东西扔了一地,王建国回头看他。

王小虎:你满意了吧,看着你儿子被开除,袖手旁观,你多威风啊!

王建国:跟我有关系吗?!

王小虎:我是跟着空气姓吗?

王建国:你爱跟谁姓跟谁姓,你不是能耐吗?走啊,别回来啊!

这时候,教学楼很多窗口都挤满了人头,王建国看了一下这情形,走到自行车前,打开锁,骑车出了校门。王小虎抬头看了一眼,跑到教学楼正对面。

王小虎(大喊):看什么看,眼珠子都不想要了?!

26. 高考考场门口 日 内

炎炎夏日,知了聒噪,家长们都等在高考考场门口议论纷纷。

王小虎站在校门口,看着考场大门,嘴里叼着一根烟。

烟接近熄灭,他把烟头扔到地上,用拐杖按灭。

王小虎:靠!

转身离开。

27. 小饭店 夜 内

三斤半和耳朵在一个餐桌前,嘀咕着什么,桌上摆着几个没动的菜。王小虎走进来坐在他们对面。

耳朵:虎哥,我是真没想到——

王小虎用手示意打断耳朵说话。

王小虎:都考得怎么样?

耳朵:我能怎么样,我只能去河南了。

三斤半：我更远，安徽。

王小虎咬开白酒瓶盖，给耳朵和三斤半倒满，自己也倒满，连干三杯，脸已经红了起来。耳朵和三斤半有点不知所措。

耳朵：虎哥，真没想到最后你没考成。唉，都是我们——

王小虎：是兄弟就闭嘴，这事不怪你们，我真没想到学校开我的时候我老子连个“不”字都没有，再浑，也是他儿子吧！

三斤半：虎哥——

王小虎（直接不理会，举起酒杯继续）：不多说了，兄弟以后不在一块儿了，有事不能一起罩着了，咱的臭脾气也得收收，毕竟到了人家地界儿了。我嘛，你们也放心，不上大学正好，我早就不想上了，早让我创业我早发了，你们就等着我发达吧！都别担心我，你们都好好照顾自己！不过，谁要敢来劲——

王小虎红着脸说得慷慨激昂的时候，耳朵已经自己干了好几杯，听着王小虎的话已经有些热泪盈眶。

耳朵：虎哥，不说了，咱干，来三斤半，干！

王小虎：对，不说了！干！

三个酒杯碰到了一起。

28. 王小虎家 夜 内

王小虎在屋里翻箱倒柜，最后从床底下拿出一个大藤条箱子，他把自己的课本、笔记本全都扔进去，又从桌子上把装有王建国照片的相框，也扔进去，然后看了一会儿，合上箱子，又推到床底下。

29. 王小虎家 日 内

上午，王小虎还在睡觉，枕头旁边是望远镜和地图。王建国推门进来，一把拉开王小虎的毛巾被，拉开帘子，太阳光刺进来，王小虎眯着眼坐起来。

王建国：就知道睡！整天游手好闲。你孙大娘都看不过去了，给你介绍了一个售货员的工作。你看一大早就来了。

王小虎：什么？不干！

说完又倒回床上。

王建国：你少给我来劲啊！我告诉你，从今以后没人养活你！

30. 京西商厦 日 外

王小虎叼着一根烟，一身邋遢，站在京西商厦门口，一脸无奈的表情。他面对商厦。眼前的京西商厦，是一个极小的小门头，充其量是个烟酒糖茶商店，门宽同臂展。

王小虎：京西商厦，靠，商厦，真够煞！

说完，掐灭烟，走了进去。

31. 京西商厦 日 内

商店里有大约20平方米，面对大门的货架旁边有个小门通向货物储藏室，里面黑咕隆咚，商店门口是收银台，收银台后面有一个30岁左右的男子，头发梳得油亮，脖子上挂着一条金链子，身穿白色短袖，胳膊上露出刺青，正手拿着一本有美女封面的杂志翻看，他是虾米。

王小虎：大哥，请问你们老板在吗？

虾米没有抬头，扭头示意老板在储藏室，继续看杂志。老板走出来，是个胖子，叫朱学勇，看上去很和善，朱学勇看见王小虎，热情地迎上来。

朱学勇：是王小虎吧？孙大姐跟我说了。以后我们就是共同奋斗的同志了！

王小虎被朱学勇莫名其妙的热情弄得不知所措，虾米还在看杂志毫无反应。

朱学勇：来，我介绍一下啊，这是虾米。以后呢，他负责收款台，你呢，就负责进货、摆摆货，活不多累不着。

王小虎点点头，打量着这个巴掌大的小店。朱学勇看了一下表。

朱学勇：这样啊，我有个事情，具体的虾米你交代一下啊，我先走了。

说完，朱学勇离开。王小虎被尴尬地留在那里。虾米依然无动于衷。

王小虎：大哥——

虾米：叫我虾米就行。

王小虎：好，那我——

虾米（有一搭没一搭地）说：礼拜一、三进货，你就看看原本货架摆什么，添满就行，多余的放仓库。

王小虎点点头。他走进储藏室打开灯，又是一番打量。储藏室不大，货物堆放得很凌乱，卫生很差，墙皮脱落。这时，虾米走过来，倚着储藏室的门框，双手抱怀，打量着王小虎。

虾米：没多大吧？

王小虎：18。

虾米：不错。

王小虎：什么不错？

虾米：没什么，年轻。看到刚才那胖子没，一傻×，没事甭理他，这店里什么烟啊酒啊，有需要顺个一点半点也没人知道，以后就哥们儿了啊。那什么，下午有个事，我先走了，没事儿你就关门歇了吧，啊。

说着把钥匙扔给了王小虎，自己懒散地走了。

32. 京西商厦 日 外

夕阳西下，王小虎锁上商店大门，把钥匙别在腰间，骑上自行车离开，路上边骑边唱《迟到》。忽然，在他前方，那个他曾经帮助过的红裙子女孩在路口拐弯，王小虎只看到个背影，他快骑几下追了过去。路过一群人，里面有虾米，王小虎只顾追人没有看到他，虾米叫住了他。

虾米：哎，那个王小虎！

王小虎停下车回头看虾米。虾米摆手示意王小虎过去。王小虎停下车，走到虾米旁边，头还时不时朝女孩的方向看去，女孩已经不在视线里。虾米周围的几个人有的叼着烟，有的拦着穿着暴露的女人，都一身流氓气息，男人身上都有文身，虾米一把抓住王小虎膀子。

虾米：哎，哥几个啊，这是我小兄弟，王小虎，以后都照应着啊！

搂着女子的男的：王小虎，好不好上一口啊，晚上一块儿玩玩去吧。

王小虎没明白什么意思，表情疑惑，还没等王小虎回答，虾米已经替他回答。

虾米：什么玩意儿，就你好那口，蚊子回来弄一批，别把小孩带坏。不过，晚上一块儿玩玩还是可以的。

王小虎：要不我还是不去了吧。

王小虎的眼睛依然在寻找那个身影。

虾米：什么不去啊，都定好了，跟趟吧，啊？

虾米直接挎着王小虎的膀子，把他带走。

33. 歌舞厅 夜 内

包房内，又多了几个穿着暴露的陪唱小姐，歌声很吵，几个大老爷们儿都脱了上衣，有的在赌酒，有的在抱着美女喊叫着唱歌。王小虎以前是有流氓习气，可这样的阵势从没见过，十分拘谨地端坐着。有个小姐过来坐在王小虎身边，王小虎吓了一跳，赶紧挪开，小姐穷追不舍。

小姐：哟，没来过啊？

王小虎点点头，迅速起身，在虾米耳朵边说了句话，虾米点点头，王小虎离开。

34. 京西商厦 日 内

清晨，王小虎顶着哈欠就早早来到了商店开门营业，他困倦地拿出钥匙，刚刚插到门上，忽然看到路口又出现了红裙子女孩的身影。他急忙跟上去，钥匙插在门上忘了拔。

35. 彩儿胡同 日 外

王小虎跟着女孩来到彩儿胡同，走过自己家门，在王小虎家不远处，女孩进了院子。王小虎躲在院墙后面。

王小虎（低声嘟囔）：妈呀，不是吧，这么近。

忽然，他转身往家跑。

36. 王小虎房间 日 内

王小虎冲进屋子，打开窗户，拿着望远镜看，发现看不到。他换了几个角度都有房子挡着。他把望远镜挂到脖子上，从窗户爬出去，爬上了院子里的大槐树，蹲在树上，架起望远镜，对准女孩的窗户。

窗户里，女孩拿着一条毛巾擦了一下脸，然后侧身拉开红裙子拉链。王小虎一下把望远镜拿了下来，想了一下，又重新架起来。女孩把红裙子脱下来，里面是白色的背心和一条浅粉色短裤，女孩的皮肤很白，王小虎目不转睛地看着。接着女孩走到窗前，把窗帘拉上。

王小虎把望远镜拿下来，蹲在树上回味刚刚的所见，愣了一会儿。嘴角微微一笑。忽然，他想起来了什么，自言自语了一句。

王小虎：哦，对了！

王小虎跳下树，跑出院子。

37. 京西商厦 日 内

王小虎气喘吁吁地跑回商店，朱学勇和虾米已经来了。虾米给王小虎使了一个眼色。朱学勇表情非常严肃。

朱学勇：不是你家是吧，钥匙插上就能不管了是吧！

王小虎还在喘粗气，没有回应。

朱学勇：得亏是没丢什么，否则你赔得起吗？没有下次！

朱学勇刚要往外走，忽然很诡异地跟虾米叮嘱了一下。

朱学勇：虾米，下午那批货，点好了收啊！

虾米也非常明白朱学勇的意思，点头回应了一个诡异的表情。朱学勇走出商店。

王小虎：什么货？今天是周二啊。

虾米（磕磕巴巴地）：啊，加了一批，杂货。老板要，你甭管了。

虾米（从柜台抽出两条烟）：给你，拿着。

王小虎推脱了一下。

虾米：哎呀，又不花自己的钱，你傻啊！

王小虎接过去。

虾米：对了，下午你有事你忙就行，不用来了，我今天自己盯着就行。

王小虎看着烟点点头。

38. 邮政局 日 内

王小虎把两条烟分别用报纸包好，拿到柜台前，把填好的单子递过去。

王小虎：一个发河南，一个发安徽。要多久啊？

工作人员：一周。来缴下费用。这个留好。

39. 京西商厦 日 外

王小虎兴高采烈地以“S”形从远处骑车过来，商店门口停了一辆拖斗车，里面有十几个纸箱，虾米和他的几个兄弟正在往店里搬。虾米看到王小虎过来，赶紧上前拦住。

虾米：不是不让你来吗？

王小虎：我也没事。

虾米：行吧行吧，那你帮忙搬进去吧。

王小虎：什么东西啊？

虾米：你甭管了，我也不知道，老板的！

王小虎点点头开始搬。

虾米：还有啊，箱子别打开，过几天老板找人来搬走。

40. 胡同小卖部 夜 外

王小虎倚着胡同小卖部门框，电话线从里面顺出来，他右手拿着电话，左手拎着一个木头板凳。自行车在旁边停着。

王小虎：你跟我客气什么啊！单位发的。

王小虎：真的，我骗你不成，我现在也算是半个小资了。

王小虎：你放心吧，你回来我请你吃大餐去。

街上的人流都往广场走，王小虎顺着广场方向看了过去，那边已经亮起了灯。

王小虎：我不跟你说了啊，电影要开始了。

说完，挂了电话，混进人群。

41. 广场 夜 外

露天广场上一块大银幕架在前面，人们都各自搬了板凳坐着看电影，银幕上是《黄土地》。由于露天，蚊子非常多，王小虎边看边左扭右扭，这儿挠挠那儿拍拍。忽然，一个左转身，王小虎看到了那个红裙子女孩徐佳佳，他前后晃着看她，还微微抬起身。后面的大爷不愿意了。

大爷：小伙子，不看别影响别人。

王小虎起身搬起板凳走到了姑娘后面，悄悄地坐下。看到"崔巧在山峦高歌，顾青离别流泪"的场景，徐佳佳也哭了。王小虎左翻又翻，从口袋里翻出一块手绢，他把手绢展平，重新折成方块然后从后面递给她。她吓了一跳，回头。

徐佳佳：是你？

王小虎（笑了一下，手指放到嘴前）：嘘！先看先看。

42. 胡同 夜 外

王小虎推着自行车，徐佳佳走在他旁边。

徐佳佳：你也爱看电影？

王小虎：也没。（又想了一下）嗯，挺喜欢。你挺感性啊，看你刚才哭了。

徐佳佳（忽然停下，转过身对着王小虎，语气很激动）：你不觉得崔巧就是某一类人吗？她希望冲破一种牢笼，可她生活的环境不允许她这种思想浮出水面，因此她压抑，她委屈，直到遇到了顾青，像是遇到了救命稻草，可还是要眼睁睁地看着他离开，重新回到现实，当一个人曾经与希望擦肩而过，之后又不得不屈于现实时，这是怎样的可悲啊！

王小虎被她突如其来的慷慨激昂说得不知所措，他一脸呆相，只是点点头，直勾勾地看着她。她也突然意识到了自己的状态着实有点过，然后继续往前走，王小虎跟上。两人沉默着又走了一会儿。

王小虎：我还不知道你叫什么呢。

徐佳佳：我叫徐佳佳，你呢？

王小虎：王小虎。

徐佳佳：你在哪儿上学？

王小虎：没，我工作了，售货员。

徐佳佳（若有所思地点点头）：我在北师大，学中文。

王小虎：你不住学校吗？

徐佳佳：平时住，周末回来。

说着，他们已走到了徐佳佳家门口。

徐佳佳：我到了，谢谢你送我回来，你家——

王小虎（随手指了一个方向）：不远不远。

徐佳佳（笑了一下）：那再见了。

说完，徐佳佳进院门，王小虎依旧没有离去。

王小虎（嘟囔着）：北师大。

43. 京西商厦 日 内

虾米早早就来了店里，正拿着鸡毛掸子打扫卫生，朱学勇带着一个与他年纪差不多的人走了进来，后面还跟了几个搬运工。朱学勇跟虾米使了一个眼色，虾米带着那个中年人进了仓库。

仓库里，中年人拿刀子划开了一个箱子，里面是很多盒名叫“迷‘蝶’香”的东西，中年男人拿出一盒来，闻了一下味道。他走出仓库，冲几个搬运工一摆手，几个人进去把几箱“特殊进货”搬出了商店，其中一个人递过来一个小箱子。中年男人把箱子递给朱学勇，朱学勇把箱子开了一道缝，看了一眼，合上。他与中年男人象征性地握了一下手。中年男子和几个搬运工离开。朱学勇随即离开，走到门口的时候，扔给虾米一个信封，离开。虾米往信封里一看，冲着门口看了一眼。

虾米（脸色满意地笑着）：这死胖子，还行。

说完把信封塞到兜里，边吹口哨边继续打扫。

44. 王小虎房间 日 内

王小虎伏案，认真地奋笔疾书，旁边放着一个信封。王建国刚要出门上班，经过王小虎房间，看到王小虎的身影，停下。

王建国：上学逃学，上班逃班。

王小虎（应付地回答）：哎呀，老板让我在家做账。

王建国：做账？你还会这个？

王小虎：嘁！

王建国一脸不可思议的表情。

45. 马路上 日 内

远处王小虎骑车驶来，经过一个邮筒，他从怀里拿出一个信封，检查了一下封口，然后把信投了进去。

46. 京西商厦 日 外

王小虎骑自行车来到商店门口，虾米正好出来，把门锁上。

王小虎：怎么今天不开了？

虾米：胖子说歇一天。我下午玩去，你去不去？

王小虎摇摇头，虾米从兜里拿出一把零钱给王小虎。

虾米：上月工资，一共20。行了，那我走了啊。

虾米离开。王小虎看着手里的钱，认真地点了一遍，然后特别开心地把钱放到兜里。打开收音机，里面是《路边的野花不要采》，他骑车愉悦地离开。

47. 理发店 日 内

王小虎骑车路过理发店，他停下，从玻璃门反光中照了一下自己的头发，停下车，推门走进去。

王小虎推门出来，发型变成了圆寸，他骑上车前行。

48. 菜市场 日 内

王小虎骑车经过菜市场，收音机里的歌声依旧在飘扬，他路过肉摊，骑过去忽然又停下回来。

王小虎：二斤里脊！

49. 王小虎家 夜 内

王建国下班回来，赵慧茹坐在沙发上一脸的惊讶。

王建国：发什么呆，不做饭了？

赵慧茹使了个眼色，王建国顺着看去，也很吃惊。王小虎在厨房，身上扎着围裙，边唱歌边做饭。不一会儿，他开始把做好的饭菜端出来，王建国和赵慧茹都非常惊讶地看着他。外面下起了雨，王小虎看了一眼窗外，忽然意识到了什么。

王小虎：哎哟！你俩先吃，我得出去一趟。

说完，穿上雨衣，又拿了一把伞，匆匆出门。

50. 北师大门口 日 外

王小虎站在北师大门口，看着往外走的人，雨帽遮着他，他看不清楚，他把雨帽拨到后面，头发瞬间被浇湿。雨伞下的人们说说笑笑，远处，徐佳佳顶着包往外走，王小虎赶紧迎上去，把雨伞举在徐佳佳头顶。

徐佳佳（回头一看，非常惊讶）：是你？

王小虎：路过路过。

51. 王小虎家院里 夜 外

院内大槐树上，王小虎举着望远镜对着徐佳佳的窗户。徐佳佳屋里的灯亮了起来，她把包卸下来，从包里拿出一封信，展开，看了一会儿，然后露出笑容。王小虎也顿时高兴起来，他跳回屋里，拿起笔，稍微一思考，在纸上写起来：

夏夜的月光
不再忧伤

有你的地方
多了一丝清凉;
夏日的月光
无限徜徉
有你的身影
和你美丽的脸庞
……

52. 王小虎家客厅 日 内

王建国坐在餐桌旁看报纸,王小虎身着白色衬衣、黑色裤子从屋里走出来,一改往日的行头。

王小虎:我上班了。

王小虎翻了一下日历,8 月 18 号。

赵慧茹:吃点儿再去。

王小虎:迟到了,先走了啊。

王小虎出门。

赵慧茹:这孩子受什么刺激了这是?

王建国:好不容易有点正形,怎么能是受刺激?

53. 马路上 日 外

王小虎路过邮筒,把一封信从怀里拿出来,检查了一下封口后,塞进信箱。

54. 京西商厦 日 内

王小虎对着小镜子不停地照,虾米翻看杂志。

虾米:小虎,下午有人来拉特许货,我有个事情,你帮我顶一下吧,那个人会给你个箱子,你留着,老板来了给他就行。

王小虎:哎呀,虾米哥,我下午正好有个事,刚想跟你说让你看店呢。

虾米一笑:约姑娘吧?

王小虎憨厚地笑笑。

虾米:行吧行吧,这是大事,那下午我找个人来。

55. 北师大教学楼 日 外

教学楼铃声响起,天色已近傍晚,王小虎站在教学楼门口,手里拿着一瓶汽水,人流开始从教学楼里涌出,王小虎不断地寻找。徐佳佳和一个女生抱着书有说有笑地从教学楼里走出来,王小虎看到了她。

王小虎(大喊):徐佳佳!

徐佳佳扭头看向王小虎,王小虎对她高兴地挥挥手,徐佳佳跟女伴说了一下,一个人走了过来。

徐佳佳:王小虎?

王小虎:对,你还记得我?

徐佳佳:你怎么?

徐佳佳比画着王小虎的发型。

王小虎:哦,这样凉快。这个,给你。

王小虎把汽水塞进徐佳佳手里。徐佳佳吓了一跳,但还是接过去。

徐佳佳:谢谢。你来找我,有什么事?

王小虎:是这样,我有两张今晚的电影票,上次你不是说喜欢看电影吗,我就想到了你,不知道你有没有时间?

徐佳佳:今晚啊?

王小虎:对,不知你有没有时间和我一起去?当然,你要是忙就算了。

徐佳佳:没事,那就一起去吧!

王小虎高兴地点头,然后笨手笨脚地去把自行车推过来,走到徐佳佳面前,两个人互相看了一下,王小虎跨上车,徐佳佳犹豫了一下,侧坐在后座,王小虎骑了起来,徐佳佳的手抓在王小虎斜挎包的带上,前面骑车的王小虎露出了一丝笑容。

56. 徐佳佳门口 夜 外

王小虎推着自行车和徐佳佳并排走到了她家院门口。

徐佳佳:今晚谢谢你!

王小虎:没事,那我回了啊?

王小虎转身要走。

徐佳佳:等一下,王小虎!

王小虎转身过来。

徐佳佳(忽然深情地):夏夜的月光/不再忧伤/有你的地方/多了一丝清凉……

朗诵完了之后徐佳佳充满期待地望着王小虎。王小虎愣住了,没有反应过来。

王小虎:啊?

徐佳佳:没事,没事,认错了。

王小虎:什么错了?你怎么知道——

徐佳佳:最近有个人总给我写匿名信,我很想见见他,我以为是你。看来认错了!那我走了,谢谢,跟你看电影很开心,晚安!

说完徐佳佳转身走了。王小虎转过神来,做了一个胜利的手势,然后高兴地骑上车,飞快地骑出胡同,骑到长安街上,大撒把,双手高举,嘴里大喊。

王小虎:

夏日的月光
无限徜徉

有你的身影
和你美丽的脸庞!

57. 一组蒙太奇

王小虎伏案作诗;
王小虎把诗放进邮筒;
王小虎伏案写诗;
王小虎在大槐树上用望远镜观察徐佳佳看信的状态;
王小虎伏案写诗。

58. 王小虎房间 日 内

王小虎写完,拿起纸,从椅子上蹦起来,开始大声朗诵。

王小虎:

我愿我轻柔的脚步
没有惊扰你那美丽的宁静
我愿我渺小的身躯
没有拨乱你那动人的倒影
而我的轻轻
只是畏惧你圣洁的心灵
而我的悄悄
只是不敢轻易越过那发梢
但我发觉
有一种声音已经不能压抑,
那便是
我爱你。
我爱你,
这响亮的宣誓!

王小虎的声音越来越大,感情越来越充沛,慷慨激昂,双臂高举,最后站到了床上。王建国闻声而来,推开门,正好撞见王小虎在床上高举双臂站立的姿态。

王建国:发什么神经。

王小虎(从床上下来):嘁! 你不懂。

王建国:再怎么也比你多吃二十几年干饭。

说着,王建国扔给王小虎一身衣服。

王小虎:干吗?

王建国:不穿成小流氓了,也不能不换衣服啊。

王建国关门离开。王小虎展开衣服,是一身黑色的中山装一样的正装。王小虎拿到镜子前比画来比画去,然后开始换衣服。他换完衣服,拿着刚刚写的诗出门,旧衣服仍在床上,正好压在了床边的那张地图上,地图已经明显有了很多不规则的折痕。

59. 理发店 日 内

王小虎被抹了一脸白沫,他仰着脑袋,理发师拿出刀子,开始刮胡子。

理发师:你这年纪这么讲究,来这儿花钱刮胡子。要是多来几个你这样的,我们老板就烧高香了。

不一会儿,胡子就刮完了。理发师又开始给他修理头发。修理的过程中王小虎还一会儿指指这儿一会儿指指那儿。

60. 北师大教学楼 日 外

王小虎一身正装,手里拿着一束花,下课后人流涌动,王小虎显得十分耀眼。他十分紧张,从口袋里再次拿出那张写着自己作品的小纸片,迅速浏览了一遍,然后在人群中寻找。他看到了徐佳佳的女伴,迎上去。

王小虎:您好,不好意思,请问徐佳佳什么时候下课?

女伴:你就是上次那个吧?

王小虎点点头。

女伴:佳佳今天没来上课,不知道为什么。你要是知道她家你就去她家找她吧。

王小虎(黯然失色):好的,谢谢你啊。

王小虎刚想离去,又回头叫住徐佳佳的女伴,把花给她。

王小虎:麻烦你把这个放到她宿舍,谢谢啊!

61. 小饭店 日 外

王小虎点了一碗面,一个人默默地吃。耳朵和他哥走了进来。

耳朵:老板,来两碗牛肉面。

王小虎听到声音回过头,看到了耳朵,他把面端过去,坐到耳朵那桌。

耳朵:虎哥! 这么巧!

王小虎:是啊,你不是上学去了?

耳朵:不上了,跟我哥干了。

耳朵(打量了一下王小虎):虎哥,行啊,不会已经混成经理了吧? 这打扮!

王小虎:一般一般。

耳朵:虎哥,要不这次跟我们走? 咱一块儿闯闯去,我跟我哥去了趟广州,真是不见不知道,一见吓一跳啊! 咱们这种模式已经完全落伍了!

耳朵哥哥:是啊! 小虎,跟我们干吧,正好我现在自己的公司起来了,缺人手呢,以后咱们干大了,都是元老!

王小虎(没直接回应,嘟囔着):再看看,再看看。

62. 徐佳佳家门口 夜 外

王小虎站在徐佳佳家门口，大门开着，王小虎探着脑袋往里看，好几次想伸手敲门，最终还是没敲。他从身后拿出一枝花，放到了徐佳佳院门口，然后转身离开。

63. 王小虎家院里 夜 外

王小虎蹲在大槐树上，拿着望远镜望着徐佳佳的窗户，里面没人，灯关着。王小虎放下望远镜，依偎在树干上，目光呆滞。忽然，赵慧茹叫他。

赵慧茹：小虎，小虎，你朋友来了！

王小虎：哎，来了！

64. 王小虎家客厅 夜 内

耳朵正在给赵慧茹围围巾。

耳朵：阿姨，这是最新款，天冷了，正好可以围。

赵慧茹（摸着围巾）：哎呀，这料子就是好啊！子峰真是有出息了啊！什么时候我家小虎也能跟你似的就好了。

王小虎（从房间出来）：当时想南下，你们不放，现在在这儿感叹有什么用？

赵慧茹：你现在要是想去，我跟你爸都不拦着。

王小虎和耳朵坐到沙发上。赵慧茹拿着围巾进里屋。耳朵掏出一张火车票。

耳朵：不多说了，后天晚上的，我哥今晚走了，后天我去，当年你因为我们没能参加高考，这事我一直过意不去，这次算兄弟我带着你走一步。

王小虎：我再考虑考虑。

耳朵（有点急了）：我就奇怪了，当年我们说得那么斩钉截铁，你是最坚定的一个，现在怎么就这么优柔寡断了？难不成你卖一辈子烟啊！

王小虎：不是，哎——你等一下啊。

王小虎进屋拿了一张照片出来，是偷拍的徐佳佳的侧面。他递给耳朵。

耳朵（一看，恍然大悟）：果然，唉，果然是因为女的。你怎么就不明白，等你发达了，女人还不是要多少有多少！

王小虎：你再仔细看看。

耳朵（仔细端详了一下）：啊！我想起来了！这不是——

王小虎：嘘！你知道就行，别吵吵。

耳朵：你啊，你啊，那你考虑吧，啊，后天晚上我在火车站等你。

王小虎点点头。

65. 京西商厦 日 内

王小虎摆货摆得一塌糊涂，整个人都是放空状态，虾米盯了王小虎半天，走过去把他手里的东西拿下来，把他按到椅子上。

虾米：来来来，说说这是怎么了，你这个状态明显不是失恋就是失忆啊？

王小虎：虾米哥——

虾米：哎哟喂，可别这么肉麻，有事直说。

王小虎：我有个朋友想让我跟他一块儿去广州创业。

虾米：好事啊，我跟你说兄弟，现在我看出来了，不出十年广州就能起来，现在去正是时候，我要是你这个年纪，我早去了。

王小虎没有回应。

虾米：哎，不对啊，这是好事啊，你这状态不对啊！你可别告诉我你是不舍得你哥我。

王小虎叹了一口气。

虾米：哦哦哦，我知道了，那姑娘吧！兄弟，不是哥浑，女人嘛，哪儿都是，等发达了，要多少有多少，这机会可就一个，你不抓住，难道给那死胖子卖一辈子柴米油盐？

王小虎没有回应。虾米去货架拿了一瓶白酒，从柜台拿了两个玻璃杯，他咬开酒瓶盖，倒满两杯，然后举起一杯递给王小虎。王小虎没有接过去，虾米就把杯子给他塞到手里。

虾米：不多说了，你既然叫我一声哥，哥比你大十岁，就替你决定了，这杯酒，就当给你壮行了。

说完，虾米一饮而尽。王小虎看着虾米，慢慢把酒杯放到嘴边，喝完。

虾米：哎，这才对，这才是爷们儿！

66. 北师大教学楼 日 外

日落时分，王小虎又一次伫立在教学楼门口，熙熙攘攘的人群从王小虎身边擦过，他一直在等，直到教学楼的人都出来完了，值班大爷把门锁上，王小虎才失落地掉头离开。

67. 王小虎房间 夜 内

他躺在床上，手上拿着那张地图，房间里箱子已经打开，衣服按季节已经叠成几摞。忽然，他拿起望远镜爬出窗外。

68. 王小虎家院里 夜 外

王小虎拿着望远镜望着徐佳佳的窗户，依旧是黑色的。他放下望远镜，仰天望着。忽然，徐佳佳房间的灯亮了，王小虎赶紧举起望远镜，徐佳佳走到窗前的桌子旁，看着桌子上的一摞信，刚拿起来，这时候，一双男人的胳膊从后面把徐佳佳抱住，把她身体转过来，徐佳佳手里的信掉了一地。两个人激吻，抚摸，男人脱掉了上衣，又开始脱徐佳佳的衣服，然后伸手拉上窗帘。

王小虎拿着望远镜的手开始颤抖，他忽然狠狠地摔下望远镜，望远镜摔到树下，七零八落，他跳下来，冲出了院子。

69. 徐佳佳家门口 夜 外

王小虎蹲在暗处，看着徐佳佳家大门，他抽着一根烟，脚前还有几个烟头。男人出来，王小虎掐灭烟，跟着男人。男人走进自己家院子，王小虎也悄悄跟进去，男人拿出钥匙，打开自己家的门，开灯，刚要关门时，王小虎一把把住门，把男人推进去，然后走进男人的家，把门关上。

男人（倒在地上，用手挡着头）：你是谁？你要干吗？

男人的手腕上戴着一块儿金表。王小虎左右寻找了一下，抄起一个凳子，往男人身上连砸好几下，男人惨叫不断。王小虎扔掉椅子。

王小虎：敢碰我王小虎的女人！

王小虎开始踢男人的头，男人一直拿胳膊挡着，王小虎边踢边骂，过了一会儿，王小虎气喘吁吁，男人头破血流，王小虎又抄起一把椅子，扔到了男人身上，然后开门走了出去。

四合院里的其他邻居有的隔着窗户，有的把门开开，都看着王小虎，没人敢有什么行动。

王小虎（大吼一声）：想死吗？

围观的人们瞬间关门，离开窗户，王小虎走出院子。

70. 火车站 夜 外

耳朵拿着皮箱，在月台望着检票口，始终看不到王小虎的身影，他时不时地看表，直到乘务员最后一次催人上车他才上车。他找到自己的座位，把头伸出来，还在期盼王小虎的出现。火车开动，耳朵摇摇头，回到座位。

71. 王小虎家 夜 内

王小虎推开家门，推得过猛，把正在看报纸的王建国吓了一跳，王建国放下报纸，两个人对视了几秒。

王小虎：老子陪儿子喝一杯，中不中？

王建国（先是愣了一会儿）：中！

72. 小饭店 夜 内

王小虎开了一瓶白酒。

王小虎：爸，我先干三杯。

王小虎连喝三杯，脸一下子就涨红了。

王小虎：爸，儿子以前不懂事，老惹您生气，这次儿子一走不闯出点事来，是不会回来的！爸，您放心，这次肯定不会让您失望。

说着，王小虎又举起一杯。王建国拦住，把那杯酒拿到自己手里，一饮而尽。

王建国：儿子，爸爸也不好啊。不多说了，咱爷俩好好吃一顿，喝一顿，你放心闯吧，爸不拦你了。

王建国又给两个人的杯子里倒上酒。

73. 王小虎家院门口 日 外

天刚蒙蒙亮，王小虎站在门口，凝视着院子，脚边是他的旅行箱。他从兜里掏出那张写诗的小纸条，撕得粉碎，撒向空中，拿起箱子大步向前。

74. 京西商厦 日 外

时间还早，虾米还没有来商店开门，王小虎把一个信封放到了商店门口，信封上写着:两条烟钱。

王小虎又看了一眼“京西商厦”四个大字,然后离去。

75. 派出所 日 内

被打得鼻青脸肿的男人坐在那里,一脸窘相,旁边有两个当时围观的邻居。

警察甲:好的,我们会尽快找到王小虎的!

这时候警察乙走进来,拿出一张照片,给三人指认。

警察乙:你们看看,是不是这个王小虎?

男人:对对! 就是他! 就是他!

警察乙:行了,你们可以走了。我们结案时通知你们。

三人离开。

警察乙:队长,这案子不简单了,这个王小虎,原是京西商厦的一个员工,而这个“京西商厦”涉嫌兜售违禁药物,王小虎被怀疑参与其中。

警察甲:马上带回来!

警察乙:今早我去查过了,他已经离开北京了,怀疑涉案潜逃。

警察甲:发通缉令,京广、京九、京哈线、全线逮捕!

76. 火车站 日 外

北京火车站的大牌子下,王小虎再次伫立观望,他手上拿着自己的地图,审视许久,这次,他走进车站。

77. 火车上 日 内

王小虎买的是一个硬座,车厢人满为患,王小虎侧身找到自己座位,他努力想把自己的包举到行李架上,可被一个麻袋挡住了。旁边的一个中年男人主动帮助他安放好行李。两人坐下。

中年男人:去广州?

王小虎四处看,点点头。

中年男人:第一次坐火车吧。

王小虎(转过身来):你怎么知道?

中年男人(笑了一下):你这种年轻人我见多了,都是去广州创业的。

王小虎:大哥,您是做生意的?

中年男人点点头。

王小虎:广州好混不?

中年男人:肯混就好混,年轻人,刚起步,要吃点苦头的。

车开了。

王小虎(看着窗外退后的风景,低声地):终于离开了。

78. 餐车车厢 日 内

王小虎坐在餐车边,看着菜单。

王小虎：来一份宫保鸡丁盖饭。

列车员：3元。

王小虎：这么贵？

列车员（很不耐烦地）：点不点啊？

王小虎：你这儿最便宜的是什么？

这时候，那个中年男人走过来。

中年男人：来两份宫保鸡丁盖饭。

然后他拿给列车员6元。

王小虎：谢谢大哥，大哥怎么称呼啊？

中年男人：我叫陈爽。

王小虎：我叫王小虎。

陈爽：小虎，怎么想去广州混了？

王小虎：在北京混不下去了呗，而且广州是我一直想去创业的地方。

陈爽：混不下去了？

王小虎点点头。

陈爽：去广州想干吗？

王小虎：不知道呢，能不能活着都是问题。

两份宫保鸡丁盖饭被端了上来。

陈爽：其实你还年轻，这人生就跟这宫保鸡丁一样，你先吃肉，先吃花生或者先吃葱，都是不一样的口味，你觉得不如意只是先吃到了葱，而肉就在后面。有谁保证第一口吃的就是肉呢？只不过太多人吃到葱之后就放弃了这盘菜。所以不要轻言混不下去，更不要寻死觅活，这盘菜你端在手里，就饿不死。

王小虎盯着这盘菜，若有所思。

王小虎：大哥，我觉得你说得太对了，你要是有时间，就听我讲讲我自己吧。

陈爽：你说，洗耳恭听。

火车的声音穿越田野，划破苍穹。

79. 餐车车厢 夜 内

王小虎：这就是今天之前发生的事。

陈爽面前的烟灰缸里已经有了很多烟头，天色已晚。听完王小虎的陈述，陈爽笑了笑。

陈爽：小伙子，你的葱马上就吃完了，记着，别放下盘子。

说完，陈爽起身离开。

80. 某车站 日 外

第二天早上，车在某站停靠，王小虎下车休息。陈爽拿着箱子走下来。

王小虎：大哥你到站了？

陈爽:是啊,小伙子,你的路还很长,努力吧!

王小虎:谢谢大哥!

陈爽离开。列车员吹哨,旁边有个卖报纸的,王小虎随手买了一张报纸,然后上车。

81. 火车上 日 内

王小虎坐在自己的座位上,翻看着报纸,忽然他看到了什么,马上合上报纸,看了一下周围人的表情,起身离开。

82. 火车厕所里 日 内

王小虎躲进厕所,把门锁起来,慌张地把报纸打开,报纸上面是一个通缉令,上面赫然印着的是自己的照片。依照报纸的陈述,王小虎是因为背负"贩卖违禁药品"和"故意伤人"两项罪名潜逃而被通缉的。晴天霹雳,他不知道如何是好,他蹲下来蜷缩着,哭了出来。哭得撕心裂肺,却又使劲捂着嘴,尽量不出声。

83. 广州站月台 日 外

广州站到了,王小虎鬼鬼祟祟地跟着人流下车,他戴着一顶帽子,帽檐压得很低,左右环视,再低头前进。

84. 广州站出站口隧道 日 外

广州站出站口就在眼前,王小虎看到出站口外一片光明,他拿紧了包,不自觉地加快了脚步,就在他即将到出站口的时候,忽然,眼前一片漆黑。

85. 火车上 日 内

火车一声长笛后行驶在轨道上。车厢内,一个卧铺上,王小虎紧闭双眼,躺在一个硬卧席位上,身体随着火车的行驶微微晃动着。他的手被手铐铐在旁边的铁架上。渐渐地,王小虎睁开眼睛,目不转睛地盯着上面,过了一会儿,就流下了泪水。

这时候火车乘警走过来。

乘警:王小虎同志,我们——

王小虎(打断警察的话):警察同志,别说了,我认罪。

乘警(继续):我们经过核实和调查,确认你故意伤人罪名成立。由于 8 月 18 日下午,你有证人证明你未曾参与京西商厦走私活动,经过核实,该项起诉取消。

86. 法庭 日 内

王小虎站在法庭被告席,全体起立,审判长宣判。

审判长:依据《中华人民共和国宪法》,第——

王小虎(内心独白):我从来不认为我的人生就这样结束了,也许这只是一个开始,新的开始,我的葱终于吃完了。

(半年后)

87. 监狱 日 外

监狱的小铁门被缓缓打开,王小虎从里面走出来,太阳光格外耀眼,他拿手挡了一下,仰头,深呼吸。

88. 徐佳佳家门口 日 外

王小虎提着自己的行李站在徐佳佳门口,凝望着。他转身准备离开,却正巧碰到了徐佳佳。徐佳佳已经剪掉了长发,白衣黑裤子,还戴着套袖,俨然失去了青春的色彩。

徐佳佳(非常惊讶):王小虎?

王小虎笑了笑,准备离开。徐佳佳上前拉住他。

徐佳佳:你怎么?

王小虎:你还记得吗?——夏日的月光/无限徜徉/有你的身影/和你美丽的脸庞。

徐佳佳先是皱了一下眉头,然后恍然大悟。王小虎轻笑一下,松开徐佳佳拉着的手,离去。

89. 王小虎家门口 日 外

王小虎走到自己家门口,他朝院子里看了一下,院子里非常安静,他悄悄地走进去,围着自己家的房子转,王建国和赵慧茹都不在家,他走到自己屋的窗户旁边朝里看了一下,里面非常整洁,东西都没有被动过。他抬头看了一下那棵大槐树,爬了上去,坐在槐树上面。他点了一根烟,眼睛望着徐佳佳窗口的方向。他伸手从树洞里拿出一张照片,是偷拍的徐佳佳的侧脸。他看着照片,把烟抽完,用力把照片扔出去,照片随风飞远。

90. 北京火车站广场 日 外

王小虎背着包,穿过车站广场,进入车站。

91. 广州火车站广场 日 外

王小虎背着包,从出站口出来,他回头,望了望"广州站"这三个字,然后头也不回地踏上了广州的土地。

车站的广播响起了那首《迟到》。

(完)

最后的挽歌

——《迟到》剧本评析

孟 中

这部剧本应该是"90后"作者对他们父辈的成长经历所献上的最后的挽歌,之后再也不会有年轻的"90后"的作者带着敬仰与尊重的视点回顾父辈那段历史,尤其是在他们初入电影大门，完成自己“处女作”的时候。

都说作者在创作自己第一部作品的时候，往往会选择自传式的故事。其实，还有一些作者选择的是自己所敬仰与尊重的时代。我经常在剧作课上引用向往和彭滔在北京电影学院的毕业作品《再见童年》。我很好奇，身为“85后”的他们，是什么原因对那段特殊时光充满了兴趣，因为这段时光远离他们的生活，电影中每一个细节都是他们臆想和模仿的，但是并不妨碍这部电影的价值。他们如此选择的秘密就在于故事背景虽然远离他们的时代，但是那个时代有着令他们向往的、激动的东西，就如同影片片头的字幕——谨以此片献给我们的父母们。是的，这个时代有着他们父母的青春韶华。路学长在电影《长大成人》里引用小说《钢铁是怎样炼成的》中的经典语句，来烘托那个时代——“无数人把自己想象成西伯利亚的英雄，理想却在现实面前灰飞烟灭”，这种柏拉图式的理想与悲壮的破碎感充满了戏剧性。

因此，“90后”的年轻作者能够以那个特定的历史为写作对象，不仅是为了纪念父辈们逝去的年华，更是表达了对那段特殊时光的迷恋和向往。从这一点上，作者呈现出未来职业编剧的潜质，对社会历史有着纵深的关注。

对于今天乃至未来的年轻人来说，这部剧本讲述了时代变革的阵痛，关注了在那个变革时代迷失自我的青年人。尽管剧本中的人物在内核上有着当前青年的苦闷与迷茫、挣扎与反抗，以此来拉近与年轻观众的距离，但对于“70前”的人来说，剧本所呈现出的影像充满了作者的想象。王小虎作为剧本中的主人公，身上有着那个年代影视文学作品中众多人物的身影，既像谢飞电影《本命年》中的泉子，又像蒋子龙小说《赤橙黄绿青蓝紫》中的刘思伽，所不同的是，王小虎是一名面临高考的学生，而泉子和刘思伽则分别是刑满出狱的待业者和刚入工厂的青年。

剧本使用了倒叙的笔法，暗合伤痕文学的创作规律。往往一个大的时代过去，或者遭遇一场重大的自然灾害，电影创作者都会选用倒叙的方法来叙事，这从某种程度上来说是与社会心理同频共振，是对过往进行审视与反思。

除此之外，剧本依然选择了传统的叙事技巧，即一人一事一线到底，所不同的是，作者巧妙地在用配角展现群像，从而折射出大的时代背景，即用人物表现时间(时代)。

剧本以张行流行歌曲的歌名《迟到》作为片名，以刘文正、邓丽君等人的海报作为背景，将读者带入那个时代。非常有意思的是，剧本作者有意无意地选择了北京市重点中学——五中作为主人公的活动空间，而这个中学与北京师范大学附中有些历史渊源，从这点上看，剧本对时代进行了嘲讽和调侃。在这样一所重点中学，王小虎调戏同学李其美，在与女同学跳交谊舞时耍流氓，被学校老师罗方正命令请家长。他与父亲发生冲突后，离家出走去广州，却在北京站踌躇着迈不出关键的一步。

剧本的前22场戏，强化了王小虎要去广州的意志力，形成人物的外部冲突线，在第22场中出现了女主人公，搭建了全片的情感纠葛。王小虎通过英雄救美与徐佳佳相识，转而一心想获得徐佳佳的认可。但是，因为再三违纪，王小虎失去了高考的机会，直接成为待业青年。

在耳朵、三斤半的陪伴下，王小虎成为那个时代被裹挟的弄潮儿，在这里，作者笔锋一转，出现了类似王小帅电影《十七岁单车》中的情节，王小虎用望远镜偷窥徐佳佳，用这种方式延续着影片的情感叙事。对徐佳佳的迷恋使得王小虎开始给她写匿名情诗。而徐佳佳也渐渐爱上了这个匿名诗人，但她始终不知道他就是王小虎。沉迷在爱情中的王小虎与家人的关系逐渐改善。就在他要向徐佳佳表白的时候，徐佳佳却突然消失了。这时，耳朵的哥哥从南方归来，欲邀请王小虎一同去广州创业。王小虎虽因徐佳佳百般犹豫，但最终他还是决定离开。就在离开的那晚，他偶然发现了徐佳佳与一男子的私情，他失去了理智，暴怒之下痛打了男子，而后逃往广州。

王小虎从没想过会用这种方式踏上理想中的广州。现实将理想击得粉碎，王小虎得以长大成人。

剧本还刻画了王小虎与王建国的父子冲突，表达了男孩的血性由父辈传来的观念，这个观念与作者对那个时代的敬仰与尊重相契合，这些都是今天逐渐远去的生活。

老年男女

◇ 田佳禾

人物小传

董　勇：男，75 岁，标本室管理员。浅薄好色，嬉皮笑脸，是那种不管受到怎样的对待都不会受到伤害的“锤不扁的铜豌豆”性格。

曾朝芬：女，65 岁，退休小学音乐老师，青年时离异。浪漫、清高、文艺，以舞蹈家自诩，拥有旁人不理解的生活热情。

老　徐：徐继平，男，75 岁，董勇的邻居兼酒友，个性沉默寡言。妻子患有老年痴呆。

小　董：男，25 岁，董勇同事，单纯正直的小青年。个子矮，有一位交往多年感情深厚的女友。

枣　儿：女，19 岁，保姆。性格迟钝，懵懂笨拙，有着年轻人的丰满身材。

李白玲：女，45 岁，一位同时伺候着几位老头来养活自己的女人。

林　枫：女，40 岁，曾朝芬的女儿，从小跟着父亲生活。

故事梗概

75 岁的董勇是女同事们眼中典型的老流氓，他谎报年龄登了一则征婚广告，致力于找一个三四十岁、年轻漂亮的“七仙女”做新老伴。

通过征婚广告，他相中了小学音乐老师曾朝芬，见面后却发现对方是个六十多岁、大话连篇的老太太。两人对于对方的货不对板都很失望，交谈中各自大谈自己传奇的过去，又因为漏洞百出被对方识破。感觉到话不投机，两人很快摊牌，毫无留恋地结束了见面。

虽然互相看不上眼，但因为相亲过程中的多次偶遇，两人逐渐建立起一种特殊的交情，他们帮对方寻觅对象，参谋把关，分享见面经历，互相嘲笑又互相鼓励，成为寻找幸福路上的战友。同时,他们各自继续和不同的对象见面,和其中一些人建立新的关系,又迅速解除关系。

相亲一再失败后,备受打击的两个人不得不失望地承认这样是不能找到自己理想的对象的。两个人坐在湖边喝酒互相倾诉,逐渐理解了对方夸夸其谈背后的孤独,两个得不到旁人理解的人彼此得到了认同。

那天之后,两人的关系近了,虽然还是会一起去相亲分别找对象,但也会一起过年、唱戏、晚上看标本,在没有找到对象之前互相陪伴。但这时,董勇和家里的小保姆枣儿因为爆水管的意外突然产生了暧昧。董勇向曾朝芬寻求意见,曾朝芬看出枣儿是董勇一直想寻觅的理想对象,便鼓励他跟枣儿交往,自己退出了他的生活。

两人分别展开新生活,曾朝芬却意外撞到枣儿劈腿,犹豫再三后,她决定告诉董勇,董勇在美梦破碎与自尊受损的情绪中,又迁怒于曾朝芬。曾朝芬也觉得自己好心错付,两人气愤之下互相揭穿对方的谎言,从而闹翻。

董勇犹豫后,还是决定与小保姆分手。他不好意思再见曾朝芬,经此一事他对再次择偶深感失望,中年女人李白玲与他见面,坦陈自己同时伺候着几位老头以养活自己。董勇答应了李白玲的提议,成为被照顾的几位老头中的一员。

李白玲成为董勇新的陪伴对象,但董勇内心并没能真正接受这种生活方式,无法把它当作一段感情关系来对待。在湖边他与曾朝芬意外重逢,得知曾朝芬遇到家庭矛盾后,董勇决定帮曾朝芬和女儿修复关系。

董勇私下出面开解曾朝芬女儿,明知如果曾朝芬和女儿和解,她很可能就要离开这个城市搬去和女儿生活,离开自己,但他还是选择帮助曾朝芬,带着祝福的心情送曾朝芬离开。

曾朝芬走后,董勇在一次洗澡时滑倒骨折,动弹不得在浴室地板上躺了一夜,直到李白玲来董勇家"上班"时才发现。住了一次院后,董勇感觉自己的身体突然地老去了。李白玲救了董勇,并且牺牲自己挣钱的时间陪床照顾董勇,这让董勇感受到和李白玲这种特殊关系中也有一点宝贵的温情,最终接受了这种生活方式,选择和李白玲一起生活下去。

1. 公共阅览室 日 内

窗边排得整齐的盆栽沐浴着清晨的阳光,公共阅览室内采光充足,环境温馨而宁静。报刊架旁只坐着一位老人,他正在看书。

董勇(画外音):本人董勇,男,65 岁,离休干部,独居孤苦,身体尚健,自给自足。有房,有存款,欢迎入户。萍水相逢老来伴,我渴望一位知心伴侣,望择 35—50 岁相貌气质俱佳的女士,携手余生,买菜遛弯儿,夕阳正红。

董勇中等偏瘦身材,腰背挺直,穿着半新不旧的干净布夹克和皮鞋,手里举着正在看的杂志，杂志遮住了脸，仅露出反光的一只金丝眼镜腿和顶上花白的头发，并不稀疏而是略微蓬松地自然卷着。手边的桌上摆着冒着袅袅热气的玻璃茶缸，茶叶在深色的茶水里悬浮着。他拿起茶缸喝了一口。

他把卷握在手的杂志摊开，翻了一页，露出封面上“妇女之友”四个竖排大字。封面图片是个穿短裙的女模特，董勇抓着杂志的手指正好落在封面裙摆的边上，他一边看杂志，一边无意地动动手指。

老花镜的镜片后，他眯着眼仔细地浏览着杂志上的每一行字。这一页的标题是“鹊桥信箱”，一格格排的全是征婚广告。好几个格子已经被铅笔圈了起来。

董勇：唔……

董勇捏着支铅笔举在杂志前，犹豫了一下之后，又在一个格子上圈了个圈。

女同事A：董老师，来得挺早啊。

女同事A提着个暖壶进门来。董勇闻声立刻合上杂志，夹住里面的铅笔，露出笑脸。

董勇：早，早。

他站起来，故作悠闲地舒展了一下筋骨，拿着杂志在腿边响亮地拍了两下。

女同事A：不再看会儿？

董勇：不了，我那儿也该上班啦。这书我带过去看会儿啊，中午给你送过来。

女同事A（挑了挑眉）：行，您拿着吧。

董勇：得嘞！

董勇拎起桌上的茶缸，迈着八字步往门口走去。女同事A把暖壶放到桌上，打开塞子。董勇在桌前停下来。

董勇：给我这儿也续点。

他朝女同事A伸过手里的茶缸。

女同事A看他一眼。

女同事A：昨天的水，我预备浇花呢。

董勇：啊……

董勇讪讪地收回茶缸，摸了摸鼻子，走了。

女同事B与董勇前后脚地走进阅览室。董勇刚出门，路过走廊上的公共信箱，看见里面塞了张粉红色的广告纸，广告纸露出一角，他左右看看，迅速去抽那张广告纸。没想到广告纸卡住了，他抽了好几次才抽出来，立马胡乱揉了塞进口袋，又像没事人一样迈着八字步悠然地走了。女同事B回头看了一眼董勇，撇撇嘴。

女同事B（对女同事A）：还老师，你理他呢。

女同事A：你当我乐意呢！

女同事A说着，拎起暖壶把水浇在窗边的花盆里。

2. 标本室 日 内

标本室内摆满了一排排顶天的高柜，格局与阅览室有几分相似，但这里空间狭小，所有的窗户都拉起了红绒布窗帘，窗帘遮挡住了大部分光线。

老董轻车熟路地穿过两排标本柜，走到办公桌前，他把手里的杂志丢到桌上，打开桌上的台灯。

灯光照亮了办公桌所在的角落，桌面上玻璃板下整齐地压着老旧的女模特画报，桌子上面茶叶筒、一对核桃和一只便携式收音机被摆成一排，旁边散乱地铺着几张剪报。椅子上套着椅垫，桌边架子上摆着只玻璃鱼缸，里面两三尾红黑金鱼正在游动。董勇从桌上的罐子里捏了把鱼食往鱼缸里一撒，金鱼们便蜂拥上来吞食。

董勇坐回椅子上，打开收音机，又抄起《妇女之友》研究起来。收音机里正说着评书。

收音机：听得楼梯响，一个人走上楼来。奇怪的是，此人的脚步声并不像我们走路那么匀称，而是忽快忽慢有高有低，细细一品，竟是《将军令》的旋律。这位见义勇为的英雄便是……

3. 小饭馆 夜 外/内

临街一间单开门的小门脸的顶上，红底灯箱招牌上印着“苏格兰打卤面”几个字。

董勇挑门帘进店，在已经等着他的老徐对面坐下。桌上已摆了几个小菜和一小瓶高粱白。

董勇：不用看着老婆子？

老徐：不让进，等她睡了再回去。

董勇：别明儿一睁眼老婆子又以为一不认识老头子上了她床，给你踹下去。

老徐“嘿嘿”两声，没说话，拿起酒杯嘬了一口。

董勇把手里的杂志撂到桌上，并伸手点了点。

董勇：看看。

老徐伸过脖子去看。

董勇：你瞅我这位置，万绿丛中一点红。

老徐（指着杂志）：还 65，你瞒得过去吗？

董勇：这话说得，不兴人长得显老啊？这不为了争取近身作战的机会嘛，要真有年轻的，别第一轮就把我给刷下去了。万一见面了觉着我挺好呢？

老徐：你肚子里那点墨水都等着在这儿用了。

董勇：好钢用在刀刃上。我有种感觉，这回准靠谱。今儿白天又看了一个，约明早公园见，这儿还有一张照片，你瞅瞅……

董勇说着，哗啦啦地翻过杂志指给老徐看。

4. 公园凉亭 日 外

公园凉亭里，董勇与一老一少两位女子相对而坐，正对面的一位稍长，四五十岁年纪，穿着中式旗袍，戴着口罩，露出和善眉目，旁边短发的是个 20 出头的年轻女孩。

年轻女孩：有件事我得跟您说到前头，我姨哪儿都特好，就是身体有点小毛病。

董勇：什么毛病呢？

年轻女孩：我姨有哮喘。

董勇：啊，那不打紧。

年轻女孩：她这情况比较特殊，只能坐着，不能躺着。

董勇：那……睡觉怎么办呢？

年轻女孩：她习惯了，坐着也能睡着。

董勇：……那我不习惯啊，这一到晚上，我躺着她坐着……

董勇正说着，一只小粉蝶穿过凉亭，抖抖翅膀从三人之间飞过去。

旗袍女：唔……唔……

旗袍女神色大变，立刻隔着口罩捂住口鼻，露出惊恐的眼神。

董勇：怎么了？

旗袍女呼吸变得急促起来，抬起食指颤抖着指向飞走的蝴蝶，摇摇晃晃地就要往一边倒去，董勇忙站起身扶住她。

董勇：哎哎，怎么了这是？

年轻女孩：快，帮我扶着！

年轻女孩连忙从包里翻出喷雾剂，在老董的帮助下拉下旗袍女的口罩将药喷进她嘴里去。

旗袍女：咳咳咳……

旗袍女被药呛到，一会儿喘过了气之后，一通咳嗽。年轻女孩紧张地察看着她的情况。

年轻女孩：肯定是吸进花粉去了，得赶紧躲开这儿。

董勇：那还等啥，赶紧走啊！

董勇一把搀起旗袍女，和年轻女孩一左一右架着她急步往外走。

董勇：等会儿，坐我的车，快点。

董勇拉过停在旁边的自己的自行车。两个人七手八脚地把旗袍女安置到车后座上。董勇扶好旗袍女，正要往前座走，年轻女孩先一步跨上了车，朝董勇回过头。

年轻女孩：叔那我先……

董勇（急道）：没事你们先走，我跟后边。

年轻女孩点点头，蹬动自行车，飞快地向前骑去。旗袍女有气无力地靠在她背上。董勇小跑着跟在车后，没跑两步就跟不上了，眼看着车尾越来越远，消失在视野里。

董勇站住脚，扶着膝盖喘气。抬头往前看，早已不见自行车的影子。

5. 公交车内 日 内

拥挤的公交车内，董勇拉着拉环站在乘客们中间，因为交通堵塞公交车一动不动。

透过车窗，董勇看着窗外的一辆自行车灵活地穿梭在停滞不前的车队缝隙中，三两下便超过公交车骑到前面去了。

6. 董勇家卧室 夜 内

董勇靠在床头，用铅笔在印着旗袍女照片的征婚广告上画了一个叉，然后把杂志合上扔到了床边。他摘下老花镜，躺下来。

7. 公共阅览室 日 内

董勇路过公共阅览室门口，被女同事 A 看见，叫住他。

女同事 A：董老师！

董勇只得折回到阅览室门口。

女同事 A：今儿这春风满面的啊，周末又上公园了？

董勇：就是打发打发时间。

董勇含糊地打着哈哈。女同事 A 撇了撇嘴。

女同事 A：你们标本室新过来个小孩，在我这儿等着你呢。小董？

她朝屋里叫了一声。

小董：哎！

一个矮个子的小青年忙从屋里跑出来，身上背着个硕大的相机包。女同事 A 起身离座走到门口帮二人介绍。

女同事 A：这是标本室董老师，这是小董，说是过来做图片采集的。

小董：董老师好！

小董动作夸张地鞠了个躬，把董勇吓了一跳。他上下打量着这个一脸茫然的热情的年轻人。

董勇：……行了，你跟我过来吧。

董勇转头往标本室走去。小董抓了抓相机包带，跟在后面。

8. 标本室外间 日 内

董勇自顾自地熟练穿过标本柜之间狭窄的过道，小董跟在他身后一边探头探脑，东张西望地打量那些新奇的标本，一边碎碎念。

小董：老师我叫董培志，是所里出版社调过来的，所里给自有标本出图鉴，需要翻新全部标本的图片资料，我负责协助您完成标本室的图片采集工作……

董勇并不回头理会，一路走到办公桌前，"当当"敲了两下鱼缸壁，缸里的金鱼便四处游开。

小董刚跟上来，看到桌上的金鱼缸，惊讶地张大了嘴。

董勇：那采吧。

董勇没看小董，抓着鱼食罐给金鱼们喂了一把鱼食。他像给菜撒调料似的把鱼食均匀地撒在水面上。

小董：……老、老师，这是哪来的鱼啊？

小董抬了抬僵住的胳膊，指着桌上的鱼缸。

董勇：买的啊。

小董：不是，标本室里怎么能养动物呢？这是明令禁止的啊。

董勇：放心吧，没人管。

小董：但是鱼缸里的水汽蒸发会影响干湿度，湿度过大会破坏标本的保存……

董勇：得得得！

董勇不耐烦地打断他。

董勇：你看这鱼缸才多大点口，能蒸发多少水啊？我一个大活人还天天在这喘气呢，也没见把那些标本吹坏了。

董勇捏了一撮茶叶到自己的空茶缸里，晃了晃茶缸，对着里面的茶叶吹了口气。

小董目瞪口呆。

小董：可是……

董勇：行了，你要照相就照相，哪儿那么多话。

董勇拎起桌边的暖壶欲给茶缸倒水，发现暖壶空了。他把暖壶朝小董一递。

董勇：先给接壶水去。

小董：啊？

小董没跟上节奏。

董勇：啧，还让我去啊？

小董：啊啊，不是。

小董接过了暖壶。

9. 标本室里间 日 内

工作时间。

小董打开一个标本柜，被柜子里陈旧的气味呛了一鼻子，边扇边咳。他从柜里拿出高高一摞标本，晃晃悠悠地穿过高大标本柜间的狭窄过道，回到桌边，一副一副地整齐排列开。

董勇坐在旁边的办公桌后，跷起两个椅子前腿，将脚架在桌沿上晃悠着看《妇女之友》。其中一则征婚启事吸引了他的注意。

董勇（念）：生无悔，死无惧。音乐老师、舞蹈演员，喜诗词戏剧。不主动与男士联系，姜太公直钩钓鱼状，愿觅有缘人，共奏知音曲。

他摸到桌上的茶缸端起来喝，把喝进嘴里的茶叶又吐回茶缸里。他盯着杂志上那块小小的广告格子。

10. 董勇家客厅 夜 内

董勇看着杂志上的广告，拨出号码。响了两声后，电话接通了。

董勇：请问是曾朝芬女士吗？

11. 董勇家穿衣镜前 日 内

董勇精神抖擞地早起打扮，站在镜子前扣好衬衣纽扣。他抻直衣领，拢顺自来卷的头发，来回扭扭下巴审视自己的样子。

画外音中通话继续。对面曾朝芬的声音听起来柔和悦耳。

曾朝芬:您好,我是曾朝芬。接到您的来电我很荣幸,我们在鹊桥公园湖边见面好吗?我会拿着那本杂志,请您带上一枝花。

董勇收拾停当,拎起插在门口塑料瓶里的一枝裹好包装纸的康乃馨,出门。

12. 公园湖边 日 外

董勇走到湖边,停下脚步。天气晴好,面前湖光粼粼。他满怀期待地吸了口气,举起手里那枝康乃馨,试了试想把它塞在自己的衬衫胸前口袋里,想想又拿出来。他四处张望,等待着曾朝芬。

曾朝芬:您好,是董勇大哥吗?

身后响起声音,董勇连忙回过身去。

一位留着整齐银色小卷发,脖子上挂着长长印花丝巾的老太太手里握着《妇女之友》站在那里。

13. 公园长椅处 日 外

两人局促地坐在湖边的长椅上,一人一头,中间隔着段距离。晨跑的路人经过,朝他们的背影投去奇怪的眼神。

董勇仔细地打量着旁边的曾朝芬,她眼角堆着许多鱼尾纹,发福的腰臀部,一眼看去就是老年人的身材,虽然打扮雅致,但与她本人的体态有一种不搭调的滑稽感。

董勇:您……

曾朝芬:您……

两人同时开口,又在发现后都尴尬地收住。

董勇:您先说。

曾朝芬:不,您先说吧。

董勇:……那我就说了。我看启事里说,您是音乐老师,还是舞蹈演员?

曾朝芬:是,我年轻时是跳芭蕾舞的,我在北京演出过《白毛女》,后来在小学做了音乐老师,直到退休。

董勇:退休了?

曾朝芬:对,我 65 岁了。

董勇:啊……我看您的征婚启事上没有写。

曾朝芬:对,我没有写。

董勇:哦……

董勇干笑着点点头,没了声。

曾朝芬:那么您是?

董勇:我是离休干部返聘,在生物所上班。

曾朝芬:是教授啊?

董勇:……其实待遇差不多,我以前当过兵,是转业到生物所的。

曾朝芬:哦,那也很好。

曾朝芬点点头,董勇本以为她要继续说什么,但没有,两人一时都没说话,气氛有点尴尬。

董勇:您问吧。

董勇伸手让了让曾朝芬。曾朝芬有些不好意思地微笑了一下。

曾朝芬:哦,没有,我只是想知道,您是怎么找到我的?

董勇:我在杂志上——

曾朝芬:不不,我不是这个意思。我是想问,您为什么……会找到我?

董勇:啊?

曾朝芬:您在那么多征婚启事中看到了我,我想知道您是看中了我的什么呢?

董勇(语塞,茫然而尴尬地咧嘴):这,我……

曾朝芬(露出善解人意的笑容):没关系,您可以想好了之后再答。

董勇没说话。于是曾朝芬自己说下去。

曾朝芬:我这个人很信缘分的,就像我在征婚启事里写的,我是"愿觅有缘人,共奏知音曲",我就想找到一个志同道合、兴趣相投的人,我喜欢戏剧和诗词,不知道您平常有什么爱好?

董勇:我……也差不多,都行。

曾朝芬:那您喜欢哪出戏、哪些书呢?

董勇:啊……我就瞎看,瞎听,没你懂。

曾朝芬:我其实也不懂,就是喜欢。

董勇忍不住打断她。

董勇:您看过我登的启事吗?

曾朝芬:没有。

董勇:您拿的这本书上就有,您看这儿写着我的择偶标准,35—50 岁女士。

董勇拿过曾朝芬手上的杂志,翻到自己那页指给她看。曾朝芬看了,皱皱眉,抬头看了一眼董勇。

曾朝芬:您今年 65 岁吗?

董勇(心虚地):对,对啊!

曾朝芬:那您为什么要求找一位比您小 15 岁到 30 岁的伴侣呢?

董勇:这,各人有各人的喜好,就像您喜欢不问年龄的,我喜欢清清楚楚的。

曾朝芬:我没有隐瞒年龄的意图。

董勇:我没说您有,我不是这意思。

曾朝芬:我认为感情和心灵相通是没有年龄之分的,我也不在意对方的年龄。

董勇:那您不能要求谁都跟您一样。

曾朝芬:那您要找这么年轻的伴侣是出于感情吗?

董勇：谁说找年轻的就不能有感情了，您刚才不是说不在乎年龄吗？

曾朝芬：但是我不认为您也是出于这种目的。

董勇：我是出于什么目的？

曾朝芬：您自己心里清楚。

董勇：那咱就没什么好说的了。

董勇转回头去。两人都直视着面前的湖。沉默了一会儿，曾朝芬开口。

曾朝芬：看来您不是我要找的人，我也不是您想找的那种人。

董勇：彼此。

曾朝芬：没事，我觉得直说挺好，简单。

董勇：对，省得瞎耽误工夫。

曾朝芬站了起来，朝向董勇。

曾朝芬：那咱们就这样吧，再见。

董勇也站起来。

董勇：咱俩应该不会再见了。拜拜吧！

董勇朝曾朝芬摆摆手。曾朝芬抬着下巴点点头，迈步就要离开。董勇也同时迈步，两人不巧又走到同一方向，都站住脚，看着对方。

董勇：我走这边。

董勇转身朝相反的方向走去。曾朝芬撇撇嘴，从另一方向离开。

14. 公园小路上 日 外

董勇和一位四五十岁衣着简朴的中年女士并肩而行。

相亲女 A：我不太关心人的外表，心地好最重要，年纪大一点，反而更知道疼人。我认为一个男人，就是要有爱心有责任心才可靠。

董勇：这话我同意。

15. 菜市场 日 外

熙熙攘攘的菜市场，董勇独自穿行在菜摊间。他挤到一间熟肉铺前。

董勇：切点猪头肉，要肥的。

摊主：好嘞。

董勇看着摊主拉过一块肉，手起刀落麻利地切起来，油星飞溅。

16. 茶馆 日 内

环境清幽的茶馆内，董勇与一位 30 多岁和善的女士对坐在窗边。

董勇：我有套两居室的宿舍，您要是愿意，结婚之后可以……

相亲女 B（打断他的话，转过身侧着耳朵，声音很大地）：您说什么结实？

17. 董勇家客厅 夜 内

董勇坐在餐桌前一个人就着猪头肉喝酒。

18. 公园小路上 日 内

相亲女 A:您有子女吗?

董勇:没有,我老婆很早就去世了。

相亲女 A:我有个女儿,刚上大学,她很乖的,以后也会像照顾亲生父亲那样照顾您,给您养老。

董勇:不敢不敢,我没想过什么照顾不照顾的,我退休金养活自己就不成问题了。

相亲女 A:那也要尽孝道啊。我女儿很孝顺的,回回都拿奖学金,还做兼职贴补学费,宁愿自己辛苦也不朝家里伸手……

说到这里她站住脚,看向身边的董勇。董勇一愣,他也站住,看着相亲女 A 的表情,他慢慢地明白了什么。

19. 董勇家客厅 夜 内

面前的电视放着相亲节目,荧屏闪烁。

主持人(画外音):让我们来看一下这位女嘉宾的资料……

董勇酒杯正举到嘴边,他停下来抬头看了一眼电视,又转回头,仰头喝干了杯子里的酒。

20. 茶馆 日 内

董勇站起身凑向相亲女 B 的耳朵,提高声音重复。

董勇:我说——我有套两居室的宿舍,两——居——室——

他的声音太大,在安静的茶馆里显得异常突兀。周围几桌人都停下来看向他。

相亲女 B(仍然一脸茫然,抬手在耳边做喇叭状):什么两级?

窗外一辆摩托车忽然经过,发动机发出"嗡——"的一声巨响。

21. 董勇家浴室 夜 内

花洒打开,热水洒落,董勇的头顶和身体上升腾起水雾。被淋湿的头发一卷卷地贴在头皮上,松弛的皮肤显出这是一具衰老的身体。董勇闭着眼睛接受淋浴。

22. 宿舍楼外 夜 外

夜幕中,宿舍楼上一个个窗口里亮着灯。

23. 标本室 日 内

董勇照常窝在办公桌后,一手转着两个核桃,一手举着《妇女之友》看,小董做着搬运工作,从他前面匆匆走来又走去。标本室里除了窸窸窣窣的脚步声就只有收音机里播放的情感咨询节目的声音。

收音机(女声画外音):我和他认识一年了,开始只是以朋友的方式相处,慢慢地就会经常出去吃饭逛街,每天晚上互发"晚安",我觉得他是喜欢我的,但他说只把我当朋友。我不明白,他经常找我聊天,什么事都告诉我,我生病他也很关心,我条件也不差,他怎么会不喜欢我呢?

小董在铺满标本夹的大桌前埋头乱翻,一反常态地发出很大的声音。

小董：十字花科，十字花……

翻找无果，他又手忙脚乱地回身跑进标本柜间仰着头四处寻找标签，一边念念有词。一不留神，后脑勺撞上柜门把手。

小董：哎哟！

小董痛苦地捂住后脑勺，表情更加烦躁了。

董勇：进门第三排右开门蓝标签“BR”开头的。

董勇在杂志后面头也不抬地突然说道。

小董立刻依言去找，果然很快从柜子里拿出了一本蓝标签的标本夹。

小董：真的在这儿！董老师您记得真准。

董勇：你待上几十年比我还准。

董勇仍没抬头，伸出手摸到桌上，关掉了收音机。

董勇：今儿怎么了？慌脚鸡似的。

小董：啊……没有……

小董闪烁其词。

董勇：失恋啦？

对面没声了。董勇从杂志后抬起眼皮看一眼，意料之中地挑挑眉，合上了杂志。

董勇：你们年轻人啊，来来回回就那么点大的事。说说吧。

他把杂志丢到桌上，抱起了茶缸。

小董（吞吞吐吐地）：不是……失恋……就是，周末我跟我女朋友上她家了，本来聊得都挺好的，但是回来告诉我她家里人不同意，嫌我个子矮，基因不好……

董勇“哧”的一声笑了出来。小董跟着苦笑，难看地扯了扯嘴。

小董：真的……

董勇：没笑你。接着说，那你女朋友怎么想？

小董耷拉着脑袋不说话。

小董：我们是大学同学，在一块儿七年了，感情一直都挺好，本来都准备结婚了……

董勇：嗐，多大点儿事啊。我跟你说小董，别灰心，个子不高怎么了，我看你就挺好，她看不上你，大把人看得上。咱们董家的男人从来就不愁讨老婆，那七仙女都嫁给董永了，这天涯何处无芳草，何必单恋一枝花呢。

小董（缩缩脖子，拧着眉毛答道）：……可老师您不也没找着么，还在这儿看着呢。

小董拿下巴指指桌上的《妇女之友》。

董勇：嘿你个臭小子，我好心开导你，这么不会说话呢！

董勇朝小董扔了个核桃。小董抬手接住，看着董勇炸毛的样子，嘿嘿地笑了。

24. 公园长椅处 日 外

董勇从远处吭哧吭哧地跑过来，停在一位坐在长椅上身材微胖的女士面前。

董勇：对不起，来晚了。您好，我是董勇。

微胖女:没关系,您好。要坐下歇会儿吗?

董勇:谢谢。

董勇在长椅上坐下喘着气。

董勇:实在是堵车,不好意思。

微胖女(开玩笑):坐车还喘啊?

董勇:怕你等久了,从车站跑过来的。

微胖女:那您身体不错啊,平时经常锻炼吧?

董勇:也不怎么锻炼,还行吧。

微胖女:那您肯定很注意保养。

董勇:也没有。

微胖女:哟,那怎么行呢,这人上了年纪啊,跑不动跳不动了那不打紧,咱们要靠的就是内调,来保持咱们的身体机能。您看我,您猜我多大了?

董勇:这,我可……

微胖女:猜嘛。

董勇:4……39?

微胖女:哪儿啊,43 啦,看不出来吧?

董勇(干笑):是,是看不出来。

微胖女:我就特注意保养,您看我都随身带着这个,这是蜂胶,这是螺旋藻,这都是我平常吃的,还有这个……

她说着就从身边的布包里掏出一大瓶接着一大瓶的花花绿绿的保健品,双手并用地不停递给董勇。董勇闷头就被塞了一怀,他低下头左看看右看看。

董勇:您平时都带这么多东西出门啊?

微胖女:放家里吃也行,早晚两次,饭后半小时。

董勇:啊……我就不用了吧,我身体挺好的。

董勇试图把瓶瓶罐罐塞回给微胖女,却被微胖女压住手。

微胖女:身体好也得留心,有的人就是平时看着挺硬朗的,一病就如山倒了。我这也是为了咱们俩的将来着想,您说咱们都几十岁的人了才遇见,这时间就比别人都少了,您就不希望以后咱俩成了后在一块儿的日子长一点?

董勇:这……这话说得有点早了吧?

微胖女:不早,我觉得我跟您那都是相见恨晚了。

董勇:……我谢谢您。

微胖女:谢啥呀,我这都是发自肺腑的,咱都是自己人,我给您个内部价,这套防三高组合一个疗程只要……

微胖女滔滔不绝,董勇插不上话,想把手抽出来也抽不出,四处乱看想着脱身的办法。忽然他看到湖边有个熟悉的身影坐在长椅上,满头银色小卷,脖子上挂的花丝巾在风中飘飘悠悠的。

董勇:曾朝芬,曾朝芬!

他顾不得许多,只得朝那人叫道。对方回过头来,一愣,明显地也认出了他。

董勇回过头打断微胖女,指着长椅的方向一股脑地说。

董勇:不好意思,我碰见个熟人,要不咱们今天先到这儿吧。

说完不等微胖女反应,他抽出手来就往湖边匆匆而去。

25. 公园湖边 日 外

曾朝芬挑着一边眉,莫名其妙地看着董勇朝这边脚下生风地疾步而来,不由分说地一屁股在长椅旁边坐下。

董勇:相识一场,帮个忙,我坐坐就走。

曾朝芬狐疑地回头看看,见到远处长椅上坐着的微胖女把瓶瓶罐罐收进包里,懂了。

曾朝芬:这就是您要找的人啊?

董勇:要是的话我就不用叫你了。搞了半天是个卖药的,给我塞那一大堆,没病也给她塞进棺材了。

曾朝芬(乐了):这不挺符合您标准的吗?您那启事上也没要求职业啊。

董勇:抬杠不是?您这可是幸灾乐祸了啊。

曾朝芬:您这是叶公好龙。不是喜欢年轻的吗?怎么见了年轻的又跑了。

董勇:那也得是真来征婚的呀。

曾朝芬:我说句不好听的话,您以为您这条件还真有小姑娘是为着您人来的?

董勇搓着膝盖,眯着眼睛看向湖面。

董勇:不全为着人,总有那么一个半个能觉着我人也不错吧?谁不想找一个俊的、年轻的,这有什么不能承认的!

曾朝芬(撇撇嘴):您那标准我不敢苟同。

董勇:您那标准我也高攀不上。怎么着,一个人坐这儿,是等人还是见完了?

曾朝芬:我自个儿来散步,坐这儿歇会儿。

董勇:哦……那这花是谁留下的?

董勇指指曾朝芬手上裹着包装纸的一枝花,和他那天带来的一样。曾朝芬下意识地把花往身后一藏,又反应过来自己是此地无银,面上一窘。

这下轮到董勇得意了。

董勇:见谁都是这一套,您也不怕撞上了露馅。

曾朝芬:我有什么好露馅的,我光明正大的,您不也见了好几位了吗?

董勇:也是。算算我这见了六七个了,什么样的都有,但怎么就见不着一个合适的呢?

曾朝芬:照您那要求找,哪儿那么容易啊。

董勇:你那要求容易呀?

董勇没有立刻听到意料中曾朝芬的反驳。静了几秒后，她自嘲地笑笑。

曾朝芬：您要是早来一会儿，帮忙的就该是您了。

董勇对曾朝芬的示弱感到意外，看了她一眼。

董勇：这搁你的话是不是叫，同是天涯沦落人啊？

曾朝芬：这哪是我的话，这是白居易的话。

董勇：你不是爱这么说话么，三句词儿两句曲儿的。

曾朝芬又气又笑，白他一眼。

曾朝芬：您呐，人不坏，就是眼光差点儿。要是认真地找一个实际的对象，说不定也没那么难。

董勇：说得容易，你给找啊？

曾朝芬：行啊。

董勇：嗯？说真的啊？

曾朝芬：我对我的眼光还是很有信心的。

董勇：还是别了，给我也整一说词儿弄曲儿的来，那可受不了。

曾朝芬：谁跟你说要找那样的了？人家那样的还看不上你呢。按着你的标准来，你也适当地放宽一点儿。

董勇：成，那我也给你物色一个，咱们礼尚往来，齐心协力，啊，这个……

董勇朝曾朝芬伸出一只手。

曾朝芬：行了，别为难自个儿了。

曾朝芬听不下去打断了他，抬手把他伸过来的胳膊拍下去。

26. 董勇家/曾朝芬家 日 内

董勇看着杂志上圈住的几个广告，拨出电话。另一边的曾朝芬接起来。

27. 公园湖边 日 外

湖边的长椅上，两人分坐在长椅两边，中间堆着各种征婚广告的资料。曾朝芬递过一份给董勇看，董勇皱着眉摇摇头。董勇又发现另一份，指给曾朝芬看，曾朝芬又摇头。背后路上晨跑的人经过，再次奇怪地看了他们一眼。

28. 茶馆 日 内

董勇一个人坐在一张两人桌前，曾朝芬隔着一段坐在相对偏僻的另一桌，也是一个人。她不停地东张西望，显得有点不安。待了一会儿，她伏在桌子上掩着嘴朝董勇的方向叫了两声。

曾朝芬：嘿，嘿！

董勇闻声回头，也悄声回她。

董勇：怎么啦？

曾朝芬：我说这合适吗？要不我还是回去吧。

董勇：你说要帮我参谋才带你来的，又打退堂鼓啦？

曾朝芬：让人家发现了怎么说呀？

董勇：你别跟我说话就发现不了，人马上就来了。

董勇转回头去，不再理她。

很快一个穿着鸡腿裤，烫着麦穗卷的高个子女人走进店门，朝董勇的方向走来。她看起来50岁年纪，衣着花哨，有一种过时的摩登感。

鸡腿裤女：您好，是董勇老师吗？我是跟您通电话的……

董勇（忙站起来让座）：我就是，请坐。您喝什么？

鸡腿裤女：咖啡，谢谢。

鸡腿裤女撩着头发。

鸡腿裤女：我看了您的启事，写得很有意思，您文笔很好。

董勇：嘿嘿，是吗？过奖了。

董勇不好意思地挠挠头。曾朝芬在角落里撇出一个嫌弃的白眼。

鸡腿裤女：您人也很绅士，又帮我拉椅子，又帮我点单，我对您第一印象很好。

董勇（高兴地）：谢谢。

鸡腿裤女：其实我特别理解您登启事的这个想法，现在社会上好多人对老年人征婚有偏见，其实这就是咱们走出去的一种方式，只是想通过这个方式交交朋友。咱们劳碌大半辈子，到老了形单影只，也该为自己活一活，您说是不是？

董勇：您说得太对了。我就是想找个人说说话，给日子添点生气。

鸡腿裤女：就是！我觉得咱俩想法特一致，真是，这叫什么，志同道合啊。

鸡腿裤女说到激动处，突然无意地抓住了董勇放在桌上的胳膊。

曾朝芬：啧啧啧！

在角落中看到这一幕的曾朝芬咂着嘴托起下巴，一副看好戏的模样。

董勇也被抓得一愣，但很快被暗喜取代。

鸡腿裤女：真的，我觉得跟您特投缘，尤其是您说那个“给日子添点生气”，说得太好了，我得记下来，回去跟老李说说。

董勇：老李是谁？

鸡腿裤女：老李是我之前见面认识的一个朋友，他性格特保守，总是不肯出来认识新人，回头我介绍给您认识，您就拿刚才说的劝劝他。

董勇：噢……没事，不用的。

鸡腿裤女：没关系，都是朋友嘛，老李人很好的，就是太保守了，老张说得很有道理，就是因为这样，我们的关系才会疏远的。

董勇：老张又是谁啊？

鸡腿裤女：哦，老张是我在婚介会上认识的，文工团退伍老兵，又开朗又多才多艺，经常给我们组织活动，我们一起唱唱歌跳跳舞什么的。不过老张脾气有点不太好，上次红歌会和老王一句话不对付就吵起来了，老王跟我说，他就是……

董勇:不是,等会儿,还有老赵?这一会儿可就仨了。

鸡腿裤女:对啊。(停顿)哎呀您误会了,我跟他们那都是朋友。

董勇:我明白为什么老赵要跟老王吵架了,这没打起来都稀奇。

鸡腿裤女:您说错了,跟老王吵架的是老张,老赵唱歌跑调,他不去红歌会的呀。

曾朝芬忍不住在角落里哈哈大笑起来。鸡腿裤女一脸迷茫地回头看向角落里笑得趴在桌上的老太太。

29. 茶馆 日 内

鸡腿裤女已经离开,董勇一个人埋首在胳膊里。曾朝芬走到对面,在他面前的桌上敲了敲。董勇抬起头来,恼羞成怒地瞪她一眼。

董勇:笑什么笑!

曾朝芬在对面坐下,看一眼董勇,还是忍不住笑得抽搐。

曾朝芬:你还别说,我看小品都好多年没这么乐了。

董勇:幸灾乐祸,我咋没看出来你是这样的人呢!

曾朝芬:该,让你别挑这个吧,我说什么来着?早说你眼光不好你还不信。

董勇:你眼光好,光马后炮了,你倒说说该找什么样的?

曾朝芬:那至少也得是,本本分分的,勤勤恳恳的,忠厚老实的,脚踏实地的……

董勇:得得得,不就你找那样的吗?

曾朝芬(坐直起身):反正不是你这样的,也不是那位老张老赵老吴老李那样的。

董勇:嘿,你别说,让你这么一说吧,我还真想起一人来,以前我们所图书馆的,成天就泡书堆里,那叫一个大门不出二门不迈的,绝对老实,合你标准吗?

30. 相亲男家中 日 内

相亲男是个头发稀少、瘦小驼背的老头,戴着玻璃瓶底似的厚厚的老花镜。他打开房门,让董勇和曾朝芬进屋。

相亲男:实在抱歉,我身体不好,冷天不出门,就约在家里了。

曾朝芬:没关系。

相亲男:您真客气。屋里乱,让您见笑了。

相亲男反身先行进屋,董勇和曾朝芬跟在他后面。相亲男说话和动作都是慢慢的。

身后的房门关上,屋里一下就昏暗起来。这是一个宽敞但异常昏暗的房子。虽然是白天,但屋里的光线也很有限。曾朝芬跟在董勇身后东张西望,没看清脚下,一不留神绊了一跤。董勇扶了她一把。

相亲男:小心,没事吧?

曾朝芬:没事。

相亲男:没事就好。这老年人啊就怕摔,骨质都疏松了,轻轻磕碰一下,不知道哪儿就摔坏了。您可得脚下留神。

曾朝芬:我知道,谢谢。

观察下，曾朝芬终于找到了光线昏暗的原因，屋内的大部分窗户都用宽木条横七竖八地钉死，只留通风的几扇，光线只能从缝隙里射进来。空气中还烟雾缭绕着一股不知是什么的药味。

相亲男带两人穿过玄关，离近了曾朝芬才突然看见面前的墙上挂了张巨大的观音像挂毯，在幽暗的环境下乍一看像个人似的吓人一跳。

曾朝芬：吓！

相亲男：又怎么了？

曾朝芬：没、没事，我没看见这儿有东西。

相亲男：哦，我也觉得摆在这儿挺碍事的，但是这儿风水好，面朝的那块地以前就是座庙。对了，不知道曾女士对佛学感兴趣吗？

曾朝芬：我还可以吧，您是学佛的吗？

相亲男：不敢当，其实我也就是找点什么信一信。坐吧。

他朝客厅里的两只木圈椅指了指，董曾二人在椅子上坐下。

相亲男：硬板凳对椎间盘好。曾女士之前是做什么工作的？

曾朝芬：我之前是舞蹈演员，跳芭蕾舞的。

旁边的董勇不以为然地暗自撇嘴，被曾朝芬瞪了一眼。

相亲男：啊……练舞蹈会留下很多伤病的啊。

曾朝芬：还好，后来就不跳了，现在腿脚就是阴天下雨不舒服，其他还行。

相亲男：那也要注意了，年轻时不知轻重，早早把身体毁了，到老你多想干点什么，这把老骨头也陪不了你了。这人生在世，干什么不是干啊，什么事业都是虚的，只有活着是实实在在的，您说我说的是不是？

曾朝芬：啊……是，是。

曾朝芬感觉有些诡异，悄悄向旁边的董勇使眼色。

相亲男：自从上了年纪之后，我每天每夜啊，都能感觉到自己的生命在一点点地消逝。就说那些老同事吧，现在有多少个不在了，生命真是很脆弱的，想把它留在你身边多一点时间，那是非常不容易的……

相亲男继续喃喃自语，他的目光越过曾朝芬，越来越涣散，不知道在看向什么地方。

31. 相亲男家楼外 日 外

曾董二人走出楼门，曾朝芬愤愤地瞪着董勇。

曾朝芬：好你个老董，耍我是不是？

董勇：真没有，天地良心，在单位也没说过几句话，我哪知道他现在成这样了。

曾朝芬：信你才有鬼，就是成心。

董勇：行啦行啦，别气了，这个不成再给你瞅下个呗，日子还长着呢啊。

董勇乐着拍拍曾朝芬的肩，曾朝芬没好气地甩开他。

32. 标本室 日 外/内

标本室遮着绒布窗帘的窗台上积着雪。

董勇拎着掸子掸标本柜上的灰尘。小董在桌前给标本拍照，他拧动镜头调整焦距，桌上摊开的董勇的杂志偶然地进入镜头里。

小董费解地皱了皱眉。

小董：董老师，您今天戴花镜了吗？

董勇：嗯？

小董：这征婚的是个老头，您怎么也给圈上了？

董勇一惊，反应过来抢到桌前一把抄过杂志，卷成筒就在小董脑袋上敲了一下。

董勇：瞎瞅什么，干你的活。

董勇拿着书回身去，突然小董捂着脑袋，露出一个惊愕而复杂的表情。他想了想，补了一句。

董勇：这我给别人看的。

小董：……哦……

小董的表情更复杂了。

这时门口响起两声敲门声，两人抬头，女同事 A 站在门口。

女同事 A：发福利了，小董你过来搬一下。

小董：哦，好。

小董颠颠地跑出门，过一会儿抱着两只大纸箱回来，吭哧吭哧地摞到门口。

董勇：什么玩意儿？

小董：苹果，一人一箱，过年的福利。

董勇走过去打开顶上一箱的盖子，里面紧紧地码着一大箱苹果。他合上盖子回到柜子前。

董勇：你多拿点走吧，我吃不了。

小董（摆手）：不用了，我那些够了。

董勇摊了摊手，一副随你便的样子，看了一眼那两个苹果箱子，又掸起灰来。

33. 宿舍楼道 夜 内

董勇：老徐，老徐在家吗？

董勇抱着苹果箱上楼梯，在老徐家门口停下。他叫了两声，没人应，刚放下苹果箱走到门前去敲门，门突然从里面猛地打开了，董勇被撞了个趔趄。

门里站着老徐的妻子，一个瘦瘦小小的老太太，剪着奇怪的童花头，头上用头巾系了朵大花。

徐妻（面无表情地问，没认出董勇）：你找谁？

董勇：我是董勇，单位发的苹果太多了，给你家匀点。

徐妻（顺着董勇的目光看到地上的苹果箱，又看回董勇）：谁让你送来的？

董勇:没谁,这我自己的苹果,要给你们的。

徐妻:口供对得还挺好。

徐妻(斜眼看着董勇,冷哼了一声,转头朝屋里高声叫):徐继平!徐继平!

老徐慢慢地从屋里出来了,没应声。看见门口是董勇,他才开口。

老徐:怎么了?

董勇:给你家匀点苹果。

老徐刚张嘴还没出声,就被妻子的高叫声盖过。

徐妻:拿走!你把这个都拿走!

她回身也搬了一箱一模一样的苹果出来,强硬地摞在董勇抱着的那箱上。突然加上的重量让董勇差点没接住。

徐妻:徐继平这个老流氓!不知道是哪个野女人送来的,你拿去吃吧!

董勇:这……

董勇哭笑不得,看向老徐。

老徐(一脸无奈):拿走吧,拿走吧。

徐妻(推着苹果箱把董勇推出门外):拿走!不许留在我家!还有你!都给我出去!

她把老徐也一并推了出来,“砰”的一声关上了门。

董勇和老徐站在关闭的门口面面相觑。

34. 董勇家客厅 夜 内

董勇和老徐对坐在桌前喝酒。

董勇:她现在还这样啊?

老徐:习惯了。这两天小保姆不在,情绪已经好多了。

董勇:又辞了?

老徐:她死活不让人家待这儿,成天吵些不好听的,我也不好意思。那小保姆也挺可怜见的,老老实实一个小孩,大过年的没地儿待,家也回不去。哎,你之前不是说要找人吗?我看你这征婚也不是一时半会儿的事——

董勇:哎哎,你就咒我吧,啊?

老徐:我这说实话呢,你也老骨头一把了,一个人在家有个什么事也没搭把手的。我的意思是啊,要不我让那小孩来你家试试,也算给她找个下家,不然我心里也挺过意不去的。

董勇:再看吧。

他举起酒杯,和老徐一碰,两人一饮而尽。

35. 董勇家客厅 夜 内

送走老徐,董勇关上门折回屋里,又看到摞在地上的两箱苹果。他有些发愁地皱着眉,来回走了走,突然想到什么,走去拨电话。

36. 曾朝芬家外楼道 日 内

董勇跟在曾朝芬身后抱着一箱苹果上楼梯。

曾朝芬:你太客气了。

董勇:就几个苹果,反正我也吃不了,放坏了可惜。

楼上有邻居下楼。

邻居:曾老师,来客人啦?

曾朝芬:哦,他送苹果来的。

邻居点点头,错身而过。

曾朝芬回头看董勇,董勇也看她,两人突然有些不自然。

曾朝芬:这边走。

37. 曾朝芬家 日 内

曾朝芬:放这儿就行。

曾朝芬让董勇进屋,把苹果放到厨房门口。

曾朝芬:麻烦你了,坐下歇歇,喝点水吧。

曾朝芬走进厨房。董勇直起身,走进曾朝芬的家。

房子是老格局的宿舍楼,进门一边是客厅,一边是卧室,卧室四边墙上贴着几幅油版纸印的芭蕾少女油画,不知从哪个挂历上扒下来的。书桌上摆着曾朝芬年轻时跳舞的黑白照,穿着白毛女的戏服,梳着大辫子。旁边是一张同样老旧的三人全家福,曾朝芬抱着个扎着一撮冲天辫的小女孩,因为照片是黑白底上色,女孩头上的红头绳和眉间点着的红点都呈现出一种异常鲜艳的颜色。

曾朝芬:那是我以前的丈夫。

曾朝芬不知何时端着两杯水回来了,董勇赶紧放下照片。

曾朝芬:我们很早就离婚了。

董勇:那是你闺女?

曾朝芬:女儿跟着他,好些年不联系了。

董勇:哦……

董勇不知该如何接话,场面一下局促起来。

曾朝芬:喝水。

曾朝芬把水杯递给董勇。窗外忽然“咚”的一声巨响,董勇差点没接稳。

董勇:怎么了?

曾朝芬走到窗边看,天上又是“砰”的一声炸响。

曾朝芬:放炮呢,今儿小年。

董勇:啊? 是吗?

曾朝芬:你不记得了?

董勇:嗐,光棍一个,过啥节啊。

曾朝芬:那你过年怎么着呢?

董勇:自个儿看看春晚,买点饺子。

曾朝芬:过年就买冻饺子吃?

董勇:一个人也吃不了多少,又切又包挺麻烦的。

曾朝芬皱着眉想了想。

曾朝芬:我拌了饺子馅,等会儿你帮我擀点皮儿吧,一个人整是挺累的。

董勇:小年你还包饺子?

曾朝芬(笑笑):一个人也得过啊。

38. 曾朝芬家餐厅 夜 内

两人站在餐桌边,一个人擀皮,一个包饺子。

曾朝芬:你可算是来着了,我包饺子可好吃了,我女儿最喜欢吃了。

董勇:你闺女多大了?

曾朝芬:算算也快40岁了,外孙肯定都好几岁了。

董勇:怎么没联系呢?

曾朝芬:离婚时她太小了,我又不在那个城市待,没法带着走。后来和他爸就没联系了。我们是和平离异,是给对方自由,我也不好干涉他。

两人一时都没说话,静了半晌,曾朝芬突然"哎呀"了一声。

董勇:怎么了?

曾朝芬:误了晚会了!

曾朝芬急急地在围裙上擦了手就去开电视。

董勇:小年也有晚会吗?

曾朝芬:有哇,十五还有呢。诶?怎么没播呢?

董勇:你记错了吧?

曾朝芬:年年都看哪能记错呢!

曾朝芬弯腰去鼓捣电视机。董勇也跟过去。

董勇:是不是别的台呀?

曾朝芬:就是这个台……

39. 曾朝芬家客厅 夜 内

电视荧屏花花绿绿闪着光,桌上摆着冒热气的饺子,曾朝芬和董勇一人坐在桌子一边,吹着气吃着。

曾朝芬:怎么样,不错吧?

董勇:呼……

董勇咬开一个饺子,烫得龇牙咧嘴,朝曾朝芬竖大拇指。

曾朝芬(笑着嫌弃地斜他一眼):瞅你那吃相,饿死鬼投胎。

董勇:啧,大过年的,说点吉利的。

曾朝芬：哦对，呸呸呸。

曾朝芬(举起手里的碗)：那就说个吉利的，祝你来年早日找个窈窕淑女，好吧？

董勇(撇嘴)：又整这文的。

曾朝芬：好话，还不爱听啊？

董勇：得，那我也祝你，咱俩都赶快找到个新老伴，明年一块儿包饺子。

曾朝芬：好！明年带着一块儿上我家，咱四个一桌吃饺子。

董勇伸过碗去，和曾朝芬的碗碰了碰。

40. 老徐家 夜 内

被炮声吓到的老徐妻子躲在自家衣柜里，哆嗦着不肯出去。老徐站在柜门前哄她。老徐妻子的身上被她自己横七竖八地裹上了许多衣服，老徐帮她一一摘下。她哭哭啼啼的像个小孩似的，被老徐硬拽出来，老徐把她抱进怀里，拍着她的背，她逐渐安静下来。

41. 宿舍楼外 夜 外

徐家窗外是一样的爆竹声声，遥远的夜空中绽放着礼花。

42. 标本室 日 内

董勇踩在凳子上，给标本室门口贴上横批。贴好从凳子上下来。来上班的小董走到门口，跟他打招呼。

小董：董老师过年好！

董勇：过年好啊。

董勇笑眯眯地回应。小董看到新春联。

小董：哟，您贴的？好有情调啊。

董勇：啥情调不情调的，图个好兆头，小屁孩啥也不懂。

小董摸着头笑笑，进屋去了。董勇退后两步，满意地欣赏着门边崭新的红彤彤的春联。

43. 董勇家门口 日 外

董勇拎着菜回家，家门口蹲了个人，听见动静一下站起来，吓得董勇顿住了脚步，仔细看才知道是个年轻姑娘。

董勇：你是谁呀？

姑娘背着个大包袱，攥着衣角无措地抬头又低头，瞄着董勇。

姑娘：我……我叫枣儿。

44. 董勇家客厅 日 内

董勇坐在沙发上，对面的枣儿局促不安地站着。董勇打量着她。

董勇：老徐介绍你来的？

枣儿低着脑袋点点头。

董勇：都会干什么呀？

枣儿：我什么都会干！

她急急地说道，激动地往前迈了一步。董勇往后仰了仰。

董勇：我一个人住，也没什么活，你做顿饭我尝尝看，没什么问题你就待下吧。

枣儿左右看看，提起门口的菜就进了厨房。董勇打开茶几上的猪头肉袋子，捏了一块丢进嘴里，在后面看到枣儿背影的曲线和丰满的臀部。

45. 公园 日 外

公园空地上，一条大红横幅远远地高悬着，上书"新春鹊桥会，门票免费"，一棵棵树间挂着绳子，上面贴着一排纸，有不少人驻足看着上面的内容。董勇和曾朝芬也结伴走在其间。

董勇（停下来，给曾朝芬指其中一张纸）：嘿，你看。

董勇："男教师急找伴"，你说他急啥呢？哈哈！

董勇说着自己乐了两声。

曾朝芬（白了他一眼）：无聊。

董勇：我这不给你寻的吗？男教师，不考虑考虑？

曾朝芬：我可不急。

董勇：你不急我可急，现在家里没人，找个保姆，一个月不少钱呢。

曾朝芬：你就把老伴当保姆啦？……你什么时候找了个保姆？

董勇：不是我找的，原来老徐家的，让老婆子轰出来了，才待到我这儿。年后刚来。

曾朝芬：你倒是挺有爱心。小姑娘吧？

董勇：啧，这两回事。人家小孩也不容易，大过年的被赶出来了，老徐家那个疯婆子谁能伺候得了。

两人无意中路过一位老太太身边，老太太看他们一眼，把两人叫住了。

老太太：你们也是来给孩子看的吧？儿子还是女儿啊？

曾朝芬：不是，我们是自己来看的。

老太太（看了看两个人）：你俩不是两口子啊？

曾朝芬（笑着摆摆手）：不是。

老太太仍然奇怪地看着两人，咕哝着走开了。董勇与曾朝芬对看一眼，有些尴尬，两人默不作声地继续并排往前走。

46. 公园 黄昏 外

两人走在湖边小路上，周围已经游人稀落。

董勇：有时候看着他们老两口，觉得我老婆走得早也是好事。

曾朝芬：你这说的什么话！

董勇：话糙理不糙。要真白头到老了，也有白头到老的难处。

曾朝芬：家家都有本难念的经，生老病死，谁逃得过啊。

董勇：我也没想逃啊，不过就是想……找个人一块儿，少难挨一点，怎么就那么难呢？

气氛低沉下来，两人都默默地自顾自走着。曾朝芬突然站住。

曾朝芬:等我一下。

董勇茫然地站在原地,看曾朝芬回头跑去。

47. 公园湖边 黄昏 外

董勇一个人坐在长椅上,曾朝芬远远地走回来,在长椅另一边坐下,从包里掏出一罐啤酒,递给董勇。

董勇:哪儿来的?

曾朝芬:小卖部买的,差点就关门了。

董勇:可以啊!

董勇看了曾朝芬一眼,接过来打开。正要喝,曾朝芬掏出自己的保温杯,把凉掉的水倒进草坪。她把空杯子举给董勇。

曾朝芬:我掏钱买的,想独吞啊?

董勇又挑眉看了曾朝芬一眼。他把送到嘴边的啤酒拿下来,往保温杯里倒了一点。

曾朝芬:多倒点,养鸟哪?

董勇:好好好!

董勇把一半啤酒倒给了曾朝芬。曾朝芬朝董勇举举杯,董勇拿啤酒罐和她碰了一下。

董勇(喝了一口,咧嘴):哈……

曾朝芬(倒是面不改色,鄙视地看着董勇):别装样啊你。

董勇:什么呀,我喝不惯这个。我喜欢喝高粱白。

曾朝芬:小卖部没有,下回吧。

董勇:下回带你上我那儿那家馆子去,我跟老徐是老客,小菜给得特别多。

曾朝芬:我腌的泡菜下酒那才是绝呢,下回给你带点尝尝。

董勇:得嘞。

两人默默地望着湖面各自喝酒,天色一点点暗下来,新月爬上枝头。

曾朝芬(唱):月儿弯弯照天下,问声军爷你哪里有家?

董勇:什么?

曾朝芬:《游龙戏凤》里的唱词,李凤姐对正德皇帝唱的。

董勇:唱的什么?

曾朝芬:月儿弯弯照天下,问声军爷你哪里有家?

董勇:接下去呢?

曾朝芬(唱):凤姐不必细盘查,为君住在那天底下。

董勇(唱):凤姐不必细盘查。

曾朝芬(唱):为君住在那天底下。

董勇(唱):为君住在那天底下。

两人一句教一句地唱下去,入夜的公园很安静,只有两人唱戏的调子。

48. 标本室 夜 内

黑着灯的标本室,董勇带曾朝芬穿过一排排高大标本柜,曾朝芬新奇地左右张望着那些造型各异的古怪的动物标本,在标本柜排排阴影下,这里看起来像个光怪陆离的奇妙博物馆。

借着办公桌上小台灯微弱的橙光,两人仰头看着一面一墙高的根茎植物标本,顶端几片细小叶子,下面是长达几米铺成繁密大网的夸张根须,像一棵倒生的树。董勇给曾朝芬讲着它的来历。

曾朝芬站在桌前的空地上,颤颤巍巍地踮脚摆出芭蕾舞蹈动作,董勇靠在办公桌后的椅背上笑看。

曾朝芬给董勇摆手脚姿势,自己也挽着云手做出戏曲架势,教他唱《游龙戏凤》,董勇笨手笨脚,被严格的曾朝芬打了一下。

标本室里一直延续着他们唱戏的歌声。

曾朝芬(唱):骂一声军爷理太差,不该调戏我们好人家。

董勇(唱):好人家,歹人家,不该头戴那海棠花。扭扭捏捏风流样,风流就在这朵海棠花。

曾朝芬(唱):海棠花来海棠花,倒被军爷耻笑咱。将花不戴撇地下,从今后不戴这朵海棠花。

董勇(唱):大姐做事理太差,不该将花撇地下。为王将花忙拾起,我与你插、插、插上了这朵海棠花。

49. 标本室 日 内

董勇照常打扫着标本柜,无意间口哨吹出《游龙戏凤》的旋律。

小董抱着一捧标本夹路过,看他一眼。

小董:董老师,今天心情很好啊?

董勇:啊?有吗?

小董点头。董勇却不以为意地“嘁”了一声,挥挥手把他赶开。小董意味深长地笑着走开了。

50. 董勇家客厅 日 内

午休时间,枣儿在董勇家打扫卫生,董勇开着电视在沙发上打瞌睡。

枣儿走过来收拾茶几,一提杂志,从里面掉出一张印着丰满女模特的色情服务广告传单。枣儿一惊,立刻盖住,满脸通红。看一眼沙发上睡得四仰八叉打着呼噜的董勇,她又笑了一声。她拿起茶几上的笔,靠近董勇的脸。

51. 生物所走廊 日 内

路人(笑):董老师好。

董勇:好。

董勇走在去往标本室的路上,奇怪地看着周围和他打招呼的人。他们都看着他,或鄙夷或窃笑或议论,董勇一头雾水。

52. 标本室 日 内

董勇走进标本室。小董正背着身鼓捣相机,听见动静,回头。

小董:老师您来……噗——哈哈哈哈!

小董定了两秒后,憋不住地喷笑出来。

董勇(皱眉):怎么啦?这一个个的,都吃了鸽子屁啦?

小董:老师您,您脸怎么了?

小董一边笑一边举起相机给董勇拍了一张照,举给他看。

照片上的董勇画着两个熊猫眼,下巴和人中两撇山羊胡,两边脸颊被涂了两块高原红,像个小丑似的滑稽。

董勇:你你你你给我删了!

董勇气急败坏地丢下相机就反身往外跑去。小董接住相机,继续在屋里憋笑。

53. 标本室 日 内

不一会儿,董勇洗得满脸水,黑着脸回来了,小董努力憋笑。

小董:老师,这谁给您画的啊?

董勇瞪了他一眼,没理他。

小董:前两天看您就春风满面的,还不承认,您那婚征得有谱了吧?我替您高兴。

董勇:瞎打听啥,活干完啦?自己都没纸了还想着给别人提裤子。

小董一听就蔫了,像被戳破的气球一样泄了气,怨恨地瞥了一眼董勇,悻悻地走开。

董勇坐回桌前,抓起核桃,下意识地又吹起口哨,刚吹半句小董又看向他,他反应过来,赶紧闭上了嘴。

54. 董勇家 夜 内

客厅里,枣儿一个人打扫房间,董勇在浴室洗澡。花洒正淋着水,水流晃了两晃,忽然毫无预警地变了轨道,乱滋出来。董勇被滋了一脸,伸手去拧水龙头,两下没拧好,反而四处喷出热水。

董勇:嗷!

董勇被滋出的水烫到,“嗷”一嗓子甩手丢开花洒,花洒掉在瓷砖地上发出很大的磕碰声。

枣儿听到浴室里的声响,紧张地跑到门口。

枣儿:大爷?大爷你没事吧?

董勇:没事!

董勇扯着嗓子喊道,试图捡起花洒,但热水又烫脚底又打滑。

董勇:哎哟!

枣儿:怎么了?

没人回答她。她一个人皱着眉头想了想,红着脸喊道。

枣儿:大爷我、我进来了啊!

她闭着眼睛猛地拽开了门。满室热气。董勇扯了块毛巾围着自己,喘着气靠着墙边扶手。

董勇(用手抹了一下脸):呼……喷头坏了。

枣儿:那……您出去吧,我、我来修。

枣儿低着头讷讷地说。董勇讶异地睁大了眼睛,只见她看了看自己身上的衣服,立刻挽起袖子和裤腿。

董勇和枣儿一人抓着花洒一人拧水管,一起手忙脚乱地修着淋浴器。

董勇:你抓那边,抓那边,不对……

枣儿:哦、哦……哎呀!

水管被拧断了,凉水也喷了出来,滋了一屋子。两人都被喷得睁不开眼,胡乱躲避。

董勇:快关上阀子!

董勇躲着滋水乱挥胳膊指挥。

枣儿:我看不见!

枣儿也被滋了一脸水,眯缝着眼睛去摸阀门。

终于水停了。两人的手一起摸到了阀门,关上了它。两人筋疲力尽地坐到地上,浑身都被淋得透湿,身上衣服毛巾都湿漉漉地贴在身上。董勇抬起头看看枣儿,她的头发很乱,鬓角碎发湿成一绺,滴下水珠。枣儿突然也抬头直愣愣地看向他。

浴室忽然静了下来,只有水滴的声音。

55. 小饭馆 日 内

苏格兰打卤面。董勇坐在桌边等人,曾朝芬撩门帘进来,找到他,走到对面坐下。

曾朝芬:这就是你说的那地儿?不错啊,挺干净的。

曾朝芬打量了一下四周。她从包里掏出个饭盒,打开。

曾朝芬:答应你的,我腌的泡菜,尝尝。

董勇看了眼饭盒,笑着咂咂嘴,抽了双筷子夹起来放进嘴里。曾朝芬盯着他咀嚼的脸。

曾朝芬:怎么样?

董勇(竖起大拇指):嗯!好吃。

曾朝芬(得意):那是。

董勇放下筷子。

董勇:跟你说个事啊。

曾朝芬:嗯?

董勇:前儿你给我介绍那人,我就不去见了。

曾朝芬:怎么了?都答应好了,人条件那么好,难得愿意。

董勇:我跟你说过我家有个小保姆叫枣儿的吧?

曾朝芬(指向董勇):嗯。(不解地点头,后恍然大悟)……啊,不会是……

董勇(重重地点头):嗯。

曾朝芬:哦……

曾朝芬慢慢点着头,沉吟一阵,又问:多大了?

董勇:19 岁。

曾朝芬投以白眼。

董勇:你别这么瞅我!我们那是,自然地……

曾朝芬:……得了吧你。怎么回事?人家姑娘怎么想的?

董勇:她家是农村的,不认识什么人,反正本来也是在我家,有吃有住有我照顾着,也就这么过了。

曾朝芬:你还会照顾人?

董勇:啧,怎么那么会抬杠呢?我打算先处着看看,过几年要是稳定了,就拿钱给她开家店,自己有点收入,她在这儿就算定下来了。我这儿还有她照片呢,想看不?

曾朝芬:哟,想挺远还。

曾朝芬打趣着,还是凑过去看。

董勇:俊吧?

曾朝芬:配你,那是鲜花插在牛粪上了。

董勇:啥话搁你嘴里咋都那么不好听。咋样啊到底?

曾朝芬(笑眯眯地说):挺好,恭喜了,得偿所愿,办事那天我给你包个大红包。

董勇听了,也喜不自胜。

董勇:谢谢啦!(抱拳)那那边……

曾朝芬:我跟人家说去吧,你这都有了,人家能有啥说的。得,那我今儿也不吃饭了,趁下午人家上班,我赶紧去一趟。

曾朝芬说着起身。

曾朝芬:对了,你这边是解放了,帮我找那个可没完啊。

董勇:那必须的,放心吧。

曾朝芬:得,那走了。

曾朝芬提起包挥挥手。董勇目送她出门,拿起筷子又吃了一口泡菜,才反应过来她没拿饭盒。

56. 董勇家 日 内

董勇坐在沙发上看电视,眼神越过电视看到厨房里枣儿做饭的背影。

枣儿端着两盘菜出来,董勇起身接过,放在餐桌上,两人在餐桌边坐下,分筷子开饭。

57. 茶馆 日 内

曾朝芬和一位身材魁梧、坐姿笔挺的老头坐在窗边的一桌。老头一直在给曾朝芬讲着什么,口若悬河,曾朝芬勉强笑笑应和着。她习惯性地往角落投去余光,但看到的只是一张空桌。

58. 街头 夜 外

曾朝芬一个人走在路上,神情疲倦。身后由远而近的年轻人银铃般的笑声吸引了她的注意,她回头一看,一辆自行车从她身边经过,骑车的是个小伙子,后座坐着个微胖的年轻女孩,晃着腿抱着小伙子的腰,车子骑得歪歪扭扭,好在这夜晚的道路上也没什么人,两人都乐在其中,欢笑声不断。

车子离曾朝芬越来越远,在夜色中很快就看不清了,但曾朝芬站在原地,脸上写满了疑惑。她回想着后座上姑娘那张熟悉的圆脸。

59. 曾朝芬家 夜 内

曾朝芬守在电话前,犹豫许久之后,拨出了号码。

电话在几声响后接通。曾朝芬正要说话,电话那边的人先开了口。

枣儿:喂?

电话里传来枣儿年轻的女声。曾朝芬一愣。

枣儿:喂? 找谁啊?

曾朝芬"砰"的一声把电话挂上了。她久久盯着挂上的电话。

60. 小饭馆 日 内

曾朝芬坐在上次的位置上,看着董勇在对面坐下。

董勇:找我什么事?

曾朝芬欲言又止。

董勇:怎么啦? 出什么事了?

曾朝芬:你上回给我看过的那姑娘的照片,你还带着吗?

董勇一脸茫然,但还是掏出钱包把照片拿了出来。曾朝芬看着照片上那张和之前街头所见的一模一样的圆脸,神色愈发严肃起来。她把照片放下,董勇拿回去放回钱包里。

曾朝芬:我就不跟你兜圈子了,有个事我告诉你,你别不高兴。

董勇:你说。

曾朝芬:前儿我在路上见着这姑娘了。

董勇(笑):见着就见着了呗!

曾朝芬:不是。我见着她,坐在一个小伙子自行车后头,大晚上,挺……离得挺近的。

曾朝芬斟酌着说法。

董勇:枣儿? 你看错了吧?

曾朝芬:我这不找你确认了吗?

曾朝芬指指董勇的钱包。

董勇:那黑灯瞎火的,你就见过一回照片,也认不准啊。不可能。

曾朝芬:我没认错,真的是她。

董勇:……那也有可能是认识的人呢? 不然就是捎个便车啥的。

曾朝芬:那我不知道了,我就是觉得这事应该告诉你。

董勇:……行,我知道了。还有事吗?

曾朝芬:不是,你这口气不对啊。

董勇:我什么口气?你不就是要告诉我么,现在也告诉了,我也听了,这不完了吗?

曾朝芬:我正经跟你说呢,你回去观察观察,看有没有……

董勇:哎,你这就挑拨离间了啊。

曾朝芬:怎么叫挑拨离间呢?我好心好意的,怎么说话呢。

董勇:行行行,你好心好意,我心领了,咱说点别的成不?

曾朝芬:别打岔。董勇,你老实跟我说,你是不是觉得我编瞎话骗你呢?

董勇:我知道,你一直看不上我找个年轻的,觉得我老牛吃嫩草,没羞没臊。真的,我都能理解。

曾朝芬:你理解什么呀?哦,你是不是觉得我还得眼红你啊?我告诉你,别用你那小人之心度君子之腹!

董勇:谁是小人谁是君子,你心里清楚啊。

曾朝芬(怒极反笑):你意思是,我是小人,你是君子?

董勇:我没这么说啊。

董勇摸了摸鼻子。

曾朝芬:要这样咱就没什么可说的了。

董勇:那就甭说了。

董勇噎了一句。曾朝芬瞪大了眼睛看着他。她憋气半晌,不知如何发作,只得用力地点点头。

曾朝芬:……行!那就再见吧。

她抄起布包愤而离座,走了两步,又返回来。

曾朝芬:不,拜拜了!

说罢她疾步离开了店门。她方才发出很大的声音和动作,引得周围食客纷纷看向这边,大家的目光此时都聚焦在董勇身上。

董勇(瞪了他们一眼,呵斥道):看什么看?

周围人遂觉无趣地转回头去。董勇气呼呼地靠在椅背上。

61. 董勇家 日 内

董勇开门进屋。

董勇:枣儿,枣儿?

董勇叫了两声,左右张望,没见枣儿的身影。董勇于是作罢,进屋在沙发上坐下。这时枣儿才后脚开门回来,一转身见他坐在沙发上,吓了一跳。

枣儿:喔!

董勇:怎么了?我那么吓人啊?买菜去了?

枣儿这才如梦初醒。

枣儿:哦! 是,我拿厨房去。

她匆匆提着菜进了厨房。董勇看着她的背影,他的脑子里还是盘旋着曾朝芬刚才的话。略微犹豫后,他开口。

董勇:枣儿。

枣儿:嗯?

董勇:刚才我碰见老曾了,她说前几天在街上碰见你了,你见着了吗?

枣儿:我又没见过她。

董勇:就是说啊,她说看见你坐着一小伙子的自行车,我估计她是看错了,面都没见过她就认得了? 要不说这女同志啊,还是心眼小,见不得人好……

“砰”的一声,枣儿把洗菜盆掉到了地上,水洒一地。她石化般地站在那里,脸上写满惊慌。

董勇也吓了一跳,缓了半晌,重新笑着对枣儿说。

董勇:怕啥啊,不是说你。

枣儿没动,董勇遂起身想要过去。刚站起一半,枣儿突然扑通跪倒。

董勇愣住了,刚起身到一半就僵在那里了。枣儿跪在厨房地板上,抬头惶惶地看着董勇,拿手里的抹布擦了两下地上的水。

62. 董勇家 日 内

枣儿背着她的大包袱来到门口。她回头看了眼董勇,董勇在敞着门的卧室里睡觉,背对着门口。

卧室里,董勇闭眼躺在床上打着呼噜。身后传来开门声、脚步声,然后门关上了。董勇的呼噜声停下来。他睁开眼,垂着眼皮眨了眨。

63. 公共阅览室 日 内

清晨的阅览室,董勇又坐在老地方看着新一期的《妇女之友》。女同事 A 整理着报架,经过他身边。

女同事 A:哟,董老师又来啦?

董勇不理她,继续看。女同事 A 笑着离开。

64. 广场 夜 外

董勇和一位穿紧身衣服,腰上系着外套很有精神的中年女人并排而行。

相亲女 C:您啊,就应该多出来走走,和同龄人一起参加参加集体活动,唱唱歌跳跳舞什么的,这心情自然也就好了,咱们的生活也可以过得多姿多彩嘛。

董勇:是。

相亲女 C:您看我……嘿!

相亲女 C 忽然举高手臂,朝远处打招呼。

相亲女 C:大伙都到了,快来。

她兴奋起来，拉了董勇快步往前。

广场空地上，一群中老年男男女女正在跳广场舞，收音机里放着《北京的金山上》。

相亲女C想拉董勇进入队伍，董勇笑着慌忙摆手，推相亲女C去。相亲女C只好一个人走进“舞池”，跟上节奏跳起舞来。她跳得熟练而舒展，模仿藏族舞甩袖的动作，热情地朝董勇招手。董勇在旁边笑眯眯地挥手回应，欣赏着。

她很快投入跳舞的乐趣中。董勇站在围观的人群里，一开始跟着微笑鼓掌，渐渐地，董勇脸上的笑容无意地一点点失神、退去了。他鼓掌的手停下来，无意地保持合十的姿势举着。他看了一眼队伍中央跳得正欢的相亲女C，她正和旁边的人挽手转圈，尽兴地一起仰头大笑，没有注意到董勇。董勇趁机悄悄地转身钻出了人群。

65. 宿舍楼道 夜 内

董勇迈着疲惫的步伐上楼梯。随着一阵急匆匆的脚步声，老徐从楼上跑下来，截住董勇。

老徐：你见着老婆子没有？

董勇：没有。又找不着了？

老徐（急）：一回家就不见人了，你说她能上哪儿去呢！

董勇：……别急，先从周围找找，我跟你去。

董勇立刻跟着老徐一起下楼。

66. 宿舍楼外 夜 外

空无一人的夜晚的院子里，老徐和董勇两人正在四处张望找寻。老徐在远处高声喊着，董勇围着宿舍楼转。

老徐：老婆子——老婆子——

董勇打着手电筒匆匆照过一排楼边的灌木丛花坛，正要转身，忽然听到灌木丛后传来微弱的人声。董勇忙回过身来又照向灌木丛，这次灌木丛晃动了两下。

董勇：老嫂子？

徐妻：哼哼……

老太太的哼唧声从灌木丛后传来。

董勇（向远处）：老徐！

董勇和老徐跑到灌木丛后的入口处，手电筒往里一照，只见老徐的妻子跌坐在花坛里侧的地上，底下还垫着一床被子，正捂着腿哼哼。

67. 医院 夜 内

董勇坐在医院走廊的椅子上，老徐关上病房门，轻手轻脚地走出来。

董勇：咋样了？

老徐：睡着了。

老徐在董勇旁边的椅子上坐下。

老徐：今儿多亏你了，折腾你半宿，赶紧回去吧，我在这儿看着行了。

董勇:跟我还说这干啥。

老徐:得说啊,平常咱大老爷们不整这套,但是我心里有本账,尤其是老婆子病了以后,得亏还有个你帮把手,不然我啊……

董勇:行了行了,咱心照啊……不宣。不过有句话我还是得说,老这么着真不是个事,这回是找见了,也保不住下回啊。

老徐:那能怎么着?她就我这个老头子了,我还能撇下她啊?

董勇:不是这么个说法。

老徐:我知道你意思,但你说就她现在这样,自家人都受不了,到外人手里那能好吗?说起来,她这病也怪我,年轻时候成天吵,不着家,后来我才知道,她这几十年都是成宿地睡不着觉。

老徐转过头,叹了口气,过了一会儿,又转回头来,换了表情咧咧嘴。

老徐:现在倒过个儿来了,就是我欠着她的。她再认不得我,我认得她,怎么着我也得守着不是?

老徐抬起头,看向病房的门。透过门板上的玻璃窗,可以看到老徐的妻子正在病床上张大着嘴熟睡。

老徐:人糊涂,事倒不糊涂,还知道垫床被子再往下跳。

董勇正用复杂难言的眼光看着身边的老徐,老徐突然这么说,两人对看一眼,都扑哧一声笑出来,边笑边摇头。

空无一人的医院走廊里只有他们两个老头并排坐着。

68. 标本室 日 内

董勇和小董二人正在工作。手机铃响,小董掏出来看了一眼,放下相机就往外跑。

小董:老师我出去一下!

他边跑边说。董勇看着他消失在门口,转回头来继续掸着自己的标本柜。掸完一侧,董勇转到窗边,无意中看到小董站在窗外楼下,对面是个姑娘,两人似乎是在争吵。折腾了一会儿,拉拉扯扯的,不知怎么又逐渐拥抱在一起。

董勇扭回头来,笑笑地叹了口气,继续掸着柜子,吹起口哨。

69. 董勇家 夜 内

董勇刚洗完脚,把脚从盆子里拿出来擦着,电话响了。他只穿着一只拖鞋,只好单脚跳过去接电话。

董勇:您好?

电话那头是个中年女人的声音。

电话(李白玲):您好,请问是董勇吗?

董勇:我是。

李白玲:我看见您的征婚启事了,想跟您见个面。

董勇:我……已经不打算征婚了。

李白玲:是找到对象了吗?

董勇(支吾):啊……

李白玲:那还是见见吧,明天早上 8 点鹊桥公园,您有空吗?

董勇:我……

李白玲:那我等您,不见不散。

董勇:哎——

董勇说了一半,那边电话就挂断了。他拿下听筒,有些莫名其妙地看着它。

70. 公园凉亭 日 外

董勇四下张望,看到凉亭里有个中年女人正在朝他招手。他向凉亭走去。

中年女人站起身来和董勇握手。她的手掌厚实,手指有点粗,戴着金戒指,耳朵上也戴着金耳环。

李白玲:我先自我介绍一下,我叫李白玲,今年 45 岁,我男人走得早,没孩子,家里也没老人……

董勇:等会儿等会儿,大妹子,其实我来就是想跟你说,我已经不打算找老伴了,省得耽误您工夫。

没想到李白玲听了却一副高兴样子。

李白玲:不耽误,我找的就是您这样的人。

董勇:啊?

李白玲:您先听我说完。我现在呢照顾着一位大哥,跟您年纪差不多,我每天晚上上他那儿去,白天回来。

董勇:……我不明白,您意思是您有伴,那还来干吗啊?

李白玲:不,我只是负责照顾他,他每个月给我 500 元生活费,只是外边看着跟别的老伴一样。

董勇:不是……您这是为什么呀?

李白玲:这您就甭管我了,有人需要照顾,那就有照顾人的,这叫有需求就有市场。比起找个保姆来,我这便宜又长久,还能陪着解闷聊天,这不挺好的吗?

董勇(被李白玲逗乐了):你这还一套一套的。

李白玲:过日子嘛,啥门道不是琢磨琢磨就有了。您考虑考虑,要是愿意跟我一块儿呢,我白天可以上您家。

她从包里掏出一页像简历似的纸页,印着她的照片和基本情况。董勇接过来,看着李白玲诚恳的笑脸。

71. 董勇家 日 内

董勇进家时,正好碰上李白玲准备出门。她在门口换着鞋。

李白玲:回来了? 饭我给做好放桌上了,明儿早上 6 点我过来,不吵你睡觉吧?

董勇:嗯。

李白玲：成，那走了。

李白玲换完鞋，匆匆地打开门出去了。董勇走进客厅，看见餐桌上摆着两只扣着锅盖保温的盘子，他掀开一个看了看，又盖上。

72. 公园小路上 夜 外

董勇一个人走在公园小路上。一对拥在一起窃窃私语的年轻情侣从对面走过来，从他身边路过。董勇裹了裹身上的外套，发现自己已经走到湖边。

夜晚的湖面上漾着一层薄薄的月光，月亮倒映在水面上，波光粼粼。

董勇站住了，他出神地望着面前的湖光。

董勇（唱）：月儿弯弯照天下。

他忽然唱了一句，调子转得不太准。不远处一阵窸窸窣窣的声音将他唤回神，他转过头去，长椅背后坐着的人站了起来，曾朝芬还是戴着条长丝巾，长长的垂穗被微风吹动。

73. 公园长椅处 夜 外

曾朝芬和董勇又坐到了一张长椅的两端。曾朝芬低着头，捋了捋并没有乱的头发。

曾朝芬：你怎么在这儿？

董勇：我没事干，走走。你呢？

曾朝芬（声音很轻地说了一句）：……也是。

董勇（看了曾朝芬一眼）：有事？

曾朝芬抬起头，看了董勇半晌，无奈地笑笑，转向湖面。

曾朝芬：瞒不过你。我……我女儿回来了。

董勇：那好事啊。

曾朝芬：她和丈夫刚离婚，孩子判给了她，她想换个地方重新开始，带着孩子不方便，我前夫不在了，她就回来找到我，想把外孙留在我这儿。

董勇（沉吟）：啊……

曾朝芬转头直视着董勇。

曾朝芬：我没同意。

董勇：啊？

曾朝芬：你觉得我这样做对吗？

董勇：这，我……

董勇有点尴尬地歪了歪头。

曾朝芬：背井离乡，孩子离开母亲，我年轻的时候试过。结果怎么样了呢？人海茫茫，乡书难寄，一辈子潦倒孤苦。她呢，到现在都恨我。但是为了撂下这个孩子，她肯来找我。

董勇：这些话，你跟你女儿说了吗？

董勇犹豫了一下，试探地问。

曾朝芬:我们很多年没说过话了。上一次见她的时候,才这么高呢。

她伸出手在空中比了比小孩的个子。

曾朝芬:她来见我,我认不出她,她也认不得我。但她对我说着那些话,把她的孩子交给一个陌生的亲人。我看着她这样,我想,我当年,是不是也是这样的呢?

曾朝芬语气很轻。董勇看着她,不知该说些什么。

曾朝芬:你不知道吧?其实我不是什么舞蹈家,去北京那次演出,我是B角,根本没上台,首长长什么样儿我都没看见。

董勇:你……你跳得挺好的。

吞吞吐吐半晌,董勇讷讷地说。曾朝芬被逗笑了。

曾朝芬:我不是个好母亲。我不想让她也后悔。

两人都没再说话,各自面对着湖面,幽静的湖边只有稀落的虫鸣声。

74. 曾朝芬家楼下 日 外

林枫:不用再说了,这是我的事。

林枫打着手机电话匆匆从外面走向曾朝芬家楼下。她留一头短发,长着一张冷峻的脸,正不耐烦地和电话里的人说着。

走到楼门口,忽然有个人把她拦住了。

林枫:……等会儿再跟你说。

林枫愣了愣,疑惑地审视着面前这个笑眯眯的陌生老头。她挂上了电话。

75. 公园 日 外

董勇和林枫对坐在公园凉亭里。

董勇:自我介绍一下,我叫董勇,是曾老师的朋友。

林枫:朋友?

林枫嗤笑了一声,一副促狭和不屑的表情。董勇没理会她。

董勇:你的事我听曾老师说了。

林枫:您要是给她当说客来的,那就不用说了。我的家事,不用别人掺和。

董勇:我来找你她不知道。你看,咱俩虽然不认识,但论年纪我总是个长辈吧,你就当多听老人家唠叨两句,再说我还没说是什么事呢不是?

林枫:得,那您说吧。

林枫把胳膊搁到石桌上。

董勇:这话我不是冲着曾老师,就冲着我比你虚长几十岁,劝你一句,再跟你妈聊聊。

林枫:这不还是一样吗?

董勇:姑娘,你见过你妈的照片吗?

林枫:没有。

董勇:你妈家里有你的照片,就在屋里摆着,天天都能看见。

林枫不想搭茬,撇开头。

董勇：我跟你妈几面之缘，聊得不多。可她特别愿意跟我说你，过年包饺子她都想着哪种是你爱吃的。

林枫：可我已经不记得了。

林枫不为所动，断然打断董勇。

林枫：你跟我说这么多，是想告诉我她心里还有我这个女儿？她心里要是真有我，当年她就不会走，现在她只是愧疚而已。她应该愧疚。

董勇：你们家的事我不清楚，但有一样我看得出来，对你她确实是后悔的。

林枫：活该。你说她这样的人，有什么资格对我指手画脚。

董勇：她没有，你也没有，你现在跟她干的事一样，她不是好人，你也不是好人。

林枫：你——

董勇（嘿嘿一笑）：当然，我也不是。我今天来啊，不是来跟你掰扯对错的，几十年前的事了，我一个外人，掰扯得清吗？我就是劝你好好想想，别置气，受罪的可是你孩子，你不心疼吗？

林枫：你没有经历过，你不会明白的。我不可能原谅她。

董勇：我没让你原不原谅的。我这人和曾老师就这一点不一样，我活得糊涂，该着得个瓜，我要个梨就知足。她一孤寡老太太，你单身带个孩子，现在世上突然多了个亲人跟你一起过着日子，你说你还要啥？

林枫别开视线，没看着他也没说话。董勇打量了她一下，拍拍腿站起身来。

董勇：行了，我整不惯那文的，再说我也没词儿了。我约了她下午 3 点过来，这事我刚才没告诉你，她也不知道。你要是愿意就在这儿等会儿，不愿意就走，我后面还约了人见面，就不留着看热闹了。

董勇说罢，转身往凉亭外走去。

林枫：哎——

林枫突然出声叫住董勇，董勇回过头来，她却又顿住。

林枫：你怎么还跟人见面啊？

董勇：我也得找个人陪着呗。

董勇嘿嘿一笑，走出凉亭，头也不回地朝林枫挥挥手。

76. 小饭馆 日 内

曾朝芬与董勇在老地方对坐，曾朝芬给董勇倒了一杯酒。

曾朝芬：今天这顿得我请你。

董勇：和好了？

曾朝芬笑笑。

曾朝芬：林枫跟我说了，多谢你。

董勇：我就是好管闲事，也不是故意的。

曾朝芬：老是好话不会好好说呢？我谢你不好意思了？

董勇：还真没不好意思。

董勇端起曾朝芬给他斟满的酒，一口干了。曾朝芬又给他斟满。

曾朝芬：今天请你吃饭，有两个意思，一个是我母女俩谢你，另一个呢，是跟你道个别。

曾朝芬自己举起酒杯，也抿了一口。董勇放下杯子的动作顿住了，他疑惑地看向曾朝芬。

曾朝芬：林枫跟我聊过了，愿意让我跟着一块儿看孩子，等外孙转学手续办好，我就一起动身，搬到她住的城市去。

董勇：啊……那好事，好事啊。

董勇沉吟许久，又重新换上欣慰的笑脸。曾朝芬低着头，盯着自己一汪酒的酒杯。

曾朝芬：我一直不是个好母亲，老了以后更没想过能有这样的好命，也没想到能遇见你这样的人，要不是……

董勇：得了得了，酒都喝了，就甭跟我说这个了。我也敬你一杯，到了那边跟闺女好好处，没什么过不去的啊。

董勇举起酒杯。曾朝芬抿着嘴，点点头，她也举起酒杯。

曾朝芬：海内存知己，天涯若比邻。

她抬起眼睛，看着对面的董勇。董勇一扬手，跟她酒杯一碰。

董勇：又跟我整这文的。

曾朝芬摇头笑了。两人仰头饮尽了杯子里的酒。

77. 公园 日 外

幽静的公园迎来又一个清晨。

78. 公交车上 日 内

拥挤的公交车上，董勇拉着拉环站在乘客中。车上正放着交通节目的广告。

广告声：……举办第一届红娘相亲会，欢迎广大市民前来参加，联系电话 2581314，“爱我吧一生一世”……

79. 公共阅览室 日 内

阅览室一反常态的热闹，里面传来说笑声。董勇经过阅览室门口，被女同事 A 叫住。

女同事 A：董老师，小董在这儿发喜糖呢，过来一块儿吃吧！

董勇有些意外，还没反应过来，女同事 A 就热情地将董勇招呼进来。

阅览桌当中堆着几袋红纸袋装的糖果瓜子，几位女同事正在旁边一边吃，一边说笑，都染上一脸喜色。小董站在桌旁拎着更大的一包红纸袋，正前跑后颠地分发给大家，乐在其中地忙碌着，女同事们的说笑他插不上话，也和气地在一边跟着乐。

小董：董老师！

见到董勇进来，他兴冲冲地跑过来，手伸到袋子里掏糖包。

小董（把一包糖乐呵呵地塞到董勇手里）：给您的！

董勇（董勇掂了掂手里的糖包，咧了咧嘴）：和好了？

小董不好意思地笑着挠头。

小董：下个月领证。这段时间谢谢老师您的照顾，到时候摆酒您一定要来啊！

见董勇点头，小董也抬头憨笑起来。

同事：小董！

小董（回头）：哎！老师那我过去了。

董勇：哎！

小董遂转身颠颠地跑了。董勇看着小董欢天喜地地发糖的背影，打开糖袋子，捏了一颗糖出来放进嘴里。

80. 董勇家餐厅 傍晚 内

董勇回到家，不出所料地又见到了餐桌上扣着锅盖的饭菜。他神色平静地拉开椅子在桌边坐下，打开锅盖吃起他的晚餐。他夹了一筷子土豆丝放进嘴里，似乎很合口味，他嚼着频频点头，又补了一大筷子津津有味地大嚼起来。

81. 董勇家浴室 傍晚 内

花洒的水流下，董勇光着身子在洗澡。浴室内升腾的水雾笼罩着这具衰老的身体。董勇正眯着眼睛，突然一脚打滑，毫无预警地摔倒在地。

很大的“嘭”的一声，然后是董勇拉长的痛吟声。董勇整个人侧倒在湿滑的瓷砖地上，因为摔痛而缩着身子。缓过劲来，他试着挪动起身，但几次都因为疼痛而失败。他努力伸长了胳膊去够淋浴开关的管子做扶手，好不容易一点点接近，手指尖刚碰到开关把手，就支撑不住倒回地上。

开关被关上，花洒停水了，只有关不严的一点余水一滴一滴地落下来，滴到董勇的头发上。摔了两次，董勇彻底动弹不得了。他扭头看看四周，无助地尝试呼救。

董勇：救命啊——有人吗——

他扯着嗓子喊了几声。声音打着战，回荡在安静的房子里。

82. 董勇家浴室 夜 内

窗外，天已经黑了。水滴的声音越来越慢，渐渐停止了。董勇已经放弃了呼救，他还像刚才一样，睁着眼躺在地上。脸上和头发上的水珠顺着他眼角的凹陷凝聚，从眼角横过鼻梁慢慢地淌下来。进到眼睛里的水让他不适地眨了眨眼。

他的目光开始涣散，视野里倾倒的天花板和瓷砖开始天旋地转，变换了形状。董勇变得迷迷糊糊，那些晃动的天花板和地砖，恍惚间变成公园夜晚湖面的破碎波光。晴天下的凉亭，深秋里的树荫，湖心倒映的月亮，一一在他眼前晃过。他的眼前滑过很多人的影子，穿旗袍的口罩女坐在他的自行车后座上远去的背影，年轻女人侧过耳朵努力地辨别他的声音，推销员把一罐罐花花绿绿的保养品塞到他的手里，瘦高女人身上的鸡腿裤，撩动的麦穗卷和抓住他胳膊的精瘦的手，广场舞队伍中穿紧身衣的中年女人舒展挥动的手臂，还有……

他开始变得疲惫、困倦，眼皮止不住地往下垂，视线愈加模糊了。最后他似乎看到横着的视野中有个人影走进了家门，朝他这里奔来……他放松地呼出一口气，失去了意识。

83. 医院病房 日 内

董勇穿着病号服坐在病床上。他瘦了很多，右胳膊打着石膏，费劲地用左手喝着面前小桌上碗里的粥。

旁边一床住着的是个腿上打了绷带的七八岁小男孩，正捧着两手奶声奶气地跟陪在身边的妈妈说话。

小男孩：妈妈，妈妈，我掉了一颗牙。

小男孩虎头虎脑，满脸认真，董勇多看了两眼才收回视线。董勇试着用勺子舀起面前的凉拌黄豆小菜，试了好多次才舀起一颗，放进嘴里。

妈妈（柔声回答）：我看看，上牙还是下牙？

董勇皱着眉嚼了两下黄豆，忽听嘴里“嘎嘣”一声。嘴里一股淡淡的血腥味，他感觉不妙，伸手一接，吐出半颗硌掉的牙齿。

小男孩（奶声奶气地回答）：是上牙。

董勇看着躺在手心里的半颗牙，想了一会儿，他忽然起身，一瘸一拐地往窗边挪过去。

妈妈：上牙就埋在土里，很快就会长出新的来啦。

董勇在窗边站住，打开窗户，风呼呼地灌进来，吹动了他的病号服领子。他探出头去，仰头看着房顶。

小男孩：那下牙呢？

董勇掂了掂手里的牙，眯着眼看准了用力往上扔去。

他的目光紧紧追随着它上抛的轨迹。那半颗牙在空中逐渐减速，然后突然改变了方向，转而坠落下去。董勇的目光一直追着它，看着它消失在楼底的阴影里。他愣愣地望着楼下站着。

李白玲：怎么下床了？

李白玲回到病房，将董勇唤回神。董勇关上窗，转身一瘸一拐地往回走。李白玲过来搀住他。扶他回到床上躺好，李白玲收起小桌上的粥碗，在床边的凳子上坐下。她弯下腰，从地上拎起一袋三五个橘子。

李白玲：吃不？刚在楼下看见一辆装着橘子的卡车，有人在那儿叫卖，橘子很便宜。

她拿出一个橘子。董勇点点头，她就低头剥起来。

董勇（看了看她，开口）：今天不用去那家了？

李白玲：我跟他说了，这个月不用给我钱了。

董勇：为什么？

李白玲（没抬头，仍剥着橘子）：你这儿不走不开嘛。

董勇：没，我没事的。

李白玲：行了，跟我说这干啥。想不补钱给我啊？这橘子还是我买的呢。

李白玲把剥好的橘子递了一瓣给董勇。董勇笑了，接过来放进嘴里。

李白玲：甜吗？

李白玲看着董勇嚼动的腮帮子。董勇没说话。李白玲也撕了一瓣放进自己嘴里。

李白玲：嗯——

刚嚼一下，她就酸得满脸皱起来，忙用手接了吐掉。她咂着酸倒的嘴，没好气地瞪了一眼董勇。董勇嘿嘿地笑起来。

李白玲白他一眼，伸过手去让他吐橘子，董勇却喉咙一哽，已经把橘子吞下去了。

李白玲：知道酸还吃啊？还真是便宜没好货。

李白玲抱怨着。

（完）

《老年男女》剧本评析

谷一盈

当我们评判剧本的时候，从哪些方面来进行评判，这是我一直以来都在思考的问题。针对类型片，我们是可以总结出一套判断法则的，如下面这个剧本元素金字塔示意图所示。当然，这套法则并不适用于非类型片，毕竟非类型片和类型片在剧本创作上有很大差异。

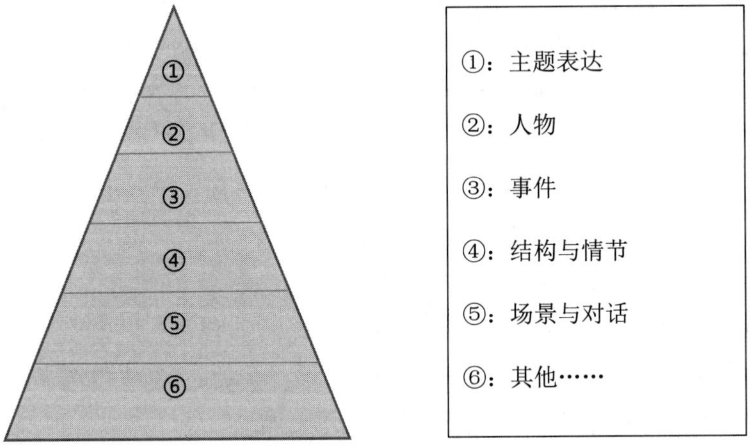

剧本元素金字塔示意图

个人观点如上图所示，重要性从金字塔尖依次向下，承托关系自金字塔底依次向上，每个方面都是评估剧本时不可或缺的一部分。当然，并非仅有这些部分就能构成一个好故事、好剧本，还需要将它们按照一定的逻辑和顺序来排列组合，最终形成剧本终态。

接下来，我以此图为参照，详析剧本《老年男女》。

一、主题表达

《老年男女》的主题表达非常新颖，它聚焦老年人的爱情生活，这是一个普遍被社会和创作者所忽视的问题。通常情况下，大家都更愿意关注年轻人的爱情与婚姻，充满着青春懵懂、荷尔蒙和多巴胺，相比较之下，老年男女的生活貌似枯燥无聊，充满无限老去的气息。但其实不然，男女问题自出生至终老，始终都是萦绕在人们心头的无解难题。甚至于，越到老年，越是要更近距离地面对生死离别和人生无常，越是渴望陪伴、渴望了解、渴望爱情。与其说是爱情，不如说是变种的亲情，但它又好像是更为纯粹的感情，这种感情胜于爱情。编剧很好地捕捉到了这一点，题目《老年男女》四个字清晰地聚焦于这一话题，捕捉到了市场空白领域，很有新意。

《老年男女》的故事核心是75岁的董勇不甘于平淡的老年生活，谎报年龄登报征婚，想找年轻漂亮的新老伴共度余生，却遇人不淑，每每失望，令人啼笑皆非。“老年、谎报、年轻漂亮”，光是这几个关键词就足够阐明故事的主题，虽不知故事全貌，但此时已可以想见故事类型及基本走向。

二、人物

我们常说，写一个故事，从某种程度上来说，就是为一个人翻案。这句话很有道理，论迹不论心，论心世上无完人，这世上确实没有完美之人。电影故事往往取材于生活真实，但又高于生活真实。此处的“高”绝非指单纯的正向升华，而是指脱离原素材，去塑造一个全新的、富有戏剧张力的新故事。而新故事能够立住的重点在于塑造一个有可信度的主人公，所谓可信度，除了塑造的主人公要有真实性以外，更重要的就是有立体感和饱满度。“立体”和“饱满”落实到具体的剧本创作上，就是这个人应该是个真人，既不是单纯的好人，也并非十恶不赦的坏人，而是有血有肉、有心结、有前史的人，如身边人。所以，一个真实的人总会有缺点，总会有错误，但是认真了解后，我们又能感觉到这个人的苦衷、优点和可爱之处，此为故事为人物翻案之处。

在《老年男女》的故事里，董勇这个人物被塑造得非常立体饱满，这是这个故事最大的优势和亮点。在故事的前半段，董勇几乎是负面的小人物形象，蹭学校图书馆的杂志《妇女之友》来征婚，将自己的年龄故意改年轻，在办公地点标本室违规养鱼及喝茶，看不上65岁的征婚对象曾朝芬，被同事瞧不起等，十足一个对年轻漂亮女性抱有幻想的老油条，并不是一个传统讨喜的角色，但同时又能唤起观众的新奇感，毕竟这样的老年形象在银幕上并不多见。在故事的后半段，我们可以看到编剧为董勇“翻案”，整个人物开始变得立体饱满，引发大家的共情。随着故事的发展，董勇的征婚之路愈加不顺，但我们能看到人物的可爱之处，他对好友老徐的理解支持、对爱情的憧憬、对老年生活的不甘心、对小董的鼓励和指导、可以不用查看就报出标本的具体位置、对枣儿出轨的包容,以及对女主角曾朝芬深入了解后的主动帮助与暗生情愫等。此时这个人物就不再扁平,而充满了丰富性。

再看曾朝芬,虽然她是故事的女主角,但相对董勇而言,还是更功能化一些。曾朝芬相对故事中的其他女性而言,戏份是最多的,剧情占比也是最高的,但整体还是处于衬托董勇的位置,并不是绝对女主角。很多故事中的这种功能性角色会写得过于单薄和刻板,但《老年男女》中,编剧还是在刻画曾朝芬的人物形象上做了很多小设计、花了不少小心思的。首先是曾朝芬的人物形象,"一位留着整齐银色小卷发,脖子上挂着长长印花丝巾的老太太",画面感呼之欲出。其次是她的人设,"退休小学音乐老师……浪漫、清高、文艺,以舞蹈家自诩,拥有旁人不理解的生活热情",性格特征明晰、鲜活。关于舞蹈家这一点,后文中还有呼应,算是比较巧妙的设计。

三、事件

事件作为载体,承载整个故事,呈现人物状态,推动剧情发展。剧本中的事件都是有效且递进的,这对于编剧来说是很重要的。《老年男女》的故事顾名思义是围绕男主角董勇征婚展开的,自然是用一个接一个的相亲作为具体事件。编剧巧妙地塑造了一个又一个的有趣征婚对象,继而和董勇发生了一段又一段令人啼笑皆非的相亲故事,其中包括哮喘发作的旗袍女、想要补贴自己女儿生活经费的相亲女 A、听力不好什么也听不清楚的相亲女 B、想要卖保健品给他的微胖女、通过相亲结识了一大堆男性友人的鸡腿裤女……

以上列举的种种为小事件,小事件贯穿在大事件中,剧本中的大事件也可以归结在三位女性身上,包括曾朝芬、枣儿、李白玲。曾朝芬显然是本文所有女性角色中最重要的,董勇和曾朝芬的人物关系符合类型片的设计,从不打不相识的欢喜冤家到相互理解、相互关爱、相互成长,最终都以自己之力帮到了对方,可惜在结尾时为了各自的心结和生活轨迹,终无缘相伴后半生,这也符合老年人谈恋爱的现实和无奈现状。枣儿和李白玲可以算是一组对比关系。枣儿是董勇的理想梦幻型女友,年轻漂亮又贴心,董勇甚至为了她愿意出钱开店,但最终曾朝芬撞破枣儿出轨同龄男孩的秘密,董勇得知真相后伤心欲绝。李白玲恰恰与枣儿形成了对比,她并不符合董勇对爱情的期待,其人设朴素又平淡,但董勇在意外受伤后,反而看到了她的美好和闪光点,他们最终走在了一起。虽然故事的结局没有明说,属于开放式结局,但人物的导向已十分明显。

四、结构与情节、场景与对话

(1)结构与情节

《老年男女》并无特殊的剧作结构,是经典的顺叙结构,这种叙事结构有利于观众沉浸其中,跟随主人公一起慢慢经历剧情发展,可以引发观众的共情,不易出戏。

事情的变化和经过即情节,情节作为剧本写作要素之一,主要指作品中表现人物之间相互关系的一系列生活事件的发展过程,它是由一系列展示人物性格、表现人物与人物、人物与环境之间相互关系的具体事件构成的。情节的两端一边是事件,一边是结构,这三者被有效地交织在一起,最终形成饱满的人物形象和故事终态。

《老年男女》的核心事件是董勇征婚,这个在前文中已详细列举,穿插在各个相亲事件中的具体情节丰富有趣,增加了剧本的趣味性和戏剧性,也使得人物形象更加立体、真实。此处列举两处具体说明。

①第 1 场戏

董勇拎起桌上的茶缸,迈着八字步往门口走去。女同事 A 把暖壶放到桌上,打开塞子。董勇在桌前停下来。

董勇:给我这儿也续点。

他朝女同事 A 伸过手里的茶缸。

女同事 A 看他一眼。

女同事 A:昨天的水,我预备浇花呢。

董勇:啊……

董勇讪讪地收回茶缸,摸了摸鼻子,走了。

这个情节设计可以明显看出董勇“老油条”的一面,同时也可以隐隐感到同事对他的鄙夷和看不起。

②第 13 场戏

董勇转回头去。两人都直视着面前的湖。沉默了一会儿,曾朝芬开口。

曾朝芬:看来您不是我要找的人,我也不是您想找的那种人。

董勇:彼此。

曾朝芬:没事,我觉得直说挺好,简单。

董勇:对,省得瞎耽误工夫。

曾朝芬站了起来,朝向董勇。

曾朝芬:那咱们就这样吧,再见。

董勇也站起来。

董勇:咱俩应该不会再见了。拜拜吧!

董勇朝曾朝芬摆摆手。曾朝芬抬着下巴点点头,迈步就要离开。董勇也同时迈步,两人不巧又走到同一方向,都站住脚,看着对方。

董勇:我走这边。

董勇转身朝相反的方向走去。曾朝芬撇撇嘴,从另一方向离开。

董勇和曾朝芬在彼此告别以后,分别走向两个方向,既有分道扬镳、背道而驰之意,也交代了两个人当时的心理状态和当下的决定,即相亲不合适,以失败告终。这个情节设计得很巧妙,也是新人编剧惯用的小技巧,在吸引观众方面可以说是屡试不爽。

(2)场景与对话

简单地说,故事发生在哪里即场景,人物说了什么即对话,它不仅仅是指人物之间对话,也包括人物独白、旁白等。场景和对话看似不起眼,但如果不精心设计,水戏就会很多。同样的语意,用不同的对话展现出来也会有高下之分。同样的故事,发生在不同场景中也会营造出全然不同的氛围,并且场景选择还会影响最终的视觉效果,这都有讲究。

《老年男女》剧本中的场景选择和对话设计整体都不错,能看得出作者有所思考、有所构想。此处我想以男女主角出场的两个地方来举例说明一下。

①第 1 场戏

窗边排得整齐的盆栽沐浴着清晨的阳光,公共阅览室内采光充足,环境温馨而宁静。报刊架旁只坐着一位老人,他正在看书。

董勇(画外音):本人董勇,男,65 岁,离休干部,独居孤苦,身体尚健,自给自足。有房存款,欢迎入户。萍水相逢老来伴,我渴望一位知心伴侣,望择 35—50 岁相貌气质俱佳的女士,携手余生,买菜遛弯儿,夕阳正红。

董勇中等偏瘦身材,腰背挺直,穿着半新不旧的干净布夹克和皮鞋,手里举着正在看的杂志,杂志遮住了脸,仅露出反光的一只金丝眼镜腿和顶上花白的头发,并不稀疏而是略微蓬松地自然卷着。手边的桌上摆着冒着袅袅热气的玻璃茶缸,茶叶在深色的茶水里悬浮着。他拿起茶缸喝了一口。

他把卷握在手的杂志摊开,翻了一页,露出封面上《妇女之友》四个竖排大字。封面图片是个穿短裙的女模特,董勇抓着杂志的手指正好落在封面裙摆的边上,他一边看杂志,一边无意地动动手指。

第 1 场戏对于剧本来说十分重要,既是整个故事的开场,又是主人公董勇的第一次出场,功能诉求很明确。首先是场景公共阅览室,一方面交代了他的工作环境,符合他需要手拿杂志《妇女之友》的背景;另一方面是,董勇是蹭生物所公共阅览室的杂志来征婚,更加体现他“老油条”的一面,是合适的选择。

开场独白也是编剧们非常爱用的人物出场方式之一,借人物之嘴说出一段独白,介绍自己的基本情况和目前的困惑或者目前的诉求,后者往往也是故事的主题表达,配合人物出场画面,这样能让观众在第一时间了解人物情况及故事核心,简单、直接、好用。

②第 12 场戏

董勇走到湖边,停下脚步。天气晴好,面前湖光粼粼。他满怀期待地吸了口气,举起手里那枝康乃馨,试了试想把它塞在自己的衬衫胸前口袋里,想想又拿出来。他四处张望,等待着曾朝芬。

曾朝芬:您好,是董勇大哥吗?

身后响起声音,董勇连忙回过身去。

一位留着整齐银色小卷发，脖子上挂着长长印花丝巾的老太太手里握着《妇女之友》站在那里。

这场戏是董勇“心心念念”的曾朝芬第一次出场，董勇和观众对她的期待都很高。场景是公园湖边，这是老年人日常活动交友的主要场景，虽不新颖，但符合逻辑，契合观众的认知。满怀期待，吸了口气，举起康乃馨，塞在口袋里，拿出来，四处张望，董勇这一系列的动作发生在波光粼粼的公园湖边，与环境融为一体，非常自然。

五、不足之处

《老年男女》的故事完整，主题表达清晰，主人公塑造饱满，情节细节符合逻辑，整体来讲是个很不错的剧本，但仍有进步的空间。以下观点，供参考。

（1）人物魅力不够，包括董勇和曾朝芬，虽然人物设计立体饱满、符合逻辑，但人物自身的人格魅力不够，无法让观众产生移情，无法让观众产生迫切希望主人公获得好结局的心理；

（2）故事的独特性不够强，虽聚焦于老年婚恋这一银幕留白领域，但故事发展的每一步基本都能被明显推导出，没有专属于这个故事的独特性和新颖感；

（3）片名本身非常重要，《老年男女》略无新意，可再斟酌；

（4）故事有点平，张力不够，侧重点不明显，可在具体情节设置上再斟酌。

看不见的人

◇ 刘美林　谭思远

人物小传

贾　东：曾经风靡一时的歌手，因沾染毒品、滥情，事业走上下坡路，渐渐被歌迷遗忘。

卜　影：贾东的前妻，心理医生，因贾东沾染毒品、滥情、自暴自弃而与他离婚。

冯　可：贾东的歌迷，曾经是名记者，内心也有一个做歌手的梦想。

欢　子：贾东的助理，年轻姑娘。

汤教授：卜影的心理学导师，专业造诣较高。

故事梗概

贾东坐在窗前，一圈圈的纱布拆开后，阳光逐渐明朗起来。他脑海中偶然闪现着汽车在雨夜中高速行驶的画面。贾东用冰冷的水刺激着自己，镜子中一张俊俏的脸逐渐清晰，他用手刚触摸到镜子中的脸，敲门声起。打开门，是助理欢子。欢子关切地问贾东这几个月去哪儿了，贾东支支吾吾也不好回答。欢子没在意，直接把他消失的这段时间的行程重新安排确认。贾东的电话响起，卜影约贾东出来见面。

卜影和贾东坐在一起，除了开始的嘘寒问暖外，两个人都沉默不语，卜影说自己在保险公司有朋友，可以把赔偿时间缩短，希望贾东能与自己同去。路上交通十分拥堵，贾东脑海中闪现了一些雨夜高速路上的画面。卜影认为车祸后的贾东还未完全恢复过来。在保险公司的时候，由于一些具体数据和资料问题，贾东没能顺利办成手续，某些错乱的意识包括车祸的画面总是出现在他脑海里。在回家的路上，贾东发现两个黑衣人跟着自己，并且越来越近，他发现这两个人十分面熟，于是加快步伐。几番追赶后，贾东成功将黑衣人甩开。回到家时，贾东看到一张陌生的脸出现在镜子里，感到十分恐惧，他决定找回自己的记忆,并弄清这个人到底是谁。这让心理医生卜影十分担忧,她提出要给贾东进行心理治疗,贾东也欣然接受了,贾东希望卜影能一直陪在自己身边。卜影是贾东的前妻。卜影回忆,在车祸前贾东跟自己提出复合的请求,并且发现贾东的性情没有以前那么暴躁了,她也就同意大部分时间可以陪着贾东,但是晚上不行。

(闪回)卜影在贾东出事故后未出院的时间内,一直还沉浸在离婚的困扰中,她得知贾东碰毒品,但是并没有进行任何的劝阻,贾东最后提出分手在很大程度上是因为他强烈依赖毒品以至于不能自拔,又怕自己的妻子知道。贾东(真实)欠下了一大笔债,遭到黑社会追捕,卜影也受到了威胁。

半夜,贾东做了个噩梦,梦见自己经历了一场车祸,惊吓中满脸汗地醒来。他脑海中突然冒出一串数字,他抓起纸笔快速记录下来。重新躺下后,贾东翻来覆去怎样都睡不着了,只好起来,打开了电脑。他在网上搜索纸上的那串数字,却没有任何结果。

贾东接下来的行程安排是一次歌唱比赛的评委工作,由于贾东的到来,歌唱比赛受到空前的关注。初试结束后,记者对贾东进行采访,当问及前几个月为何无缘故消失时,贾东的错乱思绪再次出现,欢子看到情况突变,迅速结束了采访活动。这让记者疑惑,随即很快出现了关于贾东的一些负面报道,贾东的声誉受到严重影响,这也严重影响了贾东的情绪。

贾东每回出门都受到黑衣人的跟踪,这让他整日惶恐,他决定与黑衣人进行谈话。他将黑衣人骗到某个地方,与其进行交谈后得知,他们是高级保镖,奉命看守贾东,贾东是某毒品销售链中的重要人物,他们负责保护他的安危。贾东问是谁让他们这么干的,黑衣人说是贾东自己。

贾东回到家中,开始翻箱倒柜,然后他打电话告诉黑衣人不要再跟踪自己了,他想与其解除关系,黑衣人同意了。

卜影和欢子通过一些事情慢慢发现生活中的贾东变成了一个十分善良温和的人,决定让记者对其生活进行跟踪报道,就在这时,歌唱比赛曝出黑幕,评委们都受到了质疑,一长串被曝光的名单里却没有贾东的名字,这让所有人对贾东都有了正向的评判,媒体也开始对他进行大规模的正面报道。卜影也慢慢改变了对贾东的印象,开始喜欢上了这个和善、正直、有才华的男人。

贾东想起自己脑海中的数字,他看到位数与电话号码一致,于是试探着拨了出去,电话接通了,但是没有人接听。于是贾东去电话局调查,那串电话号码的户主是一个叫冯可的人。他通过一些手段拿到冯可的地址后决定去冯可家中一探究竟,来到冯可的家后,他看到眼前的一切——小区、楼道都有种似曾相识的感觉,脑海中再次出现幻觉。找到冯可家的门牌号,贾东刚要敲门,里面的住户打开门正要往外走,一个中年妇女问他要找谁,贾东随口编了一个名字,中年妇女说这里是个供小学生吃饭午休的小饭桌,贾东问这个小饭桌开了多长时间了,中年妇女说才刚开了不到一个月,这个房子是新租的,价格便宜。贾东说自己可能记错地址了,就离开了。

就在这时,保险公司的朋友给卜影打电话,说赔险的过程中发现了贾东汽车的公里数有被改动过的痕迹,并且通过对事故现场的分析,车体左侧有轻微凹痕但不至于使驾驶员受到致命的伤害,而右侧车尾部的撞击痕迹才是导致驾驶员发生致命性伤害的根本原因,也就是说车在发生致命伤害前已发生过一次碰撞。这让卜影回忆起自己在车里的那次是因为刹车失灵引发的事故,可后来的事故是因为与大卡车相撞,她并未目击之后的事故。这让卜影内心很不安,她突然有一种猜测,当晚贾东把她约出来是想将她杀害,因为当时她问贾东去哪儿的时候,贾东什么都不说。而现在他发生这么大的变化,与自己复合一定另有阴谋。她想弄明白贾东到底在想什么,于是将贾东约出,以对其进行心理治疗为由将其催眠,想要寻找一些线索。

贾东也十分配合,当贾东成功被催眠后,被问及相关问题时,他偶然说出一个山谷的旧农场的名字,但他突然从催眠中清醒过来。卜影看到贾东脸色不对,就问他是否知道这个旧农场的事,贾东说不清楚,但是跟卜影说了他最近总是在镜子中看到一张陌生人的脸。晚上回到家,贾东总觉得不对劲,于是上网搜索有关自己的信息,他惊奇地发现自己总看到的那张脸就出现在很多关于自己的照片中。他怕卜影担心就没有告诉她,他总觉得好像有另一个记忆,一些记忆还总是闪现出来,他决定再去一次事故现场寻找自己的记忆。

到了现场他突然意识到这是他印象中的那个旧村庄。贾东下山之后,轻车熟路地通过各种捷径走入一个村庄,村庄里已经没有人,只剩下一些土制的房子。他很快找到了记忆中的房子,惊奇地发现了一辆被烧毁的汽车,车里还有一些破碎的没有烧干净的衣服。他恍惚起来,由于还有歌唱比赛10进3的决赛,他抓紧时间回到了比赛现场,在比赛进行到最后的时候,应主持人和观众的强烈要求,他给大家唱了一首歌为选手们加油打气。可演唱结束之后所有人都看出来这根本不是他原本的水平,歌唱得非常差劲,他下台之后甚至听到了嘘声,在主持人的圆场下,比赛很快结束。

黑社会的人再次找上门来,贾东以为他们来催他还钱,但黑社会的人说一个叫卜影的女人已经将他欠的钱还清,这次来是想问他是否还需要毒品,或者以后借钱的话继续合作。贾东谢绝,送他们走。贾东叫来卜影,原来卜影一直都知道毒品的事,卜影只是想贾东以后好好做人。

随着网上的风传,各种关于贾东的消息出现,这时,有一位整容医生冒出来说贾东曾经整过容。贾东在家关注着网上的一切传闻,卜影也找到贾东问其是否愿意接受她的老师对他进行催眠治疗,卜影的老师是心理学界的泰斗,也是催眠术最厉害的人。贾东正在观看歌唱比赛的总决赛,总决赛晚会的主题变成了打击假唱,最戏剧性的是,一名选手在最后决赛的过程中唱了一首歌,自称是原创的歌曲,却正好被台下的观众发现实际上这首歌是北欧的一首民谣改编的,当贾东看到这个场景时,记忆又被勾起。他越来越发现自己根本是另外一个人。卜影看到贾东萎靡的样子,想帮助他,因为她已经接受了这个变得十分善良的贾东,贾东愿意接受催眠治疗寻找记忆中的片段。

这次贾东被真正催眠了，他在过程中曝出了惊人的秘密。贾东醒过来后，卜影播放刚才拍摄的整个他被催眠的过程，画面中的贾东平静地躺着，慢慢地说着真相：他是杀人凶手，他叫冯可，是贾东的歌迷，热爱着音乐，但是自己没有什么才华，为了更合理地与自己的偶像近距离接触，他做了狗仔，但是当得知贾东和卜影离婚后，贾东的形象在自己的心中破灭。他进入贾东邮箱后，发现了一个惊人的秘密，贾东当年的成名曲一直被认为是原创歌曲，可邮箱里有一封国外的邮件，附件里有首歌和贾东的成名曲曲调一模一样，他明白贾东的音乐也是抄袭的。贾东的所有形象在他心中都变了，他决定杀了贾东。他首先以贾东的经纪人身份与整容医生进行交涉，用最新的技术做了一份类似保险的协定，若有一天贾东因为事故脸部有损伤，整容医生必须无条件地对其面部进行修复，在此期间，贾东将会提供自己的基因组织给整容医生。然后冯可向贾东要挟说自己已经掌握贾东的成名曲非原创的证据，这对贾东来说是十分致命的，于是同意用金钱跟其交换。可冯可利用贾东第一次给的钱买了一辆和贾东一个型号的汽车，并去维修厂进行做旧处理，且把公里表上的数据改成了与贾东汽车一样的数据。然后再次约见贾东勒索，并称这是最后一次，一定要在某个地方见面，不许让任何人知道，否则就公布真相。贾东只好照办，但冯可的另外一个要求是贾东必须和卜影复婚，并带着卜影一起和自己做最后一笔交易，他事先在贾东汽车的刹车上做了手脚，特地选择了一个雨天。那个村庄就是他的老家，所以地点道路他很熟悉，在路上他跟踪贾东的汽车，到预定位置放了一些干扰物，迫使贾东紧急刹车，结果汽车出事，在贾东和卜影昏迷之际，冯可将卜影放回自己的车上，然后将贾东的车运到自己家的旧村庄里，对其进行焚烧，再回到自己的那辆车里，故意制造了因为雨天刹车失灵的假象，最后自己去做了整容手术，变成了贾东的样子，这样卜影就成了第一次事故的目击证人。可没想到的是，他将车故意撞到墙上时，一辆大车也因为他放置的障碍物在雨天路滑的情况下狠狠地撞向了冯可的汽车，导致了他的失忆。

贾东看完录像，非常惊讶，但也恢复了脑海中冯可的意识。卜影的老师执意要去报警，卜影阻拦不得，情急之下只好将其击昏，没想到失手杀死了老师。但是贾东已经恢复了作为冯可的记忆，他最终决定拨打110报警自首，并让卜影赶紧离开，自己承担卜影的老师死亡的后果。冯可冷静地整理了现场，将刚才的录像销毁后，警察赶来了。

警察局审讯室里，警察给冯可播放了一段录像：在卜影的老师的心理咨询室内，贾东躺着，卜影在一旁，卜影的老师在给贾东植入信息，信息的内容就是之前那段录像里贾东自己亲口述说的真相。冯可这才明白，卜影想杀死真正的贾东，自己只是她的一枚棋子，她杀死老师也是趁冯可在场可作证的情况下表演的一场“失手错杀”。这段录像是卜影的老师偷偷录的。冯可要接受法律的制裁，而卜影也被通缉了。

（闪回）卜影厌烦了染上毒瘾、四处留情、弃音乐梦想于不顾的贾东。在与认识的整容医生聊天过程中，她偶然发现了愿意替代贾东的冯可，跟整容医生签订合同后，她帮冯可付了剩下的钱，并承诺事成之后还会给他一笔钱，要求其对冯可保密。之后卜影并未给医生第二笔钱，因她将钱给了黑社会，故整容医生向媒体爆料贾东整容一事，卜影只得再给钱封其口。

1. 贾东家 日 内

落日余晖从落地窗外照射进来。

贾东坐在镜子前面，脸上缠绕着白色的纱布，只在眼睛的部分留出一条缝隙。

贾东拿起剪刀将纱布的其中一条剪断，放下剪刀，他闭上眼睛，一圈一圈将纱布摘下。

2. 山路 夜 外(闪回)

下着雨，道路湿滑，贾东开着车疾驶在下坡的山路上，后视镜将后车强烈的灯光反射过来，紧接着是刺耳的刹车声，贾东头部狠狠地撞向方向盘。

3. 贾东家 日 内

贾东紧闭双眼，眉头紧蹙，手上拿着拆下来的纱布。

贾东用手触碰了一下脸，才睁开双眼，看着镜子中的自己。

对比镜子中贾东身后墙上挂着的巨幅照片，这张脸与照片中的脸并无两样，贾东稍稍松了口气。

这时响起钥匙开门的声音，贾东本能地侧身躲在窗帘旁边。

欢子打开门走了进来，手里拎着两大袋吃的，关上门，把吃的拎到厨房。

贾东扫了一眼桌子上的几个相框，发现有一张欢子帮他补妆的合照，他放松下来，朝厨房走去。

欢子正好从厨房出来，看见贾东，吓一大跳。

欢子：贾老师，您在呢，吓我一跳。

贾东点点头，没有说话。

欢子：我上回来，看冰箱里没什么吃的了，给您拿来些。

贾东：谢谢。

欢子：我该做的啊。对了，贾老师，这么几个月都联系不上您，好多事堆着呢。

欢子打开背包，找着什么。

贾东：是啊，我一直没在。

欢子掏出一个文件夹，递给贾东。

欢子：我都记在里面了，您看一下，定下来告诉我一声就行。

贾东：好。

贾东把文件夹放在电脑桌上，电话铃响了。

欢子识趣地抱起背包。

欢子：贾老师，我先走了，咱们电话联系。

贾东接起电话,朝门口的欢子做了一个 OK 的手势。

4. 地下停车场 夜 内

戴着墨镜的贾东走到一个空的停车位上,看看手中的那串钥匙,没有车钥匙。

正巧经过的管理员看到贾东,热情地打招呼。

管理员:贾先生,好久没见了。

贾东愣了一下,朝他点点头。

管理员:对了,您的车也一直没停回来,是不是送去检修了?

贾东:嗯,是吧。

5. 咖啡馆 夜 内

咖啡馆里灯光昏暗,角落的三角钢琴前有人弹奏着。

卜影坐在靠窗的桌子旁,桌子上放着一杯咖啡。

卜影看着窗外,窗户的玻璃外面有水珠不断流下来。

贾东推门走进来,径直走到卜影的桌旁,坐了下来。

贾东摘下墨镜,放在了桌子上。

贾东:老位子啊。

卜影笑笑。

服务生走了过来。

服务生:好久不见,您今天点点儿什么?

贾东:你吃过了吗?

卜影摇头。

贾东:来一份我们常要的套餐吧。

服务生:好的。您寄放在这里的红酒需要吗?

卜影:先不要吧,谢谢。

服务生离开。

卜影:我把你的车开过来了,都修补好了,完好如初。喏,钥匙给你。

卜影将一把车钥匙搁在桌上,推向贾东那边。

贾东把钥匙装了起来。

卜影:保险公司那边,我有一个熟人,可以把赔偿时间相对缩短一些。需要的时候,我跟你一起过去,把手续办了就可以了。

贾东:好,谢谢你了。

卜影:我们之间,别这么客气了。

6. 街道 夜 外

下着雨,行人匆匆赶路。

贾东和卜影从咖啡馆走出来,卜影指指车停的位置,贾东脱下自己的外套,撑在两人的头上,一起快步走了过去。

卜影:你快回家吧,我打车就可以了。

贾东:雨这么大,打不着车吧,我送你。

贾东拿钥匙打开车门,又关上了,绕到副驾驶那边。

贾东:还是你来开吧。

贾东坐进了副驾驶座,卜影只好绕过去坐进驾驶室。

7. 贾东车里 夜 内

车里很静,只有雨刷运作的声音和雨落在车上的声音。

忽然一个急刹车。

卜影:哪儿蹿出来的猫啊?

卜影扭头看贾东,贾东紧紧抓着车门上的扶手,表情很紧张。

卜影:没事吧?

贾东:没事。

卜影:还是我先把你送回家吧。

贾东:好吧。

卜影在下一个路口转了弯。

8. 地下停车场 夜 内

车子稳稳当当停进了车位,熄火。

9. 贾东车里 夜 内

卜影拉手刹,解开安全带,转身也给贾东打开安全带。

贾东在走神。

卜影:到家了,回去好好休息吧,别胡思乱想。

贾东接过车钥匙,点点头。

卜影:那我先走了。

卜影打开车门,下车,关车门,又打开车门,探身进来。

卜影:很多事想不起来就不要用力想了。还有我呢。

贾东点头。

卜影关门,离开。

10. 地下停车场 夜 内

停车场极其安静,贾东在车辆之间走着。

贾东感觉后面有人跟着他,不时回头,看到两个穿着黑色衣服的人总在离他不远的地方跟着。

贾东快走几步,进了直通楼上的电梯。

11. 贾东家 夜 内

贾东倚靠在沙发上,电视开着,音量被调得很小。

贾东翻看着之前欢子留下的文件夹。

贾东看着,眼皮越来越沉,头猛地点了一下,醒了过来。

贾东放下文件夹,拿起杯子,往卧室走。

经过落地窗时,他的余光看到玻璃窗上自己的影子,身后还站着一个人。

贾东扭头看向落地窗,只有自己,并没有什么别人,于是走进了卧室。

12. 山路 夜 外

(贾东梦境)

下着雨,道路湿滑,贾东开着车疾驶在下坡的山路上,后视镜将后车强烈的灯光反射过来,紧接着是刺耳的刹车声,贾东头部狠狠地撞向方向盘。

贾东清醒过来,扭头看坐在副驾驶的卜影,没有系安全带的卜影上半身撞出了车前窗,满头满脸的血流下来,她仍旧睁着眼睛。

13. 贾东家 夜 内

墙上的夜光灯发出幽幽的蓝光。

睡梦中的贾东惊醒过来,额头有一层细密的汗珠,看看四周,他坐了起来。

贾东从床头柜抽屉中找出笔和便利贴,快速写了一串数字。

贾东重新躺下,却翻来覆去地睡不着了,干脆起来。

贾东打开电脑,打开网页,将那串数字输入,点击搜索,结果却是些无关痛痒的内容。

贾东拿起手机,给欢子拨电话。

看着手机屏幕的电话号码,发现跟便利贴上记的那串数字位数是一样的,他马上挂断了欢子的电话,拨打便利贴上的号码。

电话接通了,响了很久,没有人接听。

贾东挂掉电话,欢子的电话打了进来,贾东按下通话键。

贾东:喂!

欢子:贾老师,您找我?

贾东:没吵醒你吧?

欢子:没事,我还没睡呢。

贾东:跟你说一些我们接下来的工作安排。

欢子:好的,您说。

14. 保险公司 日 内

接待室里,贾东和卜影坐在沙发上,小李端了两杯水给他们。

卜影:别麻烦了。

小李:影姐,实在抱歉,资料审核时有些数据对不上,现在没法办理手续啊。

卜影:什么数据对不上?

小李:指纹有些出入。

卜影:指纹?

卜影扭头看看贾东,贾东表情很茫然。

卜影：还有别的方式替代指纹吗？签名的笔迹鉴定可以吗？

小李：笔迹，我得跟上面请示一下。

卜影从皮包里拿出一个牛皮纸信封，放在茶几上。

卜影：小李，这事可就完全托付给你了，你办事，我放心。

小李：影姐，您太客气了。这样吧，我回头就请示上面，把这事赶紧解决了。

卜影：行，那先谢谢你了。我们还有点事，就先走了。

卜影和贾东起身，往外走，小李跟在后面。

小李：好的。贾老师，我可是您的老歌迷了，一直等着您的新歌呢。

贾东尴尬地笑笑。

贾东：谢谢，谢谢。

15. 小饭馆 日 内

卜影和贾东坐在靠窗的位置，卜影低头吃着饭，贾东愣着神，面前的饭都没怎么吃，只是冷饮喝掉了很多。

卜影抬头看贾东，停下筷子。

卜影：你怎么不吃啊？

贾东：你吃吧，我不太饿。

卜影放下筷子，拿纸巾沾沾嘴角。

卜影：看你脸色也不怎么好，没睡好吧？

贾东点头。

贾东：总是梦见那个车祸，看见你一次次受伤流血，就从梦里惊醒过来。

卜影：我这不是好好的嘛，只是些皮外伤，现在都好了啊。倒是你，不仅受了皮外伤，心里也受伤了呢。

贾东（笑笑）：以前看电影看电视，觉得里面的角色动不动就失忆了，没想到失忆离我们的生活那么近。

卜影：别搞笑了。我觉得你顺其自然就好，别太费力想了。

贾东：我现在总是出现幻觉。

卜影：要不我给你进行催眠治疗吧，或许能管用。

贾东：你最近不是忙着你的新书吗？

卜影：嗯，一稿出来了，没事，这点时间还是有的。

贾东：好吧。

卜影：对了，那天晚上你约我出来，是要跟我说什么事呢？

贾东想了想。

贾东：我也忘了。等我再想想。

卜影笑笑。

卜影：不急。

卜影拿起纸巾,帮贾东擦了擦嘴角。

卜影:这么大了,吃饭还跟小孩似的。

贾东笑了。

16. 贾东家 日 内

隔着玻璃窗,可以看到贾东躺在沙发上,卜影站在旁边,嘴里说着什么。

17. 冯可家公寓 日 内

画面有些朦胧扭曲。

贾东走在一个悠长昏暗的楼道里,到了一户人家,掏口袋找钥匙,怎么也找不到。

警报声响起,贾东焦急地四周看看,拍打着门。

18. 贾东家 日 内

贾东躺在沙发上,很紧张的样子。

门铃刺耳地响着。

卜影拍拍贾东的肩膀,轻声唤他。

卜影:贾东,贾东,醒来吧。

贾东慢慢睁开眼睛,卜影递给他一杯水,朝门口走过去。

打开门,是欢子。

欢子:贾老师,我忘记带钥匙了。

欢子抬头仔细看,才发现来开门的是卜影。

欢子:卜、卜老师,您在呢?

卜影:进来吧,我正好要走呢。

欢子:我跟贾老师说一下工作安排就走了,您别着急走。

贾东:是啊,等会儿吧。

卜影:我跟汤教授约了改稿子呢,没事,改天咱们继续。

卜影说完,拿着皮包匆匆离开了。

贾东:来,进来坐。

欢子:贾老师,您说的那个比赛的事已经定好日期了,这几天就开新闻发布会,跟您说一下。

贾东:好的,其他的事帮我推了吗?

欢子:嗯,都安排好了。

贾东:好。

欢子:没什么事我就先走了。

贾东:行,服装你也帮我定吧。

欢子:没问题。

贾东送欢子出门,临关门,又想起什么。

贾东:你等一下。

贾东走到书桌前，翻找着什么。他找到了那张记号码的便利贴，递给欢子。

贾东：记一下这个号，帮我查一下这个号码的地址。

19. 超市 日 内

贾东提着购物篮，在货架之间走着，挑选商品。

贾东逛完一排货架，到了拐角，发现货架顶上的反光镜中，自己后面跟着两个穿黑色衣服的人。

贾东转到隔壁的一排货架，继续挑选商品。

走到尽头，看反光镜，那两个人还跟在他后面。

贾东拎着购物篮匆匆到结账柜台，四周看看，没发现黑衣人的影子，交完钱，匆匆离开了。

20. 新闻发布会 日 内

“花儿青年歌手大赛启动仪式”几个大字的横幅挂在墙上，前面一排桌子，贾东坐在正中间，左右两边坐着另外两个评委。

台下几排的媒体记者和摄影忙着记录，不时有闪光灯亮一下。

主持人：预祝“花儿青年歌手大赛”圆满成功！

众人鼓掌。

发布会结束，几个记者围住了贾东。

记者一：贾东，能给我们透露一下，您这几个月去哪儿了吗？

记者二：与前妻卜影离婚的事是不是影响到您的心情和您的工作了？

记者三：帮歌迷们问一声，您什么时候出新歌啊？

好几台镁光灯近距离对着贾东拍着，他有一种刺目的眩晕感，下意识地抬手挡着眼睛。

21. 冯可家公寓 日 内(幻觉)

画面有些朦胧扭曲。

贾东还是站在那个悠长昏暗的楼道里，那扇门打开了。

贾东走了进去，看到墙上贴的全是贾东的海报。

贾东拿起一面镜子，照自己，却是刺眼的白光。

22. 新闻发布会 日 内

贾东拿手挡着眼睛，记者还在不停地拍照，白光闪烁。

欢子见状，赶紧挤进来，将贾东挡在了身后。

欢子：抱歉，各位，这次发布会没有安排采访时间，实在抱歉。

23. 休息室 日 内

欢子帮贾东拉着布帘，贾东换衣服。

贾东：刚才，谢谢了。

欢子：嗨，应该的嘛，谁让那些八卦记者瞎问呢。

贾东换好平日穿的衣服走了出来,欢子收好布帘。

欢子:对了,贾老师,上次您给我的号码,我查到地址了。

欢子从背包里拿出一张纸条,贾东接过来,塞进了裤兜里。

贾东:好,你帮我叫辆车吧。

24. 冯可家小区门口 日 外

一辆出租车停靠在路边,戴着墨镜的贾东下车。

贾东走进小区。

25. 冯可家公寓 日 内

闪回之前幻觉中的楼道。

贾东凭直觉径直走到了幻觉中出现的那户人家,从裤兜掏出记地址的纸条,508 室,看门上贴的牌子,正是 508 室。

贾东摘下墨镜,拿在手上,清了下嗓子,抬手敲门。

手还没落到门上,门打开了一条缝隙。

贾东看看四周,没人,将门推开,一个小男孩冒了出来,贾东吓了一跳。

小男孩:叔叔,你找谁?

贾东:你们家大人在吗?

小男孩(回头喊):阿姨,有人找。

一个中年妇女模样的女人走过来。

女人:你找?

贾东随口编了个名字。

女人:没有这个人,我们这里是小饭桌,供附近上学的孩子们吃饭午休的地方。

贾东瞄了一眼屋里,好多孩子在吃饭,墙上贴着各种动物的卡通图片。

贾东:小饭桌开了多长时间了?

女人:不到一个月吧,房子是新租的,价格便宜。

贾东:我可能记错地址了,不好意思,打扰了。

女人:没事,您孩子要是需要,也可以来我们这里。

贾东:谢谢您。

女人将门关上。

26. 出租车 日 内

出租车上,贾东坐在副驾驶的位置,戴着墨镜,头倚靠在座位上。

车上的收音机开着,正在播报娱乐新闻。

收音机:许久没有露面,被歌迷暗呼神秘失踪的歌手贾东,今日出现在“花儿青年歌手大赛”的发布会上。担任本次大赛评委的贾东,面对镜头,显得极不自然。尤其被记者问及与前妻离婚的事情时,他直接拒绝接受采访。

贾东摇摇头,将头扭向窗外。

后视镜内，有一辆黑色的车跟着他们。

出租车拐了几个弯之后，贾东发现那辆车还跟在他们后面。

贾东：师傅，在这里靠边停吧。

司机：还差一个路口呢。

贾东：没事，我走过去吧。

司机：好嘞。

司机伸手将计价器关掉。

27. 街道 日 外

贾东走着，回头看，发现那辆黑色的车在他后面不远不近地缓慢跟着。

贾东快走几步，在十字路口转弯，走进了公寓的地下停车场入口。

28. 地下停车场 日 内

贾东在车辆之间走着，再回头时，已经能看到两个穿黑色衣服的人跟在他后面不远的地方。

贾东走到一个柱子后面，等了片刻，又出来，黑衣人刚好走过来，看到贾东，站住了。

贾东：你们想做什么？想对我怎么样？

黑衣人一：老板，我们是您的高级保镖，我们在保护您。

贾东：老板？保护？你们是在跟踪我啊。

黑衣人二：老板，我们需要时刻跟着您，才能保护您的安危。

贾东：是谁让你们这么干的？

黑衣人一：是您啊，您跟我们公司签的合同。

贾东：我?！我为什么需要你们保护？我的处境很危险吗？

黑衣人二：老板，您忘了吗？您是咱们销售链中的关键人物啊。

贾东：销售什么？

黑衣人二看看四周没人，靠在贾东耳朵旁悄悄说了句什么。

29. 贾东家 日 内

客厅的沙发被推开，沙发坐垫被掀开搁在地上。书桌的抽屉都打开着，里面的东西被翻得乱七八糟。

厕所里，柜门开着，里面的物品东倒西歪。镜子门也打开了，里面的药瓶全都被拧开了。

厨房里，柜子都开着，所有的锅都被打开了搁在地上。

卧室里，床单被掀开了，被罩被拆开了，床垫被推到床边，床头柜开着，里面的衣物都被掏出来扔在外面。衣柜开着，里面被翻得乱七八糟。

穿衣镜反射出靠着床边坐在地上的贾东，他手里拿着一个深色原木方盒子，盒子盖开着。

贾东拿出手机，拨号。

贾东：咱们解除合同关系吧，以后不用跟着我了。

30. 贾东家 夜 内

贾东坐在沙发上，端着一个小煮锅，吃着泡面。

手机响了，接听。

贾东：欢子，什么事？好的，我这就看。

贾东放下锅，起身将电脑拿过来。

贾东打开网页，点击娱乐频道，头条新闻就是《歌手贾东离婚后失踪　高调复工密会前妻》。

贾东点击进去，映入眼帘的就是他和卜影在小饭馆吃饭的照片，往后点击，全是从小饭馆外面偷拍的侧影，还有卜影用纸巾帮贾东擦嘴的一瞬间的照片。后面几张照片则是"花儿青年歌手大赛"发布会上的照片，以及贾东惊慌地用手挡脸的照片。

照片下面配的新闻报道：一年前，贾东与前妻离婚，昔日令人羡慕的模范夫妻形同陌路。几个月前，贾东失踪，无人知晓他的去向。近日，贾东高调复工，出现在"花儿青年歌手大赛"发布会的现场，被问及前妻，当场黑脸。同时，有人爆料，贾东几次与前妻密会，更有亲昵动作，并不避嫌。卜影，贾东的前妻，心理学博士在读。

贾东将电脑屏幕盖上，拿起手机，找到卜影的号码，拨号。

门铃响，贾东听着手机，走过去开门。

门打开，是卜影，拎着皮包和一个纸袋子，皮包里的手机在响。

贾东挂掉手机。

贾东：进来吧。

贾东进了卧室。

卜影走进来，放下皮包和纸袋，看到桌上的泡面。

卜影：你怎么就吃这个啊？对身体不好，你叫个外卖也行啊。

贾东从卧室出来，手里拿着那个木盒子。

卜影抬眼看到贾东手里的木盒子，不说话了。

贾东将木盒子放在桌子上，坐在沙发上，冲卜影招手。

贾东：来，你也坐下。

卜影坐在了贾东对面的沙发上。

两人沉默片刻。

贾东伸手拿起木盒子，打开，放在了卜影面前。

贾东：咱们离婚，是因为这个吧？

卜影一直看着贾东，没有去看木盒子里的东西。

许久，卜影点头。

贾东：我不知道过去的我是怎样的，但是我很清楚，现在的我绝对不会碰这些东西。

卜影：或许吧，但是我都能理解，确实挺难戒掉的。

贾东拿出木盒子里的几袋粉末和药丸，走进了厕所。

卜影坐着没动。

厕所里传来抽水马桶的声音。

贾东（从厕所出来，两手一摊）：真的，我已经不是原来那个贾东了。

卜影：好吧，我相信你。这样也是为你自己好。

两人沉默。

贾东（看到卜影的纸袋子）：你带了什么？

卜影：噢，对，我的新书样本，给你拿一本看看。

卜影从纸袋子里拿出一本书，递给贾东。

贾东接过来，翻看了一下，书名是《看不见的人》。

贾东：先提前祝贺你，梦想终于要实现了。

卜影笑笑。

卜影：是啊，这不，你还能记得我过去的梦想嘛！

贾东：哈哈，是啊，还有一些记忆存在。

贾东：对了，你今天上网没有？

卜影：你说的是照片的事吧？

贾东点头。

贾东：抱歉，我也不知道会有记者偷拍。

卜影：没事，这么些年不都这样过来的嘛，习惯了。

31. 贾东家楼下 夜 外

贾东送卜影走出公寓楼。

卜影径直走到自己的车旁，开门，坐了进去，摇下车窗，冲贾东摆手。

贾东也冲卜影摆手。

卜影发动车，离开。

贾东目送卜影离开，转身走进公寓。

32. 公寓电梯口 夜 内

贾东站在电梯口等电梯，“叮”的一声，电梯门打开，没有人，贾东走了进去，电梯门关上。

33. 电梯 夜 内

（贾东梦境）

电梯的三面都是镜子，贾东站在电梯中间靠后的位置，抬头看着上方的数字慢慢上升。

电梯的金属门反射出贾东旁边还有个人影。

贾东愣住了，顿了一下，慢慢回头看去，身后的镜子里出现了一张男人的脸（冯可）。

男人慢慢靠近贾东，脸跟贾东的脸慢慢重合，贾东感觉到脸部在灼烧，他用手抓扯脸,表情痛苦,脸上腾地冒出火苗,剧烈地燃烧起来。贾东痛苦地号叫。

电梯猛地开始下降,发出警报声。

34. 贾东家 日 内

躺在床上的贾东在梦中挣扎着,白花花的阳光透过没有拉窗帘的窗户直射在他的脸上,脸上满是汗水。

床头柜上的手机边响边震动,就要掉下来了。

贾东猛地睁开眼睛,坐了起来,抓起床头柜上的手机。

贾东:我睡过头了,行行行,你在小区门口等我,我这就出去。

贾东走进厕所,伸手打开柜子的镜子门,还没完全打开,发觉刚才镜子中自己的脸却是噩梦中的那张脸(冯可)。

贾东赶紧关上镜子门,镜子中,还是自己,贾东摇摇头,打开镜子门,拿出牙刷牙膏开始刷牙。

35. 小区门口 日 外

欢子背着双肩包,两手都提着几个大纸袋,站在树荫下面。

贾东开着车,从门口出来,停在了欢子站的人行道附近。

欢子看到,马上跑了过来,打开后面的车门,将所有纸袋放进去,又来到副驾驶,打开门,坐了进去。

欢子:咱们出发吧,贾老师,时间有点紧了。

贾东:好的。

贾东踩油门,车子开动。

36. 贾东车里 日 内

欢子四处看着车里的设施。

欢子:贾老师,您的车好像变新了啊。

贾东:是吗?

欢子:是啊,这个座位坐上去的感觉都跟以前的不同了呢,好像更有弹性更舒服了。

贾东:这座位以前也很舒服啊。

欢子:还有这里。

欢子打开车窗,伸出手去摸后视镜的外侧。

欢子:对,就是这里,我记得之前有很深的划痕,现在都平滑如新了。

贾东:你观察得够仔细啊。

欢子:贾老师,您前阵子是不是把车送去修护保养了?

贾东:这都被你看出来了。

贾东笑了一下,眉头渐渐皱了起来。

37. 演播厅 日 内

舞台上,一男一女两个主持人拿着话筒就位。

舞台正对着的是三位评委的位置，贾东坐在中间，旁边有一男一女两个评委。

舞台侧下方，导播在倒计时。

导播：五！四！三！二！一！

导播高举双手，示意观众鼓掌，又转向舞台，示意主持人开始。

女主持：亲爱的观众朋友们！

男女主持：大家晚上好！

女主持：新一届的“花儿青年歌手大赛”在今晚拉开帷幕了。

男主持：我们等这一天等了好久，观众等这一天也等了好久，你们说，是不是？

导播示意观众做出反应。

观众齐声高呼：是！

女主持：今年，我们有幸请来了三位大家最喜爱的老师作为这一届大赛的评委。

男主持：让我们热烈欢迎贾东老师！杨五羊老师！甄珍老师！欢迎他们的到来！

三位评委依次起立，转身向观众招手示意。

观众热烈鼓掌。

女主持：下面，有请我们的第一位参赛选手。

男主持：有请！

主持人退下，一个男孩拿着话筒走上舞台，音乐起。

38. 休息室 日 内

休息室有五个化妆台，看起来比较凌乱。

贾东坐在一个化妆台前，欢子站在旁边给他整理头发。

杨五羊和甄珍在一旁聊天。

一个工作人员进来，分别给杨五羊和甄珍一个信封，又走过来，给了贾东一个信封。

工作人员：老师们，再有三分钟就开始录下一期了，请准备一下！

工作人员出去。

贾东打开信封，里面是一张纸，上面写了几个号码。

旁边甄珍跟杨五羊小声嘀咕。

甄珍：今年怎么这么多啊。

杨五羊：唉，干一行爱一行吧。

贾东拿着那张纸在欢子眼前挥了挥。

贾东：哎，这是什么意思啊？

欢子俯身跟贾东耳语。

欢子：贾老师，这是这个节目的特色啊，您之前一直拒绝来这里做评委的，没想到您今年同意了。

工作人员又进来了。

工作人员：各位老师，咱们进演播厅吧，这就开始了！

贾东将那张纸搁在化妆台上，站起来，欢子急忙给他整理衣服。

贾东跟着另两位评委往外走，欢子看见化妆台上写着号码的纸，拿起来快步上前，塞在了贾东手里。

贾东回头看看欢子。

欢子：贾老师，结束后我在休息室等您。

39. 演播厅 日 内

女主持：有请 12 号参赛选手上场！

一个十八九岁模样的女孩走上舞台，戴着耳麦，袖珍话筒别在深 V 字领口上。两个伴舞跟着走上舞台，在女孩后面两侧就位。

音乐起，女孩与两个伴舞跳起了热舞，观众随着音乐鼓掌，欢呼，吹口哨。

女孩开口唱歌，力气不够大，唱的也总不在调上。

观众的掌声减少了，有点倒喝彩的趋势。

女孩越唱越紧张，舞步也忘了，跟旁边的两个伴舞完全不一致，她努力用余光看伴舞，但是怎么也跟不上了。

音乐结束，女孩尴尬地鞠了个躬，伴舞下场，男女主持走上来。

女主持：我们的 12 号选手太紧张了，来，听听我们评委怎么说。

杨五羊：小姑娘样子蛮好的，老漂亮了，老有活力了，歌声也甜美，十分有感染力，只是太过紧张了。这次，我让你通过，下次一定要好好表现啊。（上海话强调）

观众鼓掌。

女主持：12 号选手得到了一票，我们美丽的甄珍老师呢？

甄珍：我同意杨老师的看法。看了你的表演，我特别感动，为什么？因为你让我想起了当年的自己。当年的我，第一场站在舞台，也是凭着满腔热血和活力，技艺方面稍有欠缺，表现得不如意。但是，也是因为有像杨老师一样器重人才的老师为我打气加油，我才有了今天。所以，我的决定是，通过！

观众鼓掌，欢呼。

男主持：关键的一票，交给贾东老师了，让我们看看贾东老师的决定是——

贾东看了看杨五羊和甄珍面前桌子的那两张纸，看看自己面前的纸，上面的数字第一个就是 12。

贾东清了清嗓子，转过话筒来。

贾东：我认为，你该回家好好学习一下怎么唱歌，你的肺活量也要练。舞步都忘了，那不是用紧张就可以搪塞过去的，那是对观众的不尊重，对我们评委的不尊重，更是对你自己的不尊重。我认为你还需要多锻炼，所以，我的意见是，不通过。

观众小声唏嘘议论。

男女主持略显尴尬，相视一下。

导播也尴尬地看着评委席，眼神中又有一点怒气。

女主持：好的，三位评委都已经决定了。恭喜你，两票通过，一票不通过，你顺利进入了待定席！

12 号选手脸都红了，眼眶里还有泪水。

12 号选手：谢谢各位老师！我一定努力！

说完跑下了舞台。

40. 休息室 日 内

杨五羊和甄珍小声嘀咕着什么，欢子坐在一旁紧张地看着手机。

贾东推门进来，欢子高兴得蹦了起来。

欢子：贾老师，您快来看。

杨五羊干咳了两声，走了出去。

甄珍收起自己的化妆品，提起皮包，瞥了一眼欢子，走了。

欢子拿手机给贾东看。

欢子：您看，您刚才点评 12 号的时候，收视率整个提高了 30%啊，之后比赛的收视率就居高不下，尤其您每次点评的时候，观众发送来的短信也成倍增加。

贾东笑笑。

贾东：我以前的收视率很低吗？

欢子：不不不，我不是那个意思，您以前不爱参加这些活动，相当低调的。

贾东：呵呵，人这一生吧，是个能量守恒的过程，从前不吃酸，以后怎么也会让你补上。

欢子：嗯嗯，您说得对。

贾东的手机响了，在欢子的口袋里。

欢子从口袋拿出手机，看了一下号码，递给贾东。

欢子：给您，刚才这个号码打来一次了，我没有接。

贾东接过手机，看了一下号码，接听。

贾东：你好。

欢子转身去化妆台收拾化妆包、服装。

贾东：哦，小李，我想起来了。

41. 保险公司 日 内

接待室里，贾东坐在沙发上。

小李端了一杯水，放在贾东面前的茶几上。

贾东：谢谢。

小李边说边坐了下来。

小李：贾老师，情况是这样的。赔险的过程中我们发现了您的汽车公里数有被改动的痕迹，并且通过对事故现场的分析，车体左侧有轻微凹痕，但不至于使驾驶员受到致命的伤害。而车尾部右侧的撞击痕迹才是导致驾驶员发生致命性伤害的根本原因，也就是说，您的车在发生致命事故前已经发生过一次碰撞。

贾东皱着眉头，陷入了沉思。

42. 山路 夜 外（闪回）

下着雨，道路湿滑，贾东开着车疾驶在下坡的山路上。卜影斜靠在副驾驶的座位上睡着了。

后视镜将后车强烈的灯光反射过来，紧接着是刺耳的刹车声，贾东头部狠狠地撞向方向盘。

43. 出租车 日 内

车子停靠在路边，司机从后视镜看坐在后面座位上的贾东。

贾东在走神。

司机回过身来。

司机：您的地方到了。

贾东这才回过神来，看了看窗外，掏出钱包，付钱。

贾东：谢谢您。

贾东打开门，刚要下车，看到不远的地方，卜影跟一个60岁左右的男人（汤教授）从小区出来，贾东赶紧关上车门，悄悄看着他们。

卜影跟汤教授走到路边，拦了一辆出租车，卜影搀扶汤教授上车，又从前面塞给司机一些零钱。出租车发动，卜影朝汤教授挥手。卜影目送出租车走远，转身往小区走。

贾东打开车门，下车，朝小区走过去。

44. 卜影家门口 夜 内

贾东按门铃，片刻，门打开，卜影拿着手机在通话，看到是贾东，招手让他进去。

贾东走进去，门关上。

45. 卜影家 夜 内

贾东站在门前，有些踌躇。

卜影打开鞋柜，给贾东拿了一双拖鞋，放在贾东脚前，手里还拿着电话在接听。

卜影：嗯，嗯，你说，我听着呢。

贾东换好拖鞋，打量着屋里的一切。一进门的地方是工作间，有一组沙发和一张弧度看上去很舒服的躺椅，还有张电脑桌在角落里，旁边有很大的书柜。往里走，有厨房、厕所，卧室的门关着。

卜影冲贾东指指沙发，示意他坐下。

贾东点头，坐在了沙发上。

厨房里传来微波炉的“滴滴”声，卜影走进厨房。

贾东起身走到书柜前，看书柜里全是些心理学方面的书籍。

贾东往后退，不小心撞了一下电脑桌，原本处于屏幕保护状态的电脑重新恢复了之前的界面。

贾东扫了一眼，看到一张照片，抬头看看，卜影还在厨房，便俯身仔细看电脑。照片中是刚才卜影送出小区的汤教授，旁边站着卜影以及几个与卜影年纪相仿的人，照片的空白处写着：祝汤教授寿比南山！福如东海！您的学生：卜影、×××、××、×××。

卜影从厨房走出来，端着两个大盘子。

贾东赶紧走过去接过来一个盘子。

卜影：简单做了个咖喱饭，吃一口吧。

贾东：不简单，比我自己吃的泡面可丰盛多了。

卜影笑笑，示意贾东坐下。

贾东端着盘子坐在了沙发上，卜影也坐在了隔壁的单人沙发上。两人边吃边聊。

贾东：傍晚我来的时候，看见你送汤教授回家。

卜影（有点惊讶）：嗯，是啊。

贾东：汤教授这个岁数，该三世同堂了吧。

卜影：哪里，汤教授当年上山下乡，结婚早，现在已经有曾孙子了，四世同堂呢。不过汤教授看上去没有那么老，头发一染像60多岁，实际已经七八十岁了。

贾东：嗯，是，我看着以为60岁呢。

卜影：原本我想把新书当作毕业作品的，可是出了那个事故，都没能按时毕业。汤教授帮助我很多，眼看书就要批量印刷了，我还有个小问题拿捏不准，只能拉着汤教授一直请教。

贾东（点点头）：一日为师，终身为父，之后好好报答他吧。

两人吃着饭，一道白光照亮了原本较幽暗的房间，两人一愣，接着一声震耳欲聋的雷声。

卜影：这大闷天，终于下雨了。

卜影放下盘子，起身将窗户关上，走进了卧室。

贾东：需要我帮忙吗？

卜影（从卧室走出来）：不用，又不是什么重活儿。

贾东将几口饭扒拉进嘴里，将盘子放在了茶几上。

卜影：再来点吗？厨房还有呢。

贾东：不用，我饱了，你快吃吧。

卜影又坐了下来，重新拿起盘子。

卜影：你怎么舒服怎么来，别拘束，冰箱里有喝的，想喝自己拿就行。

贾东：行，那我不客气了。

贾东起身走进了厨房。

贾东：你喝点什么？

卜影：纯净水就行。

贾东拿着水从厨房出来，卜影端起茶几上的空盘子，起身走进厨房。

46. 街道 夜 外

雨下得非常大,路上几乎没有行人,偶尔驶过一辆车,溅起水花。

47. 卜影家 夜 内

贾东站在窗前,看着窗外的大雨,不时有闪电和雷声。

卜影坐在沙发上。

卜影:你别着急走了,等雨小一点吧。

贾东:我不急,怕影响你正事。

卜影:呵呵,没关系,我习惯把正事儿留给白天。

贾东笑笑,重新坐回沙发上,脱了拖鞋,将腿盘了起来,靠在沙发上。

卜影想起来什么,走进了卧室。

贾东喝着手里的啤酒,看着卜影。

卜影从卧室出来,抱着很大很厚一本册子。

贾东:不会是让我帮你看论文吧?

卜影:不是,怎么会呢。喏,给你看看。

贾东接过册子,打开,是一张张照片,有贾东,有卜影,有欢子。

卜影:放在我这里也是浪费,放你那儿吧,兴许能帮你回忆起些事情。

贾东有些兴奋,翻看着相册,有贾东过去各个时期参加活动的照片,还有专辑发布会的照片,还有记者和狗仔偷拍贾东和卜影的照片,有些照片甚至是从网上直接保存下来然后洗印的。

卜影:小李跟你说了吧?

贾东(还在看照片):小李?嗯,下午给我打电话了。

贾东将相册合上,搁在了沙发上。

贾东:你不觉得很蹊跷吗?

卜影点头。

贾东:小李说,看车辆的损伤痕迹,前后应该是经历了两次碰撞。但是我只记得一次,后面的大货车刹车失灵,撞向了我们。但是第一次呢?

卜影:我不记得第二次了,但是我记得第一次。

贾东和卜影对视。

48. 山路 夜 外

雨下得很大,雨水顺着倾斜的山路流淌下去。没有路灯,道路很暗,一辆车前灯照亮了山路,雨下落的线条很清晰,车疾驶着。

49. 贾东车里 夜 内

卜影开着自己的车,贾东坐在副驾驶座上。雨刷快速运作着,但雨大得还是让雨刷应接不暇。

卜影:那天晚上,情形同现在差不多。只不过是你开着车。

贾东看上去有些紧张,一手抓着车门把手,一手抓着安全带,腿上搁着那本相册。

卜影扭头看看贾东。

卜影:放松,我开慢点,没事的。

贾东点头。

卜影:那天晚上,下坡的时候,你车开得有点快了,路上不知道突然出现个什么东西,路太滑,刹车来不及了,撞到了路边的护栏上,之后我就不清楚了。

贾东琢磨着什么。

车转过一个弯道。

贾东:原来是这样,那我那天要跟你说什么呢?我一点印象都没有。

卜影:你还没说什么,事故就发生了。

贾东:或许是我们俩的事。

卜影扭头看着贾东,贾东也在看着她。

贾东:或许我想跟你说,咱们和好吧。

卜影扭头继续开车,没有接话,气氛有点尴尬。

贾东打开车内顶灯,翻开了相册,看着照片。

卜影:或许,你是想把我杀了呢。

贾东没有听到卜影的话,目不转睛地看着相册里的照片。突然,他的表情变得十分惊恐,将相册一下合上,扔在了后面的座位上。

卜影看到贾东异常的举动,扭头看着贾东,再扭头时发现前面是个紧急弯道,赶紧打方向盘,来不及了,踩刹车,伴着刺耳的声音,车子停了下来,距离护栏只有几厘米了。

后面座位上,打开着的相册中,有一张是贾东的新专辑发布会上的照片,照片的角落里是一些歌迷,其中有一个人,竟然是他幻觉中常常出现的那张脸(冯可)。旁边其他相当多的照片中,都有冯可。甚至有一张是狗仔偷拍的贾东跟卜影在小饭馆吃饭的照片,他们隔壁的桌子前,冯可坐在那里看着正吃饭的他们。

50. 冯可家楼下 日 外

楼下停了一辆警车和一辆救护车,周围站着很多围观的人,都在小声议论着什么。

冯可穿过人群,走进了楼道。

51. 冯可家楼道 日 内

楼道里拉了黄色的警戒线,站了几个警察和医生,警戒线外站着一些围观的居民。

冯可走到跟前,没有说话,只是看着。

居民一:509 室这老太太自己出不了门,平时就自己在家待着。

居民二:听说她儿子来的时候,发现她已经死了好几天了。

居民都连连叹气,啧啧声不断。

这时,两个戴口罩的医生抬着一个担架从 509 室走出来,担架上盖着白布,后面跟着个男人,垂着头眼圈泛红。

担架经过围观的人群时,不少人立马捏住鼻子。

警察(收起警戒线,示意人群散开):都散了吧,别堵在这儿了。

人群渐渐四散,冯可这才走到家门口,掏出钥匙,开门,进去,关上门。门上面贴着508室的牌子。

52. 冯可家 日 内

冯可将钥匙往饭桌上一扔,拿起一个水杯,看看里面,之前喝东西的痕迹还在杯壁上。

冯可放下杯子,走进厨房,拧开水龙头,直接用手捧着水,咕咚咕咚大口喝着。

喝完水,冯可走到沙发床边,躺在了上面。

这个大开间十分凌乱,所有东西都落了一层灰尘,窗帘只拉开了一半,光照进来,可以看到墙壁上贴着许多海报,都是贾东的海报。角落有个几层的木架子,放着几张专辑,全是贾东的,还有几个相框,其中有贾东的照片、卜影的照片,还有贾东和卜影的合照。角落里是冯可的照片。此外还有一本很大很厚的相册。木架子旁边立着一个破旧的电子琴,落满灰尘。

墙上的老式挂钟整点报时,响了6下。

原本躺着的冯可一下子坐了起来,打开电视,调到娱乐频道,聚精会神地看着。

几条娱乐新闻播放完了,冯可又将电视关上。

冯可将架子上的相册拿过来,翻开看。里面有贾东过去各个时期参加活动的照片,还有专辑发布会的照片,以及记者和狗仔偷拍的贾东和卜影的照片,有些照片甚至是从网上直接保存下来然后洗印的。还有一部分照片,每一张中都有贾东和冯可。

53. 酒吧门口 夜 外

冯可拿着一罐啤酒,边喝边走到酒吧门口,墙上贴着海报,海报的正中间是贾东,后面是一个新的乐队,上面有一行字:“贾东倾情助阵加油力挺新人。”

冯可仰头喝光了啤酒,将易拉罐捏扁,扔在了路边,走进了酒吧。

54. 酒吧 夜 内

酒吧内人头攒动,光线昏暗,音乐声震耳欲聋。

中间很小的舞台上,一支乐队在边蹦边跳激情地演唱着,下面的人群随着音乐举着手摇头,蹦跳,非常投入。

一曲结束,人群吹口哨欢呼,乐队下场,留下主唱在台上。

主唱:下面,让我们用所有的激情,请出贾东,为我们演唱。

在人群的欢呼声中,贾东上台,与主唱热情拥抱。

主唱:非常感谢贾老师,能够在百忙之中,来到我们的现场,为我们加油助阵,感谢贾老师这几个月来的大力支持和帮助,我们才能有这张专辑,我们才能有今晚,谢谢!

贾东:希望大家能喜欢他们的音乐,喜欢这几个努力的孩子。

贾东与主唱再次热情拥抱,主唱下场,音乐起。

冯可努力穿过人群，挤到了第一排的角落，拿出相机，给台上的贾东拍照，也回过身，自拍跟台上贾东的合照。

贾东拿起吉他，开始弹奏，节奏舒缓，人群渐渐安静下来，听他弹唱着。

冯可直勾勾地盯着贾东，投入地听着歌。

一曲结束，掌声四起。

贾东：谢谢你们。

贾东下场。

冯可后面有个男人小声地跟旁边的人说着什么。

男人：贾东这歌都唱了多少年了，还在唱，也不出新歌，真是想一辈子吃老本啊。

冯可默默听完男人的话，猛地一个转身，一拳就打在了那人头上。

55. 酒吧门口 夜 外

酒吧门被推开，冯可走出酒吧，脸的一侧颧骨部位有些红肿，嘴角流出一点血，冯可舔了一下嘴角，啐了一口唾沫。

冯可抬头，看见墙上的海报，走过去，撕了下来，卷起来拿走了。

56. 贾东家小区 夜 外

小区斜对面的人行道上，灌木丛旁边，冯可坐在台阶上，身边搁着几个装啤酒的空易拉罐，手里还拿着一罐啤酒在喝，他看着来往的车辆行人。

一辆出租车开过，停在了小区门口。车门打开，贾东下车，戴着个毛线帽，几乎遮住了半张脸，接着下来了一个身材前凸后翘穿着暴露的女人，贾东搂着女人踉跄着往小区走。

冯可站了起来，快步穿过马路，蹲在了小区大门旁边。

车辆、行人不停进出小区。

冯可蹲着抽烟，地上扔了四五个烟头，眼睛一直不离开小区门口。

卜影拎着皮包和一个稍大的包从小区走出来，站在路边等车，一直没有车，卜影沿着路走，冯可悄悄跟了上去。

卜影走到十字路口，打到了一辆出租车，上车。

冯可快走几步，看到卜影坐在车里的侧面，卜影掩嘴哭泣，车开走。

冯可站在原地看着出租车消失，双手紧紧攥成了拳头。

57. 冯可家 夜 内

墙上贴着酒吧门口的海报。

音乐响起，是贾东在酒吧唱的那首歌。

冯可从沙发床上站起来，做出弹吉他的姿势，嘴里唱起了那首歌，神情动作都像贾东。

一曲结束，冯可鞠躬，关上了唱片机，重新躺在了沙发床上，看着手里贾东的专辑，末尾有几行小字，其中有贾东的邮箱地址。

冯可拿过茶几上的笔记本电脑，打开邮箱首页，输入贾东的邮箱地址，随便填写了一个密码，登录，显示密码错误。冯可又胡乱试了几个密码，都是错误的。

冯可打开搜索页面，输入"密码破译"几个字，搜索结果出来很多相关的内容，冯可每一条都打开仔细看，试了网上的所有破译软件和办法。

忽然，邮箱显示登录成功，冯可一下子坐了起来，将笔记本搁在茶几上，点击进入收件箱。

有几十封未读邮件，冯可扫着浏览了一下，大部分是歌迷发来的邮件，还有一部分是工作邮件。

页数太多，冯可点击最后一页，看邮件日期，都是八年前的了。有一封英文的邮件很醒目，冯可点击打开，有一个附件，是一个音频，冯可下载下来，播放，居然是贾东成名曲的英文版。

冯可非常惊讶，重新拿起贾东的专辑，背面的几行小字中的日期显示是七年前发行的。

冯可搜索唱这首英文歌的歌手的名字，是北欧一个小乐队创作并演唱的，叫斯哥特，十年前已经解散了，曾经在当地小有名气。

58. 街头 日 外

冯可在街上漫无目的地走着，路过一家卖电视机的商店，透明橱窗里摆放着几台电视机，同时在播放整点娱乐新闻。

冯可看到，脚步停了下来，盯着橱窗里的电视上播放的节目。

电视从橱窗外看是无声的，只能看到主持人的嘴在动，然后是新闻画面：贾东眼圈发黑，精神恍惚。

新闻字幕：近日，记者发现歌手贾东精神恍惚，面容消瘦，让人怀疑是否再次吸食毒品。

冯可继续走在街上，眼前相继浮现夜晚贾东搂着性感女人回家的画面和贾东精神恍惚、面容消瘦的画面。

59. 网吧 日 内

网吧里很多十几岁的孩子在联网玩游戏，很吵。

角落里，冯可坐在一台电脑前，打开邮箱的页面，申请了一个新的邮箱。

编写新邮件，收件人是贾东。

邮件内容：我知道你的秘密，不用管我是谁，给我 20 万元，否则让你的秘密大白于天下。

冯可点击发送，退出邮箱，关了电脑，离开。

60. 冯可家 日 内

电视开着，冯可在厨房洗着什么。

电视开始播放整点娱乐新闻，冯可赶紧从厨房出来，在身上擦了擦手上的水，拿起茶几上的遥控器，将音量调大。

主持人：今日头条消息，歌手贾东召开记者会，宣布与妻子卜影离婚，具体原因不得而知。

新闻画面：记者会现场，一张长桌子，两个话筒。贾东与卜影穿着素色衣服，一起走进记者会现场，让所有的记者拍照，闪光灯不停闪烁，两人神情凝重。片刻之后，两人落座，贾东拿出稿子，首先开口讲话。

贾东：今天在这里召开记者会，是唯一一次跟大家做交代。这些年来跟卜影在一起很开心，共同成长了许多。基于双方的了解，我们决定离婚，这对两人都好。我们是在非常理性的情况下向大家公开离婚的。我和卜影从此不再是夫妻，但是我们有过很开心的时光，更加希望以后能够成为好朋友。

贾东哽咽，落泪，卜影递纸巾给他。

卜影也哽咽了，眼中有泪。

卜影：我和贾东现在还是好朋友，我希望大家可以多给我们一些空间，更希望我和贾东在接下来的人生中都能够过得开心。

卜影说完，忍不住掏出纸巾擦眼泪。贾东见状，立即伸手轻抚卜影的肩膀安慰她。

两人最后一起感谢大家，起立，双双鞠躬，离开记者会。

其间闪光灯一直不停闪烁。

冯可双眼发直，一下子坐在了沙发床上，待了片刻，起身奔出家门。

61. 网吧 日 内

冯可坐在电脑前，查看邮箱，没有回复，点击编写一封新邮件。

邮件内容：还记得斯哥特吗？难道他们不值 20 万元？最好在我说的期限内给我，否则……你知道会有什么后果。

冯可点击发送，松了一口气。

62. 商店 日 内

冯可走进商店，要了两瓶矿泉水、两包烟、两盒方便面，结账走了。

63. 网吧门口 夜 外

天即将黑透，网吧门口堆了一堆垃圾，有各种饮料瓶子和泡面的盒子、各种颜色的塑料袋，有人从网吧出来，还有人往里走。

64. 网吧 夜 内

冯可趴在桌子上睡着了，电脑旁边放着一个空的矿泉水瓶子，瓶底厚厚的一层烟头，还有两个吃光了的方便面盒子。

打扫卫生的老头过来捡冯可桌子上的垃圾，冯可醒了过来，睡眼惺忪，看看四周，已经换了一群人了。

冯可打开电脑的显示屏，刷新邮箱页面，忽然显示有一封新邮件，冯可顿时清醒过来，点击打开邮件，是贾东的回复。

邮件内容:按照你说的时间地点交易。

冯可赶忙退出邮箱,关上电脑,起身离开了。

65. 立交桥下 夜 外

天上有几颗星星,半月不是很明亮,桥上偶尔有车疾速驶过,桥下没有灯,只能凭着桥上的亮光看清所有东西的轮廓。

桥下不远的斜坡上,一个红色的亮点闪烁,忽大忽小。近看是冯可蹲在草丛里抽烟,他目不转睛地看着桥下的通道。

过了没多久,一个背着被褥拎着麻袋的乞丐出现在通道口。

冯可屏住呼吸,弯下腰躲在草丛之中,悄悄观察着。

乞丐走得很慢,桥上的光以及远处的光从他的背后打下来,打在地上的影子很大。乞丐慢慢走过了通道,停下脚步,又转身走回了桥下,从麻袋里拿出了一小包黑色的东西,慢慢地放在了地上,收好麻袋,又继续走过通道,渐渐走远了。

冯可看了一下手机,1:10,他收好手机,点了一根烟,抽了起来。

周围越来越安静,几乎没有车通过这座立交桥了。

冯可拿出手机看,1:40,他扔掉手里的半支烟,站起身来,轻轻地从斜坡上走下去,走进了桥下的通道。

冯可慢慢走着,离地上的黑包越来越近,他放慢脚步,四周极其安静,突然他加快步伐,一脚将黑包踢出了通道,又快步跑过去,捡起黑包,跑步消失在夜色中。

66. 汽车修理厂 日 外

修理厂的院子不是很大,停着几辆废旧的汽车,一个男人躺在一辆架起的汽车下面修理着。

一辆很新的没有牌照的吉普车开进院子,停在了男人修理的车旁。

冯可坐在驾驶室,摇下窗户,伸出头,看汽车底下的男人。

冯可:大刘。

男人停下手中的活,扭头看冯可,惊喜。

大刘:可乐。

大刘从汽车下面滑出来,冯可打开门,下车,拉了大刘一把,大刘站了起来。

大刘在衣服上擦擦手,拍了冯可胳膊一下。

大刘:咱们多少年没见了?

冯可:得有十几年了。

大刘:什么风把你吹来了?今儿咱们可得好好叙叙旧。

冯可:毕业时就听说你要在这片儿开个汽车修理厂,我想着过来碰一下运气吧,没想到你真在。

大刘:在这儿干了十多年了。

冯可看看四周的车。

冯可：看来生意不错。

大刘：嗨，凑合干呗，养活老婆孩子是够了。

冯可：你都有孩子了。

大刘：是呢，时间过得真快。你呢，有孩子了吗？

冯可：我婚还没结呢。

大刘：怎么，挑花眼了啊？想当年，可是一票女生垂涎于你呢，尤其是你在毕业晚会那次模仿那个歌手，贾什么来着，就前两天刚离婚的那个，台下的女生看得眼睛都直了。

冯可：我还是先弄事业，不急着结婚。嫂子和孩子呢？

大刘指指不远的屋子。

大刘：屋里呢，来，咱们进屋慢慢说啊。

冯可拉住大刘。

冯可：刘哥，我这次来是想请你帮个忙。

大刘：什么忙，你说。

冯可：你看我这车。

大刘上下左右围着车看了一圈。

大刘：刚买的吧，挺好。需要我做什么，尽管说。

冯可趴在大刘耳朵旁说着，大刘听完很惊讶。

大刘：这是为什么啊，我有点不懂了。

冯可：大刘，我也是万不得已，只能找你了。

大刘：行，这事儿就包在兄弟身上了。

冯可拍拍大刘胳膊，打开车门，从车上拿了一个牛皮纸信封，交给了大刘，大刘接过来，打开看了看，又赶紧还给冯可。

大刘：兄弟，你太见外了。

冯可：你就收下吧大刘，这钱给谁都是挣，你就安心拿着，给嫂子和孩子买点好吃的，算我兄弟的一片心意。

冯可将钱搁在大刘手里，转身往外走。

冯可：尽快弄完，我尽快来取。

冯可说完头也不回地走了。

67. 医学院 日 外

大学校园里，学生们都往教学楼走，教学楼的大门口挂着一个横幅，上面写着“欢迎著名整形医生郝濂德来我院讲座”。

68. 医学院阶梯教室 日 内

冯可坐在阶梯教室第三排中间的位置，陆续进来很多学生，教室渐渐坐满了。

冯可旁边的两个同学在小声聊天。

同学一：我可是逃了两节耳鼻喉的课才来的。

同学二:我也是啊,我逃了两节泌尿课呢,一会儿可得好好记笔记,不然考勤分白扣了。

同学一:是啊。

冯可听完他们的对话,扭头跟他们咨询。

冯可:同学,我想问一下,这个郝濂德大夫是个什么来头?

两个同学听完,有点惊讶。

同学一:郝大夫你不知道啊?

冯可摇头。

同学一:他是我国最顶尖的整容医生之一,最近几年一直在美国深造,同时也是耶鲁大学耶鲁医学院的客座教授。前几年瑞士有一例病患,在森林里被狗熊扒了脸,毁了容,郝大夫愣是凭着他的技术和耐心,给他成功植皮,那患者现在几乎看不到什么伤疤。

同学二:还有还有,郝大夫在泰国参加过一例连体婴儿的分离手术,难度异常高,手术历时 56 个小时,最后成功将两个婴儿分离,完成得特别完美。

冯可若有所思地点头。

这时,原本有些吵闹的教室静了下来,从门口走进一个儒雅的中年男人,教室里随即响起热烈的掌声。

郝濂德走上讲台,笑着抬手示意同学们不用鼓掌了。

69. 医学院阶梯教室外 日 内

教室内,不少同学围着郝濂德讨论问题,冯可从阶梯教室往外走,叫住了旁边的一个同学。

冯可:同学,借一下你的笔。

同学拿了一支笔给冯可。

冯可重新走进阶梯教室,照着黑板往胳膊上抄写着什么,出来后,他把笔还给那个同学。

冯可:同学,谢谢你。

70. 冯可家 夜 内

电视开着,静音状态。

冯可坐在沙发床上,腿上放着笔记本电脑,手指敲打着键盘,屏幕上显示着一份文档。

文档内容:郝教授,您好!我是歌手贾东的经纪人,因为一些个人原因,贾东先生希望能够与您签署一份合同。希望能聘用您一年作为贾东先生的整形医生,在一年内,无论发生什么事故,都将保证贾东先生的模样不变,即将事故后的样貌整回贾东先生原先的样貌。薪酬不用担心,一切按照您的标准。

写完文档,保存,冯可打开了邮箱,将胳膊上记的邮箱地址输入收件人一栏,主题为“郝教授,您务必读一下”,添加附件,将文档添加上,点击发送。

冯可合上了电脑。

71. 冯可家小区 日 外

冯可拎着垃圾出楼道，走到垃圾桶旁，将垃圾扔了进去，手机响后，他看到一条信息：您有一封新邮件。

冯可快走几步，进了楼道。

72. 冯可家 日 内

冯可进家门，门也没有关，茶几上的笔记本电脑处于屏幕保护状态，冯可点了下键盘，屏幕显示邮箱里有一封新邮件。

冯可点开新邮件，是郝濂德的回复。

邮件内容：实在抱歉，我下个月即将回美国，时间上不允许。而且这份合同的内容，我从未见过，不好操作。请向贾东先生转达我的歉意，祝好。

冯可马上点击回复，敲打键盘。

回信内容：郝教授，您好！贾东先生希望您再考虑一下，他的诚意十足。若是因为不曾有过这样内容的合同，我们可以开先河。若是因为薪酬问题，您直接提出来就好。再次希望您慎重考虑一下，祝好。

冯可点击发送。

冯可起身，从架子上拿过相册，坐在沙发床上翻看起来，手机响了，收到一条新短信：您有一封新邮件。

冯可赶紧看电脑，收件箱里有一封新邮件，是郝濂德的回复。

邮件内容：转告贾东先生，准备草拟合同，传真过来。

73. 网吧 日 内

冯可坐在一台电脑前，手指快速敲打着键盘。

屏幕上显示一封新邮件的内容：斯哥特的事情还没有结束。限你明天夜里12:30准时开车带着卜影到我所说的地点，否则你的音乐事业将终结于此。

点击，发送。

74. 地下停车场 夜 内

地下停车场里，车位几乎都停满了，没有一个人。

冯可在车辆之间悄悄地走着，这时一个管理员巡查到这边，冯可赶紧躲到柱子后面。

过了一会儿，冯可侧身看，直到管理员从这个区域消失，冯可才从柱子后面出来，继续悄悄地往前走。

冯可走到贾东的车前，看看四周没有人，钻进了车下面，从兜里掏出几件工具：老虎钳、螺丝刀、铁丝等。

75. 山路 夜 外

一声刺耳的刹车声，车子在距离护栏只有几厘米的地方停了下来，车灯开着，灯光的照射下，能看见大雨的线条又粗又密。

76. 贾东车里 夜 内

雨刷以最快的速度摇摆着,大雨啪嗒啪嗒砸在车顶上的声音跟雨刷运作的声音混杂在一起,大雨从四面的车窗不停地往下流淌。

卜影双手紧紧抓着方向盘,右脚使劲踩在刹车上,神情惊慌,回过神来赶紧又用右手拉手刹,扭头看贾东。

贾东两手抓着右上方的把手,两个前臂护在脸前面。

77. 贾东家楼下 夜 外

雨还是下得很大,卜影的车开到贾东家楼下,停住。副驾驶门打开,贾东下车,关上车门,匆匆跑到房檐下,掏钥匙。

卜影:贾东,贾东! 等一下!

贾东回头,卜影招手让他过来,贾东又跑了过来。

卜影从后座上拿过那本相册,打开车窗,递给了贾东。

贾东迟疑了一下,接过了相册,跟卜影招招手,又跑回了房檐下,掏出钥匙开门。

卜影看着贾东进了楼道,将车掉头,开车离开。

78. 贾东家 夜 内

浴室里,贾东站在莲蓬头下面,莲蓬头喷出的水流不断洒在贾东仰着的脸上,贾东闭着眼睛,水流顺着身体的线条流淌下来,一直流进了地上的下水口。

79. 贾东家 夜 内

贾东从浴室出来,下身围着一块大浴巾,手里拿着块小毛巾擦拭着湿漉漉的头发。

贾东走到厨房,打开冰箱,拿了一罐啤酒,拉开拉环,仰头咕咚咕咚一口气喝光了,一只手将易拉罐捏扁,扔进了垃圾桶。

贾东从厨房出来,经过客厅,看到沙发上的那本相册,走过去,拿了起来。

贾东拿着相册走进了卧室,躺靠在床上翻看着相册。

贾东仔细看了每一张同时包括冯可和自己面孔的照片,皱起了眉头,一脸的不解。

80. 冯可家 日 内

(贾东梦境)

画面有些朦胧扭曲。

贾东走在那个悠长昏暗的楼道中,写着 508 室的那扇门开着。

贾东推开门走了进去,墙上四处贴的全是贾东的各种海报。

贾东拿着一面镜子,照着自己,是冯可的脸,他的表情变得惊恐。

81. 演播厅 日 内

舞台上,男主持和女主持拿着话筒微笑着看向摄像机。

舞台侧面下边,导播用手势倒数“三、二、一、开始”,示意观众鼓掌。

掌声落,女主持首先讲话。

女主持:亲爱的观众朋友们,欢迎回到我们“花儿青年歌手大赛”半决赛的现场。

男主持:至此,半决赛已经进行了一半,我们现场的气氛是越来越热烈了。

女主持:请允许我再次介绍一下我们最受欢迎的评委老师们,我们幽默搞笑的杨五羊老师!

舞台对面的评委席上,左边的杨五羊起立,朝大家招手。

男主持:还有,我们有才情、散发迷人气息的甄珍老师!

评委席中间的甄珍站了起立,原地转了一圈,朝观众招手。

女主持:最后,就是我们的花儿青歌赛官网点击率最高、最受争议的贾东老师!

观众席中部的一部分人齐声欢呼起来,举起了贾东年轻时的巨幅写真照片,嘴里叫着"贾东、贾东"。

评委席上,坐在右边的贾东站了起来,朝着观众鞠了一躬。

男主持:好的,现在让我们继续我们激烈的半决赛。

女主持:有请 39 号选手,演唱曲目为《外面的世界》。

一个模样朴素的女孩拿着话筒走上舞台,两个主持人走下舞台。

缓慢悠扬的钢琴前奏响起,前奏结束后,女孩动情地唱了起来。

女孩:在很久很久以前,你拥有我,我拥有你。在很久很久以前,你离开我,去远空翱翔。外面的世界很精彩,外面的世界很无奈。当你觉得外面的世界很精彩,我会在这里衷心地祝福你。当你觉得外面的世界很无奈,我还在这里耐心地等着你。每当夕阳西沉的时候,我总是在这里盼望你。天空中虽然飘着雨,我依然等待你的归期。我依然等待你的归期。

女孩唱得很动容,眼圈已经泛红,虽然没有很高的演唱技巧,但是不少观众都被深深感染了。

一曲唱完,女孩深深鞠了个躬,现场安静了片刻,随即响起热烈的掌声。三位评委也热烈地为她鼓掌。

两个主持人上场,女主持的眼圈也红了,一手搭在女孩肩上,朝自己身上搂了一下。

女主持:你唱得太感人了,我都被你的歌声深深感动了,我看台下的很多观众也跟我是一样的感受。

男主持:嗯,确实是这样的。我想,这位选手一定是有相似的亲身经历,才能有如此准确的感悟和表达,能否跟我们分享一下?

女孩思索了一下,拿起了话筒。

女孩:这首歌让我想起了我的家乡。小的时候在收音机里第一次听到这首歌,之后就每天唱每天唱,像歌词里唱的一样,我对外面的世界是有向往的。但当我真正离开了家乡,到了外面的世界,才发现家乡再也回不去了。

女孩说着有点哽咽。

男主持:很纯真很真实的一段情感经历啊,方便透露你的家乡吗?

女孩:我来自西河村。由于某些原因,这个村消失了,不再存在了。

贾东瞬时愣住了,脑海中出现一个画面,一团烈火燃烧着。

男主持:让我们记住西河村,记住这位为我们带来感动的选手。

贾东仍旧在发呆,火焰的画面凝聚在瞳孔中。

82. 山路 日 外

贾东开着吉普车疾驰在山路上,不停地超过前面的车辆。

83. 贾东车里 日 内

贾东熟练地开着车,从一个出口下了山路,开进了有些颠簸的土路。

贾东熟悉地左拐右拐,开车蹚过一条浅浅的河滩,又走了一段土路,在一个破败的村庄前停了下来。

贾东拉了手刹,拔下钥匙,手放在门把手上,恍惚中脑海里又浮现灼热的火光,愣了一下,才拉开车门,下车。

84. 旧村庄 日 外

贾东走进这个破败不堪的旧村庄,四处打量着,没有人烟,杂草丛生。

贾东边打量边向里走着,忽然脚下被什么绊了一下,低头看,是一块断成几段的大石头,贾东弯腰将这几块石头拼了起来,上面赫然写着"西河村"。

贾东起身拍拍手上的尘土,继续往村子里走,走上了一个小坡,站在坡上朝来时的方向看,只有风吹着杂草,还有远处村口停着的吉普车。

贾东摇摇头,正要沿来时的路下坡时,突然身后不远处的一间院落的木门发出吱呀一声,贾东警觉地回头看,却什么也没有发现。

贾东重新走上小坡,继续沿着小坡走下去,小坡拐了个弯,出现了一块平地,停着一辆被烧毁了的吉普车,与贾东自己的吉普车一模一样,但是没有牌照。

贾东围着吉普车仔细打量周围,不远处的草丛里有几件没有被烧光的衣服。

贾东眼前浮现出自己往车上泼汽油,点火,站在一旁看着熊熊燃烧的大火的场景。

85. 贾东车外 日 外

贾东背部靠在车门上,表情恍惚又慌张。

手机响了,贾东掏出手机,是欢子打来的,接听。

欢子:贾老师,您电话怎么一直打不通啊?急死我了,您在哪儿呢?赶快回来吧,现场直播的总决赛就要开始了。

贾东:好的,我知道了,这就回去。

贾东挂掉电话,打开车门,上车,发动车子,掉头,停了下来,又回头看了一眼西河村,踩油门,开动车子,绝尘而去。

86. 化妆间 日 内

化妆间里,欢子在整理着贾东的服装。

门打开,工作人员跟在气喘吁吁的贾东后面急匆匆进来了。

工作人员:贾老师,您稍微快一点吧,已经进广告了。

贾东：好的好的，抱歉，我这就来。

欢子赶忙拉着贾东坐在化妆台前，给他整理头发，往脸上补粉。

欢子悄悄观察，发现贾东的脸色不太好，又看到他两只鞋的边缘都沾上了泥巴，鞋面上还落了尘土。

欢子：贾老师，您还好吧？需要喝点什么吗？我去给您买。

贾东：没事，你赶紧弄吧。

欢子边帮贾东穿外套，边看着化妆镜中的贾东。贾东神情恍惚，眼神空洞。

87. 演播厅 夜 内

女主持站在舞台上。

评委席上的贾东神情很恍惚，在走神。

女主持：观众朋友们，我们的“花儿青年歌手大赛”现在已经进入白热化阶段。应广大观众朋友们的要求，现在增加一个小环节。

女主持说完，走下了舞台。

现场的观众全都伸着脖子看着女主持的动向。

女主持径直穿过观众席，往评委席走去，站在了杨五羊老师旁边。

女主持：现在，我们有请贾东老师上台为我们演唱一首歌曲，你们说好不好？

观众连呼“好”，拼命鼓掌，吹口哨，叫着“贾老师、贾老师”。

杨五羊本以为是让自己上台演唱，已经面对镜头微笑了，刚要站起来，才发现是叫贾东上台，顿时有点尴尬和气愤。

贾东还在走神，似乎没有听到女主持的话，甄珍拿腿悄悄碰了一下贾东的腿，贾东才回过神来。

贾东清了清嗓子。

贾东：今晚的舞台是给所有选手的，我不能反客为主，就不要霸占大家的时间了。

女主持走到贾东身边。

女主持：看来贾老师是嫌咱们的掌声不够热烈，来，让贾老师看看我们的热情。

在女主持的号召下，观众拼命响应，掌声雷动。

贾东无奈，看到在观众席旁站着的欢子一直示意他赶紧上去，他只好站了起来，穿过观众席，走上舞台。

女主持：让我们一同欣赏贾东老师的经典歌曲。

观众安静下来，音乐起，是贾东的成名曲。

前奏结束，贾东一开口，有失水准的声音使得自己的表情都变得尴尬和慌乱，没办法，只能硬着头皮唱下去。

台下的观众由热切渐渐变成面面相觑，一头雾水，甚至有个别的人开始喝倒彩。

贾东更加慌乱，只好匆匆唱完，说了句谢谢大家，便走下舞台，径直走出了演播厅。

88. 贾东车里 夜 内

贾东焦急地开着车，手机响了，他拿起手机看一眼，是欢子，便放下了。

手机不响了，过了一会儿，手机又响了，贾东看手机，还是欢子，按下接听键。

欢子：贾老师，您在哪儿呢？

贾东：在外面。

欢子：您快回现场吧，现在现场一团糟，电视机前的观众也在疯狂打电话进来。

贾东：我现在有急事，你跟他们说我回不去了。现在他们的收视率也有了，他们不是就要收视率嘛！好了，我不跟你说了，我真的有急事。

说完，贾东挂掉了电话，将手机扔在了副驾驶座位上。

89. 卜影家小区 夜 外

小区进门处的拦车杆前停着两辆车。

贾东开着吉普车排在了第三个，前两辆车迟迟进不去小区，贾东便倒车，将车停在了路边，打开车门，下车，关门，跑进了小区。

90. 卜影家楼道 夜 内

卜影家门口，贾东连续敲门，没人回答。贾东改成拍打门，隔壁的门打开了，一个老太太瞅了他一眼，又关上了门。

贾东掏出手机，拨打卜影的号码，电话接通。

贾东：是我，你现在在哪儿呢？我有急事想找你帮忙。具体在哪里？行，我知道了，我这就过来。

说完贾东挂掉手机，转身快步走到电梯门前，按下电梯按钮。

91. 街道 夜 外

贾东非常熟练地开车疾驶，非常熟悉道路。

92. 汤教授工作室小区门口 夜 外

天上渐渐落下雨滴，卜影站在小区门口等着，不时焦急地看手机。

贾东开着车，在即将到门口的时候按了两下喇叭，卜影看到他，冲他招手。

贾东把车开到了卜影跟前，刹车。卜影打开门，坐进了车里。贾东重新发动车，开进了小区。

93. 汤教授工作室 夜 内

汤教授坐在书桌前看着书稿，敲门声响起。

汤教授：进来吧，门没锁。

门被推开，卜影走进来，后面跟着贾东，两人的头发都被雨淋湿了。

卜影：汤教授，这是贾东。

贾东：汤教授，您好！

汤教授从书稿中抬起头来，透过老花镜上面的空隙看向贾东，冲贾东点点头。

汤教授：下雨了吧，快找毛巾擦擦头发。

汤教授说完要起身。

卜影：您坐着吧，我去拿。

汤教授：贾东，随便坐，别客气。

贾东：好的。

卜影给贾东拿来了一块毛巾，自己也拿着毛巾擦拭头发。

卜影：都晚上了，还在麻烦汤教授陪我弄新书的内容，汤教授受累了。

汤教授：没什么，你可是我的关门弟子，你出的书我当然得严格把关。

汤教授说完笑起来，卜影和贾东也跟着笑起来。

贾东看着手里的毛巾，卜影看看贾东。

卜影：贾东，刚才电话里你说有急事。

贾东：是这样的，我发现了很多奇怪的线索，想让你再帮我催眠一次，或许能让我恢复之前的记忆。

卜影：那正好，今天就让汤教授帮你做一次催眠吧，可以吗汤教授？

卜影和贾东热切地看着汤教授，汤教授放下了手里的笔。

汤教授：当然可以啊，非常荣幸。

94. 街道 夜 外

雨越下越大，街道上的车辆和行人渐渐变少了。

95. 汤教授工作室 夜 内

贾东躺在沙发上，闭着眼睛，神情紧张，有汗水从额头上流下来。

汤教授坐在紧挨着的一个沙发上，卜影站在两个沙发之间，手里拿着一台摄像机在拍摄，两个人看着躺着的贾东。

卜影轻轻叫了贾东两声。

过了片刻，贾东慢慢睁开了眼睛，看了看汤教授和卜影，站了起来。

卜影关了摄像机，端了杯水给贾东，贾东拿毛巾擦了擦脸上的汗。

卜影将摄像机连接到电视机上，开始播放刚才贾东被催眠的录像。

录像画面：贾东躺在沙发上，闭着眼睛，像在熟睡，汤教授坐在旁边的沙发上。

汤教授：贾东，贾东，能听见吗？

贾东：嗯。

汤教授：贾东，你想到了什么？

贾东：我，我不是贾东。我是冯可。

贾东停了片刻，继续诉说。

贾东：我是杀人凶手，我杀死了贾东。

96. 地下停车场 夜 内

冯可走到贾东的车前，向四周看了看，没有人，钻进了车底下。

冯可从兜里拿出了老虎钳、螺丝刀、铁丝等工具，在车底下对车做着手脚。

完成后,冯可从车底下滑出来,看了看四周,收好工具,擦了把脸上的汗,快步离开了。

97. 山路 夜 外

下着大雨,雨水沿着山路不断地流下来,没有车辆通过。

穿着雨衣的冯可躲在路边的树林中,身后停着一辆吉普车。

冯可看了看手机,12:20,他搬起一块长方形的废旧金属,费劲而又缓慢地把它拖到了山路的中间,目测了一下山路远处的尽头,又将废旧金属挪了一下位置。

有车灯的亮光了,冯可赶忙跑进路边的树林中,躲在树后面,看着山路。

98. 贾东车里 夜 内

贾东开着车疾驶在山路上,没有系安全带,副驾驶座上坐着卜影,她系了安全带。

两人无话,只有雨点落在车顶上的声音和雨刷的声音。

贾东忽然看到前面路上有一个黑色的东西,来不及刹车,一个急转弯。

99. 山路 夜 外

贾东的车一个急转弯躲开了路上放着的废旧金属,重重地撞上了护栏。

树林中的冯可看着整个过程,等了片刻,车里没有动静。

冯可走出树林,慢慢向车走近,看到昏迷的卜影斜躺在座位上,贾东整个上半身撞出了前车窗,趴在方向盘上,满头满脸的血流下来,有一块车窗玻璃扎进了脑袋里。

冯可打开副驾驶这边的车门,取下卜影的安全带,抱起了卜影,将卜影抱进了树林中停着的吉普车上。

冯可又返回山路上,将贾东的吉普车牌照拆了下来,快步跑进了树林,将牌照搁在了自己车里,将车锁上。

100. 汤教授工作室 夜 内

电视播放着录像。

汤教授、卜影和贾东看着录像,一脸的震惊。

录像内容:躺着的贾东安静了片刻。

贾东:我用贾东给的钱买了跟他一模一样的吉普车,又花钱去进行了做旧处理,包括公里数也调整过了。

卜影与汤教授吃惊地对视着,贾东死死地盯着电视屏幕。

101. 山路 夜 外

雨停了,路上依旧没有车辆经过。

冯可从树林中跑出来,打开驾驶室车门,摸了摸贾东的鼻息,将贾东推到了副驾驶的座位上。

冯可坐进车里,发动,疾驰着离开。

102. 贾东车里 夜 内

冯可将车开得飞快,不时扭头看看贾东。

冯可从一个出口开下了山路,开上了有些颠簸的土路。

冯可熟悉地左拐右拐,开车蹚过一条浅浅的河滩,又走了一段泥泞的土路,在一个破败的村庄前停了下来。

冯可切换成强光车灯,照着前面的旧村庄,又踩油门,开上了进村的小山坡。

103. 旧村庄 夜 外

小山坡下面一个转弯后的一片平地上,冯可将车熄了火,打开门,走下车。

冯可打开副驾驶车门,将贾东的外套和裤子都脱了下来,也脱下了自己的外套裤子,穿上了贾东的衣服,将自己的衣服随手扔在了车顶上。

冯可从土墙后面抬出了一大桶汽油,泼进贾东的车里,泼在贾东的身上,泼在车的每个角落,汽油泼光了,冯可将油桶一扔。

冯可掏出一盒火柴,又定睛看了看,划亮了一把火柴,扔向了吉普车,冯可快步后退到土墙后面。

吉普车顿时变成了一个火球,熊熊大火照亮了天空,冯可看着大火,瞳孔中映照出火焰。

104. 山路 夜 外

山路的路面几乎干了一半。

穿着贾东衣服的冯可沿着路边的护栏一路跑过来,到了一个缺口处,拐进去跑进了树林。

冯可掏出钥匙,打开车门,将车里的牌照拿下来,安在了车上。

冯可看着自己安了牌照的车,擦了擦手,很满意。

105. 冯可车里 夜 内

冯可回到车上,看了看斜靠在副驾驶座位上的卜影,卜影表情很安详,只是嘴角流出一点血。

冯可给卜影系好安全带,自己也系了安全带。

冯可手里拿着一片碎玻璃,对着后视镜,将碎玻璃伸向了自己的脸,用碎玻璃在脸上划了无数下,冯可咬着牙关,眼睛眯着,眼里布满了血丝。

后视镜中冯可的脸已是伤痕累累,鲜血顺着脸流下。

冯可将碎玻璃扔出车窗,发动车子,开出树林,开向了山路。

106. 山路 夜 外

冯可开着车回到山路,将车冲着路边的护栏开过去,速度不是很快。

忽然,后视镜将后面一辆卡车的灯光反射过来。

卡车司机没有看到路上的废旧金属,来不及躲闪,紧急刹车。

后视镜反射过来的灯光越来越近,越来越强烈,随即一声刺耳的刹车声,冯可惊恐地向后看去。

卡车司机猛踩刹车,还是猛地撞上了冯可的吉普车。

冯可回过头,踩刹车的同时,用手护住了卜影的头部,自己的头却狠狠地撞向了方向盘。

卡车司机下车,走过来查看,冯可已经昏迷,满脸是血,卜影也昏迷不醒。

卡车司机拨打急救电话。

107. 汤教授工作室 夜 内

录像画面:卜影叫贾东,贾东慢慢醒了过来。

贾东愣住了,非常惊讶。

贾东:我都记起来了。

卜影看着贾东。

汤教授:不行,我必须报警。

汤教授说完从沙发上站起来,要去打电话。

卜影:不行。

汤教授:这是人命啊。

汤教授马上就要拿到手机了。

卜影:您先别急着报警。

汤教授不听,卜影随手拿起了茶几上的烟灰缸,一下子拍在了汤教授的后脑勺上。汤教授惊讶地回头,倒在了地上,头部流出血来。

卜影拿着滴血的烟灰缸站在那里哆嗦,贾东还沉浸在恢复记忆的恍惚中,看到躺在血泊里的汤教授,又看看卜影。

贾东从卜影手里拿过烟灰缸,又从摄像机里拿出了那盘录像带,放在了卜影手里。

卜影不解地看着贾东,还在哆嗦。

贾东:你赶快走,离开这里,把带子毁了。

贾东看看地上的汤教授。

贾东:我来承担这一切。

卜影眼泪流了出来,看着贾东,说不出话来。

贾东拿毛巾擦干净卜影手上的血迹,将她的皮包挂在她肩上,把卜影往门外推。

贾东:快走,越快越好。

卜影最后看了贾东一眼,走了。

贾东整理了一下,将摄像机和电视机关上,拿出了手机,拨打报警电话。

108. 警察局 日 外

天气晴朗,警察局的院子里停了一排警车和一排警用摩托车。

109. 审讯室 日 内

审讯室里,双手被反铐在背后的贾东坐着,桌子对面是两个表情严肃的警察。

贾东:事情的经过就是这样的,我说的都是事实。

这时,审讯室门被打开,走进来一个警察,他拿着一台笔记本电脑,交给了坐着的两个警察，又走了出去。

警察将电脑屏幕对着贾东，播放了一段视频。

视频拍摄的地点是汤教授的工作室，从机位来看是偷拍，但是画面和声音都很清楚。

视频内容：汤教授坐在书桌前，卜影坐在对面。

卜影：他马上就来了，待会儿我给您稿子，一会儿您就按照稿子上的念就好了。

汤教授：这样不好吧。

卜影：汤教授，求您了，我就求您这一次。

汤教授叹气。

卜影：谢谢您，我现在下楼接他上来。

卜影开门，走了。

画面中汤教授走向摄像机，将摄像机拿起来，将其换到了对着客厅沙发的位置。

一会儿，卜影和贾东来了。

贾东躺在了沙发上，渐渐进入被催眠状态。

卜影拿了一份稿子递给汤教授，汤教授接过来，无奈地念起来。

汤教授：你不是贾东，你是冯可，你是杀害贾东的凶手。下雨的那天晚上……

画面快进，贾东坐在沙发上，汤教授要报警，卜影用烟灰缸打死了汤教授。贾东让卜影逃走，自己留下整理现场，报警，等待警察到来。

贾东看完视频，非常震惊。

警察：没有想到吧，你还有什么可交代的？

贾东：我知道她会躲在哪里。

110. 贾东家 夜 内

卜影坐在沙发上看稿子，敲门声，卜影放下稿子，走过去开门。

卜影：又不带钥匙。

门打开，一身酒气的贾东搂着一个身材性感穿着暴露的女人踉踉跄跄地走进来，完全无视卜影的存在。

卜影：贾东！

贾东搂着女人进了卧室。

卜影关上门，走进了卧室。

贾东和女人坐在地上，各自吸食了一管白色粉末，靠在床边，精神恍惚。

卜影不停地叫贾东，打了他两耳光他也没有反应。

卜影从衣柜里拿出几件衣服，塞进了一个大包，拎上皮包，离开了。

111. 街道 夜 外

卜影一手一个包沿着路边走着，到了十字路口，终于打到了一辆出租车。

卜影上了车，关车门，车发动，卜影捂着嘴哭了起来。

透过车窗，可以看到不远的人行道上，冯可在看着她。

112. 卜影家 日 内

卜影躺靠在床上,阳光照进来。

卜影拿起笔记本电脑,打开了邮箱,输入了贾东的邮箱地址,输入密码,成功登录了。

卜影很意外,也有些惊喜,扫视收件箱中的邮件,看时间大都是很久前的邮件。

忽然,屏幕上显示有一封新邮件,卜影好奇地打开。

邮件内容:我知道你的秘密,不用管我是谁,给我 20 万元,否则让你的秘密大白于天下。

卜影没有在意,将邮件随手删除了。

113. 卜影家 日 内

卜影在厨房煮着方便面,笔记本电脑被放在旁边的柜子上,显示着邮箱的界面。

电脑发出"新邮件来了"的声音,卜影赶忙放下筷子,点击查看新邮件。

邮件内容:还记得斯哥特吗? 难道他们不值 20 万元? 最好在我说的期限内给我,否则……你知道会有什么后果。

看到"斯哥特"三个字,卜影愣住了,煮面的锅里水沸了出来,卜影赶忙关火。

重新看邮件,发件人就是上一封威胁邮件中的发件人。

114. 立交桥上 夜 外

卜影站在桥头一个比较隐蔽的地方,看着桥下的通道。

冯可走进桥下的通道,出来的时候怀里抱着一个黑包。

一个穿着破烂的乞丐扛着麻袋走了过来,卜影数了几张百元钞票给乞丐,便上车离开了。

115. 小饭馆 日 内

包间内,一桌酒席,七八个人,其中坐着郝濂德和卜影。

其他人都在喝酒,说笑,卜影跟郝濂德在聊天。

卜影:郝大夫,下次回来一定帮我带点效果好的药,我最近失眠很厉害。

郝濂德:没问题。对了,我最近收到一封邮件,自称是贾东的经纪人,说要让我帮贾东整容。

卜影:能不能给我看一下。

郝濂德:好啊,我还没删。

郝濂德拿起手机,进入邮箱,找到邮件,递给卜影看,发件人跟她收到的邮件一样。

卜影看完邮件,若有所思。

116. 冯可家小区 日 外

戴着墨镜的卜影下了出租车,手里拿着一张纸,上面记着那个邮箱地址、IP 地址和冯可家的地址。

卜影看了看小区外的门牌,走了进去。

117. 冯可家 日 内

冯可没在家。

敲门声持续了一会儿。

锁被拧动的声音。

门打开了，卜影推开门，走了进来，将手上的黑色隐形卡子别在了头发上。

卜影扫视着屋里，墙上全是贾东的海报，架子上全是贾东的专辑，还有几个相框，其中有贾东的照片、卜影的照片和冯可的照片。卜影看到一个大相册，拿了起来，里面大部分是贾东的照片，还有卜影的照片，以及冯可偷偷跟贾东拍的合照。

卜影有些震惊，将相册放回架子上，又看了一眼相框里冯可的单人照片，拿出手机翻拍了一张，打开门，走了。

118. 冯可家小区 日 外

走出楼道的卜影重新戴上墨镜，拨打手机。

卜影：郝大夫，是我。您说的邮件里整容的事，您答应下来吧，他要是给得少我再给您一笔。

郝濂德有些犹豫。

卜影：看在咱们认识这么久的面子上。

郝濂德：好吧。

卜影：还有件事，郝大夫，我希望您能对外保密，包括对贾东。

卜影挂掉手机，信步离开了。

（完）

《看不见的人》剧本评析

何　亮

《看不见的人》是一个很典型的悬疑烧脑型剧本，故事的核心创意，是一个双层阴谋：一位著名男歌手的男歌迷，不满男歌手的堕落，决定制造车祸杀死男歌手，这是第一层阴谋；而这位男歌迷的阴谋，又被怨恨男歌手的男歌手前妻所利用，实现了自己的阴暗目的，这是第二层阴谋。

悬疑烧脑型故事是很多观众的心头好，但具体写起来难度极大，对于绝大多数编剧来说，都是一个艰巨的挑战。因此，剧本的两位编剧敢于挑战这一类型，并设计出了能够支撑整个故事的双层阴谋结构，已经是一个不错的成绩，但是，剧本中还有一些显而易见的问题，需要两位编剧在未来继续完善。

问题一，犯罪动机。犯罪悬疑类故事的犯罪动机特别重要，犯罪动机如果不够扎实，会影响整个故事的可信度，而如果犯罪动机足够扎实甚至有新意，那会让整个故事得到质的变化。在这个故事中，男歌迷为什么一定要杀死并冒充自己的偶像，原因并不够清楚。如果只是因为自己偶像的私生活糟糕或者有抄袭行为，就仇恨到要杀死偶像，这个动机设定就显得既夸张又敷衍。一个简易的方案是，这位歌迷就是个严重的心理变态，那么他做出什么变态的事情都情有可原，但是剧本中并没有花笔墨去描写这位歌迷的精神世界、精神问题，反而让他看起来特别正常；另一个方案是，这位歌迷唱歌也很好，他对偶像既崇拜又嫉妒，一直想要取代偶像，所以会杀死偶像并冒充他，但剧本里这个歌迷唱歌很差，冒充也很失败。所以，这个歌迷到底为什么要杀死并冒充男歌手，剧本并没有给我们一个让人信服的犯罪动机。而第二层阴谋，男歌手的前妻为什么要杀死男歌手，并利用这位歌迷来冒充他？我们也没有看到特别明确的理由，大概可以猜到，前妻是因为男歌手吸毒、事业走下坡路，加上对感情不忠，才决定干掉他，找个人来冒充，以重建自己心中前夫虚假但完美的人设。这个动机是说得通的，但剧本里交代得也比较模糊。

问题二，两层阴谋各自的犯罪目标交代不清。这是剧本中一个较大的问题。男歌迷用电子邮件联系整容专家的目的是什么？编剧没有交代。男歌迷只是想撞伤男歌手，给他一个教训，然后希望不管男歌手脸上受了什么伤，整容医生都能帮他恢复？还是杀死男歌手，然后通过整容来冒充男歌手，才是男歌迷的真实犯罪目标？如果是后者，那前妻利用心理学家向男歌迷脑中植入记忆，也是想让男歌迷承认自己是杀人凶手，并通过整容来冒充男歌手。这两个犯罪目标几乎一样，那前妻给男歌迷植入记忆的目的是什么？看到这里我个人特别困惑，所以我倾向于按第一个解释去理解，这样才能把男歌迷和前妻的犯罪目标清晰地区分出来——男歌迷只是因为男歌手的堕落，想要教训偶像，但并没有想要整容冒充偶像；前妻不但想杀死男歌手，并且制造二次犯罪现场撞晕男歌迷，将昏迷且失忆的男歌迷整容，改造为全新的男歌手。这样的话，前妻为男歌迷植入记忆的第二层阴谋才是有意义的。但这个理解是我脑补的，剧本中并没有交代清楚。

问题三，关键节点的解决方案过于简单。比如剧情需要一个整容医生的时候，就出现一个整容医生到男歌迷学校做讲座；比如第一层阴谋，即男歌迷阴谋的揭露，利用一次简单的催眠就让他全说出来了；比如第二层阴谋，即前妻阴谋的揭露，则是利用更简单的警方发现一个监控录像就解决了。这种简单化的处理在大逻辑上也能把故事顺下去，但对于观众来说，则会有些失望。在悬疑烧脑型故事中，观众不仅仅对真相本身，还对揭露真相的方式有着非常强烈的期待，揭露真相的方法一定要有更出彩的设计。

问题四，剧本前半部分的张力不足，略显拖沓。剧本一直到第 50 场，都是失忆冒充者单一视角下的自我怀疑和身份惶恐，写得很好，悬疑气氛是足够的。但用 50 场戏来铺垫失忆冒充者的基本状态，节奏显得有点缓慢。要么这一部分缩减篇幅，要么让失忆冒充者面对更大的外部压力，加强矛盾冲突，都可以让这一部分的节奏更紧，张力更足。

问题五，人物性格塑造薄弱。剧本集中精力于设计烧脑情节，但忽略了对人物本身的塑造。一方面是核心人物动机出现了一些问题，这之前说过了，另一方面，就是人物性格塑造很单薄，无论是男歌迷、男歌手还是前妻，三个人几乎没有体现出性格色彩，不够生动鲜活。这也是很多悬疑烧脑型剧本常见的问题——过于注重情节，不太重视人物。这种类型里，不是说一定需要把人物塑造得特别丰满、特别复杂，但基本的人物性格色彩还是应该有的。

总的来说，两位编剧做了一次非常有勇气的创作尝试，剧本的基本结构、基本气质都能够到位，也有很多亮点。但在一些关键问题上，还存在明显的不足，尤其是犯罪动机和犯罪目标出现了不够扎实、不够清晰的问题。前半段还好，但越到后面，编剧自己可能越被复杂的剧情给搅乱了，这可能也是很多“烧脑”型剧本最容易出现的状况，否则为什么叫“烧脑”呢。希望两位编剧能够在未来的创作中，再接再厉，把剧本做得更加完美！

父父子子

◇何　阳

人物小传

杨建军:男,40 岁。逃避型人格,虽然已经是不惑之年,对于“儿子”和“父亲”的角色都不太能适应。与父亲、儿子,都相当疏离。

杨　力:男,14 岁。杨建军的儿子,成绩不错但性格孤僻,有一个网上的女友。父母离婚后和母亲一起生活。他和父亲关系不佳,却和爷爷相处得很好。

杨建红:女,42 岁。杨建军的姐姐,性格强势,爱护弟弟杨建军,甚至父亲的葬礼都由她来主持。

罗中成:男,40 岁。杨建军少年时期的好友,性格诙谐,即使和杨建军分别 20 多年,见面了仍旧是好朋友。

故事梗概

杨建军的父亲去世了,他回家操办父亲的丧事,却发现自己并不悲伤。他离婚后多年在外,与许久未见的 14 岁儿子杨力之间有莫名的疏离感,两人之间的谈话需要中间人来转达。杨建军父亲火化之后的第二天,杨力失踪了,杨建军在火车站堵住了杨力,却被杨力逃脱。杨建军随后追到了火车上,在火车开动之后才将杨力控制住,杨建军无可奈何,只能被迫踏上这段旅程。

杨力的目的是将爷爷的死讯告诉与爷爷失联已久的好友,为此他偷走了家里爷爷的遗像,以及葬礼上收的一部分礼金。杨建军了解到杨力对爷爷的去世心怀愧疚,虽然他认为儿子向爷爷的朋友传达爷爷的死讯是没有意义的行为,但他仍旧默许了。

两人一起来到杨建军父亲工作过的洛阳轴承厂。杨力竟比杨建军更了解爷爷的过往,而且还将和爷爷生前的聊天录了下来带在身边。但此时的杨建军抗拒听到父亲的声音。杨建军和杨力共同作假,企图在工厂人事处的负责人那里骗取爷爷好友的信息,虽然失败,但两人关系稍有缓和。随后,杨建军意外与年少时的好友罗中成相遇,却触景生情,想起了当年计划经济时,十大厂矿最鼎盛时的元宵灯会,就是在那时,少年杨建军遇见了自己的初恋,二人的关系却因父亲带全家迁徙而被迫中断,这是他和父亲关系疏远的重要节点。

随后,杨建军发现杨力来洛阳的真实目的,竟然是为了与他的网恋女友见面。杨建军当场抓到杨力,却发现杨力的网恋女友,在她现实男友的压力下折辱了杨力。杨建军勒令杨力回家,却发觉杨力的所作所为竟然和杨建军少年时的隐秘心事暗合。在旁观者罗中成的调停下,杨建军勉强带着儿子继续寻找爷爷的失联好友。通过罗中成厂子弟的身份,他们找到了线索,其行踪指向哈尔滨。

杨建军到了哈尔滨才发现,在火车上不声不响的儿子已经发烧昏迷,在哈尔滨的大姨安置下杨力住院治疗。杨建军了解到,爷爷失联好友也早已从哈尔滨离开,回了无锡——爷爷和好友共同的儿时故乡。杨建军因为儿子生病而自责,虽然得到了真实线索,却欺骗儿子线索已断,想带儿子回家。儿子将爷爷的遗像留在虚假的旧址后,同意回家。杨建军却心怀不忍,哈尔滨城市中也有爷爷和奶奶相识的旧事,爷爷的好友在其中也扮演了重要角色。杨建军在和儿子的坦诚交流中发现,如果不将父亲的死讯带给失联的好友,他也将永留遗憾,这虽然不是有意义的事,但父亲已经去世,这是仅剩的唯一能做的事。于是两人重启旅程,南下无锡。在南下的长途车上,杨建军终于有勇气面对父亲留下的录音,他背着杨力悄悄听录音带,内心得到了安慰,也使自己的悲伤终于得以表达。

最终,两人在无锡的一个农村找到了爷爷当年的好友,但好友的儿女认为杨建军和杨力是来骗钱的。杨建军和杨力将遗像留在了爷爷的好友家,不声不响地离去了。一段充满失败的旅程,最终修复了父子两人的感情。

1. 临时的灵堂 日 外

2005 年

杨建军(内心独白):人死了,就变成一件事了。

杨建军坐在灵堂中。灵堂是临时搭起的,木质结构罩上一层塑料布,设在街道旁的空地上,靠着居民小区。

居民小区是典型的国企大院,一模一样的七层楼房整齐排列。居民小区有人站在楼层之间的栏杆上往下看灵堂。

灵堂里用音响放着哀乐,音质不好,但音量很大。

灵堂的中央是一张老年男性的黑白遗照。两排塑料椅子上坐着人,有的人神情木然,有的聊天,互相招呼喝水抽烟,并不特别悲伤,人背后陈列着花圈。

杨建军漠然地坐在人群中，身边是他的姐姐杨建红，杨建红在和另一边的人寒暄。杨建军的儿子，14 岁的杨力坐在与他隔几个座位的位置上，面无表情。

不时有人进灵堂，对着遗像烧纸、烧香、鞠躬。礼毕后，杨建红上前招待，从身后的一箱矿泉水中拿了一瓶递给来客，再递一支烟，来客将烟架在耳朵后。

司仪看看表，对杨建红示意。杨建红会意，拉扯了一下杨建军。

杨建军站起，走到遗像前，举起已经装满纸灰的瓦盆，走出灵堂。

司仪：时辰到！

大家都向杨建军看过来，杨建军举起香炉，砸在地上。瓦盆应声四分五裂。随后鞭炮声响，一千响很快放完。大家在鞭炮声响中走出了灵堂，在灵堂外排好了方阵。杨建红拉着杨力，站在第一排最中间。

司仪：各位领导，各位来宾，各位亲朋，今天，我们怀着无比沉痛的心情——

2. 殡仪馆 日 内

杨建军父亲的遗体躺在棺材里，

司仪：孝子上前——告别！

杨建军看着棺材中唇红脸白的父亲遗体。

司仪：回——下一位！

杨建军立刻回身。杨建红上前看，终于忍不住哭了出来。

杨建红：爸，你走好。

3. 殡仪馆 日 外

杨建军、杨建红在一辆面包车前等待，杨力坐在车的副驾上。司仪带着遗像过来，将遗像递给杨力。

司仪：把照片对着前胸，抱好，回家再摆出来。

杨力点点头，把遗像抱在胸前。

杨建军、杨建红和司仪上了车的后座，车开了。

4. 车上 日 内

车开过田野，司仪在车后座上嘱咐杨建军和杨建红。

司仪：路上要叫老人，给老人引路。老人听到声音，才能跟你们回家。你们谁来喊？

杨建红看杨建军，杨建军避开目光，杨建红拍了拍副驾上的杨力。

杨建红：杨力，你喊吧。你说，爷爷，我们回家了。

杨力：爷爷，我们回家了！ 爷爷，我们回家了！

每隔几秒，杨力就对窗外喊一次。

5. 杨建军母亲的卧室 日 内

杨建军的父母早已分房间睡，杨力在奶奶的卧室，对着奶奶，忍不住哭。

杨建军的母亲神情木然，安慰孙子，拍孙子的背。

杨建军母亲：人都是要走这一步的。

6. 杨建军父亲的卧室 日 内

杨建军父亲卧室20平方米左右,是20世纪80年代中层干部的风格。有玻璃柜橱,里面摆放着陶瓷马,来自家乡的紫砂壶等,还有一个书柜、衣柜和写字桌,一屋子满满当当。写字桌盖着玻璃,玻璃下压着老照片。

杨建军在父亲卧室的床上坐着。杨建红推门进来,带着遗像。

杨建红打开衣柜,将遗像夹在层层叠着的衣服中。

杨建红:先放这里,不要让妈看到,免得看了伤心。

杨建军点点头。杨建红拿出一沓钱和一张纸。

杨建红:收的礼金,这是名单。你看看。

杨建军:不用了。

杨建红将名单和礼金放在了写字桌的抽屉里,关上抽屉。

杨建红:回头给妈存上。

杨建红要走,又回头。

杨建红:爸的事办得很好,厂里老领导也来了。你急急忙忙从深圳回来,几天没怎么睡觉,就在这儿休息吧,也能陪陪妈。杨力怎么办?是跟你在这儿,还是回家?他妈说让他什么时候回那边了吗?

杨建军:你问问他。

杨建红点头,出屋门。杨建军看着屋门,听不清那边说什么。不一会儿,杨建红又推门进来。

杨建红:杨力说要回家。明天中午再来。

杨建军:嗯。

杨建红:你休息吧,我也回家了。照顾好妈。

杨建红离开。杨建军听到杨建红在外面和母亲、杨力道别的声音,还有大门的开关声。

杨建军躺下,看着卧室顶端的绿漆吊扇发呆,睡着了。

7. 杨建军父亲的卧室 夜 内

夜晚,睡在床上的杨建军听到客厅的小灯开关的声音,醒了。光从门底下的缝中照进来。

杨建军下床,轻轻拉开屋门,拉出一条小缝往外看。看到他的母亲拖着拖鞋,一路扶着桌椅,从客厅穿过,慢慢往厕所走。

杨建军又坐回床上,听着屋外传来厕所冲水的声音,母亲穿着拖鞋经过客厅的声音,回到卧室上床的声音。

杨建军闭上眼睛,躺下。

8. 杨建军父亲的卧室 日 内

次日中午,杨建军的房门被杨建红拉开,杨建军醒来。

杨建红：起来吧，饭做好了。

9. 杨建军父母家客厅 日 内

桌上都是家常菜，杨建军和杨建军母亲坐在桌边。杨建军母亲颤颤巍巍地夹菜，放到了杨建军碗里。

杨建红用座机打电话，那边没有接，杨建红放下话筒。

杨建红：怎么不来吃饭也不接电话？

杨建军：先吃吧。可能还在睡，没听见。

杨建红坐在桌前。

杨建红：打好几个了。一会儿吃完了还不来，你去看看。

10. 杨建军家 日 内

杨建军家在七楼，是国企样板房中的一栋，老式的一室一厅。

杨建军上楼，每个楼层间的过道都摆着盖满灰的自行车，墙上钉着很久没用的牛奶箱、报箱，有些简陋的防盗门的金属栏杆上绑着枯萎的菖蒲。

杨建军爬上七楼，已经气喘吁吁，他拿出钥匙打开门。

家中的家具和地板上也蒙着灰，地板上有几行脚印，这是儿子在这里住了几天的痕迹。

杨建军进了门，但没往里走，敲了敲身后的木制门板。家里没有对这声响做出反应的人。

杨建军往里走，走到儿子卧室前，推开门，室内空无一人，床上有睡过的痕迹，被子没有叠好。

11. 杨建军父母家客厅 日 内

杨建红焦急地翻阅一个皮质小本，上面记着杨力的朋友们家的电话。杨建红一边看，一边用座机打电话。

杨建红：喂？你好，我是杨力他大姑，我想问问，杨力是不是找你们家王翼玩去了？他在你家吗？哦，那要是看到他了，让他赶紧回家，或者给家里打个电话。好，谢谢，再见。

杨建红又翻了一页，拿起听筒拨号。

杨建军的母亲在卧室休息，坐在床上。杨建军走到母亲床前，坐下。

杨建军母亲：你给他妈打个电话，看是不是回他妈那儿了。

杨建军叹气，一脸的不情愿。

杨建军母亲：打。

12. 杨建军父母家阳台 日 内

杨建军来到父母家的阳台，关上门，阻绝了杨建红在客厅打电话的声音。

杨建军掏出一个摩托罗拉手机，开始给杨力的母亲李娟打电话，拨通了，那边不说话。

杨建军:喂?

李娟(不耐烦):什么事?

杨建军:杨力跟你联系了吗?

李娟:怎么了?

杨建军:杨力是不是要回你那边了?

李娟:什么意思? 他不是要在你那边待一个星期吗? 他说要提前回来了?

杨建军:没有。

李娟:那你什么意思?

杨建军深吸一口气,压住火。

李娟:他就该早点回来,刚上高中就缺课一个星期,还赶得上吗?

杨建军:怎么就耽误一个星期了? 国庆的假也在里面,也就缺了两三天。

李娟:你懂什么,你以为别人放假就不学习是吧?

杨建军又深吸一口气。

李娟:他要是想早回来,就让他早回来,事不都办完了吗? 你是不是拦着他了? 杨建军,你让他跟我说话!

杨建军挂掉电话。

13. 杨建军父母家客厅 日 内

杨建军挂掉电话后来到客厅,杨建红也联系完了所有能联系的人,挂了电话。

杨建红:那边怎么说?

杨建军摇头。

杨建红:我找小五帮忙。

杨建红又翻开电话本。

杨建军:别麻烦别人了。

杨建红(停止拨号的动作):是你儿子失踪了! 还怕麻烦别人?

杨建军:怎么是失踪,可能是去哪儿玩了。说不定晚上就回来了。

杨建红:去哪儿玩了? 他干什么去了你都不知道,怎么就知道他晚上能回来?

杨建军:找小五也没用,没到 24 小时不让报案。

杨建红:我不管那些。

杨建红重新按下座机按键,拨号。

14. 杨建军父亲的卧室 日 内

杨建军打开抽屉,拿出一本相册翻看,没有注意昨天放在里面的礼金已经薄了一些。相册里是父亲生前的照片:日常照、旅游照等。放父亲年轻时照片的一页相册里,有一张照片被取出,留下一块空位,但杨建军也没有注意,翻了过去。他翻看了他和杨建红幼时与父母的合照,一直翻到杨力出生后不久和爷爷的合照。

杨建军听到敲防盗门的声音,下意识地往那个方向看去。

杨建红(画外音):小五来了?

15. 杨建军父母家客厅 日 内

杨建军(内心独白):不是怕麻烦别人。

民警小五坐在餐桌对面,摊开一个笔记本,拿出笔,点燃烟。杨建军在餐桌另一边等待小五就绪。

杨建军(内心独白):再加上别人,事情就复杂了。

小五准备就绪了,开始发问。

小五:大姐说昨天晚上杨力还在,晚上他回家睡了,今天中午你再去家里,人就不见了,对吧,建军?

杨建军点头。

小五:杨力平时常去哪些地方?

杨建军(迟疑):他……

杨建红(递上一个烟灰缸给小五):他一般放学就回家,有时候去同学家玩,那几个同学家我都打过电话了,都不在。哦,他去年初中毕业去了武汉,他妈那儿,这一年怎么样就不知道了,他也不爱说。

小五:问过他妈了吗?

杨建红:问过了,她不知道。

小五:杨力最近情绪波动大吗?

杨建红:可能就是我爸的事。他和爷爷感情好,但接受得……也还可以吧。

小五:杨力都交什么样的朋友?在学校成绩怎么样?

杨建红继续替杨建军回答,成为小五谈话的对象,杨建军将目光移向别处,看到卧室的木制门上的划痕,记录着杨力10岁以前的身高。门上还贴着去年新春的倒福字,一直到现在都没撕掉,已经有些卷边。

在杨建军耳中,两人的对话逐渐模糊,杨建军没注意到小五在叫他。

小五:建军,建军!

杨建军(回过神):啊?

小五:我问,你是不是跟杨力不常联系?

杨建军:哦,我……

杨建红:建军这几年在深圳,厂子现在这个效益,不出去怎么办呢。杨力他妈离婚以后就去武汉了,把孩子也带去那边的重点高中了——

杨建军又看向别处,失去了对对话的注意力。

过了一会儿,小五完成了询问,合上小本。

小五:应该不会有什么大问题,也没什么激化的原因。可能还是杨伯伯的事,也许他就是找个地方自己待会儿,发泄一下,好了就回来了。

杨建红:不能派人找找吗?

小五：没办法啊大姐，我跟所里说，所里也立不了案。要是 24 小时了还没信，再叫我。

杨建红：小五，你得帮大姐这个忙。

小五（收拾东西）：我们也有规定。对不住，大姐，我先走了。

小五走到杨建军母亲的卧室，进去和杨建军的母亲握手。

小五：阿姨，保重。

16. 杨建军父母家门外 日 外

杨建军站在防盗门外，杨建红在门内，两人隔着镂空的防盗门相望。

杨建红：自己的儿子，自己上点儿心！

杨建红关上防盗门里面的木门。

17. 国营厂 日 外

杨建军在国营厂内逡巡。

杨建军（内心独白）：不是不上心。

杨建军走过篮球场，看到中学生模样的人在打球。走过路边一排一排的、为下班工人而设的熟食、面食摊。走过租书的小店，放学的学生在翻看盗版漫画书。走过公园，看到一些老年人，有的围着观看棋局，有的提笼架鸟。走过健身器材处，看到一些半大小子在角落里抽烟，他们不怀好意地打量着周围的人。

杨建军（内心独白）：我不知道他去了哪里，但他又能去哪里呢？总是要回来的。他自己回来是一回事，我把他找回来，就是另一回事了。这个另一回事，我不知道该怎么处理。

18. 黑网吧 日 内

黑网吧里人声嘈杂，灯光昏暗。几个大风扇用来换气，但还是空气沉闷，伴有烟味。不时有人叫网管、拍案叫骂。

杨建军挑开门帘进入，老板抬头看了看杨建军，又低头看屏幕。

杨建军从一张张狂热地盯着电脑屏幕的脸中寻找杨力，没有找到。

忽然其中一个十四五岁、叫王浩伟的孩子从座位上兴奋地一跃而起，电脑屏幕上有他游戏胜利的信息。他拍桌，手搭在旁边输了的孩子肩膀上，奚落他。

王浩伟：怎么样！怎么样！服了吧？我这一手强不强？

王浩伟兴奋地拿起桌上的打火机和香烟，刚叼上要点火，看到了杨建军。杨建军也依稀认出这个孩子。

杨建军：你是王浩……王浩伟？

王浩伟（连忙把烟放下，拿出对朋友父亲的恭敬，站起）：叔叔好。

杨建军：没事，你玩你的。

王浩伟拘谨地重新坐回椅子。杨力发现王浩伟放在桌上的香烟盒子，和筹办葬礼置办的香烟是同一个牌子，比一般小孩抽的烟要高级一些。

杨建军:你看到杨力了吗?

王浩伟(躲闪):没有啊。

杨建军拿起桌上的香烟盒子。

杨建军:平常就抽这个?

王浩伟:第一次抽,您别告诉我爸。

杨建军:自己买的?

王浩伟:嗯。

杨建军:多少钱?

王浩伟答不上来。

杨建军:是杨力给的吧?

王浩伟不说话,紧张地观察杨建军。

杨建军(撒谎):我听人说看到你们在一起了。他去哪儿了?他要是有事,你跑不了。

王浩伟(慌了):没,叔叔,我就是在厂门口看到他了,没说几句话。他给了我一盒烟,让我别跟人说看到他了。我也不知道他后面去哪儿了。

杨建军(看了看王浩伟,勉强相信,将烟盒放在了桌上):拿着吧。

杨建军要走,忽然又回头。

杨建军:他去厂门口干什么?

王浩伟:不知道,我就看到他从那边火车票代售点出来。

19. 路边 黄昏 外

杨建军(内心独白):麻烦了。

杨建军焦急地在路边拦出租车,多数出租车到了换班的时间,都不停。最后他终于拦到一辆,上了车。

杨建军:火车站。

司机:赶火车?几点的车啊?

杨建军没有答话,司机哼一声,开动出租车。

20. 襄樊火车站广场 黄昏 外

杨建军下出租车,看到眼前的襄樊火车站广场上都是来往的人。杨建军焦急地在无数人脸中寻找杨力。

杨建军看到一个衣服、身材和杨力差不多的背影,杨建军走上前,没有直接抓住他,而是赶上人家的速度,超过后,回头看那人——不是杨力。

那人警惕地看了杨建军一眼,快步离开。

火车站的大钟响了七声。

21. 襄樊火车站售票窗口 黄昏 内

杨建军排在买票的队伍中,轮到他到窗口买票。

杨建军:要一张……去哪儿最便宜?

工作人员看了杨建军一眼,虽然感觉奇怪但还是回答了。

工作人员:枣阳。

杨建军:好,就要去枣阳的。

22. 襄樊火车站候车室 夜 内

杨建军检票后进入了火车站候车室。他依次察看每个候车室,在人群中走马观花地寻找。很快杨建军累了,他在某一个候车室门口,喘着气看着候车室的大全景。无意中他发现他的视线范围内,有一个人开始快速移动,他定睛一看,居然是杨力。

杨建军穿梭在人群中追杨力,杨力也左躲右闪,最终还是被杨建军抓住,二人拉扯着杨力的书包,杨力想挣脱,但力气不如杨建军。

杨建军:你跑什么!你想干什么?你要去哪儿啊?

杨力(嘶喊):你放开!

拉扯中,杨力的书包拉链开了,杨力爷爷的遗照相框掉了出来,摔在地上。父子两人都愣了一下。

杨建军(捡起遗照):你到底想干什么?

杨力(嘶喊):你管不着!

杨建军:走,跟我回去。

周围人都看向两人。

杨建军(气恼地):看什么?我是他爸!

杨力(嘶喊):不是!

杨建军既焦急又气愤,扇了杨力一巴掌。杨力一惊,杨建军也被自己吓了一跳,两人冷静下来,激烈对抗转为沉默对峙。杨建军和杨力都避免对视,眼睛看向别处。

23. 襄樊火车站 夜 内

广播(画外音):K268 次列车正在检票,请乘客入站。

杨力拎着书包,被杨建军拽着肩部外套,拖着往火车站外走。杨建军另一只手拿着父亲的遗像,停下。

杨建军:你到底想干什么?

杨力也站住,不说话。

杨建军放弃询问,将杨力手中的书包夺下,将遗像放进书包,拉上拉链,又继续抓着杨力的肩部外套走,边走边掏出手机,手机显示没电了。

杨建军来到旁边的公用电话处,一手继续拽着杨力,一手把书包放在地上,腾出手拿起话筒,将话筒夹在脸边,拨号。电话接通。

杨建军:喂,姐,我找到了,喂?姐?

广播(画外音):K268 次列车正在检票,请乘客入站。

话筒那边的声音断断续续,杨建军调整姿势,将话筒贴近耳朵。杨力忽然挣脱了杨建军,从外套中脱身,拎起地上的书包,拔腿就跑。杨建军手上只抓着外套,他放下电话就追。

24. 襄樊火车站候车室 夜 内

候车室里，K268 次列车的乘客已经排好了队伍。杨力冲进队伍里，队伍中的人被杨力挤开，踩脚，纷纷发出不满的声音。

杨力很快挤到前排，将车票递给检票员，检票员低头看票，没有看人，将他放过了闸口。

杨力快步向前跑去，到拐弯处，不自觉地回头看了看。他看到杨建军也挤到了队伍前面，但检票员看了看票，将票还给杨建军。

检票员：你不是这趟列车。

杨建军：我上车再补票，上车再补行不行？

杨建军要和检票员理论，杨建军身后的乘客开始不满，挤开杨建军，检票过闸。杨建军不断被涌上来的乘客挤开，始终无法再靠近闸门，但他往杨力的方向看了一眼。

杨力立刻跑开。

25. 铁道旁 夜 外

杨力快步下了楼梯，上了停在铁轨上的 K268 次列车。

26. 列车车厢 夜 内

K268 次列车是过路车，车上已经有不少人，嘈杂喧闹。

杨力向车厢中部走，边走边看向车窗外，确定杨建军没有追上来。

他身后的卫生间门开了，停车前上卫生间的乘客走了出来。

27. 列车车厢卫生间 夜 内

杨力躲在卫生间里，关上门。

杨力打开书包，拿出爷爷的遗像，擦了擦镜面，放回书包。书包中还有一个步步高复读机和配套的耳机，以及一个皮封面笔记本，笔记本中夹着一张小尺寸的黑白照片，是两个年轻男性的合影，有大生产时代的气质。

杨力合上笔记本，抱着书包，感受到车厢的晃动，车开了。杨力微笑。

28. 列车车厢 夜 内

杨力刚走出卫生间，立刻被人从背后拎住了领子。杨力回头看，是杨建军。杨建军勉强赶上火车，呼吸还没平稳。

杨建军：你到底想干什么？

杨力开始挣扎，伸手想将领子从杨建军手中拽开。两人互不相让。经过的乘客看到两人的纠缠，小心地躲开，走过了还回头看。很快乘警过来了。

乘警：怎么回事？

29. 列车车厢连接处 夜 内

乘警手里拿着杨建军的身份证，看完正面看背面，随后打量杨建军。杨力在一旁低着头靠墙站着。

杨建军:我是他爸爸,他是我儿子。

乘警看着杨力,等杨力表态,杨建军也看着杨力。杨力仍旧低着头。

杨力:是的。

乘警:刚才什么事啊?

杨建军不知道如何解释,由于刚才儿子承认了父子关系,他现在也无法立刻向乘警控诉儿子离家出走。

杨建军:嗯——这个——

杨力:我爷爷走了。

乘警:走?走哪儿了?

杨力:不是,我爷爷——

杨建军(连忙打断):哦,他爷爷先上车走了,我们没赶上那趟车,上的这趟车,到站以后会合。我们不是没赶上吗,刚才在那边就有点着急……

乘警(盯着杨建军,又看看杨力):就这样?

杨力不再做出反应。乘警身上的对讲机响了。

乘警(对对讲机):明白,马上过去。

杨建军掏出一盒葬礼上余下的烟,递给乘警。

杨建军:哎,给你添麻烦了。

乘警伸手挡住,没有收下。

乘警:有事就好好说。不要动手了啊。

乘警将身份证还给杨建军,离开。车厢连接处剩下杨建军父子。一时间父子俩没有话说。一个卖手机电池的列车工作人员经过,杨建军叫住他,买了一块手机电池,开始给手机换电池。

杨力:爷爷上了哪趟车?

杨建军(没反应过来):什么?

杨力(抬头,挑衅地看着杨建军):爷爷上的哪趟车?

杨建军(发怒):你想让我跟他说什么?我跟他说得着吗?你爷爷死了,你跑了?跑去干什么?不知道。我怎么跟他说,你倒是让我先知道啊!

杨力不答话,头侧向一边。

杨建军:行,你不说没关系,下一站停了我们就下车,买票回家。反正你别想跑了。

杨建军低头看手机上的未读短信,来自杨建红,内容是“怎么样了”“找到了吗”“你去哪儿了,也不回来吃晚饭了吗”。

杨力(忽然):爷爷从前有个朋友。

杨建军(没反应过来):什么?

杨力:爷爷从前有个朋友,很多年没有联系了,我要去找他。

杨建军:谁?

杨力：爷爷跟我说过的，一个30多年没联系的朋友。以前是同事，关系很好。

杨建军：你找他干什么？

杨力：就是去告诉他，爷爷走了。

杨建军：为什么？他欠爷爷钱了？爷爷欠他钱了？

杨力：没有，就是告诉他，爷爷走了。

杨建军（愣了一会儿）：他知道能怎么样？不知道又能怎么样？

杨力不说话。

杨建军：再说你怎么找他？你有他电话？你知道他住哪儿？

杨力：我有办法。

杨建军（冷笑）：好，你有办法。你找到人家，你说你就来报个信，人家觉得你有病，要么就觉得你是骗子，想骗他们家东西。再说爷爷30年没和人家联系，说不定人家早就不记得了。就这还算好的，你知道他们是为什么不联系吗？你知道这里面有什么事吗？你就去？

杨力：我不知道。你知道吗？

杨建军：我不知道。我知道还是不知道，有意义吗？你到底想干什么？

杨力：就是想找到他，告诉他爷爷走了。

杨建军（冷笑）：你编。

杨力转过头，失望，不再说话。

杨建军靠在墙上，找出杨建红的电话号码，准备拨过去。

杨力：过年的时候，爷爷去丽康的店里做"体验"了。

杨建军：爷爷早就不去了。

杨力：爷爷会悄悄去。那次他带我一起去了，我心里想，只要不让爷爷再买他们的保健品就行了。但是，爷爷是去还钱的，他之前又悄悄赊账买了他们的保健品，那天他一发退休工资就去还钱。我知道了，就没有忍住。

杨建军被杨力的话吸引住。

杨建军：然后呢？

杨力：我骂他们是骗子，卖的东西都是假药，让爷爷跟我回家。爷爷很生气，说前几年他生了大病，就是丽康的保健品救了他。爷爷还代我给他们道歉。那之后，爷爷才是真的不去了。因为我骂了他们，给爷爷丢了人，他不好意思去了吧。

杨建军：那你做得对。

杨力：然后爷爷就去世了。

杨建军看着杨力，杨力移开目光，看着车窗外，流下泪，很快自己擦干。

杨建军：不是然后，过年到现在有大半年了。和你没有关系。

杨力：谁知道。

杨建军：你去找爷爷从前的朋友，又能有什么用呢？

杨力:没有用。

杨建军:那就回去吧。

杨建军重新在手机上找杨建红的号码,拨打,杨建军一边听着提示音一边等待那边接听。

电话接通了,杨建红在那边应答。

杨建红(画外音):怎么回事?你手机怎么了?你也失踪了?

杨建军:没事,我找到杨力了。

杨建红(画外音):啊?找到了?在哪儿找到的啊?他干什么去了?

杨建军一时不知道如何应答。

杨建红(画外音):喂?建军?

杨力:爷爷走都走了,做什么算是有用的呢?

杨建军愣住。

杨建红(画外音):喂?(话筒拿远)是不是信号又断了?

杨建军手机里传来杨建红拍话筒的声音。

杨建军:姐。

杨建红(画外音):哎,哎,你说,杨力怎么了?

杨建军:我们……我们先不回去了。

杨力抬起头,惊奇地看着杨建军,对他的转变不解。

杨建红(画外音):啊?你们干什么去?

杨建军(内心独白):这……我要怎么说?

杨建军:我……带杨力出去散散心,换换心情。

杨建红(画外音):啊?去哪儿啊?

杨建军:姐,你别担心了。我和杨力在一起。

杨建红(画外音):不是不让你们出去……你跟李娟说了吗?

杨建军:先不管她。快没电了,我得挂了。

杨建军挂掉电话。杨力不解地看着他。

杨建军:先找位置坐着吧。

30. 列车车厢 夜 内

父子两人穿过一个个车厢,座位都已经坐满,地上也坐着一些人,父子走一步寻找一处可落脚的地方,一边看车票上的座位号,终于挤到座位旁边。座位上坐着一个睡着了的中年男人。

杨建军将中年男人拍醒。

杨建军:这是我们的座位。

中年男人不情愿,但还是起身让位。

杨建军(对杨力):坐。

杨力:你的位子呢?

杨建军:我补的站票。你坐。

杨力坐下。杨建军站在座位旁边的过道上。车厢中站着的人不多,没有座位的人几乎都坐在了过道上,但杨建军坚持站立。

杨建军:你今天吃东西了吗?

杨力:吃了。

杨建军:饿吗?

杨力:不饿。你没座位晚上怎么办?

杨建军:你不要管了。

杨力从书包中拿出复读机,放入外封是英语听力的磁带,戴上耳机开始听。

杨建军:你打算怎么找人?

戴着耳机的杨力没有听清,摘下耳机,扭头看杨建军。

杨建军:没事,你听吧。

杨力扭回头,靠着椅背,忽然又扭头看向杨建军。

杨力:过年你为什么没有回来?

杨建军:春运,买不到票。

杨力:哦。

杨建军:我说的是事实。

杨力:是事实,也是借口。对吗?

杨建军一时无言以对。

杨力:你为什么和爷爷关系不好?

杨建军一愣。

杨建军(平静地):没有不好。

31. 列车车厢连接处 夜 内

杨建军拿出烟,却没有点,靠在墙边,看着窗外。火车隆隆地行驶着。

32. 深圳的员工宿舍 夜 内

(杨建军梦境)

四人间的员工宿舍,门口正对着一台老旧的杂牌电视,四张床靠在两边的墙边,只有杨建军一人在场。他靠在一张床上,看着电视。

电视上放着重播多遍的春晚相声小品合集,杨建军神情木然,偶尔跟着电视里的笑声笑一下。

杨建军的手机响了,他接听。

杨建红(画外音,平静地):建军,建军。

杨建军:哎。

杨建红(画外音):建军,你身边有人吗?

杨建军:没有。

杨建红(画外音):你不要着急啊,我跟你说一个事儿。建军,你不要着急。

杨建军:嗯。

杨建军的注意力一直在电视上。

杨建红(停顿片刻,再也控制不住语气,哽咽):建军,爸不行了,你快回来吧。

33. 列车车厢 早晨 内

杨建军从梦境中惊醒。他在杨力座位的旁边地上坐着,背靠着杨力的座位。天已经微亮,他身边还有不少沉睡的人,有打鼾的声音。

杨建军下意识地往身后看,杨力的座位上空无一人。

杨建军一下子站起来,凑到窗户旁边,掀开窗帘往外看。此时车已经停了,有不少乘客已经下车往车站外走。

杨建军以为杨力再次逃跑,连忙向车门处奔走。快到车门边时,在洗手池旁的杨力斜插在杨建军面前。杨建军猛地停住。

杨力:你干什么去?

杨建军:你干吗去了?

杨力:我洗个脸。

杨建军一愣。

杨建军:我也洗脸。

杨力让出洗手池的位置,甩甩手上的水,往座位方向走。

杨建军打开水龙头,双手合拢,捧住水,拍在脸上。

34. 列车车厢 日 内

杨建军带回两桶泡好的方便面,递一桶给杨力,自己在杨力身边的空位上坐下,这个位子的乘客已经在上一站下车了。

杨力想揭开泡面上压着的纸盖。

杨建军:刚泡上,等会儿。

杨力收回手。

杨建军:你打算怎么找?

杨力:爷爷说,这个朋友开始和他一起来到洛阳,在原来的老洛阳轴承厂干活,爷爷是车工,他是检查员。后来爷爷去了襄樊,就再没联系了。我们去洛阳找。

杨建军:爷爷怎么会跟你说这些?

杨力:爷爷不去“体验”以后,在家里没有事儿做,我经常问他以前的事儿。

杨建军:那个朋友叫什么?还有别的什么信息?爷爷说了吗?

杨力:叫何念。爷爷跟我说以前的事儿,我都录下来了,听吗?

杨力从书包中拿出复读机和磁带,杨建军看着复读机和磁带,犹豫了一下。

杨建军:你听吧。你告诉我就行了。

35. 关林火车站 日 外

杨建军和杨力下了火车，站在站台上，火车呼啸而去。站台上有“关林站”的标志。

关林车站是一个小车站。

杨力：这趟车不到洛阳站，所以只能在关林站下，关林是洛阳的一个——

杨建军（打断）：不用介绍，关林我来过多少次了。以前我们轴二中的和铁路子弟关系不好，我们一帮人逃学骑自行车来关林打架。

杨力好奇地看着杨建军，不知道父亲还有这样的一面。杨建军面对杨力的突然注视，意识到说得过多了，便将情绪收敛了一些。

杨力：赢了吗？

杨建军：当然赢了。轴承厂人多，子弟中学就有三个。我们过去，他们只能躲在家里，我们就躲在家属院里的车棚里，他们下来就围住。

杨力：从来没听你说过。

杨建军（内心独白）：这种事儿怎么给你讲。

杨建军：以后有时间再讲吧。

父子两人走出车站。

36. 关林火车站外馄饨摊子 日 外

杨建军和杨力坐在馄饨摊低矮的小桌旁，一人吃一碗馄饨，已经快要吃完了。

杨建军（洛阳话）：老板，来一瓣蒜。

杨力：你会说河南话？

杨建军：怎么不会，我在这里上到初中，1976 年才跟你爷爷去的襄樊。洛阳轴承厂全国什么地方的人都有，山东话、上海话、东北话，我都会一点。

杨力一边吃，一边看着一张洛阳旅游地图。地图背面是各种导游、一日游信息。

杨力：先去洛阳轴承厂，找管人事的人问问。应该都有档案资料，问到爷爷朋友家的地址，再上门。

杨力手指在地图上，指着写着地名的小字，一个接一个认。

杨建军：别找了，在涧西区。我都熟，我带你去。

（洛阳部分，如无特殊说明，当地人都说洛阳方言）

37. 公共汽车上 日 外

杨建军和杨力坐在公交车上，车上人不多。

杨建军走到车后部，坐在两人座的里面座位。杨力却没有坐在杨建军旁边，而是走到了杨建军后面的一排座位，坐在他正后方。

公共汽车路过一个工厂大门，工厂里面停着一辆坦克。杨建军从小就见惯了，没有太大反应，但他心念一动，往身后看去，发现杨力果然惊奇地盯着坦克，车开过去了还扭头看。

杨建军：那是洛拖的坦克，69 式，很早就在那里了。

杨力：洛拖？

杨建军:嗯,洛阳拖拉机厂。

杨力:拖拉机厂还造坦克吗?

杨建军:那时候都为军工服务。洛阳这里407厂、5111厂也是军工厂。

杨力:比轴承厂厉害?

杨建军:嗯,比轴承厂厉害。

车继续往前开,杨建军指着不同的地方给杨力介绍。

杨建军:那里以前是个灯光球场。那里,你看那个楼,是工人俱乐部,以前就在那里搞文艺汇演。

杨力:都演什么?

杨建军:那,可多了。你爷爷也演过。

杨力(惊奇地):爷爷演什么?

杨建军:你爷爷可是文艺骨干,唱京剧,《智取威虎山》中的“少剑波”唱段。

杨力:哦,爷爷在丽康店里的时候也唱过京剧,还教别的老年人。

杨建军不知道怎么接话,又指着一处地方。

杨建军:那里以前叫百货楼。

38. 洛阳轴承厂大门外 日 外

洛轴门口的大门没有关,有三三两两的人进进出出,都穿着便装。

杨建军和杨力顺利地进入了大门。

杨建军看了眼厂区,这里他曾经非常熟悉。门口有着中国最高的毛主席雕像。

39. 洛阳轴承厂区院子 日 外

两人正要往厂区里走。大门西边有一排水龙头,其中一个被铁丝拧住了,是漏水的补救措施。

杨力走到一个完好的水龙头前要拧。

杨建军:怎么了?

杨力:我洗个手。

杨建军:别,这里不出水,这里出的是冰水。

杨力:冰水?凉的水?

杨建军:不是,是冷饮,橘子水,厂里自己生产的。小孩儿可喜欢了,还有对着嘴直接喝的。现在想想,都是色素加香精勾兑的。

杨力:拧开水龙头就有?橘子水从水龙头里往外流?

杨建军:是的。

杨力:你们不是做轴承的吗?

杨建军:厂子大,什么都能自己做。襄樊轴承厂原来还有电视台呢。

杨力:我要看看。

杨力满心期待,去拧水龙头,水龙头有些锈了,很难拧开,最终杨力还是拧动了,但是什么都没有出来。杨力看着杨建军。

杨建军:可能现在没有做了吧。

杨力有些失望。

杨建军(内心独白):其实我知道一定是没有的。橘子水只在夏天供应,而且,那个时代早过去了,不会再有了。但让他有一刻相信会有橘子水从水龙头里出来,我觉得也是好的。

杨建军:行了,走吧。

40. 一组蒙太奇

杨建军带着杨力在洛阳轴承厂的各个车间走走看看。

41. 厂区主道旁边 日 外

杨建军和杨力在路边休息,杨力看着路边的宣传橱窗,里面的内容已经很久没有更新了,粘贴的剪报早已发黄。

杨建军:还能在哪儿呢?

杨力:要不我们问问别人吧。

杨建军:不需要。

一个30岁左右的工人经过,杨力叫住他。

杨力:你好,我想问一下,厂里管人事的办公室在哪里啊?

工人:直走,前面第二栋楼左拐,走到头就是了。

杨建军(找补):什么时候搬那里去了!

工人:一直就在那里。

工人离去。

杨建军:他才来几年,知道什么。原来都没有那栋楼。

杨力笑笑。

42. 人事办公室 日 内

杨建军和杨力站在办公桌前,办公桌后面坐着一个领导,戴黑框眼镜,50多岁,一脸严肃。

领导:那不行,我们厂的人事档案是不公开的。

杨建军:您千万帮帮忙,要是一般的事儿我也就不来了,但是何叔叔是我们一家的恩人,我弟弟前几年得了肝癌,化疗要花好多钱,我们付不起,都是何叔叔听说了,给我们寄的钱,救了我弟弟的命。我这次来洛阳就是想登门感谢,但何叔叔早搬家了,也不愿意告诉我们他现在的住址,所以才想到来厂里问。

领导有些迟疑。

杨建军:谢谢您了,我其实也是洛轴子弟,1976年去襄轴的那一批。

43. 人事办公室外走廊 日 内

人事办公室的门“砰”的一声关上,杨建军和杨力愣在门外。

44. 公共汽车站 日 内

杨建军和杨力在公交站等车。

杨力:怎么想到肝癌的?

杨建军(以为儿子是埋怨他):怎么了?我这么说比较容易问到,好人好事的话大家都愿意帮忙。

杨力:不是的,我也觉得编得好,可惜最后还是没问到。

杨建军:这样都问不到,老老实实说更问不到。

杨力:要是问到了,你怎么办啊?他们找了电视台、记者、摄像机对着你,让你去敲门,然后爷爷的朋友出来了,记者说他做了好人好事,送他一张奖状、两瓶花生油,他还不知道怎么回事儿呢,然后你跟他说,爷爷去世了。

两人笑起来。

45. 小旅馆房间 夜 内

小旅馆的房间十分狭小,两张床就占了房间的一大半。杨建军想打开窗户透气,但窗户被焊死了,无法打开。小旅馆的霓虹招牌就在窗外,闪烁的霓虹灯光照射进来。杨建军拉上窗帘,重重地坐在床上。

杨建军:先住一晚,明天再想办法。

杨力:什么办法?

杨建军(内心独白):来的时候你不是有办法吗?

杨建军:找找我以前的同学,他们家里在洛轴都有人,总有人知道的。洗洗睡吧,走了一天了。

杨建军从烟盒中拿出一根烟,叼在嘴上正要打火,忽然想到什么。

杨建军(对杨力):抽吗?

杨力摇摇头。

杨建军(内心独白):那你给王浩伟的烟从哪里来的?

杨建军:那你给王浩伟的烟从哪里来的?

杨建军也没想到自己竟然脱口而出,今天和杨力的亲近让他失去了分寸感,他后悔问得轻率了,这未必是一个杨力愿意谈论的问题。但杨力没有回避。

杨力:灵堂上发剩下的,姑姑让我放在包里带回来,我忘拿出来了。

杨建军(有些尴尬):哦!

杨力:我出去买点明天吃的东西。

杨建军:行,你等我一下。

杨力:不用了,我一个人就行,刚才看见楼下有面包店。

杨建军:书包别背着了。

杨力没有回应,仍旧背着书包拉开房门。

杨建军:兜里有钱吗?

杨力：有。

杨力关门离去。

杨力走进卫生间洗漱。杨建军靠着床上叠着的被子，将烟放回烟盒。

46. 黑网吧 夜 内

杨力走进一家黑网吧，黑网吧里烟雾缭绕，到处都是拍击键盘的声音，很多人在玩当时的热门网游《劲舞团》。杨力逡巡一圈后，找到一台空的机器。

杨力（对老板）：15 号机押五块钱。

随后杨力在 15 号机上机了，他打开“QQ 珊瑚虫版”，点开了一个好友，通过“QQ 珊瑚虫版”看到了对方的 IP 地址：河南省洛阳市中州中路飞越极限网吧。

杨力拿出书包中的本子，将地址记在最后一页。

47. 小旅馆房间 夜 内

杨力进门，回到房间，发现杨建军已经靠着被子睡着了。

48. 洛阳轴承厂厂区 黄昏 外

（杨建军梦境）

14 岁的杨建军和 14 岁的罗中成进入洛阳轴承厂旁边的家属幼儿园。传达室里坐着张阿姨，正低头打毛衣。面前桌上有一本毛衣编织的书摊开着。

杨建军（打招呼）：张阿姨。

张阿姨（看了一眼杨建军，又回去看自己的针法）：建军、中成啊，来打冰水啊？

杨建军：哎！

张阿姨：快点儿啊，一会儿下班了。

杨建军和罗中成进入了幼儿园的大门，拐到了旁边的洛阳轴承厂。幼儿园和厂区是通着的。

杨建军和罗中成跑到出橘子水的水龙头前，一人一个水龙头，拧开直接对着嘴喝。

忽然传来小号的声音，接着是歌曲《咱们工人有力量》的广播，工厂下班了。无数个穿着蓝色工服的工人从各个车间出来，集成一股稠密的巨流，往厂门外涌去。出了厂的工人，有人继续步行，有人跨上了自行车。

杨建军没有停止喝冰水的动作，罗中成抬头朝人流看去，认出了杨建军的爸爸。

罗中成（拍拍杨建军）：建军，你爸！

杨建军：放屁，我爸和我姐出差了。

罗中成：真是你爸，看！

杨建军抬头向人流看去，所有工人都穿着一模一样的蓝色工装，无数人头攒动，不可辨别。杨建军找不到自己的爸爸是哪一个。

杨建军：哪儿啊？

罗中成（指给杨建军）：那儿！那儿！

杨建军再次看去，只看到了无数雷同的背影。背影逐渐模糊。

49. 小旅馆房间 夜 内

杨建军从梦境中惊醒。他愣了一会儿,发现身上虽然还穿着外套,但已经被盖上了被子。杨建军连忙向旁边的床看去,杨力在床上背对杨建军睡着了,背包放在房间的小桌上。

杨建军去拿桌上的茶杯喝水,在窗前呆坐了一会儿,犹豫了一下,打开杨力的书包,拿出复读机,又犹豫了一下,还是没有听,将它重新放回了杨力的书包。

50. 小旅馆房间 日 内

杨建军醒来,穿好衣服,轻推另一张床上的杨力。

杨建军:起吧,九点了。睡好了吗?

杨建军又推了几下,杨力才回头,一脸疲态。

杨力:我不舒服。

杨建军:怎么了?

杨建军连忙拿手去试杨力额头,还没碰到,就被杨力用手挡开。

杨力:不是发烧,胃不舒服。

杨建军:那怎么办?是昨天馄饨吃得不好吗?还行吗?要不我们上医院看看?

杨力:不用,没事儿。我蜷一会儿就好。

杨建军:那不行。

杨力(有些不耐烦):我真的没事儿,你不是还要去找同学吗?

杨建军:要不先停一天,你好了,我们再去。

杨力:不用等我,我没事儿,就是昨天累着了,还吸了凉气,休息一会儿就好了,以前就有过。你去吧,不要耽误了。等问到消息了,我们再一起去找人。

杨建军无奈。几分钟后,杨建军已经收拾妥当,打开了房间的门,还没迈出去,转头吩咐杨力。

杨建军:我买了吃的,放在桌上,能吃最好趁热就吃了,完了就好好休息,等我回来。我回来再不行就去医院看看。

杨力(闭着眼):嗯。

杨建军出门。杨力听到关门的声音后,睁开眼睛,脸上的疲态也消失不见了。他跳下床,来到窗边往外看着杨建军走远。

51. 十三街坊院子 日 外

杨建军走进十三街坊,这是洛阳轴承厂家属区的一部分,老旧的苏式建筑只有三层高。

杨建军上了三层,刚想敲门。一个老太太正好开门,提着菜篮准备出去买菜。

老太太(洛阳话):你是谁?你找谁?

杨建军:我找罗中成,您是他的……

老太太没有接茬,继续狐疑地打量着杨建军。

老太太:不认识,你找错了。

杨建军:这不是十三街坊?

老太太:这栋楼就没有姓罗的。我在这住了一辈子了。

杨建军:不对,我原来也住这儿,旁边那个单元。罗中成就住这里。

老太太:你叫什么?

杨建军:我……我爸叫杨丁蜀。

老太太(摇头):不知道。什么时候住在这儿的?

杨建军:1976 年以前都在。

老太太:1976 年? 哦,我是……1982……1983 年厂里分的。你找别人问吧。

老太太绕过杨建军,往楼下走,走到一半发现杨建军还站在她家门前,老太太朝他使劲招手,示意他离开。

老太太:走吧,走了。没有你找的人。

杨建军下了楼,站在院子里,恍若隔世。他看到院子尽头有一个防空洞的入口,但已经被封上了。每个洛轴的家属院都有这样的防空洞,里面四通八达,互相连接。

52. 十三街坊院子内/防空洞 夜 外

(杨建军的回忆)

1976 年的十三街坊院子,防空洞还没有被封上,开口处在地面上高高地拱起,随后深入地下。

时间是晚上八九点,院子里没有人,路灯亮起,十三街坊家家灯火通明。

十三街坊一单元的三楼传来杨建军和父亲争吵的声音。

杨建军(画外音):我不去襄樊!

父亲(画外音):你为什么不去?

杨建军(画外音):我在这儿好好的为什么要去?

杨建红(画外音):建军,你别和爸吵架。妈一会儿下班回来了。

杨建军(画外音):我反正不会去。

父亲(画外音):你不去想干什么?

杨建军(画外音):你管我干什么。

父亲(画外音):我是你爸!

杨建军(画外音):不如不是!

杨建红(画外音):建军!

传来杨建军急促开门的声音,大力甩上门的声音,噔噔噔跑下楼的声音。随后又有杨建红开门追出的声音。

杨建军很快出现在院子里,他向院子外面跑去,但是中途停住,向反方向的防空洞跑来,躲进防空洞中。

杨建军在防空洞中,看到姐姐杨建红也跑下楼,叫喊他的名字。杨建红没有发现他躲在防空洞里，向院子外面追了出去。

杨建军在漆黑的防空洞里看院子里的万家灯火，随后慢慢向防空洞深处后退。忽然，14 岁的沈青从杨建军身后抱住了他。沈青没有露脸，她说的是有上海口音的普通话。

沈青（画外音）：你怎么了？

杨建军知道是沈青，没有回头。

杨建军：他们要我去襄樊。说那边有支援三线的政策，房子大，职工子女包分配。

沈青轻轻地叹气。

杨建军：凭什么，凭什么他说去就去，说去哪儿就去哪儿。我小时候从东北搬到洛阳，现在又要搬去襄樊。凭什么？还有我姐姐，来洛阳没几年，家里地方不够，又把她送回哈尔滨我大姨那里，后来她能上班了又来洛阳，待了没几年又去襄樊，凭什么？

沈青（画外音）：什么时候去？

杨建军：我不想去。我去了就不能去洛拖了，也不能去 407、5111 了。我不要做轴承，我要做坦克和飞机。

沈青（画外音）：轴承也是为坦克和飞机造的。

杨建军：那它也不是坦克和飞机！

沈青（画外音）：什么时候去？

杨建军：我不想去。

沈青（画外音）：可是你最后还是要去的。

杨建军：我不去。

沈青（画外音）：没事的，你去吧。我们还能写信。

杨建军：我不。

沈青（画外音，沉默片刻）：你要我陪你一会儿吗？

杨建军：嗯！

两人保持着沈青从背后抱住杨建军的姿势，杨建军面向防空洞外，视线逐渐模糊了。随后沈青慢慢松开手，向防空洞深处走去。

杨建军往身后看去，只看到一片黑暗。

53. 十三街坊院子 日 内

杨建军向院子外面走去。

刚才的老太太和院子外的一群老太太在远处交头接耳，指着杨建军，对他很防备。

54. 一组蒙太奇

杨建军在洛阳轴承厂各个老家属区询问，在街头的书报亭询问，都无果。

55. 洛阳理工学院附中大门 日 外

杨建军（内心独白）：改名了，不叫轴二中了。

杨建军来到了洛阳理工学院附中大门外，看着学校的牌子。大门是关着的，杨建军去推旁边的小铁门，也上了锁。推门的声音引来了门卫，门卫从传达室里探出头来。

门卫:干什么的?

杨建军:我找人。

门卫:找谁?

杨建军:刘老师。

门卫:几年几班的?

杨建军:他应该退休了吧,我是他以前教过的学生。

门卫:退休了你来学校找什么?

杨建军:我来问问有没有人知道刘老师的住址。

门卫:不行,这个事儿和学校无关,不能让你进来。

杨建军:哦,还有个事儿,我儿子也在这儿上学,他老师让我来一趟。刘老师的事儿我是刚好想起来,顺便问问。

门卫(有些怀疑):你孩子叫什么,哪个班的?

杨建军:赵小明,初一五班。行了吗?

门卫:你等会儿。

门卫拿起传达室的电话,拨通初一五班老师办公室电话。

门卫:喂,张老师吗?你们班有个学生的爸爸在校门口,哎,我把电话给他。

门卫抬头,要将话筒给杨建军,发现杨建军已经消失不见了。

56. 洛阳理工学院附中围墙外 日 外

杨建军站在围墙外。围墙里面是附中的操场。可以听到初中生在球场上的叫喊声。

杨建军抬头看着围墙,围墙是红砖建成的,看起来相当高。

杨建军笨拙地找垫脚的地方,想要翻墙而过,但试了几次都滑了下来。最后好不容易爬上了墙,骑在墙头上,擦汗。

杨建军(内心独白):原来有这么高吗?人长大了,墙不是应该变矮了吗?

杨建军往下看,寻找落脚点。两个体育老师正在墙边抽烟,抬头惊奇地看着骑在墙上的杨建军,双方尴尬对视。

57. 教导主任办公室 日 内

杨建军坐在沙发上,两个体育老师一左一右在他旁边坐着。50多岁的教导主任坐在办公桌前。

体育老师甲:他说他是来找一个教语文的刘培方老师的。

教导主任(疑惑):刘培方老师?

体育老师甲:我就说没这个人吧!我们这就把他送到保卫科,您忙。

两个体育老师要架着杨建军出去,杨建军连忙挣扎。

杨建军:你们不知道,刘老师是原来教我的,那时候你们都不在,这儿还叫轴二中。

教导主任(对体育老师):你们等一下。是有个刘培方老师,但你找他干什么呢?

杨建军:就是探望探望,打听一点事。

教导主任:那你来晚了,刘老师前几年去世了,肝癌。

58. 办公室外走廊 日 外

杨建军从保卫科办公室往外走,经过一排在墙边罚站的学生。

迎面走来一位年轻的女老师侯老师,后面跟着一位亦步亦趋的中年男性家长,赔着笑。

中年男性:……侯老师,我回去肯定好好教育她。她也知道错了,检查我肯定监督她写。

侯老师(冷淡地):孩子这个行为,我们学校可没教,也不知道在哪儿学的。家里跟不上,怎么教育都白搭。

中年男性:是,是。

两人和杨建军擦肩而过。中年男人看到杨建军,停住,扭头喊他。

中年男人(迟疑,改用普通话):杨建军?

杨建军回头,看中年男人,也觉得眼熟,但叫不出来。

中年男人(指着自己):罗中成啊! 你怎么——

杨建军(惊讶):你怎么——

罗中成:我闺女在这儿上学啊,被叫家长了。

杨建军:啊,怎么了?

罗中成:哎,孩子上课拿粉笔扔老师,屁大点儿事。

旁边的侯老师脸色难看。

罗中成(连忙找补):侯老师,我回去肯定好好收拾她,给您出口气。

侯老师扭脸就往办公室走了,罗中成连忙跟上,回头低声嘱咐杨建军。

罗中成:等我一会儿,马上就好。就在这儿,你别走啊。

杨建军目送罗中成跟着侯老师进办公室,随后靠在墙边等待。他忽然发现自己和在墙边罚站的学生们并成了一排,学生们好奇地抬头朝他看。

杨建军连忙移开几个身位,和学生们拉开距离后再靠着墙。

59. 洛阳理工学院附中 日 外

杨建军和罗中成,两个人蹲在学校外面的马路边上,各自点烟。杨建军的打火机点不着火,他甩甩打火机,还是不行。罗中成替他点上。

罗中成:多久了?

杨建军:那会儿你老被叫家长,现在你都是被叫的家长了。

两人大笑。

杨建军:我现在连学校围墙都翻不过去了,以前说过就过了。

罗中成:那不怪你。前几年加高了一次,还翻修了,原来垫脚的地方都没了。

杨建军:你一直在洛阳? 没有出去?

罗中成:出去去哪儿啊?

杨建军：也是。

罗中成：你找刘老师干什么？

杨建军：也不是找他，主要是想他可能知道你们住哪儿。我去十三街坊找你了，你搬了。

罗中成：十三街坊？天！太早了！早就搬了。你现在干什么呢？还在襄轴？

杨建军：不在了。效益不好，我去深圳了，还是做轴承。对了，你认识洛轴管人事的人吗？

罗中成：能问到，怎么了？

杨建军：帮我问一个叫何念的人。老职工了，和我爸差不多年纪，1976 年以前都在滚子车间。

罗中成：行，你一会儿用短信发给我，我帮你问。号码给你了。

杨建军：好。

罗中成：你找这个人干什么？

杨建军：这个说起来就麻烦了。

罗中成：我找人就不麻烦了？你说吧。

杨建军：我爸前几天过世了。

罗中成（没有预料到，但也说不出其他话）：哦。

杨建军：我儿子说要把爷爷去世的事告诉爷爷的一个老朋友，就是这个何念。

罗中成：哦，为什么？

杨建军：我也不知道。

罗中成：但你还是跟他一起来了。

杨建军：是啊。

罗中成：你挺行啊。他呢？

杨建军：不舒服，在宾馆休息。

罗中成：他妈也同意了？

杨建军：他妈不知道。哦，我离婚了。

罗中成：牛，牛！

杨建军：你怎么样？

罗中成：我？没离。

杨建军：别的呢？

罗中成：别的——我想想怎么跟你说。多少年了。

一群放学的中学生从两人面前经过。

罗中成：你还记得以前我们每个月都凑钱买《航天知识》吗？买了在课堂上看，看完了就放在我家。不能放在你家，因为你爸看到了会撕掉。

杨建军：嗯。

罗中成:你走的时候也忘记来拿了,一直放在我这里。我一开始还挺高兴的,因为有几期插图特别好,舍不得。

两人沉默一会儿,旁边的附中传来放学铃声。

罗中成:我闺女放学了。我得去接她了。

杨建军:行,我也该回宾馆看看我儿子了。

罗中成:行,我打听到了就告诉你。你这几天在洛阳待着别走啊。

两人挥手告别。罗中成身后的校门涌出一群穿着校服的中学生。

60. 小旅馆房间 傍晚 内

杨建军开门进入。发现房间里没有人,杨力的床上只有没整理好的被子。

杨建军看到杨力的书包在桌上,卫生间的门关着,灯亮着,他以为杨力在卫生间。

杨建军(敲敲卫生间的门):好点儿了吗?

里面没有回应。杨建军扭头看到桌上的食物被吃过了。他稍微放下心来,坐回了床上。

杨建军(对卫生间):我找到了原来的同学,他帮我打听。

还是没有回应。忽然杨建军的手机响了,杨建军看到是李娟打来的,犹豫了一下,走到床边,离卫生间远了一点,开始接电话。

杨建军:喂?

李娟(画外音,厉声地):杨建军,你把杨力带到哪里去了?!

杨建军一时不知怎么回应。

李娟(画外音):你姐都跟我说了,散什么心?事都完了还不回来上学,你想把他带到哪里去啊?跟我都不说一声?

杨建军(强压怒火):没来得及。

李娟:没来得及?打个电话需要多少时间?你行啊,平时不管不问,这时候带孩子旅游去了,也不看什么时候!你们现在在哪里?!让杨力接电话!

杨建军直接挂掉电话,关机。他深呼吸,恢复平静。

杨建军:晚上想吃什么?吃胡辣汤吗?

杨力还是没有回应。杨建军开始觉得有些奇怪,走到了卫生间门前。

杨建军(敲门):没事吧?

里面没有反应,杨建军推卫生间的门,门开了,里面空无一人。

61. 宾馆前台 傍晚 内

杨建军慌忙来到宾馆前台,焦急地想要询问前台工作人员。前台工作人员正在打电话。

前台:哎,床单毛巾马上换……

杨建军(打断):你看见305的男孩去哪儿了吗?

前台(白了杨建军一眼,放下电话):没看见。

杨建军：不可能，他人不见了，你们这儿就一个门，你不可能看不到。

前台：我才来上班。白天不归我看。

杨建军愣了一会儿，脑海里闪过昨晚杨力背着书包出门的画面和刚才书包在桌上的画面，连忙往房间跑。

62. 小旅馆房间 夜 内

杨建军冲进房间，打开书包，拿出复读机和几盘磁带，又发现了笔记本。

杨建军迅速翻着，笔记本前几页是正常的上课笔记，杨建军翻到了最后一页，看到了杨力记下的地址。

63. 台球厅 夜 内

台球厅在一栋大楼的负一层，只有一个台球桌在使用，低垂的白炽灯泡照亮了这张台球桌。

杨力坐在旁边一张椅子上，左右各坐着一个十五六岁的混混小青年，都搂着一根球杆，不时为台球桌上的好球鼓掌。

打球的同样是两个叼着烟的男青年，为首的男青年头发较长，遮住了一只眼，是当时的非主流造型。

杨力想站起来，被旁边两个喽啰按住。

为首的混混：怎么，你也想来一杆？

众人哄笑。

为首的混混：你挺厉害啊，大老远跑来，都找到网吧里了，没想到是我替她挂的QQ吧？

杨力：让我走吧。

为首的混混：来一趟那么不容易，这就想走了？怎么也要见她一面吧。

杨力：不见了。

为首的混混：那不行，那不就白来了。她马上就到，别着急。（对一起打球的小混混）摆球摆球！

一个十五六岁的黄发姑娘挑开门帘进来了，也是非主流打扮，但不太夸张。她没有第一时间看到杨力，径直向为首的混混走去。

黄发姑娘（娇嗔地）：这么急找我干什么，我逃的是班主任的课。

为首的混混：不是我找你，你外地男朋友找你。

为首的混混用球杆指着杨力，黄发姑娘看到了杨力，强行掩饰住惊慌。

黄发姑娘：他是谁啊？

为首的混混（笑了）：你的“杨过改之”啊，怎么，你不认识啊。（对杨力）这就是你的“昨夜星辰”。

杨力看着黄发姑娘，黄发姑娘躲闪。

黄发姑娘：我不认识。

为首的混混(瞬间变脸,恶狠狠地):还装!你们的聊天记录我都看了。我看你聊得挺投入啊。贱东西!

为首的混混扇了黄发姑娘一个耳光,黄发姑娘头发乱了,捂住脸,没有反抗。杨力想挣扎着站起,被两边的混混按住。

为首的混混(对杨力,和颜悦色地):知道为什么她不让你来了吧?你还以为她真是怕你累呢?

杨力:你想怎么样?

为首的混混:怎么样?(笑)我能怎么样,跟你公平竞争呗!

杨力一惊。

为首的混混(将黄发姑娘拉过来):来,你看,我和杨过改之都在这里,你来挑,你跟谁。

黄发姑娘:你。

为首的混混:哪个你?是这个龟孙吗?

黄发姑娘:不是这个龟孙,是你。

为首的混混(对杨力):行,你看到了,给你们机会了,人家不要你,我也没办法啊。那咱们该算算账了。

为首的混混扛着球杆走近杨力,坐着的混混也站了起来,都居高临下地看着杨力。

为首的混混:勾引我女朋友,这账怎么算?

喽啰甲:剁他一只手!

喽啰乙:腿打折!

为首的混混(笑):别吓着人家了。

为首的混混伸手摸杨力的兜,掏出了七八张百元钞票。这是杨力从葬礼的礼金中拿出来的钱。

为首的混混:就这样吧,中不中?

杨力劈手抢了回来。

杨力:不行。

为首的混混:行,财迷啊。(脸色一变)给老子打!

混混们摩拳擦掌,要动手。杨建军的声音从门口传来。

杨建军(画外音):你们干什么!

混混们都停手,看向门口,看到杨建军一个大人来了,都有些忌惮,只有为首的混混不以为意。

为首的混混:你是谁?

杨建军:我是他爸。

杨建军走到混混当中,拉起杨力走出包围圈。

杨建军:你们想干什么?

为首的混混：问问你儿子想干什么。在网上勾引我女朋友，还跑来见面了。你是他爸爸，你说怎么办？

杨建军看看四周，看到了黄发姑娘。

杨建军（问杨力）：他说的是真的吗？

杨力低头不说话。

为首的混混（把黄发姑娘拉到身边）：来，你说。

黄发姑娘：是真的。

杨建军狠狠地瞪了黄发姑娘一眼，黄发姑娘躲闪到为首的混混身后。

为首的混混：你说怎么办？

杨建军拿出自己的钱包，将里面的钱都掏了出来，放在台球桌上。

为首的混混：行啊，懂规矩。走！

为首的混混领着手下和黄发姑娘走了，杨力看着黄发姑娘，黄发姑娘再没看杨力一眼。

人都走后，杨建军看着狼狈的杨力，强压怒火。

杨建军：你跟我说你来洛阳找爷爷的朋友，其实是为了找她？

杨力低着头，不说话。

杨建军：是不是？！

杨力不回应。

杨建军（控制不住情绪和声音）：我为你跑前跑后，你就这样对我？！

64. 小旅馆房间 夜 内

杨建军和杨力回到旅馆的房间。

杨建军：明天一早就回去。回去了你赶紧回你妈那儿。你自己跟她说，这次出来干什么了。

杨力背对着杨建军，坐在床上。

杨建军越想越生气，拿起桌上的笔记本和磁带，扔在地上、墙上。

杨建军：你有本事。你有能耐！

杨力背对着杨建军，肩膀抽动，强忍着哭泣。杨建军意识到自己可能过火了，稍微冷静下来，但仍旧呼吸沉重。

杨建军的手机响了。

65. 露天大排档 夜 外

罗中成给杨建军倒白酒，也给自己倒上。桌上的菜已经上好了，罗中成一边烫筷子、烫碗碟，一边跟杨建军说话。

罗中成：人我问到了，我有个同事他爸原来在厂里管工会，他爸的徒弟现在还没退，在人事那里能说上话。我说这个事特别着急，人家当时就帮我找人了。本来都下班了，硬是让人回去开柜子找。资料是找到了，但是你找的这个何念已经不在洛阳了。他当年来洛轴的时候，他爱人没来，留在哈尔滨，一九八几年他就回哈尔滨找他爱人了。

杨建军：中成。

罗中成：我记得你爸也是当年从哈轴来洛轴的吧。可能那时候他就跟你爸一起来的。他的地址我也找到了，他走后工会给他寄过先进工作者的奖品。

罗中成从兜里拿出一张从作业本上撕下来的纸，上面写好了地址，拍在桌上。

杨建军：中成，我不找了。我来是跟你吃顿饭，明天我就回去了。

罗中成：啊？怎么了？怎么说不找就不找了？

杨建军：我儿子是来找他网上认识的小姑娘的，骗我说来找爷爷的朋友。辛苦你帮我问了这么一圈，但这个事现在不存在了。

罗中成：他突然就跟你这么说的？

杨建军：我亲眼见到的。今天他没跟我出来，假装不舒服说要在宾馆待着，其实就是出去见网友了。

罗中成：小姑娘怎么样？能当儿媳吗？

杨建军脑中快速闪过黄发姑娘躲在混混身后的静态画面，以及杨力望着她离去，她一眼都没有看杨力的静态画面。

杨建军（厌恶地）：别开玩笑。

罗中成笑笑，举杯，杨建军没有举杯，罗中成一个人喝掉杯中酒。

杨建军：他什么事我都不知道。他想什么我也不知道。

罗中成：你平时跟他聊吗？

杨建军：我……我不知道怎么跟他说话。

罗中成：什么意思？

杨建军：厂里效益不好，我离婚以后就去深圳了，一年回来一次，每次见到他，他就变一次样。这次见到他，他已经长得很大了，像个大人了。我不知道在他面前该说什么话，该怎么说了。

罗中成：不至于吧。“最近学习怎么样”能说吧？

杨建军：有意义吗？他说，进步了，我说，继续保持。他说，退步了，我说，要迎头赶上。这种一问一答有意义吗？这种话他表叔表舅什么的也能问。

罗中成：他跟你说话吗？

杨建军：不太说。以前他没这么……阴沉。

罗中成：你觉得，和你离婚有关吗？

杨建军（一愣）：都那么多年了。

罗中成：多少年？

杨建军：他小学四五年级的时候？他今年 15 岁了。

罗中成：是好聚好散吗？

杨建军脑中快速闪过热水瓶摔在地上，瓶胆碎了一地的静态画面，以及房间中经历断打后一片狼藉的静态画面。

杨建军:不能算。

罗中成:也是,我们这一辈,哪有好聚好散的。要么凑合过,要么就得成仇人了。

杨建军不搭话,不愿意多谈,罗中成看出来了,用手指点了点桌上的纸。

罗中成:真不要了?

杨建军:这次麻烦你了,明天我就回去。

罗中成:你也别太……话说回来,其实我觉得这两件事不矛盾。我是说他找爷爷的朋友和找网友这两件事。也许是找爷爷朋友的路上顺便见个网友呢?

杨建军:真要去找爷爷的朋友,哪顾得上顺便做这个?

罗中成:我下午刚听你说这事,虽然不太能理解,但觉得你儿子这个事做得挺帅的。千里迢迢,大海捞针,什么也不为,就给一个不认识的人送口信,听着像不像大侠做的事?一个小男孩,这时候去找喜欢的女孩,一是见她,二是告诉她我要做这么一件事,希望人家夸夸他,也是正常的吧!

杨建军:没有千里迢迢,没那么远。

罗中成:行,没有千里。最好女孩子再拦拦他,他再风萧萧兮易水寒一下,是不是帅呆了。

杨建军看着罗中成。

罗中成:干吗?我闺女课文学到这篇了。但这不代表他说去找他爷爷的朋友是假的吧。

杨建军:要是这样,他干吗不告诉我?

罗中成:觉得跟你说不通吧,说了你也不信。人家也没想错,你确实不信。

杨建军(沉默片刻):养女儿是不是好一点?

罗中成:女儿也不省心……(笑)不过肯定是好一点。

罗中成笑,杨建军也自嘲地笑,两人碰杯。罗中成又倒上。

罗中成:我还没见到你儿子,但听你说这事,就觉得像你。你还记得那年你临走时做了什么吗?那事闹多大!你走了你是不知道,我毕业几年了学校还在传,越传越变样,最后成了你和沈青跑到首都机场准备去柬埔寨了,上了西哈努克亲王的飞机,藏在座位最后一排,被你爸抓回来了。

罗中成大笑,杨建军也笑了几声。

罗中成:你后来又见她了吗?

杨建军:没有。

罗中成:你想见见她吗?

杨建军:不了。

罗中成:她现在在——

杨建军(打断):别说了。

罗中成举起酒杯,碰了碰杨建军放在桌上的酒杯,随后自己一饮而尽。

66. 小旅馆房间 夜 内

杨建军回到房间,杨力侧躺在床上,面对着墙,紧紧裹在被子里,似乎睡着了。

杨建军出门之前,扔在地上的笔记本、磁带已经不见了,杨力已经收在书包里,书包也没有放在桌上,而是放在杨力的床边。

杨建军:杨力?

杨力没有反应,似乎睡着了。

杨建军也躺下,看着天花板。背对杨建军的杨力睁开了眼,又闭上。

67. 灯展的大道 夜 外

(杨建军梦境)

从厂门口出来的一条大道,被各大厂矿机关的花灯队伍占满,一眼望不到头。

灯的造型有飞舞的长龙、巨大的鲤鱼、马踏飞燕、孔雀开屏、莲花灯,还有坦克、飞机、导弹、卫星等,这些是大型花灯,放在灯车上,沿街游行。小型花灯有小兔子灯、天鹅灯,也有传统的红色圆灯笼,凑成彩车或挂在街上。这是新中国美学对传统美学的融合和改造。

还有秧歌队伍、腰鼓队伍夹在其中,既是灯展队伍的一部分,也是配乐。虽然是夜晚,但热闹非凡。

街边有卖花生、饮料的小贩和卖小彩灯的小贩,小孩子有的手提彩灯,有的缠着大人要买,人人脸上充满着期待和满足。

14 岁的杨建军和罗中成也在人群之中,在最靠近花灯队伍的一排。这一排是不动的,像是看展的固定座位,等待行进的花灯队伍从自己眼前经过。后面的人群是流动的,追着花灯跑。

罗中成:快到磨二车间的了。你爸不是在开车吗?

眼前走过一台彩车,上面的造型是嫦娥奔月。手艺非常精巧。杨建军盯着花灯看,瞟见了街对面的人群中有一个十四五岁的女孩,沈青。杨建军目不转睛地盯着沈青。但沈青随着嫦娥奔月的彩灯一起往前走了。罗中成也注意到嫦娥奔月。

罗中成:那是浙江队的灯,他们管炸山的,怎么弄出个这个。

杨建军:我去那边看看。

杨建军刚挪开一步,他的位置就被人挤占了。杨建军和罗中成立刻隔开三四个身位。

罗中成:一会儿吃馄饨吗? 建军?

杨建军没有回应,不断挤开人群,和街对面的沈青保持平行。随后杨建军横插进花灯队伍,在花灯队伍连接处的腰鼓手手忙脚乱地躲避他。杨建军最终来到了街对面的沈青身后。沈青已经和一个女伴走出了看灯的人群,走到了空阔一点的地方。

杨建军从后面叫住沈青。

杨建军:同学,等一下。

沈青和女伴回头,看着杨建军。杨建军愣住了,他对这个搭讪没有充分准备。

杨建军(指着沈青手上提的小灯笼):你的灯笼挺好看。在哪儿买的?

沈青(有上海腔调的普通话):我爸给我做的。

杨建军:你的口音……你老家是浙江的吗?

沈青:我老家是上海的。

杨建军:啊,我爸是江苏无锡来的,那离你老家挺近的。哎,你叫什么呀?

沈青(笑了):你想干什么啊?

杨建军(紧张、磕巴地):我就是,那个,我就想——买你的灯笼。

沈青看着杨建军,沈青的女伴已经等得不耐烦了。

女伴(上海话):走吧,别理他!

女伴拉着沈青往右拐进一个路口。杨建军目送她们进去之后,不由自主地也跟着走到了路口,他往右边看去,发现沈青不见踪影,沈青的灯笼放在了地上。杨建军弯腰捡起灯笼,抬头,沈青忽然从身后出来。

沈青:沈青。我叫沈青。

杨建军一阵头晕目眩。

68. 旅馆小房间 夜 内

杨建军从梦境中惊醒,他坐起身,外面的霓虹灯光从玻璃窗透进来。

杨建军转身看杨力,杨力仍旧背对着他,睡着的样子。

杨建军:爷爷的朋友不在洛阳,回哈尔滨了。你想去哈尔滨吗?

房间沉寂了片刻。

杨力(低声地):去。

杨建军重新躺下,也背对着杨力。

69. ATM 机间 日 内

次日早晨,杨建军从 ATM 里取钱。他把所有的余额都取出来了。

70. 洛阳火车站 日 内

杨建军和杨力在火车上坐好,听到罗中成的声音。

罗中成(画外音):建军! 建军!

杨建军扭头看到罗中成挎着布包,拎着一塑料袋苹果,在火车车窗外敲窗玻璃。杨建军打开窗户。

杨建军:你怎么进来的?

罗中成:洛阳站还不是想进就进。拿着!

罗中成把一袋苹果递给杨建军。罗中成看到杨力。

罗中成:杨力吧,我是——

杨建军:罗叔叔,我的朋友。

杨力点点头。

罗中成：哦对，还有这个。

罗中成从挎着的布包中拿出三本书，两本是硬壳的厂志，中间夹着一本《航天知识》。《航天知识》已经卷页了，两本硬壳书是为了压平《航天知识》，但取出来后仍旧卷页。罗中成用手捏住页脚，不让封面卷起。

罗中成（带有歉意）：只找到这一本了，也没爱护好，唉！

杨建军接过《航天知识》，封面已经破旧发黄，并且有垫茶杯留下的圆形印子，还有一些油点。

杨建军：没事，还有就好。

两人都说不出"对不起"和"没关系，谢谢"，都不好意思地避免对视。

火车要开了，罗中成在外面挥手。

罗中成：一路顺风！有时间就来啊！要来啊！

杨建军也挥手告别。

71. 去哈尔滨的火车上 日 内

杨建军和杨力面对面坐着，中间隔着一个桌板。两人的座位都靠窗。

杨建军：明天早上才能到，一会儿要是有卧铺，我们就去补。

杨力：嗯。

杨力一直抱着书包，头靠着墙边，闭着眼。

杨建军（内心独白）：我不知道他想不想谈谈昨天的事，如果他想，我又该说些什么呢？"没关系，人一辈子总会碰上几个婊子"？这不能说吧？应该怎么说？或者，我应该先向他道歉。

杨建军：杨力。

杨力抬头看着杨建军。

杨建军想了想，拿出那本旧《航天知识》。

杨建军：能放你包里吗？

杨力打开书包，书包口冲着杨建军，杨力将复读机和遗像放在一起，空出夹层的一侧，杨建军自己将书放了进去。杨力系上书包，又靠着墙边，闭上眼。

72. 卧铺车厢 傍晚 内

列车员带着杨建军和杨力来到卧铺车厢。

列车员：就这儿，两个中铺。

杨建军：行，谢谢。

列车员离开，杨力爬上了中铺。

杨建军：要不要吃点什么？

杨力：我想躺一会儿。

杨力用被子裹住自己。

73. 卧铺车厢 日 内

第二天早晨，杨建军醒后从铺位上下来，发现外面下雪了。杨建军去推中铺上的杨力。

杨建军：杨力，快到了，你看外面，不到十一月就下雪了。我们下车先买厚衣服。

杨力怎么推都不醒，杨建军发现杨力脸发红，他用手背去试杨力的额头，额头发烫。

74. 哈尔滨火车站 日 内

杨建军背着杨力，挤过人海，出站。

（哈尔滨部分，如无特殊说明，当地人都说哈尔滨方言）

75. 出租车上 日 内

背着杨力的杨建军来到一辆出租车旁边，打开出租车后座的门，先将杨力放进去，随后自己进去。

杨建军：去医院。

司机：哪家医院啊？

杨建军：最近的医院。

司机开车，杨建军掏出手机给杨建红打电话。

杨建军：姐，姐你听我说，你赶快给我打点钱，杨力发高烧了，我身上现在没钱。

司机从后视镜看了杨建军一眼。

杨建红（画外音）：啊？怎么回事？严重吗？你们在哪儿？

杨建军：哈尔滨。

杨建红（画外音）：怎么上哈尔滨了？你们不是——

杨建军：先别问了姐，你先给我打钱，我送杨力去医院。

杨建红（画外音）：你别着急，我这就给你打钱。你给大姨打个电话，你忘了？哈尔滨有大姨在，你有她号码吗？

杨建军：没有。

杨建红：我发给你。建军，你别着急。我这就发给你。

76. 医院走廊 日 内

杨建军的大姨是一个银发老太太，精神矍铄，她从病房出来，身后跟着一个中年医生。

中年医生：佟老师，那我先回办公室了。

大姨点头示意，中年医生离去。在走廊的长椅上等待的杨建军站了起来。杨建军一直不停地冒汗，擦汗。

杨建军：大姨，杨力——

大姨：输上液了，没事，控制住了，就是人还不清醒，住几天院观察观察。什么时候开始发热的？

杨建军：就昨天晚上，昨天在车上精神就不太好——

杨建军忽然想起杨力在洛阳装胃痛那天，他伸手试杨力额头，被杨力挡开的画面。

杨建军:也可能是前天、大前天。

大姨:你当爹的,什么时候发热都不知道。

杨建军无言以对。

大姨:怎么这时候来哈尔滨了? 才去襄樊送完你爸,回来没几天,你们就来了。

杨建军:我们来找个人。

大姨:谁啊? 找人干什么?

杨建军一时不知如何说起,大姨看出杨建军的窘状。

大姨:算了,一会儿再说吧。先去补挂个号,再把住院手续办了。

杨建军:哎。

杨建军往楼梯走去,没走几步就两眼一黑,天旋地转,晕了过去。

77. 病房 傍晚 内

杨力醒来,发现自己躺在病床上,吊着水,看到杨建军的大姨坐在一边看着自己。

杨力(虚弱地):姨奶。

大姨:醒啦,杨力。头还疼吗?

杨力:我爸呢?

大姨(指着杨力另一边):旁边。

杨力往旁边看去,杨建军坐在病床旁的椅子上,也吊着水。杨建军笑笑。

大姨:真是爷俩,病都病一块儿。

杨建军:我没病,就是没休息好。我多少年没生病了。

大姨:你可别吹了,就你,小时候都把医院当家了,这儿老医生谁不认识你。你四岁,刚来的小护士给你扎针,一开始没找到血管,你就咬人,还得我跟人赔不是。还馋,老来要药房的酵母片当零嘴吃,不给还要赖。(对杨力)这你都不知道吧?

杨力笑了,摇摇头,随后虚弱地咳嗽起来。

78. 病房外走廊 日 内

杨建军的大姨出了病房,要回家了,回头嘱咐病房里的杨建军和杨力。

大姨:那你们先养着,我回去给你们炖骨头汤。

杨建军追了出来。他的手背上用胶布贴着棉签,压在手背的针孔上。

杨建军:大姨,我问你个事儿。这个地方你知道吗?

杨建军从裤兜里拿出罗中成写着地址的那张纸。大姨接过来,戴上老花眼镜看。

大姨:这儿啊,太知道了,就在我家旁边啊。

杨建军舒了一口气。

大姨:前几年拆了,说了建高档小区,建了几年没建起来,烂尾了。

杨建军:啊? 那里面的人呢? 都搬到哪儿了?

大姨:这我哪儿知道,哪儿都有。你找谁啊?

一个护士进了病房,开始给杨力换输液瓶,杨建军在走廊上只能听到声音。

护士(画外音):哎,手放低,好。没事啊。头还烫,药不能不吃啊,张嘴,咽,好。

杨建军:没事儿,找不到就不找了。

大姨:你这话说一半的。是谁啊,还有别的信息吗?

杨建军:有张照片。

大姨:拿出来看看啊!

杨建军:老照片了,现在肯定不长那样了。

大姨:别废话,拿来看看。

杨建军无奈,进病房,拿出了杨力书包里的黑白照片,递给大姨。

大姨(眯着眼认):他呀,我还真……他是……那个……何……何……

杨建军:何念?

大姨:对,何念嘛。(指着照片上的杨建军父亲)这不是你爸嘛,他是你爸老乡啊。

杨建军:老乡?

大姨:他跟你爸一起从江苏无锡来哈尔滨的,那时候,整个厂就他俩说无锡话,我们谁也听不懂,就他俩能互相懂,普通话都是后来学的。你爸没跟你说过?原先他和你妈是一个分厂的,是他介绍你爸你妈认识的。你爸妈好了以后,他还常来我们家蹭饭。怎么,你爸都没说过?

杨建军:没跟我说过,可能跟杨力说过。

大姨:那时候关系多好啊!怎么现在还得找了?就没联系了?

杨建军:嗯,没有联系了。

大姨:你是找他就好办了。他后来的对象就是我们医院的。我都认识。房子是拆了,人是搬了,但你要想找他,我怎么都能给你问到。

79. 医院 傍晚 外

杨建军坐在医院外面,目光放空。

一辆救护车呼啸着进了医院院子,医护人员手忙脚乱地抬着担架,送病人进医院。

80. 病房 夜 内

病房墙上高悬着电视,电视中播放着赵本山的小品。杨力抬头看着电视。

杨建军回到病房,坐在杨力旁边的椅子上。

护士(敲门进来):到点儿了,熄灯了,电视关了。

护士摸到放在窗台上的遥控器,关掉电视,又关掉灯。杨力缩进被子里,看到椅子上杨建军的黑影。

杨力:你就这么睡吗?

杨建军没有接话,沉默片刻。

杨建军:我问了。爷爷的朋友,住的地方已经拆了,不知道搬到哪里了,找不到他了。等你烧退了,我们回去吧。

杨力没有回应。

81. 病房 日 内

次日清晨,杨建军的手机响了,杨建军从椅子上醒来,发现杨力靠在床上,看向窗外,窗外的哈尔滨已经白茫茫一片了。

杨建军接电话,来电的人是李娟。杨建军这次没有回避杨力,直接在病房接了电话。

李娟(画外音,冷静地):你姐说你把杨力带到哈尔滨了。你到底想怎么样?

杨建军:你别着急。

李娟(画外音,歇斯底里地):我怎么不着急?你让我怎么不着急?他都出去多久了?你还把他弄生病了?你是不是想我死了好?你让他接电话!

杨建军(将电话递给杨力):你妈的电话。

杨力不情愿,但还是接过电话。

杨力:喂?

杨建军拿起桌上的苹果,用水果刀开始削皮。杨力对李娟的态度十分不耐烦。

杨力:嗯……知道……过几天……我知道了……你别问了……无所谓……你别说了行吗?我说了,过几天就回去!我不想说了。

杨力挂掉电话。

杨建军:跟你妈好好说话。

杨力:你怎么不跟她好好说话。

杨建军:我不行了,但是你还可以。

杨力:为什么?

杨建军:我和她的日子已经过完了,你和她的日子还有。

杨力叹气。

杨建军:也没有很长。

杨力沉默片刻。

杨力:你们为什么离婚?

杨建军没有想到杨力会问这个问题,猝不及防。

杨建军:是大人的事。

杨力看着杨建军。

杨力:那时候,我妈在外面有人了,对吗?

杨建军(轻轻叹一口气):你妈怎么说的?

杨力不说话了。杨建军将削好的苹果放在托盘上,递给杨力。

杨建军:吃吧。

杨力咬了一口苹果。

杨力:我想出去走走。

杨建军看了看杨力,用手背试了试杨力额头的温度。

杨建军:我去问问大夫。

82. 医生办公室外的走廊 日 内

杨建军坐在医生办公室外的走廊长椅上，前面有病号在排队。

长椅旁边是一个抱着婴儿的妇女，妇女背对着杨建军，不停地轻轻拍婴儿，哄他不哭。婴儿的头靠在妇女的肩膀上，看着杨建军。杨建军不由自主地逗了逗婴儿。

从婴儿的视角看杨建军，杨建军显得滑稽又夸张。

83. 劳保用品商店 日 内

杨建军和杨力在劳保用品商店的柜台前，看着墙上挂着的各式军大衣。

杨建军（指着一件）：那个多少钱？

老板：一件60元，两件100元。

杨建军：还要帽子，手套、鞋也要。（扭头问杨力）你多少码了？

杨力：不知道，鞋都是我妈买的。

杨建军和儿子比比脚。

杨建军：37，38？都拿来试试。

老板进里屋去拿鞋，杨建军掏出钱包，里面没有钱。

杨建军：老板，这附近有银行吗？

杨力：我有钱。

杨力从裤兜中掏出几张一百元的，这是他在洛阳台球厅差点被抢走的钱。

杨建军：你哪儿来的钱？

杨力：我从爷爷葬礼的礼金里拿的。那天你回去就睡着了，我进房间拿了钱和爷爷的遗像，你都不知道。

杨建军：拿少了，该多拿点儿。

84. 废弃的建筑工地 日 外

杨建军带着杨力走上一个高坡，俯视脚下废弃的建筑工地。楼房的骨架已经有了，但看得出停工很久了。杨建军和杨力已经换上了刚买的全套装备，戴着护耳的雷锋帽。

杨力：就是这里吗？

杨建军：是的。后面就再不知道搬到哪里了。

杨力：再也找不到了吗？

杨建军：找不到了。

杨力看着破败的工地，打开书包，将爷爷的遗像拿了出来，又将爷爷和何念年轻时候的合照拿出来，夹在遗像相框和玻璃之间。

杨力将遗像放在地上，对着废弃的工地。

杨力：走吧。

杨建军：还是不要放在这里。

杨力：拿回家放进衣柜里吗？

杨建军拿起地上的遗像。

杨建军:放在这里不好。

85. 索菲亚教堂 日 外

索菲亚教堂外的街边,卖雪糕的人直接把装雪糕的纸盒放在露天敞开卖,也有老人推着三轮车卖烤地瓜。

杨建军和杨力买了两个烤地瓜。

86. 斯大林公园 日 外

斯大林公园中的建筑都是俄式古典风格。杨建军和杨力在防洪纪念塔——斯大林公园的中心——附近的长椅上吃烤地瓜。不远处有一个老头,拉着手风琴,用俄文唱《喀秋莎》,肩上落着雪,周围没有听众。一个中年人骑自行车过来。

中年人:爸,你咋还搁这儿呢?吃饭了!再不回去妈急眼了!

老头没有理会中年人,坚持唱完最后一句才停止。

中年人:快点儿的,快点儿的。

老头收拾东西,也骑上自己的自行车,和中年人一前一后离去。老头收拾东西时不小心落下了一个挎包,父子俩都没发现。

杨力:哎!哎!

老头和儿子没有听见,离去。

杨建军:回去吧,我们出来太久了。

杨力:回医院吗?

杨建军:回家。

杨力(停顿片刻,终于答应):嗯。

杨建军的内心独白和最终说出来的话却不一致。

杨建军(内心独白):我不该带你出来,让你被洛阳那群小子糟践。

杨建军:回去你要好好学习了。

杨建军(内心独白):我不该骂你,还害你在路上生病。

杨建军:打算学文科还是学理科?

杨建军(内心独白):对不起,都是我没有做好。

杨建军:没事,到时候再想吧。

杨力:我想再坐一会儿。

两人又坐了一会儿。刚才骑车走的中年人又骑车回来,在地上到处寻找,杨建军给他指出老头落下挎包的地方,中年人找到挎包,拿上走了。

杨力:你和爷爷为什么关系不好?

杨建军:没有不好。(停顿片刻)只是没有什么话说。

杨力:那就是关系不好。

杨建军:我小时候,他经常不在家。后来是我经常不在家。再后来我就成家了。他在的时候,我没有什么话说,他走了,再说什么也没用了吧。

杨力:你们到底有什么矛盾?

杨建军:谈不上矛盾,只是有一些不理解的地方。

杨力:比如呢?

杨建军:比如你奶奶的母亲病危的时候,奶奶得到消息就坐火车回去,还是没能见到她母亲最后一面。那时候我们一家已经搬到襄樊了,太远了。我就想,都是你爷爷的错,当年为了争先进,把我们一家从哈尔滨带走,所以才让你奶奶见不到母亲最后一面。

杨力:那为什么后面又理解了?

杨建军:后面我才知道,当年你奶奶成分不好,抗战后还住过日本人留下的房子,你奶奶有个哥哥,是国民党通信兵,去了台湾。中华人民共和国成立后,有人拿这个做文章,在哈尔滨,你奶奶生活是很受影响的。你爷爷只能带她去一个新的地方,所以才走了。

杨力:爷爷知道你怨过他吗?

杨建军:无所谓了,早就过去了,我早就不怨他了。

杨力:你们就从来没有在一起说过这件事吗?

杨建军:都是这样的。我们之间有了问题,解决的办法就是永远不提它,等到有一天再看,它自己就解决了。每次都是这样,一直都是这样。

杨力:我觉得不能是这样。就算你原谅了爷爷,但爷爷不知道你原谅他了,这能算是解决了吗?要是爷爷还一直觉得你在怨他呢?爷爷是怎么想的,再也不知道了。

杨建军沉默片刻。

杨力:你说是吗?

杨建军:爷爷的朋友去了无锡,姨奶问到了,是我没告诉你。你还想去吗?

杨力也沉默片刻,没有责备杨建军之前对他的欺骗。

杨力:去。

87. 长途汽车站 日 外

杨建军和杨力一前一后,上了去江苏无锡的长途汽车。车上人并不多。

杨建军坐在靠里的座位,杨力这一次没有坐在杨建军的后排,而是坐在他身边。

杨建军:你要靠窗坐吗?

杨力:好。

两人互换座位。杨力看着窗外白茫茫的城市。

杨建军:你姨奶是真生气了,来的时候没提前说,走还走得这么急。

杨力有些走神,没有接话。杨建军也顺着杨力的目光,向窗外望去。

杨建军:你知道吗?这里,东北,以前叫共和国长子。

杨力:嗯。怎么了?

杨建军:没事,就是想到了。

杨力(回过神):其实我觉得,去了无锡也不一定找到的。本来以为在洛阳,结果说在哈尔滨,到了哈尔滨,又说在无锡,到了无锡,说不定又在别的什么地方了。

杨建军:但还是要去,是吗?

杨力:嗯。

车开了。

88. 高速公路的长途车上 夜 外

长途大巴已经开到了晚上,杨力头靠着窗户睡着了,书包放在脚下。杨建军拿起了书包,从杨力身边起来,坐到杨力后排的座位上。

杨建军拿出了父亲的遗照,看了看,又放了回去。他拿出了复读机,笨拙地戴上耳机,随便放进去一盒磁带,按开开关。杨建军父亲生前和杨力闲谈的声音传了出来。

杨建军父亲(画外音):……广西也去过,桂林去过两次;西安兵马俑也去过两次,华清池;成都,武侯祠;四大石窟也都去过。中国除了新疆、西藏还有宁夏没去过,别的地方都去过。

杨力(画外音):哇! 花了多少钱啊?

杨建军父亲(画外音):单位疗养去的。那时候,全国各地都有我们厂的疗养院,西安的临潼,洛阳的关林……

杨力(画外音):关林?

杨建军父亲(画外音):就是埋关公脑袋的地方。关公,关羽,过五关斩六将,千里走单骑。

杨力(画外音):知道。去旅游带我爸了吗?

杨建军父亲(画外音):他,带他去过黄山。我们爬到山顶,有人给我和他照相,那时候都是老相机,那个人让我们留个地址,说洗好了给我们邮过来,结果留了也没邮,是个骗子,相机里一定都没装胶卷。白花了五块钱。

杨建军笑起来。

杨力(画外音):我爸那时候多大?

杨建军父亲(画外音):那年他考电大,没考上,不好好学习,天天玩,考试前一天还在看电视,最后差两分。

杨力(画外音):哈哈哈! 他都玩什么啊?

杨建军父亲(画外音):他玩得可多了,打鸟、钓鱼。他那时候还天天锻炼身体,还练鲤鱼打挺。

杨力(画外音):啊?

杨建军父亲(画外音):就是躺在地上,腰腹使力,一下子就跳起来。

杨力(画外音):哈哈哈哈哈!

杨建军也跟着录音里的两人,轻轻笑起来。

前排的杨力醒了,但意识没有完全清醒,靠着车窗的头离开车窗,发现杨建军没有坐在旁边。

杨力(声音有些迷糊):爸。

杨建军:我在后面。

杨力:哦。(沉默片刻)对不起。

杨建军:啊?

杨力:在火车站的时候。

杨建军:什么火车站?

杨力:襄樊火车站,我们来的时候。我不该说你不是我爸。我怕你不让我去才说的。

杨建军沉默片刻。

杨建军:没事。你再睡会儿吧。

杨力:嗯。

杨力的头又靠在窗上,睡去。

杨建军的脸在阴影中,只有被相向而来的车辆的前灯照亮时,才看到他止不住地流泪。他早已默默原谅了杨力在火车站的行为,甚至儿子提起时,他都差点想不起来了。他也因此知道,他的父亲应该也像他原谅杨力一样,早已原谅了他。

89. 江苏无锡的小镇 日 外

杨建军和杨力来到了一栋乡间的小楼外。小楼是农村人盖的别墅,有院子,但院门是开着的。杨建军看看门牌号,又看看手上的纸条。纸条是罗中成写哈尔滨地址的纸条,背面写着江苏无锡的地址。杨建军进入了院子,去按房子的门铃。

防盗门的上面挂着一面辟邪的小镜子,杨建军抬头,从镜子里看到自己胡子拉碴,身边的杨力刚摘下了雷锋帽,头发翘着。杨建军伸手压了压杨力翘起的头发,没有压平。

门开了,一个中年男人在门后出现。

杨建军:你好,请问何念是住在这里吗?

中年男人(不自觉地看了看屋里,开始怀疑地打量这两人):你们是干什么的?

两人从中年男人的反应中得知何念就在这里,对视一眼,杨建军拍拍杨力肩膀。

杨建军:是这里了。

(无锡部分,何念一家人对杨建军父子说普通话,内部对话说无锡方言)

90. 乡间小别墅客厅 日 内

杨建军和杨力进了这家乡间小三层,客厅里一家人正在吃饭,刚才开门的中年男子是大儿子,里面还有何念的其他儿子、女儿,以及孙子、孙女。

何念坐在正中,是一个清瘦的老头,在低头吃饭。

大儿子:爸,找你的。

何念抬头看到了杨建军父子,眯着眼看了看,不认识,满脸疑惑。

杨建军:何叔叔,我是杨丁蜀的儿子,(介绍杨力)这是我的儿子。

杨力：何爷爷。

何念：杨……杨……

杨力从书包中拿出那张何念和杨丁蜀年轻时的黑白照片，递给何念。

何念看到照片，翻过照片背后，黑笔写着“杨丁蜀 何念 于 1967”，再看看面前的杨家父子。

何念：你是他儿子？

杨建军点头。

何念：他现在好吗？

杨建军：过世了，前几天，心肌梗死。

杨力适时地从书包里拿出了杨丁蜀的遗像相框，放在了餐桌上。桌边的何念子女们都愣住了。

何念拿起遗像，端详了一会儿，叹了口气，也没有悲伤的样子。

何念：他让你们来告诉我的？

杨建军看了看杨力。

杨力：不是，我们自己来的。

何念又叹了口气，拿着遗像和老照片，站了起来，子女纷纷给他让路。何念往卧室走去。

杨建军：何叔叔，我想问一句，您和我爸，为什么后面就没联系了？是有什么事吗？

何念停住脚步，愣了一下。

何念：就是没联系了。自然而然的，没有什么事。

大儿子（找补）：那时候通信不方便，不比现在。

何念进了自己的卧室。

何家大儿子开始和杨建军父子寒暄。

大儿子：一路挺远的吧，从哪里来的？

杨建军：湖北襄樊。

大儿子：湖北啊，还好，不算太远。

杨建军和杨力对视一眼。

大儿子：怎么来的？路上累不累？

杨建军：坐长途汽车来的。

大儿子：家里还好吗？

杨建军：还好。

大儿子：来过无锡吗？

杨建军：没有。

大儿子：我们这里有太湖，你们多住几天，我带你们玩一玩。

杨建军：不了，话送到了，我们就走了。

大儿子:不行不行,多住几天。

何念其他的儿女(打招呼):不行不行,多住几天。

杨建军和杨力对视一眼。

杨建军:那行,多住几天。

杨建军答应之后,两边忽然发现都没有话可说了。杨建军转向旁边坐着的一个小孩子。

杨建军:上几年级了?学习怎么样?

91. 老人卧室 日 内

何念老人进了自己的卧室,将杨建军父亲的遗像放在了桌上,桌边是何念妻子的遗像和插着香的香炉。

何念打开柜子,找出一本老旧相册,想将他和杨建军父亲年轻时的合照放在里面,但相册的位置都放满了,老人翻阅许久也找不到一个空位,最后只能将照片夹在相册的两页之间。

大儿子跟进屋,看到何念将杨建军父亲的遗像放在了何念妻子的遗像旁边,连忙关上门。

大儿子:爸,你干什么,怎么能放在这里?

大儿子将杨建军父亲的遗像倒扣在桌上。

大儿子:等人走了再摆弄。

92. 乡间小别墅客厅 日 内

何念和大儿子回到桌旁,发现杨建军、杨力已经不见了。

大儿子:人呢?

大女儿:他们说有件行李忘在门外了,去搬进来。

大儿子:哦!

大儿子继续吃饭。

大女儿(看看何念,悄声对大儿子):他们是不是来要钱的?

大儿子(悄声):他要是要,就看情况给一点,也不容易。

一家人继续吃饭,过了片刻,大儿子忽然觉得不对。

大儿子:什么行李要两个人一起去搬?

93. 乡间小别墅外的小路上 日 外

杨建军和杨力在路上奔跑,杨建军回头看了一眼,何念的大儿子已经走出院门,寻找两人。

杨建军:快,快跑!被发现了!

杨力也回头看到了,和杨建军加快脚步跑。杨建军发现有一辆空的出租车从后面超过了两人,杨建军招手。

杨建军:出租车!出租车!

出租车停了。杨建军拉开后座车门。

杨建军：快！

杨力先上了后座，随后杨建军也坐上了后座。车开了，两人回头看，发现何念的儿子女儿都走出了院子，不解地看着两人离去的方向。

杨建军和杨力大笑。

杨力：他们该怎么想我们啊？就来送个照片，送完就跑了。他们还以为怎么回事呢！

杨建军：可能以为我们是来踩点的。

杨力（笑）：是啊，他们连我们名字都不知道，我们只说了爷爷的名字。

杨建军：是啊。

杨建军看着身边呼吸慢慢平稳的杨力。

杨建军：你知道你的名字是怎么来的吗？

杨力：知道。因为你姓杨，我妈姓李，所以是杨力，对吗？

杨建军：不是。你刚生下来，爷爷抱着你想了一个月，不知道叫你什么好。后来办户口的人上门了，必须得填一个名字了。那时刚好下午一点半，厂里上班号响了，然后就是广播《咱们工人有力量》，爷爷说，就叫杨力吧。

杨力（摇摇头）：也太随便了。

杨建军：可是比你爸姓杨、你妈姓李要强吧？

杨力（笑）：也是。

杨建军：也比建军要强吧？

杨力（笑）：嗯。

94. 无锡火车站广场 黄昏 外

杨建军和杨力来到了无锡火车站广场售票厅外，刚走上台阶，杨建军停住了。

杨建军：行了吗？

杨力：行了。

杨建军：那我们回去吧？

杨力：回去吧。

杨建军：我去买票。你不要走，就在这儿等我。

杨力：嗯。

杨建军越过杨力，向售票厅里走。没走几步，杨建军忽然停下，回头看杨力的背影。杨力背对着他站着，手里拎着书包，穿着来自东北的军大衣和厚鞋，看着广场上的人群，夕阳打在他身上。

杨建军看着杨力，回身走到了杨力身后，这一次，他的内心独白和说出口的话同步了。

杨建军（内心独白）：杨力。

杨建军：杨力。

杨力（听到杨建军的声音，扭头）：啊？

杨建军(内心独白):杨力。

杨建军:杨力。

杨力(转过身子,正对杨建军):怎么了?

杨建军紧紧抱住杨力,脑海中闪回种种画面,这些画面都在之前出现过,但是这次都经过了延伸或修正。

杨建军听到父亲死讯的画面,但没有停在他表情麻木的这一刻,在这之后,杨建军冲出了房间。

14 岁的杨建军回头看着黑暗的防空洞的画面,镜头慢慢拉远,慢慢看到了洞外的亮光。

杨建军和妻子争吵过后,热水瓶胆碎了一地的画面,镜头移到旁边的卧室门,门被拉开一条缝,门缝中是杨力惊恐的眼睛。

14 岁的杨建军在厂门口喝冰水,被罗中成提醒父亲在下班人群中,杨建军看到无数的雷同背影,但背影中有一个人回头了,是年轻时的父亲。

回到现实。周围的行人扭头看着这对父子,但都步履不停,行色匆匆。杨建军抱着杨力,仿佛抱住了急流中的一块坚石。

(完)

《父父子子》剧本评析

谷一盈

剧本《父父子子》是我个人比较喜欢的故事类型,脉络清晰、人物生动,一口气读完很顺畅。故事是比较经典的剧作手法,故事表达得也很清楚,久未联系的杨建军与杨力父子俩在爷爷杨丁蜀的葬礼上重逢,意外踏上为爷爷了却心愿的旅途,注定失败的旅途中发生了各种令人啼笑皆非的趣事,过程中父子俩都有所成长,最终主人公与父亲和解、与儿子和解、与自己和解。

片名《父父子子》取得很好,看过剧本后更觉值得玩味与细品。“父”与“子”的人物成长与人物关系变化是此故事最重要的基础也是最有特色的亮点,承载着本片的主题表达,也是所有行动线的心理依据和有力支撑。故事中塑造了两对父子:杨丁蜀和杨建军、杨建军和杨力；三组朋友：杨丁蜀和何念、杨建军和罗中成、杨力和王浩伟；两对恋人：杨建军和沈青、杨力和网友"昨夜星辰"，"故事就发生在这几组关系中，不断交织、相辅相成"，这种设计颇有意思，也是区别于同类型其他故事的最大亮点。本片主人公杨建军既是杨力的父亲，又是杨丁蜀的儿子，离婚后和儿子十分疏离，同时也因自己的心结与父亲常年不和，藏在微妙的父父子子关系背后的，实则是自己对自己的执拗。所以故事发展到最后，编剧不仅要在剧作层面让杨建军同时与父亲杨丁蜀及儿子杨力和解，更重要的是杨建军要和内心深处的自己和解，这才是人物真正的成长与救赎。最后一场戏中杨建军鼓足勇气的大力拥抱，拥抱的是14岁的儿子杨力，更是年轻时的爸爸杨丁蜀，也是14岁的自己。

经典的故事需要更有创意的细节和更为细腻的情感，能看出编剧在这些方面做过功课、下过功夫，有很多设计，以下简要评析。

一、精彩之处

1. 叙事结构与内心独白

如果从表层来看，故事是以按时间顺序发展的线性叙事结构展开的，从爷爷的葬礼开始，父子俩踏上旅程，一路冲突一路和解。但编剧在这层结构背后又设计了杨建军的内心独白这条线索，借用内心独白的方式将观众不知道的人物信息交代出来，更为巧妙的一点是，前文中杨建军的内心独白和人物台词是不一致的，后文中杨建军的内心独白和人物台词是一致的，在心口不一和心口合一的对比下，观众可以清晰感受到主人公的变化与成长。

与内心独白配套使用的还有反复出现的梦境与回忆，梦境中的主要内容都是过去，所以其实梦境与回忆起到的剧作功能是一致的，类似闪回，抽丝剥茧地交代出杨建军早些年的经历与父子俩的心结。其实在剧本中频繁使用梦境、回忆都不是高级或新鲜的处理方式，但编剧借用这些方式的背后颇为创新地采用了倒叙，在杨建军和杨力这组关系向前发展的同时，杨建军在梦境里以倒叙的方式讲述自己和父亲杨丁蜀的点滴过去，两者相互呼应，颇有意思，可以抵消掉不断做梦和回忆的乏味点。

2. 物件信息

物件信息通常与背景交代结合在一起，也包括重要道具，通读完之后可以看出，编剧很擅长使用物件信息来勾连重要线索并推动故事发展。比如爷爷的遗像、杨力的皮封笔记本、表面是英语内容实则是爷孙对话的复读机磁带、沈青手里拿的小灯笼、罗中成一直保管的《航天知识》等，这些物件都承载了一定的信息量和真情实感，交织在故事中，让剧情变得更为生动丰富。

3. 时代感与方言

故事发生于2005年的湖北襄樊，杨力14岁。襄樊是杨建军14岁后跟随父亲生活的地方。离婚后，杨建军前往深圳工作，儿子杨力随母亲到武汉生活。旅途到达的第一站是洛阳，这里说的都是洛阳方言；第二站是哈尔滨，这里说的都是哈尔滨方言；第三站是无锡,这里有普通话也有无锡方言。杨建军的梦境和回忆中充满了20世纪70年代的画面——那时的人、那时的物、那时的事以及那时的语言。这些怀旧的时代感和地方语言的选择很明显是编剧的用心设计,可以在丰富故事的同时增强质感。不过要小心时间和语言的过多跳切容易让观众出戏。

当然,故事仍有些许不足之处有待不断完善改进,以下简要评析。

二、不足之处

1. 现实逻辑与故事逻辑

剧本中的逻辑对于故事写作来说至关重要,这直接决定了观众是否能够产生共鸣甚至移情,从而接纳并融入这个故事。剧本中的逻辑又分为现实逻辑和故事逻辑两部分,现实逻辑即是否符合大众现实生活中的普遍逻辑认知,故事逻辑即是否符合故事里主人公人设的逻辑认知,两者需有机结合。《父父子子》的故事主要建立在父子俩的这次旅途中,所以是否必须踏上旅途、如何在旅途中坚持、如何坚持旅途,以及在旅途中每一次辗转和选择中的逻辑,这些问题都变得至关重要。目前看下来仍觉基础设定缺乏合理性,这将导致观众不能够充分认可父子俩在屡遭困难后仍坚持的初心和动机,会产生一丝对人物真实性和合理性的质疑。

2. 人物动机与剧作动力

提到符合逻辑的真实性与合理性,自然就会让人想到人物动机,也就是主人公为什么非要去做这件事不可,这件事设计得越充分必要、越符合逻辑、越不可替代,则故事的根基越扎实,观众的信任越不可撼动,后面的共鸣及移情也就水到渠成。人物动机即剧作动力,是故事能够发展下去的基础。如果是为了爷爷,14岁的杨力为什么一定要借告知爷爷早年好友他已逝的消息去找网恋女友见面?爷爷杨丁蜀与何念已失去联系多年,在爷孙二人的交流中也没有充分体现出两人的深厚感情,这也不是爷爷的遗愿,那么杨力借此出发的动机就不够充分。如果是为了女友,那么在奔现失败、遭受打击之后,杨力为什么仍不放弃去找何念,一定要当面把遗照给他,而不能选择其他联络方式,且杨建军始终支持杨力的行为?这些动机都不太能立得住,仍有完善的空间。

3. 克制与收敛

这种父子和解、彼此成长的故事类型通常会有很多煽情感人的剧情及情节设置,这时编剧往往会面对两种选择:一种是充分外化,让观众迅速捕捉到其中的煽情感人信息,与主人公产生共鸣甚至移情。另一种是克制收敛,用更为含蓄婉转的方式慢慢敲击观众的心灵深处。两种选择各有利弊,后者相对更为高级。能看出编剧在很多时候进行了更为克制与收敛的处理,但同时由于选取的细节不够有张力,所以在一定程度上也削弱了情感迸发与观众共情,这一点值得再不断完善。

4. 小说语言与剧本表达

小说语言和剧本语言在本质上是有所不同的,或许小说语言更为动人有感染力,阅读感更好,但如果不能拍出来,很大程度上放在剧本里就是没有意义的。剧本中有好几处关键的故事发展用了小说式语言描述,虽然能让我们一眼明白其中奥义,但对于拍摄来讲却是无用的。如何用台词、动作、行动来有效呈现这些描述,转化为剧本表达是值得思考及反复打磨的。

好故事仍需多番斟酌,不管怎样,《父父子子》都是值得期待的,希望编剧未来能够呈现更多有意思的好故事。

小雨靴

◇ 拉华加

人物小传

旺　扎：男孩，8 岁。天真烂漫，他一直盼望着下一场瓢泼大雨，好让自己穿着新的雨靴在水中嬉戏。

拉　姆：女孩，10 岁。旺扎隔壁家的小女孩，自小一起长大的小姐姐。她每天早上去叫旺扎上学，视旺扎如亲弟弟。

阿卡雪达尔：村里的密咒师，藏传佛教密宗特殊信徒，在家修行者。经常做一些法事，祛病驱灾，也是村里的防雹师。

侃　本：30 多岁，旺扎父亲。

仁　卓：30 多岁，旺扎母亲。

三木丹：男，25 岁，乡村教师，旺扎的老师。

故事梗概

旺扎是一位西藏农区的小男孩，他一直想拥有一双漂亮的雨靴，可旺扎的阿爸一直没能给他买上雨靴。

终于有一天，阿爸给旺扎买了一双崭新的雨靴，可是，从此之后，一直没有下雨，旺扎盼着下一场瓢泼大雨。

梦想的实现是每个孩子自小就期盼的事情，每个人都有这样相似的经历。

小男孩旺扎坐在门槛上，前面放着一双崭新的雨靴，他托着下巴看着蓝蓝的天空。

之前旺扎一直没有雨靴，平常他很羡慕他的小同伴们在雨中穿着油光发亮的雨靴哒哒哒地走路，有时候故意用雨靴溅起水花惊到旁边的小女孩。

自从有了一双雨靴之后，旺扎就天天盼望能够下一场大雨，好让他穿上雨靴去和伙伴们玩耍。

藏语新闻之后的天气预报是旺扎每天必看的节目。

地里的庄稼也开始成熟了,旺扎的父亲每天也关心起了藏语新闻之后的天气预报,他担心下暴雨或是大雨,对成熟期的麦子不利。

一连几天,天气预报都说“明天晴天无云”。

每次天气预报里说明天晴天时旺扎就会显得闷闷不乐,而旺扎的父亲就变得心情大好,偶尔还会惬意地喝一点小酒。有时候,旺扎的父亲看见儿子闷闷不乐,问他为什么不高兴,他也不说自己不高兴的原因。

有一天晚上,旺扎梦见下雨,第二天早上他穿着雨靴去了学校。虽然同学们都笑话他,但他相信中午或是下午乌云就会到来,结果一整天都没下雨,这让旺扎很尴尬。后来老师说,他也看了天气预报,下暴雨是这个地区的某个地方,而不是本地。

旺扎偶然知道村里的阿卡雪达尔是防雹师(一种宗教职业,通过一些宗教仪式防止冰雹和大雨,避免让庄稼遭受损失),可以做法事挡住暴雨,这让他很是惊奇。他悄悄跟踪阿卡雪达尔在村边的泉眼处做法事,但他还是对防雹师的能力有些怀疑,并不相信他能挡住暴雨。

这天的藏语新闻之后,天气预报里说明天会下大雨,旺扎高兴得跳了起来。而旺扎的父亲却是满脸的忧愁。他对旺扎的母亲说:这时候可千万不能下什么雨啊,眼看着就要收割了,万一下了大雨,地里的庄稼就全倒下了,影响今年的收成。

父亲去找防雹师,把天气预报的情况和村里人的担心讲给防雹师听,防雹师听了满脸自信地让他放心,说自己有办法制止明天的大雨。

旺扎也跟着父亲,悄悄向防雹师打听了明天雨水的情况。

第二天中午时候,天上果然布满了乌云。

旺扎和小姐姐拉姆远远地跟踪阿卡雪达尔上了村子附近的小山丘,大片的乌云带着雨水向村子方向袭来,他俩的身上已经有雨滴滴落,旺扎相信暴雨马上就要到来,他和小姐姐拉姆迅速跑回了村子……

1. 旺扎家 日 内

一款老式的电视里播放着天气预报,一双弄湿的鞋烤在炉子旁边,上面冒着热腾腾的气,旺扎趴在炕台上写着作业,他那双赤裸的小脚在炕边上晃悠着。母亲在收拾餐具,父亲坐在炉子旁边,嘴里叼着一根烟看着电视。电视里的女播音员预报着最近的天气情况。

(出片头字幕)

2. 上学路上 日 外

拉姆(画外音):旺扎,上学了,快出来。

旺扎：哦！

旺扎和隔壁家的拉姆背着书包，正在往学校方向赶。

晚上下了雨，去学校的路上有很多小水坑。旺扎小心翼翼地走着，他怕弄湿自己的运动鞋，他没有穿雨靴。

几个同学穿着各式各样的雨靴从旺扎的身边走了过去，旺扎羡慕地看着他们。

拉姆往回看了看旺扎，有点着急。

拉姆：旺扎快点走，要迟到了。

旺扎说了一声“呀”后加快了脚步，从小水坑旁跳了过去。

3. 上学路上的一堵墙下 日 外

一堵墙下，路面变得很窄，路中间有一块很大的水坑，前面的几个同学穿着油光发亮的雨靴走了过去，其中两个调皮的小男孩，故意用雨靴溅起水花惊吓旁边的小女孩。旺扎看着他们羡慕地笑了笑，又看了看自己的脚。

拉姆（在前面着急地）：旺扎，快点走吧。

这个积水坑比较大，旺扎想跳过去，试了几次，还是没敢跳，有些不知所措起来。

拉姆看了看旺扎，拿上旺扎的书包走过去，把自己的书包一起放在水坑另一头，又走了回来。

拉姆：来，我背你吧。

拉姆蹲下来了，旺扎有点不好意思地看了看拐角的其他孩子。

旺扎：拉姆姐姐，等等。

旺扎看着拐角的孩子们看不见了，就让拉姆背上他过小水坑。拉姆颤悠悠地背着旺扎过了小水坑，差点摔倒在水坑里。

走过水坑，拉姆放下旺扎，拿起书包很快地往前走，旺扎也背上书包快速地跟在拉姆后面。

4. 学校教室 日 内

三木丹老师站在讲台上，翻了翻书本。

所有同学都穿着雨靴，唯独旺扎没有穿雨靴。

三木丹老师抬起头，目光注意到了旺扎的脚。

三木丹老师：这几天雨水虽然不大，但很多。同学们记得一定要穿上雨靴。

旺扎有些不好意思，他把脚往桌子底下收了收。

老师转身在黑板上写字，同学们都没有注意到旺扎那些细微的动作。

5. 学校 日 外

旺扎一个人靠着教室门口的墙根，看着操场的方向。

很多小男孩穿着各式各样的雨靴，在操场边上的雨水坑里，放上一个足球玩耍。

旺扎低下头看了看自己的鞋，鞋底沾了湿湿的泥土。

旺扎蹲下来，脱了鞋子，用右脚的鞋底，刮了刮左脚鞋底的泥土。

他抬头看了看天空，天很阴沉。

上课铃响起，同学们开始往教室里走。

6. 学校操场 日 外

同学们排着长队背着书包，开始往学校大门口走。

旺扎在一个水坑边走的时候，比他大一点的一位男同学看见他没穿雨靴，故意把他挤到水坑里，孩子们哈哈哈地笑起来。

旺扎的鞋被弄湿，他很生气。

旺扎走过去推了一下那个男孩，拉姆过来拉走了旺扎。他转身对着那个男孩说：明天我要告诉老师。

7. 回家路上 日 外

旺扎和拉姆正在回家的路上。

路面快要干了，旺扎的鞋子被弄湿，走起路来鞋子里一直嘎吱嘎吱地响。

拉姆（看着他的脚，笑了笑）：你的鞋里有水。

旺扎有点尴尬，脱下鞋子抖了抖。

旺扎：是纳巴那个坏蛋！他故意把我推到水坑里，他都三年级了，还欺负我。

拉姆（有点失望地）：他也经常欺负我。

旺扎（很有自信地）：放心吧，等我长大后要好好揍他一顿。

旺扎的鞋不停地嘎吱嘎吱作响。

拉姆：你跟你阿爸说没，自己需要一双雨靴？

旺扎（有点失望地）：上次说了，但是他装作什么都没有听见。

拉姆（笑了笑）：是你没说清楚吧？

旺扎：肯定说清楚了，今晚回去一定要让他买。

他们两个跳过一个小水渠的时候，从旺扎的口袋里掉下了一个东西，但谁都没有发现。

8. 旺扎家 日 内

电视里播放着各种广告，母亲仁卓忙着准备晚饭。

旺扎进来就把脚上的鞋脱下来，烤在了炉子旁边。看了看房间里，发现父亲不在家。

旺扎：阿妈，阿爸去哪里了？

母亲：去寺院做一些法事，可能过几天才回来。

旺扎有点失望地趴到炕边开始写作业。

旺扎揣了揣自己的口袋，发现自己的玩具不见了，他有点着急地找了找书包，也没找到。

旺扎：阿妈，你看到我的玩具了吗？

母亲：没有看到。

旺扎（自语）：肯定是三年级的纳巴偷了。

电视里开始播天气预报,旺扎拿上遥控器转到一个动画片上。

旺扎看了一下母亲那边,母亲正在忙家务。

旺扎把电视的声音放小了,害怕母亲听到声音。

旺扎写着作业,又停下来看了看动画片。

电视里播放着《猫和老鼠》的动画片。

旺扎的鞋在炉子边冒着热腾腾的气。

9. 村庄 日 外

旺扎穿着一双崭新的雨靴,在雨后的各种小水坑里,喜悦地玩耍。

拉姆(画外音):旺扎,快去上课。

10. 旺扎家 日 内

母亲(画外音):旺扎,快点,拉姆姐姐在等你。

旺扎笑眯眯地醒了过来,好像还在美梦当中。

他揉了揉眼睛,看了一下自己的脚。

他有点失望地看了看自己沾满泥土的鞋。

11. 上学路上 日 外

旺扎和拉姆兴高采烈地去上学。

12. 村庄 日 外

远处的山上乌云缭绕,貌似要下雨了。

13. 学校 日 内

老师正在上课,旺扎看到外面下起了小雨。

旺扎有些失望,流露出不知所措的表情。

14. 回家路上 日 外

在蒙蒙细雨中,旺扎和拉姆往家的方向跑。

15. 旺扎家 日 内

虽然雨下得不大,但旺扎的衣服和鞋子已经弄湿了。

旺扎把那双弄湿的鞋扔在炉子旁边,看上去有些灰心。

旺扎:阿妈,给我也买一双雨靴。

母亲:等你阿爸回来了,你跟他说,阿妈手里没有钱,再说咱们村子里也没有商店。

旺扎站在炉子旁边烤火。

16. 上学路上 日 内

旺扎和拉姆正在去学校的路上,他们看见村子里来了个小商贩。

旺扎和拉姆跑过去看,旺扎发现商贩那里有一双小雨靴。

旺扎(对拉姆):拉姆姐姐,你去我们老师那里帮我请个假,说我感冒了。

拉姆还没来得及说话,旺扎就迅速地往家的方向跑去。

拉姆无奈地看了看旺扎,开始往学校方向走。

17. 回家路上 日 外

旺扎飞一般地往家的方向跑。

18. 旺扎家门口 日 外

母亲在家门口做家务,旺扎跑到母亲旁边。

旺扎(气喘吁吁地):阿妈,那边有个商贩,他在卖雨靴。

母亲:我手里没有钱,等阿爸回来再买。

旺扎(有点不高兴):等阿爸回来,商贩肯定回去了。

母亲没有说话,忙着自己的家务。

旺扎哭了起来。

母亲(看着可怜的旺扎):你去问一下,换不换其他东西。

旺扎高兴地跑回去了。

19. 村路上 日 外

旺扎飞一般地往商贩的方向跑去。

20. 商贩的旁边 日 外

旺扎气喘吁吁地来到商贩旁边。

旺扎:我阿妈问你,这个雨靴可不可以和其他东西换?

商贩:可以,这个雨靴只有这一双。

这时候,一个老人带着小孩过来看货物,好几个人也围拢过来。

旺扎有点担心地看了看围观的人们,往家的方向快跑过去。

21. 村路上 日 外

旺扎往回家的方向跑着,路上遇到一个赶羊的老人。

老人(看见旺扎后):小孩儿,帮我把羊往这边赶一下。

旺扎很着急地赶羊。

旺扎赶完羊,很快地往家的方向跑。

22. 旺扎家门口 日 外

母亲依然在那边做家务,旺扎跑过去。

旺扎:阿妈,商贩说可以和其他东西交换。

母亲慢慢腾腾地站起来,开始在家门口库房里找一些羊皮袄等。

旺扎(很着急地催母亲):阿妈,快一点。

母亲依然在那里慢腾腾地找东西。

23. 村路上 日 外

旺扎拉着母亲的手快速地往商贩的方向走。

24. 村庄 日 外

商贩正准备去另一个地方,旺扎跑过去堵住了他。

旺扎:我们要买雨靴。

商贩(笑了笑,把架子放在地上):那个已经被别人买走了。

旺扎疑惑地看着他的箱子。

这时候,旺扎的母亲也到了旁边。

商贩把箱子打开了,旺扎急忙看了看里面,雨靴真的没有了。

旺扎:刚才的那个雨靴呢?

商贩:一个小孩儿买走了。

旺扎(很生气地自语):肯定是阿爸才让家的那个黑蛋。

旺扎的母亲看了一些脸盆之类的东西。

旺扎很伤心地站在旁边。

25. 回家路上 日 外

旺扎和母亲正在往回家的方向走。

母亲手里拿着一个铁脸盆,旺扎有点伤心地跟在她后面。

旺扎(抱怨):都是因为你刚才走得慢,不然可以换上了。

母亲(没有理他):你今天不用去上学吗?

旺扎的思绪还在买靴子的事上。

母亲:赶紧去学校,你阿爸回来发现你没去学校,他会揍你的。

旺扎没有说话,跟在母亲后面走着。

26. 学校 日 内

旺扎站在教室门口,从门缝里看见老师在训斥一名学生。

他很害怕,没敢进去,继续从门缝里看着里面。

他看老师往门口走过来,急忙躲了起来。

27. 学校附近 日 外

旺扎坐在教室的墙根。他看见一个食品袋,在微风的吹动下缓缓地飘了过来。

旺扎忽然想起了什么似的立马站起来,跑过去抓住了它。

28. 学校操场 日 外

旺扎的脚被套上了颜色不一样的两个食品袋,在操场的一个小水坑里玩。

他先把右脚慢慢地放在里面,然后把左脚也放了进去。

他很高兴地在里面走了走。

他试着用右脚溅起水花。

老师(看见旺扎玩水,叫他):旺扎,你在那边干吗?

旺扎看了一下老师的方向,有些恐惧地站在水坑里动都不敢动。

29. 学校教室门口 日 外

旺扎被罚站在教室门口,右脚还套着那个食品袋。

同学们跑到窗户边看他的笑话,旺扎做鬼脸给他们看。

30. 回家路上 日 外

下课铃响起。

旺扎很失望地跟在拉姆的后面，往回家的方向走。

他右脚还套着刚才那个食品袋。

拉姆(看见旺扎，捂住嘴巴笑了笑)：你的脚上怎么穿着个食品袋？

旺扎这时候才像记起来什么似的取下了食品袋，用力地抛向了天空。

食品袋随微风浮动了一会儿，停在了水渠里。

他看了看食品袋，继续去捡起那个食品袋，发现食品袋下面有自己之前丢失的玩具。

他(高兴地拿起玩具)：拉姆姐姐，我找到自己的玩具了。

他把玩具举在手中给拉姆看。

31. 旺扎家 夜 内

旺扎蹲在电视前面看动画片。

旺扎的母亲开始往铁炉子里加一些牛粪。

母亲：旺扎你往后坐一点，离那么近干吗！

旺扎好像什么都没有听见，津津有味地看着电视。

这时候他的父亲进来了，肩上背着一个褡裢。

旺扎高兴地抓住了他父亲的手。

旺扎的母亲跟他打了招呼。

父亲侃本走过去坐在炉子旁边，取下了褡裢。

旺扎跟在他父亲后面。

母亲倒茶。

父亲从褡裢里取一些日常用品。

旺扎睁大眼睛看着褡裢。

最后父亲取出了一双崭新的雨靴。

旺扎高兴地把雨靴抱了起来。

父亲(继续取一些东西)：儿子，你穿着试一下，合不合脚。

旺扎脱下鞋，急忙往脚上穿。

他穿上雨靴，在家里走着转了两圈。看着自己的脚，很开心地笑着。

32. 旺扎家 夜 内

电视里播放着一个抗战片。

旺扎手里抱着雨靴，靠着父亲看电视。

33. 旺扎家炕上 夜 内

一盏酥油灯照亮了整个房间。

旺扎一家人躺在炕上。

旺扎(高兴得睡不着觉)：阿妈，明天会不会下雨？

母亲:阿妈不知道。

旺扎:那怎么样才能知道?

母亲(想了想):看看你今晚的梦就知道了。

旺扎(有点不相信):真的吗?

母亲(肯定地):真的,因为第二天要发生什么,有时候会梦到的。

旺扎似乎相信了母亲的话,安静了下来。

母亲:快点睡觉。

母亲仁卓整了整旺扎的枕头,发现旺扎的枕头底下有他的雨靴。

母亲:旺扎,枕头底下是不能放鞋的,赶紧拿掉。你的那个雨靴不会有人拿走的,赶紧放在地上。

旺扎还是有点不愿意。

母亲(慈祥地):赶紧拿掉,不然你不会梦到明天会不会下雨。

旺扎这才把雨靴慢慢地放在了地上。

母亲:好了,赶紧睡觉。

旺扎闭上了眼睛。

34. 拉姆家门口 晨 外

旺扎穿着崭新的雨靴,早早地出门去隔壁家喊拉姆。

旺扎:拉姆姐姐,去学校,快出来。

拉姆(画外音):好的,你稍等,我就出来。

旺扎看了看自己的雨靴,蹲下来用手擦了一下。

拉姆背着一个红色的书包出来了。

拉姆看见旺扎穿着雨靴,“哈哈”笑了起来。

旺扎:你笑什么?

拉姆:雨靴是下雨的时候穿的。

旺扎(很有把握地):今天一定会下雨的。

拉姆:你怎么知道?

旺扎(很自信地):我昨晚梦到了。

拉姆:你自己看看天空,这么晴,怎么会下雨呢?

旺扎(走在前面):我昨晚真的梦见下雨了,第二天的事,有时候是能梦到的。

拉姆跟在他后面,笑出了声。

35. 学校 日 内

到了学校,几个同学冲着旺扎笑,旺扎很自信地看了看天空,用鄙视的眼神看着他们,把他们的嘲笑看作无知。

36. 学校教室 日 内

教室里老师认真地给同学们上课。旺扎看了看自己的雨靴,又看了一下老师的脚,因为老师的脚在讲桌后面，所以看不到。老师往旺扎的方向瞥了一眼，旺扎赶紧低头看书本。老师从讲台上走了过来，旺扎看见老师也没有穿雨靴。

他有点担心地看了看自己的脚，又看了看同桌的脚，拿起一张纸。

旺扎(在纸上写)：你今天怎么没有穿雨靴？

同桌接过纸条仔细地读了一遍，看了看旺扎的脚差一点笑出来，因为有老师才没敢笑出来。

同桌(拿起笔接着写)：你今天怎么穿着雨靴？

旺扎(看了看纸条，在上面写)：今天有雨的，你怎么不穿？

同桌(接过去看了看，躲在书本后面低声地)：你怎么知道？

旺扎(也躲在书本后面，低声地)：因为我昨晚梦到了。

这时候同桌没有忍住，嘻嘻地笑了起来。

老师(有点生气)：你们两个不好好听课，在笑什么？

同桌(站起来)：旺扎穿着雨靴。

同学们都哈哈笑起来了。

老师(看不到旺扎的雨靴，对旺扎)：旺扎你出来，站中间。

旺扎慢慢地站到中间，穿着一双油光发亮的雨靴。

同学们再一次笑起来了。

37. 学校操场 日 外

天空湛蓝湛蓝的，像蓝宝石一样。

体育老师让同学们比赛短跑。

老师：来，跑得最快的几个人一起，旺扎过来。

旺扎穿着雨靴有点不好意思地站在前面。

老师(没有注意旺扎穿着雨靴，让他们站成一排)：预备，开始！

同学们开始跑。旺扎跑得很慢。老师很无奈，又笑着看着旺扎。

同学们都站成一排。

老师(从旺扎的前面走了过去，对同学们)：同学们一定要记住，雨靴是下雨的时候穿的。

旺扎不好意思地往后退了退。

老师(继续)：不要晴天的时候穿，尤其是体育课上不要穿。

旺扎有点不知所措起来。

老师(继续)：如果不知道会不会下雨，你们回去看看天气预报就知道了。以后不下雨不要穿着雨靴来上课。

旺扎不好意思地低下头，看了看自己的雨靴。

38. 学校教室 日 内

教室里很炎热，三木丹老师脱下外套放在桌子上，继续给同学们上课。

旺扎的脚很热,他悄悄地脱下了雨靴。旺扎前后的同学捂住了自己的鼻子。

老师(好像闻到了脚臭味):谁的鞋脱了？怎么这么臭!

同学们都看向旺扎。旺扎红着脸穿上了雨靴。

老师:同学们记得回去洗脚,讲卫生。

旺扎不好意思地躲在自己的书本后面。

39. 学校教室门口 日 外

旺扎把雨靴脱了,放在教室墙边的台阶上,自己坐在旁边,看着快要蒸熟的脚。

他又有些失望地看了看旁边的雨靴。

这时候拉姆从另一个教室出来,到旺扎的旁边。

拉姆(看了看他,笑了笑):旺扎,走吧,我说了今天不下雨的。

旺扎穿上雨靴,有些失望地站起来,但他还是抬头看了看这不争气的天空。

天空湛蓝湛蓝的,像一块蓝宝石。

40. 回家路上 日 外

旺扎和拉姆走在回家的路上。

旺扎:昨晚明明梦到下雨了。

拉姆(安慰地):没关系的,以后会下雨的。

旺扎(抬头看了看天空):今天体育老师说,天气预报知道这几天下不下雨。以后我要看天气预报。

拉姆:今晚开始看,我也帮你看看,但动画片完了以后,我妈妈就不让我看电视了。

因为天气很热,旺扎很懒散地跟在拉姆的后面。

41. 旺扎家门口 日 外

旺扎坐在自家门口的台阶上,开始洗脚。他用洗衣粉弄出泡沫玩。他又拿起旁边的雨靴,里里外外地洗着。他穿上雨靴,站在洗脚盆里。

父亲(看见他,很生气地):旺扎,好好洗脚,站在盆里干啥？

旺扎这才坐下来,脱了雨靴放在旁边开始洗脚。

父亲也坐在门口的台阶上,开始擦自己的皮鞋。他把皮鞋擦得油亮,然后晒到窗户上。

旺扎(看了看父亲):阿爸,皮鞋放在窗户上干什么？

父亲(看了一下旺扎,笑了笑):打完鞋油,这样晒着太阳就会闪闪发光的。

父亲进了房子。皮鞋在阳光下闪闪发光。

42. 旺扎家 夜 内

电视里的新闻播完了,后面的字幕正在上升中。父亲侃本看了看儿子,旺扎还在聚精会神地看电视。

父亲:旺扎,你去调一调电视,看有没有其他好看的节目。

旺扎站在那里不动。

母亲仁卓在那边的案板上和面,看了看旺扎。

母亲:就让他看完吧,他这几天一直要把天气预报看完才罢休。

父亲看着旺扎聚精会神地等着天气预报节目,微微一笑。

父亲:真是奇怪了,这么小的孩子,竟然对天气预报感兴趣。

母亲(笑着):他肯定是在看那个漂亮的女播音员,他连那个播音员的名字都知道,他说她叫吉后茂。

旺扎没听见妈妈的说笑,继续看着天气预报,他的表情由紧张变为喜悦。

父亲侃本哈哈地笑着。旺扎看着天气预报。

电视里的女播音员说今后几天没有雨水。

旺扎很失望地回去趴在炕边写作业。

43. 学校 日 内

老师正在上课,旺扎正在看一个下雨的漫画书。

44. 学校 日 外

天空很晴朗,没有一点下雨的迹象。

同学们在操场上玩耍。

旺扎和几个同学在教室门口玩蚂蚁。

胖同学:今天肯定会下雨,地下有这么多蚂蚁在搬家。

瘦同学(笑了一下):这个跟雨水有什么关系?我爸看了天气预报,这几天一直没有雨水。天气预报是不会错的。

胖同学(冲着瘦同学):哼,我爷爷说蚂蚁搬家的时候,会下雨的。

瘦同学(笑了笑):你看看天空,这么晴朗。你觉得会下雨吗?

同学们一起抬头看了看天空。

天空很晴朗。

上课铃声响起。

45. 回家路上 日 外

旺扎和拉姆走在回家的路上。

旺扎把书包拉着,懒懒散散地跟在拉姆的后面。

旺扎眯着眼睛看了看太阳,烈日正照着旺扎的脸,好像是在故意气旺扎似的。

旺扎(用手挡了挡刺眼的阳光):拉姆姐姐,你觉得这几天会下雨吗?

拉姆(笑了笑):我怎么知道?

旺扎(有点失望地):如果不下雨,我今年就穿不上雨靴了。

拉姆(安慰他):过两天肯定会下雨的。

旺扎半信半疑地跟在拉姆的后面走。

46. 旺扎家门口 日 外

旺扎坐在自家的门槛上,双手托着下巴眺望着天空。

天空很晴朗,只看到一两朵白云。

旺扎(有些失望地自言自语):总会下雨的吧。

旺扎的表情很天真又很失望。

47. 麦田 日 外

大片麦田。肥沃的土壤里,飘荡着已经开始泛黄的麦浪。

旺扎和他母亲坐在一个山丘上看着自己家的麦地。

母亲仁卓看着已经开始泛黄的麦浪,内心自然充满了喜悦。

旺扎在田地边望了望天空,又看了看表情喜悦的妈妈。

旺扎:阿妈,您觉得明天会下雨吗?

母亲摸了摸旺扎的头,整了整旺扎的衣服,眼神中充满了慈爱。

母亲:儿子,快要秋收了,麦子正在泛黄,现在是不能下雨的。

旺扎听着妈妈的话,似乎是明白了一些道理,但他还是问了问妈妈。

旺扎:要是下了大雨或是暴雨,那可怎么办呢?

母亲(笑了笑):儿子,没事的,我们村里的密咒师阿卡雪达尔有办法挡住雨水和冰雹。他是我们村的防雹师。

旺扎似乎明白了一些不下雨的真正原因,但他还是很迷茫。

母亲仁卓站起来,拉着旺扎的手,开始往回走。

旺扎很失望地跟着母亲回了家。

48. 旺扎家 夜 内

临睡前旺扎的父母聊了一些关于今年麦子和雨水的事。

旺扎窝在被窝里好像在思考着什么。

旺扎露出一张迷茫的脸。

49. 旺扎家 日 外

电视里播放着新闻,旺扎正在做作业。

母亲说:明天再写吧,明后天不是休息日吗?

旺扎停下手看了看电视,电视里新闻刚刚结束,其间插播了广告,他放下自动铅笔,焦急地等待着天气预报。

天气预报说未来三天内将有大雨,还要预防冰雹什么的。

这新闻显然让父亲侃本有些不安,他闷吸了一口烟,跟仁卓说这事。

父亲:那个防雹的大炮我有些不放心,往天上用炮轰,肯定挡不住冰雹的,说不定还会惹了天龙。那年村头晋美家的麦子遭了灾,也是用炮轰的。

母亲(也有点着急):要真是这样,你跟村民商量一下,请一下密咒师阿卡雪达尔,让他保证今年的收成才是。

侃本看了看儿子,旺扎正在直勾勾地看着父亲。侃本再次闷吸了一口。

旺扎尴尬地低下头,同时也微微地露出一丝笑容。

50. 晒麦场 日 外

正午的时候,旺扎出门去玩。他经过门口的榆树林,直接去了村子里的晒麦场。

村子里的孩子们总会聚在一起玩耍,他们通常都是去村子里的晒麦场,那里场子大,又没有石头,平平整整的。

旺扎正在晒麦场外墙的一个豁口处往里看小朋友们时,偶然看见密咒师阿卡雪达尔出门,他手里拿着法器,带着一个装牛奶的塑料瓶。

密咒师阿卡雪达尔好像要出去的样子。

旺扎看见密咒师向村外的河滩方向走去,立刻从晒麦场的豁口下来,急速地向拉姆家方向奔去。

51. 拉姆家门口 日 外

旺扎气喘吁吁地跑到小姐姐拉姆家敲门,拉姆出来开门。

拉姆(看着旺扎红扑扑的脸蛋):是怎么回事,被狼追了吗?

旺扎(上气不接下气地):阿卡雪达尔去了村外,可能是去挡这几天的雨水,你陪我去看看。

拉姆(不屑一顾地):我没有时间去看,你自己去吧。

旺扎有些失望地看了看小姐姐拉姆的脸色,转身急切地向榆树林跑去。

52. 榆树林 日 外

旺扎走过榆树林,经过村寨,走向村外河滩边的小树林,这片小树林几乎看不到人影。他走向林中的小溪边,看见没人,就沿着小溪向上游走去,因为这小溪的上游是泉水的源头。听到有人声,他蹑手蹑脚地从一片杂草丛中出来,刚好看见阿卡雪达尔在泉眼处坐着。旺扎屏住呼吸,在一片密林中观察阿卡雪达尔,一会儿,阿卡雪达尔站了起来,拿着那个装着牛奶的饮料瓶蹲在泉眼边,从怀中拿出一个平常用的铜灯放在泉眼处的一个小石头上,把牛奶倒入铜灯,回到原地坐下。

阿卡雪达尔双脚盘起跏趺坐,左手拿着铜铃,右手举起拨浪鼓,口中念念有词,念诵起一段经文。

阿卡雪达尔:

世间诸法来自因,
此因皆为如来讲。
何为因之一切障,
释迦我佛如是说。
一切恶业皆莫作,
奉行善事尽积德,
自净其意心无垢,
此则谓之佛法也。

阿卡雪达尔念经的样子看上去很是平静，声音低沉，时而闭眼，时而睁眼，拨浪鼓随着念经的节奏响着叮咚声，其间忽而响起铜铃的脆响。

旺扎看得有些入迷，忽然阿卡雪达尔从怀中拿出一个羊腿骨一样的东西，吹了三下，声音怪里怪气，感觉有些恐怖。旺扎听了浑身不自在，像是有虫子进入后背。

阿卡雪达尔正在发出“帕德！帕德！”的声音。

旺扎吓得面如土色，往后看去，后面什么也没有。

阿卡雪达尔又开始念诵起来，这次急切而响亮。拨浪鼓急急脆响，铜铃丁零零。

阿卡雪达尔：

帕德！
舍身布施大慈悲，
我为众生成就佛，
过去佛陀未度者，
布施功德当解脱，
此等善业为福报，
成就般若波罗蜜，
众生无二无分别，
一切解脱入净土。

旺扎看着感觉有些恐惧，往后退了几步。

这时，阿卡雪达尔站起来走过去，将铜灯中的牛奶倒入泉眼里，清泉顿时变得白而混浊。

阿卡雪达尔再次吹那个羊腿骨，坐回原地。拨浪鼓更加急切，铜铃更加清脆起来。

阿卡雪达尔继续念：

三界之净土，
三世大悲客，
遍布无尽食，
法性显神通，
施舍与供品，
回向无尽藏。
嗡嘛呢呗咪吽！
嗡嘛呢呗咪吽！
帕德！帕德！

阿卡雪达尔发出的“帕德”这个声音，明显有些奇特，这让旺扎觉得他早已经发现了自己在这里，故意用“帕德”这个声音来吓唬自己。

旺扎忽然起身往家的方向跑。

阿卡雪达尔发出的“帕德”声,一直回响在空中,好像快要跟上旺扎的脚步。

53. 旺扎家 日 外

旺扎看到父亲带着一些礼物和哈达要出去。

旺扎:阿爸,去哪儿?

父亲:去阿卡雪达尔家。

旺扎:我也要去。

父亲:你去干啥?家里待着,写作业。

旺扎看着父亲走了,他也悄悄地跟着去了。

54. 村庄 黄昏 外

父亲侃本走在前面,旺扎悄悄地跟在父亲后面。

走的时候父亲好像感觉到后面有人,所以转身往后看了一下。

旺扎立马躲在了一个杂草垛后面,因为杂草垛比较小,父亲看到了旺扎,但他只笑了一下,装作没看见,继续往前走。

旺扎以为父亲没有看到他,所以继续悄悄地跟在后面。

55. 阿卡雪达尔家门口 黄昏 外

阿卡雪达尔家的大门旁边有几个孩子在玩,父亲侃本进去了。

旺扎过去和孩子们玩着,但时不时地看看阿卡雪达尔家的大门。

父亲出来了。旺扎立马转过去了,怕被父亲侃本看见。

父亲:儿子,回家吧,天马上就黑了。

旺扎(慢慢地转过来):阿爸您先回吧,我再玩一会儿就回家。

父亲(看了看玩耍的孩子们):不要太晚了。

父亲向自家方向走去。

旺扎看着父亲走远了,立马去了阿卡雪达尔家。

56. 阿卡雪达尔家院子 黄昏 外

旺扎推开阿卡雪达尔家的大门,看见院子很小,房子也很破旧。

阿卡雪达尔从一个小门里出来,看见旺扎,有些好奇。

阿卡雪达尔(笑了笑):嗨,小朋友,是侃本的儿子吗?

旺扎:是的。

阿卡雪达尔:你阿爸刚刚走了,快点回家吧,天马上就要黑了。

旺扎(看了看阿卡雪达尔,低下头):这几天有暴雨吗?

阿卡雪达尔:什么?哈哈哈,你个小屁孩,还管天气呢?

旺扎(坚定地):有吗?

阿卡雪达尔(自信地):明天有暴雨,不过,我应该可以防止的。

旺扎(不太相信):真的可以挡住暴雨?

阿卡雪达尔(很认真地):当然是真的,不是我在挡雨,而是我的本尊。

旺扎(不解地):本尊是谁?

阿卡雪达尔:本尊嘛,就是我信的世间神,保护我自己的神。

旺扎(还是有些迷茫):好……那我回家了。

旺扎转身出门。

阿卡雪达尔有些惊奇地看着旺扎小小的背影,摇了摇头。

57. 旺扎家 夜 内

旺扎在写作业,电视里播放着各种广告。

母亲(有点担心):这次真的来了个大暴雨,阿卡雪达尔能挡住吗?

父亲(深吸了几口烟):阿卡雪达尔会挡住暴雨的。

母亲:我相信阿卡雪达尔的能耐,但也不信他有百分之百的把握。因为有一年阿卡雪达尔自己家的麦子也被暴雨打过。

父亲侃本吸着烟没有说话。

旺扎看了看父亲,继续低头写作业。

58. 村庄 晨 外

阴沉天空下的村子里,一两户人家的烟囱里缓缓地冒着烟。

旺扎的母亲出来供茶祷告。

59. 旺扎家 晨 内

旺扎起得很早,他出门看了看北方的阿尼秀曲雪峰,峰顶上云雾缭绕。

他很开心地进去拿出雨靴,找出一块破布,把雨靴擦了擦。

他又进去拿出鞋油,把雨靴擦了个遍,然后放在窗户上,但还是没有闪闪发光。

他抬头看了看天空,天空很沉闷,没有一点阳光。

旺扎忽然想起什么似的,拿起雨靴走了进去。

60. 阿尼秀曲雪峰 日 外

阿尼秀曲雪峰顶上终于冒出黑黑的一大片乌云。

61. 拉姆家门口 日 外

旺扎(急忙跑到隔壁家):拉姆姐姐。

拉姆(从门缝里露出来半个脑袋):干啥? 今天是星期天。

旺扎(拉住拉姆,走到一边):你知道吗? 今天要下暴雨。

拉姆(看了看雪峰那边):暴雨说不上,可能会下雨。

旺扎:拉姆阿姐,你今天一定要陪我去看看阿卡雪达尔。

拉姆(好奇地):你每天跟着阿卡雪达尔干什么?

旺扎(悄悄地):他要是挡住了这次暴雨,今年我就穿不上雨靴了,只能等到明年。

拉姆(哈哈地笑着):原来是这样,我还以为你想当密咒师呢!

旺扎(有点着急地):快点走吧。

旺扎和拉姆跑着过去了。

62. 阿卡雪达尔家附近 日 外

旺扎和拉姆走到阿卡雪达尔家附近,装着在玩要。

一会儿,阿卡雪达尔出了门,他穿着的法衣类似出家僧人的袈裟,他那笨重的头上缠着绛红色的头巾,手里什么也没带。

阿卡雪达尔看了看北方的秀曲雪峰那边,乌云已经向四周扩散,正向村子这边移动。

旺扎(低声地):得跟上他。

拉姆(也低声地):先别动,看他去哪里。

阿卡雪达尔并没有去村外的树林,而是经过村外的麦子地,向村子北边的小山头方向走去。

旺扎和拉姆悄悄地跟上了他。

63. 村庄 日 外

旺扎和拉姆悄悄地尾随着他,但他们只能远远地跟着,因为村北边没有可以遮挡的树林,只有大片的麦子地,旺扎还小,可以在麦地里躲一躲,但小姐姐拉姆是藏不住的,她已经有些高了。

64. 麦田 日 外

阿卡雪达尔登上了那个小山头,他坐下来,对着北部的乌云开始打坐。

旺扎和拉姆也跟着来到了麦田,他们藏在了一个比较隐蔽的地方。

旺扎(用肩膀推了推趴在他身边的拉姆):你觉得他能挡住暴雨吗?

拉姆(摇了摇头):今天这样子,恐怕挡不住了,你看看这乌云,越来越厚了,而且不是一小簇,到处都在生起。

旺扎(羡慕地):小姐姐你懂得真多。

拉姆:别说好话哄我,我看我们回家吧,一会儿下起大雨来躲也躲不及。

旺扎:姐姐,求你了,我们再看看。

阿卡雪达尔继续打坐着。

65. 村庄 日 外

雷声开始隆隆作响,乌云向村子这边压来。

66. 麦田 日 外

旺扎和拉姆还是一动不动地趴在小山头附近,他们看见阿卡雪达尔站起来,从怀里拿出一个抛石器甩起来,啪啪地向乌云方向抛去,但暴雨似乎没有停止的迹象,继续向村子这边压来,天地开始有些昏暗了。

67. 阿尼秀曲雪峰 日 外

阿尼秀曲雪峰山顶乌云缭绕,雷声作响,乌云向村子这边压过来。

68. 麦田 日 外

拉姆(站了起来,拉了拉旺扎):快,马上要下雨了,我们走。

旺扎看了看自己的脚,也站了起来,拍了拍身上的土。

有些散散落落的雨滴开始落下来。

旺扎(指着自己肩膀上的一滴正在渗透的雨水,兴奋地):拉姆姐姐,看看,这是雨滴,这就是雨滴! 走,我们回家!

旺扎和拉姆自村头的麦子地向家里奔跑的时候,雨滴已经跟上了他们的步伐。

旺扎和拉姆在田地间金黄的麦浪中奔跑,天空中的乌云将大地慢慢变暗,偶尔有雷声和闪电,显得有些恐怖。

(完)

每个人心中都有一个小雨靴

——《小雨靴》剧本评析

孟　中

本片于2017年摄制完成。编剧、导演:拉华加;监制:万马才旦;制片人:陈中国、孟中。

本片入围第68届柏林国际电影节新生代竞赛单元。

本片获第12届FIRST青年电影展剧情长片提名。

本片入围第42届香港国际电影节火鸟大奖。

本片获第8届北京国际电影节注目未来国际展映单元最受注目编剧。

本片获第29届上海电影评论学会奖年度华语电影十佳。

在西藏民间,广泛流传着一个有关小雨靴的儿童故事。生活在藏地农区的小男孩旺扎是学校里唯一没有雨靴的孩子,他一直梦想着拥有一双漂亮的雨靴。然而,等他拥有了一双雨靴之后,却一直没有下雨。他盼望下一场大雨从而能够在雨天穿上这双雨靴。这种貌似幼稚的心理,其实每个成年人都体验过,而拉华加剧本的成功之处就在于捕捉到了小主人公的心事以及他积极解决困境的童真心理。

剧本《小雨靴》改编自2016年《西藏文学》才朗东主的短篇小说《旺扎的雨靴》。小说展露了藏地儿童的心事,呈现了古老的西藏农耕文化。

一个故事如何被改编成电影剧本,重要的是规划电影的叙事空间。在《小雨靴》里,拉华加设置了6位人物，是比较典型的封闭空间中的人物关系。《小雨靴》的主人公是8岁的小男孩旺扎，旺扎性格善良单纯，天真烂漫，为了实现自己的梦想不断努力，这样的人物形象和儿童心理与农耕社会的淳朴民风形成呼应关系。主人公旺扎的儿童生活包含两个空间，家庭空间与学校、乡村空间，家庭空间设置了旺扎与父亲侃本、母亲仁卓。这对亲属关系形成了整部电影叙事的第一层冲突对象。

学校、乡村空间设置了老师三木丹、同学拉姆，以及龙套纳巴、黑蛋、防雹师阿卡雪达尔。其中拉姆是旺扎的主要配角，不仅和旺扎配戏，而且承担了旺扎内心活动银幕化的功能。防雹师阿卡雪达尔与旺扎形成整部电影叙事的第二层冲突。

第一场戏迅速交代了故事发生的空间，突出了主人公旺扎和他的爸爸、妈妈共同生活的家，一家人看天气预报的细节预示了故事未来发生的情境。这一场戏中，故事的核心道具小鞋子出场。

在这里，或许令观众产生有关伊朗电影《小鞋子》的联想，整个开头的空间格局都表明了影片是一部藏族儿童电影。

第二场戏快速搭建了全片的核心冲突：上学路上“有一块很大的水坑，前面的几个同学穿着油光发亮的雨靴走了过去，其中两个调皮的小男孩，故意用雨靴溅起水花惊吓旁边的小女孩。旺扎看着他们羡慕地笑了笑，又看了看自己的脚”。

这部影片与一般国产电影最大的不同，在于整个影片的核心冲突搭建在儿童心理层面，它不是呈现人物的外部冲突，所以这部电影没有对立人物，没有反派，而是围绕一个孩子的童年梦想，一双能够让人引以为傲的小雨靴构建的冲突。

影片在剧作上没有遵循好莱坞剧作结构，而是采用了三三三结构，即用三个情节点表现每个孩子都应该有一双小雨靴；用三个情节点表现旺扎央求父母给他买一双小雨靴；用三个情节点表现旺扎盼望着下一场瓢泼大雨，好让自己穿着新的雨靴在水中嬉戏。这种结构方式，并没有用一条情节主线去强化戏剧性叙事，而是用一系列散点本身的戏剧性去吸引观众，相当于一个愿望接着一个愿望的阶段式叙事，引导观众一点点深入儿童的心理，最终达到全片的冲突高潮：旺扎得到小雨靴之后又希望在雨天穿上它，这个愿望与父亲为了获得丰收希望整个夏天无暴雨发生冲突。

这就是童真，与成年人的世界完全不一样，令我们惊诧。今天的孩子也一样，虽然和他们在同一个屋檐下，我们和他们想的却完全是两码事。这部影片带着农耕文化的浓重乡愁与怀旧情绪，自然而质朴。

影片三三三结构第一部分的情节点：

1. 拉姆背旺扎；2. 运动鞋湿了；3. 男孩往水坑里挤旺扎。

第二部分的情节点：

1. 母亲用羊皮袄换雨靴；2. 旺扎用食品袋替代雨靴；3. 父亲买雨靴。

第三部分的情节点：

1. 雨靴放在枕头底下；2. 晴天穿到学校去的雨靴变成了臭雨靴；3. 晒雨靴。

全片相当于用了9个情节点来描写旺扎的雨靴，最终的高潮是旺扎想方设法阻止村里的防雹师阿卡雪达尔作法“挡雨”。

剧本的成功之处，还在于没有纠缠在小雨靴本身上，而是通过小雨靴展现了藏区农耕社会的风貌，当旺扎醉心于获得小雨靴的时候，夏天的麦收季节也就来临了，旺扎的求雨心理与父亲所代表的成人世界的避雨心理形成冲突，侧面展现了藏区乡村人民勤奋劳动，关心庄稼收成，为了获得丰收，希望整个夏天无暴雨又无冰雹的现实生活。

剧本的有些描写非常细腻，如下面这段：

47. 麦田 日 外

大片麦田。肥沃的土壤里，飘荡着已经开始泛黄的麦浪。

旺扎和他母亲坐在一个山丘上看着自己家的麦地。

母亲仁卓看着已经开始泛黄的麦浪，内心自然充满了喜悦。

旺扎在田地边望了望天空，又看了看表情喜悦的妈妈。

旺扎：阿妈，您觉得明天会下雨吗？

母亲摸了摸旺扎的头，整了整旺扎的衣服，眼神中充满了慈爱。

母亲：儿子，快要秋收了，麦子正在泛黄，现在是不能下雨的。

旺扎听着妈妈的话，似乎明白了一些道理，但他还是问了问妈妈。

旺扎：要是下了大雨或是暴雨，那可怎么办呢？

母亲（笑了笑）：儿子，没事的，我们村里的密咒师阿卡雪达尔有办法挡住雨水和冰雹的。他是我们村的防雹师。

旺扎似乎明白了不下雨的真正原因，但他还是很迷茫。

《小雨靴》在情感上，除了描写旺扎和拉姆之间的同学之情，另一个亮点是父子之情；剧本用了很大的笔墨来讲述旺扎和他爸爸的关系。旺扎得到雨靴的过程，本质上是和父亲的博弈过程，旺扎念叨了很长时间，当父亲从褡裢中掏出小雨靴时，所有的人心都化了。父子之间无以言表的关系跃然而出。

藏区的电视机是打破封闭空间的核心要素，尤其是新闻联播，不仅交代了时代背景，而且象征着民族团结，新闻之后的天气预报则是藏地村民所关心的重要信息。

影片结尾，旺扎和拉姆自村头的麦子地向家里奔跑的时候，雨滴已经跟上了他们的步伐。金黄的麦浪中，旺扎和拉姆在奔跑。

一幅藏地乡间农耕生活的风情画，将生活延展开来，预示着旺扎的成长。

在柏林电影节首映的时候，整个柏林的小学生都有组织地前来观影，小朋友看完了都说“我也有一双小雨靴”，有一名小女孩更为可爱，她就是穿着粉色的小雨靴前来观影的。

这是一部优秀的青年编剧作品，也是一次成功孵化扶持的案例。